익명의
섬

이 문 열
중단편전집
——— 3

일러두기

1. 『이문열 중단편전집』에는 작가가 발표한 중단편 소설 51편을 모두 수록하였습니다.
2. 전집의 권별 번호 및 수록 작품의 게재 방식은 발표된 순서를 기준으로 하되 전체 구성을 고려해 예외를 두었습니다. 각 작품 말미에 발표 연도를 밝혀 놓았습니다.
3. 전집의 본문은 작가가 새롭게 교정, 보완한 내용을 충실히 반영하여 확정하였습니다.
4. 전집의 각 권에는 평론가의 해설을 실었습니다.
5. 전집 1권의 표제작이기도 한 '필론과 돼지'는 작가의 의도에 의해 수정된 것으로, 발표 당시 제목은 '필론의 돼지'입니다.

이 문 열
중단편전집
3

익명의 섬

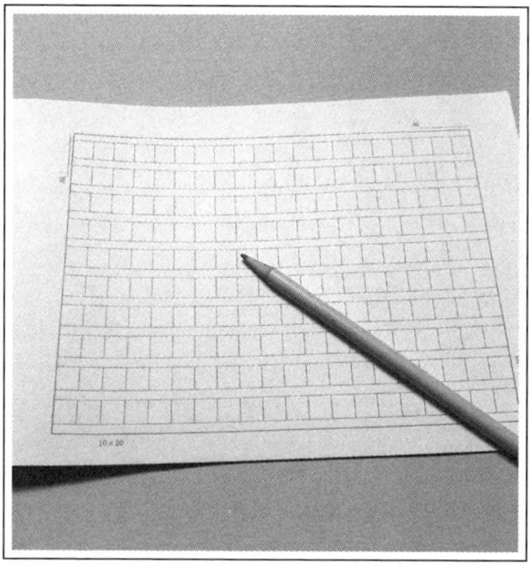

RHK
알에이치코리아

중단편전집을 내며

12년 만에 다시 중단편 전집을 낸다. 내가 직접 추고와 교정 교열에 참가하는 판본으로는 이게 마지막이 될 공산이 크다.

가만히 헤아려보면 1권부터 5권까지는 1979년부터 1993년까지 대략 3년 만에 한 권씩 발표한 셈이 되고, 마지막 6권은 2004년 초에 나왔으니 10년을 넘겨 겨우 단편집 한 권을 묶은 셈이 된다. 그리고 6권 출간으로부터 지금까지 10년은 단 한 편의 단편도 쓰지 않아, 그쪽으로 나는 이미 폐업한 걸로 봐야 되는 게 아닌지도 모르겠다.

요즘에도 조금은 그 자취가 남아 있는 듯하지만, 한때 우리 소설 문단은 등단뿐만 아니라 문학적 성장과 그 성취까지도 단편 소설 위주로 측정된 적이 있었다. 내가 등단한 70년대 말까지도 장편으로 등단하는 작가는 아주 드물었고, 어쩌다 문예지나 신문의 현상공모에서 장편으로 등단하게 되는 경우에도 되도록 빨리 단편으로 자신의 기량을 추인 받아야만 문인으로서의 정상적인 성장 과정에 접어들 수가 있었다. 동배의 작가로는 김성동이나 박영한 같은 경우가 좋은 예가 될 것이다. 대신 단편집(중편 포함)은 잘만 짜이면 그 자체로 엄청난 대중적 성공을 기대할 수 있는 문학 상품이 될 수 있었다. 『난쟁이가 쏘아올린 작은 공』이나 『장마』 같은 단편집이 1970년대 말의 예가 된다.

내 젊은 날의 뼈저린 인식 속에는 내게 단편을 잘 쓸 수 있는 재능이 없는 것 같다는 강한 추정이 있다. 습작 시절 체홉이나 모파상은 누구보다 자주 나를 절망하게 만들었고, 고골이나 토마스 만의 섬뜩한 혹은 중후한 단편들도 내 가망 없는 사숙(私淑)의 대상이 되었다. 그렇지, 카뮈나 카프카의 숨 막히는 명편들, 그리고 여기서 일일이 다 늘어놓을 수 없을 만큼 긴 명인과 거장들의 행렬이 있었다. 거기다가 등단에 가까워질수록 눈부셔 보이던 이청준 김승옥 황석영의 1970년대 명품들…… 그런 단편들이 주는 절망감에 가까운 압도와 외경이 69년에 구체적으로 소설 쓰기를 지망하고도 10년이나 되어서야 겨우 중앙문단에 처녀작을 내게 된 내 난산의 원인이 되었다.

나의 문단 이력에서 눈에 띄게 고르지 못한 단편 생산도 그와 같은 습작 시절의 고심이나 고련과 무관하지 않을 것이다. 재능이 모자라다 보니 죽어나는 게 시간이라 그만큼 긴 습작 기간에 재고도 늘어났다. 등단할 무렵에 들고 나온 재고 목록에서 나중에 활자화된 것만도 세 편의 중편과 아홉 편의 단편이 있다. 그 넉넉한 재고들이 나를 자주 문단의 다산왕(多産王)으로 만들었지만, 동시에 현저하게 균형이 맞지 않은 내 단편 창작 연보의 원인이 되기도 했다. 그리하여 오래 준비된 풍성함으로 독자의 저변 확대와 작가로서의 나를 문단에 각인시키는 작업을 어느 정도 마무리 짓자, 나는 곧 힘들기만 하고 생산성은 낮은 단편 창작을 경원하고 마침내는 기피하게까지 된 것은 아닌지.

나는 단편을 쓸 때 기본 구성은 물론 제목과 소재의 배분까지 치밀하게 계산된 설계도를 가지는데, 거기 따라 탈고한 원고지 매수는 80매 내외의 단편 기준으로 설계도의 그것과 200자 원고지로 3매 이상 차이가 나지 않는다. 그 이상 늘어나거나 줄어들면 무언가 쓸데없는 것을 집어넣어 늘였거나 꼭 넣어야 할 것을 빠뜨린 것 같아 원고를 넘기기가 불안해진다. 나는 지금도 단편 창작이라고 하면 정교하게 제작되는 수제 공산품을 떠올리고 긴장부터 하게 된다.

이제 돌아오지 않는 강가에서의 한나절 분주히 혹은 쓸쓸하게 몰두했던 내 투망질은 끝나간다. 날이 저물면 집으로 돌아가야 할 아이가 기우는 햇살을 보고 그러할 것처럼 나도 어느새 낡고 헝클어진 그물을 거둘 때가 가까워진 느낌에 가슴이 서늘하다. 때로는 홀린 듯 더러는 신들린 듯, 함부로 내던진 내 언어의 그물은 어떤 시간들을 건져 올린 것인가. 여섯 권 50여 편 중단편이 펼쳐 보이는 다채로움과 풍성함이 주는 자족의 느낌에 못지않게 반복이나 변주를 통해 들키는 치부와도 같은 내 상처와 열등감을 추체험하는 민망함도 크다.

그러나 모두가 내 정신의 자식들이고, 더구나 다시는 이들을 없었던 것으로 돌릴 수도 없다. 내 투망에 걸려 세상 밖으로 내던져지는 순간부터 이들의 탯줄은 끊어지고 자궁으로 되돌아갈 길은 막혔다. 못마땅한 것은 빼고 선집(選集)의 형태로 펴내는 방도를 궁리해 보지 않은 것은 아니었으나, 길고 짧은 손가락을 모두 살려 손을 그리듯 모자란 것, 이지러짐과 설익음을 가리지 않고 내가 쓴 중단편을 모두 거두어 여섯 권의 전집으로 엮는다.

돌아보는 쓸쓸함으로 읽어봐 주는 것까지는 참을 수 있으나 물색없는 동정이나 연민은 사양하겠다. 이 자발없고 모진 시대와의 불화는 1992년 이래의 내 강고한 선택이었다.

2016년 3월 負岳 기슭에서

李文烈

초판 서문

중단편선집을 묶는 일은 최근 몇 년간 나의 은근한 골칫거리였다. 다 합쳐야 네댓 권 분량밖에 되지 않는 작품들이 이런저런 명목의 선집으로 일고여덟 종이나 나와 있는 까닭이다. 그렇게 되면 내용의 중복은 피할 길이 없다. 심한 경우 어떤 선집과 어떤 선집은 절반 가까운 작품이 중복된다. 그러나 제목과 표지를 달리하고 있는 까닭에 내 이름만 믿고 책을 산 독자들은 불만에 찬 항의를 해오기 일쑤이다.

이 자리를 빌려 밝히거니와 일이 그렇게 된 데는 나 자신보다는 우리 출판의 그릇된 관행 쪽에 책임이 있다. 웬만한 출판사면 중단편선집의 시리즈물을 갖고 있는데 묘하게도 그때에는 출판권이 무시된다. 다시 말해 중단편에 관한 한 아무리 서로 간 전재를 해도 따지지 않는데 그게 오늘날 같은 중복 출판의 원인이 되었다. 그러나 출판사 나름대로 계획을 해두고 허락을 간청해 오면 작가로서는 뻔히 중복이 될 줄 알면서도 거절하기가 어렵다. 최근에는 기를 쓰고 거절해 왔지만 그때에는 또 우리 특유의 인정(人情)주의에 큰 부담이 남는다. 출판사 '솔'과 '청아'의 기획에 동의해 주지 못한 게 아직도 마음에 걸린다.

그런저런 고심 끝에 기획된 것이 이 중단편전집이다. 이 중단편전집에는 이제까지 내가 쓴 모든 중단편이 한 편도 빠짐없이 다 실려 있다. 다만 발표할 때는 중단편이었더라도 나중에 한 제목 아래 단행본으로 묶은 것은 차별을 두었다. 곧 『젊은 날의 초상』에 묶었더라도 「그해 겨울」처럼 독립성이 강한 것은 그대로 중단편 취급을 해서 이 전집에 싣기로 했다. 『그대 다시는 고향에 가지 못하리』에 실려 있는 단편 몇 편, 그리고 『우리가 행복해지기까지』에 실린 중편 「장군과 박사」도 그러하다. 하지만 나머지는 비록 중단편의 형태를 띠고 있고 또 그렇게 발표되었더라도 이 전집에서는 빼기로 했다. 중복이 주는 불리한 인상을 최대한 줄이기 위해서이다.

처음 기획할 때는 다소 망설였지만 이제 이렇게 다 모아 놓고 나니 흐뭇한 점도 있다. 무엇보다도 지난 17년에 걸친 중단편 작업을 한눈에 살펴볼 수 있게 되었다는 점과 이제부터라도 어지러운 중복의 폐해를 피할 수 있게 된 점이 그러하다. 앞으로 발표될 중단편전집은 언제나 신작(新作)으로만 채워지게 될 것이다. 독자들의 볼멘 항의 전화를 받지 않을 수 있게 된 것만도 얼마나 다행인가. 오래 게을리해 왔던 중단편 작업에 다시 주의를 기울이게 된 것도 이 중단편전집 발간이 한 계기가 되어주었다. 머지않아 새로운 작품집으로 독자와 만나게 될 것 같은 예감이다.

언제나 깨어 있기를 빌어온 내 기도는 아직도 유효하다. 작가는 독자가 기르는 나무이다. 어떻게 자라고 무엇이 달리는지는 나무만의 일이 아니다. 좋은 독자가 없는 곳에 좋은 작가가 자랄 수는 없다. 변함없는 격려와 충고를 기대한다.

1994년 10월

李文烈

차례

하구
河口

흔히 나이가 그 기준이 되지만, 우리 삶의 어떤 부분을 가리켜 특히 그걸 꽃다운 시절이라든가 하는 식으로 표현하는 수가 있다. 그러나 세상 일이 항상 그렇듯, 꽃답다는 것은 한번 그늘지고 시들기 시작하면 그만큼 더 처참하고 황폐하기 마련이다. 내가 열아홉 나이를 넘긴 강진(江盡)에서의 열 달 남짓이 바로 그러하였다.

강진은 이름처럼 낙동강이 다하여 남해바다와 합쳐지는 곳에 자리 잡은 포구로, 마을 앞을 흐르는 것은 넓은 대로 아직 강의 형태를 하고 있었지만 물은 거기서부터 육십 리 상류까지 이미 소금기를 머금고 있었다. 행정구역으로는 그 무렵 갓 직할시가 된 부산시에 속해 있었는데 대도회의 일부라는 표지는 겨우 잊을 만하면 나타나던 시내버스 정도였다.

내가 그곳에 가게 된 경위나 그때의 내 신세를 생각하면 지금도 약간은 한심하다. 그 열흘 전쯤 나는 어느 낯선 도시의 싸구려 하숙방에서 형에게 길고 간곡한 편지를 썼었다. 이것저것 사업에 실패를 거듭하다 그곳 강진까지 밀려나 조그만 발동선으로 모래장사를 하고 있던, 세상에서 하나뿐이고 또 내게는 아버지나 크게 다를 바 없는 형이었다.

나는 그 편지에서 우선 목적 없는 내 떠돌이 생활의 쓰라림과 서글픔을 은근하게 과장하고, 속절없이 늘어만 가는 나이에 대한 초조와 불안을 숨김없이 털어놓았다. 열심히 살아가고 있다는 내 믿음과는 달리 정말로 그때 나는 아무것도 아니었다. 벌써부터 어른들처럼 머리를 길게 길러 넘기고 어른들의 옷을 입고 술이며 담배 같은 어른들의 악습과 심지어는 그들의 시시껄렁한 타락까지 흉내 내고는 있었지만 나이로는 여전히 아이도 어른도 아니었으며, 정규의 학교 과정은 밟지 않고 있었으나 또한 책과 지식으로부터 아주 벗어난 상태도 아니어서 학생이랄 수도, 건달이랄 수도 없었다. 당시의 내 속 깊은 걱정 가운데 하나는 이대로 가다가는 어른이 되어도 시대의 평균치 삶조차 누리지 못하게 될지도 모른다는 것이었는데, 나는 그것도 솔직하게 썼다. 그리고 함부로 뛰쳐나온 형의 그늘에 대한 진한 향수를 내비침과 함께, 만약 다시 받아들여만 준다면 지난날의 나로 돌아가, 무분별한 충동으로 턱없이 헝클어 놓은 삶을 정리하고, 늦었지만 가능하면 모든 점에서 새로이 시작해 보고 싶다고 간곡하게 보탰다.

답장은 곧 왔다. 벌써 오래전부터 나에게 비난이나 충고하기를 단념한 형은 지극히 담담하게 쓰고 있었다. 내 앞날에 대해서는 더 이상 간섭하고 싶지 않으나 어쨌든 그쯤에서 삶을 한번 정리해 보려고 생각한 것은 잘한 일 같다고. 그러나 지금은 사정이 전만 같지 못해 새로 결정한 일에 대해서 자신은 큰 힘이 되지 못할 것이며, 돌아오는 것은 기꺼이 허락하겠으나 그곳에 오더라도 최소한 내가 필요한 것은 스스로 마련해야 할 것이라고. 그리고 많지 않은 나이로 집을 나가 이 년 가까이 떠돌고 있는 혈육에게 스스로 생각하기에도 너무 지나치게 냉정했다는 생각이 들었던지, 난데없이 나를 업고 백 리 길을 걸었다는 6·25에 대한 감상적인 회상과 함께 내가 이 세상에서는 자신의 유일한 혈육이라는 것을 잠시도 잊은 적이 없었노라고 덧붙이고 있었다.

아아, 그리운 형님…… 편지를 읽고 나는 갑자기 콧마루가 시큰해지며 후회와도 흡사한 느낌에 젖어들었다. 입학한 지 일 년도 못돼 고등학교에서 쫓겨나기 전만 해도, 그리하여 무분별한 충동 속에 집을 나선 후, 깊은 수렁과도 같은 떠돌이 생활에 재미를 붙이기 전만 해도 나는 정말로 얼마나 사랑받고 기대되던 아우였던가.

거기다가 실은 나도 어지간히 지쳐 있었다. 내가 형에게 편지를 낼 무렵의 일기장을 보면 이런 되다 만 시구가 눈에 띈다.

지상의 모든 방랑자들이
거룩한 안식을 노래하던 저녁도
나는 어둡고 낯선 길 위에서

피로를 슬픔 삼아 울었노라.

형의 답장이 유달리 감격스러웠던 데는 그 피로도 분명 한몫을 하고 있었다.

내가 강진에 도착한 것은 그해 사월 어느 날의 저녁 어스름이 깔리기 시작할 무렵이었다. 그곳의 첫인상을 강렬하게 만든 것은 우선 안개와 갈대였다. 이제 막 넓은 강 수면으로부터 피어오르듯 포구를 자우룩이 덮어오는 저녁 안개는, 그것이 거의 사철 피어올라 아침 햇살에 스러질 때까지 마을을 포근히 감싼다는 것을 아직 모르는데도, 그곳 풍경의 한 중요한 특징이 되리라는 걸 대뜸 느끼게 해주었다. 마찬가지로 갈대도 이제 겨우 그 무렵의 보리잎새만큼이나 자랐을까 말까였지만, 손바닥만 한 논밭을 제하고는 어디든 한없이 펼쳐진 갈대밭과 지난해 미처 베어내지 못한 그루들의 높은 키는 머지않은 여름의 무성함을 충분히 짐작할 수 있게 했다. 그리하여 그 둘 — 안개와 갈대는, 뒷날 강진을 떠난 후에도 내가 그곳을 생각할 때마다 언제나 가장 먼저 떠올리게 되는 기억의 배경이 되었다.

그 다음 강진의 인상으로 들어온 것은 그곳의 가난이었다. 선창 쪽으로 통틀어 오십 호 정도의 인가가 몰려 있었는데 대부분은 초가집, 그것도 갈대로 두텁게 이엉을 엮어 유난스레 낮고 음침해 보이는 세 칸 내외의 한일자 집이었다. 도회의 행락객을 위한 술집인 듯 선창가 전망 좋은 곳에 몇 군데 멋 부려 지은 양옥들이 있었지만, 그것들은 오히려 원주민들의 가난을 강조하고 있는 것처럼 이질적으로 느껴졌다.

강진의 또 다른 특징인 소주는 형의 일터인 모래장(모래 파는 곳)에서야 느끼게 되었다. 모래 배에서 모래를 부리는 선원들이나 트럭에 모래를 싣는 상차(上車)꾼들은 물론, 그날 내게 형의 이동식 보초막 같은 사무실을 가리켜 준 중년 남자의 입에서도 독한 소주 냄새가 났다. 그러나 무엇보다도 그곳의 소주를 단적으로 느끼게 한 것은 방금 지독한 욕설을 퍼부으며 맹렬하게 싸우고 있는 두 사람이었다. 하나는 이미 오십 줄에 접어든 듯한 멀쑥한 대머리였고, 하나는 그보다 몇 해 아래로 보이는 거무튀튀한 땅딸보였는데, 그들이 주고받는 욕설에는 그대로 진한 소주 냄새가 배어 있었다.

"그래, 구체적으로 무얼 어떻게 해볼 생각이냐?"

무언가 잘 맞아떨어지지 않는 계산이라도 하고 있었던지, 한 평도 안 되는 조그만 이동식 사무실에서 두터운 장부에 정신을 쏟고 있던 형은 나를 알아보자 대뜸 그렇게 물었다. 마치 아침나절에 잠시 나들이 갔다 돌아온 아우를 대하는 것같이 덤덤한 목소리였는데, 그런 형의 숨결에도 약한 소주 냄새가 배어 있었다. 형의 뜻 아니한 덤덤함과 곧바로 아픈 곳을 찔러오는 물음에 오히려 당황한 쪽은 나였다.

"검정고시라도 해서…… 우선은 대학엘 가 봐야겠습니다."

"그게 — 가능할까?"

"학교를 그만둔 지는 제법 오래됐지만…… 그래도 생판 건달로만 떠돌아다니지는 않았습니다."

나는 그동안 이리저리 떠돌면서도 시간이 날 때마다 닥치는 대로 읽은 약간의 책을 떠올리며 머뭇머뭇 대답했다.

"내 말은 그런 뜻이 아니고 — 네가 그 일을 해낼 때까지 진득이 배겨낼 수 있겠느냐, 라는 거다."

"이게 마구잡이 삶에서 벗어날 수 있는 마지막 기회 같으니까요. 믿어주십쇼."

"하기야, 그런 말은 더 하고 싶지 않다. 어쨌든 잘 왔다. 다만 네가 무엇을 하든 편안히 그 일에만 전념할 수는 없는 게 안됐다. 보다시피 나는 혼자서 모래 배 부리는 일과 모래장에서 모래 파는 일을 겸하고 있어. 네가 그 일 중의 하나를 맡아줘야겠다. 배 한 척으로는 따로 이 모래장 일을 돌볼 서기를 고용할 형편이 못돼."

그리고 형은 곧바로 자신의 처지를 설명하기 시작했다. 형의 모래 배는 십 톤 남직한 나무배로, 거기서부터 몇십 리 상류인 구포 쪽이나 강 건너편 명지(鳴旨) 쪽에서 강 모래를 퍼오는데, 형이 직접 배를 타고 선원들을 살필 때와 그렇지 않을 때에는 모래의 질이나 양에 차이가 났다. 또 실어온 모래를 파는 데 있어서도, 형이 모래장에 붙어 있는 것과 남에게 맡겨 팔 때에는 매상고나 차에 싣는 물량에서 차이가 컸다. 따라서 형에게는 배를 맡길 선장이나 모래장을 맡길 서기 둘 중의 하나가 필요했지만, 하루 열 트럭 남짓한 모래밖에 팔 수 없는 소규모여서 어느 쪽도 부담이 된다는 설명이었다.

"네가 모래장을 맡아라. 그 일에 필요한 시간을 합쳐 봐야 세 시간이 넘지 않을 거다. 그 나머지로 공부를 하든지 해봐라."

형의 결론은 그러했다. 대입(大入) 검정고시 가을시험이 다섯 달밖에 남지 않아 마음은 한없이 조급했지만, 그 정도의 시간으로 형에게 큰 도움이 된다면 마다할 수는 없는 일이었다.

형의 제안에 동의한 나는 이튿날부터 모래장의 보초막 같은 사무실에 거처를 정하고 서기 일을 보게 되었다. 일이랬자 하루 예닐곱 번 정도로 찾아드는 모래 운반 트럭 운전사나 원자재를 직접 구매하러 오는 건축업자들을 상대로 모래를 팔고, 그 결과를 수입 − 지출 = 잔액 하는 식의 간단한 장부에 적어넣는 것이었다. 모래는 '루베'란 단위로 팔았는데, 그게 얼마만 한 양인지 그리고 당시의 값은 얼마였는지는 정확히 기억나지 않는다. 입방미터를 그리 불렀던가.

형의 말대로 그 일은 많은 시간이 필요하지는 않았다. 따라서 나는 그 나머지 시간으로, 크게 벗어난 삶의 궤도를 정상으로 되돌리기 위해 고등학교 과정을 홀로 밟기 시작했다. 서투른 어른들 흉내나 북구(北歐)의 음울한 소설 나부랭이와 철학도 문학도 아닌 얼치기 저작물의 현학적인 감상 따위로 맞바꾼, 또래의 아이들은 이미 다 밟았거나 또는 다 밟아갈 정상적인 삶의 과정이었다.

한동안 삶은 쾌적했다. 나는 고용된 자의 억눌린 기분이나 막일 판의 힘들고 거친 노동에 시달림 없이 생활을 해결함과 함께 지난 이 년 동안 은연중에 나를 괴롭혀온 불안과 초조에서도 어느 정도 해방될 수 있었다. 그리고 차차 자리가 잡히자 강진도 막연한 인상에서 익숙해져야 할 어떤 실체로 내게 접근해 왔다.

그때부터 십여 년 전까지만 해도 강진은 나지막한 초가집 여남은 채가 띄엄띄엄 흩어져 있는 쓸쓸한 어촌이었다. 억센 갈대와 소금기 배어 있는 개펄을 개간하여 약간의 논밭을 장만한 경우도 있었지만, 원래의 주민들은 어부라고 하는 편이 옳을 듯했다. 남자들은 대부분 가까운 바다로 나가 연안어업에 종사하거나 거룻배로 강 하류의 숭어와 꼬시래기(망둥어의 일종) 따위를 잡아올렸고, 여자들은 마을 앞 개펄에 무진장으로 깔려 있는 '재첩'이란 알이 잔 조개를 삶은 국물을 양동이에 담아 이고 이른 새벽 부산시의 골목골목을 누비며 팔았다.

그러다가, 마치 상류에서 떠내려온 찌꺼기들이 조금씩 쌓여 하구(河口)에 커다란 삼각주를 만들듯, 이곳저곳에서 흘러든 사람들로 점차 마을이 커지기 시작했다. 초기의 이주민들은 주로 무성한 갈대밭을 은신처로 삼으려는 범죄인들이거나 또는 그 무성한 갈대밭과 가까운 바다를 이용한 밀수꾼들이었다. 그러나 정작 강진에 질적인 변화를 가져온 것은 이미 한계에 이르렀다 할 만큼 비대해진 부산시였다. 그 부산시 한 끄트머리에 편입되어 시내버스가 들어오게 됨으로써, 강진은 갑자기 유원지로 각광을 받게 되었다. 갈대가 무성한 삼각주와 끝없이 펼쳐진 개펄, 바다에 잇대인 대하(大河)의 넓고 고요한 수면, 금방 잡아 올린 생선의 싱싱한 회맛과 돛배를 전세 내어 강바람을 맞으며 달리는 기분 같은 것들이 도회지 생활에 지친 사람들을 끌어들인 탓이었다.

그들 행락객들이 뿌리는 돈이 점차 많아지자 주민들은 하나둘 배에서 그물을 걷어 없애기 시작하고, 어떤 이는 아예 배에서 내려버렸다. 대신 고깃배를 개조해 선유(船遊)를 위한 전셋배로 바꾸거나, 선창가에 올망졸망 술집을 차렸다.

일부의 주민들은 고깃배를 모랫배로 개조했다. 현대 건축의 중요한 자재로서 나날이 느는 모래의 수요는, 애써 그물을 쳐 고기를 잡느니보다 가까운 상류에서 모래를 퍼오는 쪽을 더 유리하게 만든 까닭이었다. 그래서 그 모랫배의 선원이며, 퍼온 모래를 차에 싣는 상차(上車)꾼들, 그리고 형처럼 그 장사가 수지맞는다는 말을 듣고 끼어든 외지 사람들로 강진의 인구는 또 한 차례 늘어났다 — 그것이 도착 첫날의 피상적인 관찰과는 다른 강진의 참모습이었다.

그런 강진의 주민들 중에서 그 무렵 내가 가장 가까이서 볼 수 있었던 것은 바로 모래배의 선원들이었다. 그들은 막소주 한 됫병에 고추장 한 사발만 있으면 언제나 흥겨울 수 있는 사람들이었다. 형편없이 조잡한 낚싯대라도 드리우기 바쁘게 물리는 꼬시래기를 배만 따서 고추장에 찍어 먹으며, 그들은 작은 스테인리스 밥공기로 소주를 나눠 마셨다. 그러고는 이내 거나해져서 상류에서 흘러내려온 찌꺼기와도 같은 자신들의 내력을 미화하고 과장하며 떠들어댔다. 흉측한 문신을 내보이며 있었던 것 같지도 않은 야쿠자[力士] 시절을 그리워하는가 하면, 도꼬다이[특공대 : 밀수품 양륙(揚陸)반]나 국토재건단 또는 교도소 복역(服役) 경력을 자랑스럽게 떠벌리기도 했다. 그런 이들 가운데는 당장도 범죄의 냄새를 풍기는 이들이 간혹 있기는 했지만, 대부분은 취해 갈수록 자기들의 쓰라린 영락이 아파와서 끝내는 눈물을 글썽이고 코를 쿨쩍이는 성격파탄형이었다. 그러면 누군가의 제의로 기분전환을 위한 한차례의 고성방가가 있고, 또 누군가의 한바탕 난투극이 있은 후에 아무 데서나 쓰러져 잠이 드는 것이 그들 술판의 일반적인 순서였다.

선원은 아니지만 그때 모래장에서 만난 사람들 가운데서 가장 재미있게 보았던 것은 최광탁과 박용칠이었다. 바로 내가 처음 강진에 도착하던 날 지독한 욕설을 퍼부으며 싸우던 두 사람으로, 대머리 쪽이 최광탁이었고 땅딸보가 박용칠이었다. 이미 크고 작은 다섯 척의 모래배를 가지고 동업을 하던 어엿한 선주인 그들을 내가 선원들과 함께 기억하는 데는 이유가 있다. 약간 성공을 했다는 것을 제외하면, 그들이 살아가는 방식은 전형적인 모래배 선원들의 그것이었기 때문이다.

최광탁과 박용칠은 다 같이 하루도 거르지 않고 마셔대는 술꾼이었고, 마셨다 하면 열에 아홉은 폭음이었다. 그래서 그들은 곧 언쟁을 시작하고, 자주는 아니지만 난투를 벌였으며, 난투가 아닐 때는 사무실의 유리창 따위, 값은 크게 나가지 않아도 부서지는 소리만은 요란한 기물들에 화를 풀기 일쑤였다. 내가 보기에 그 무렵 마을의 소동은 태반이 그들 탓이었다. 그것도 상대는 언제나 일정하여, 최광탁으로 보면 박용칠이었고, 박용칠로 보면 최광탁이었다.

한때는 그런 그들의 싸움을 이웃이 말려보려고 든 적도 있는 듯도 했지만 내가 모래장에서 일을 보게 되었을 때는 이미 그곳의 일과로 굳어 있었다. 한번 싸움이 시작되고, 그래서 앞뒤 없이 격분한 그들이 선불 맞은 멧돼지처럼 날뛰면 실은 그 누구도 속수무책이었다. 세상의 가장 흉측한 욕설이 다 동원되고, 온갖 끔찍한 저주가 서로의 머리 위에 떨어지고, 심하게는 박용칠의 눈두덩에 멍이 들거나 최광탁의 콧등이 터졌다.

일이 되려고 그런지 그들 두 사람은 모래장사를 동업하는 것 외에도 아낙들이 경영하는 횟집까지 나란히 붙어 있어 눈만 뜨면 마주 보게 되어 있었다. 속내를 모르는 사람들은 우선 동업이라도 그만두면 될 게 아니냐고 말할 테지만, 도대체 누가 크고 작은 다섯 척의 배를 수리(數理)에 어두운 그들 둘이 다 만족하게끔 나눌 수 있단 말인가. 더구나 그들의 싸움은 동업자 간에 흔히 있는 이익 다툼과는 거리가 멀었다.

내가 자주 본 그 싸움의 전개는 대개 이러했다. 시작하는 것은 열에 일고여덟 박용칠이었다.

"행임, 거 참 이상타 말이라예."

해 질 무렵 여기저기서 걸친 술로 얼큰해진 박용칠이 고개를 기웃거리며 혼잣말처럼 중얼거리면, 역시 그 정도로 취해 있던 최광탁이 삐딱하게 그 말을 받았다.

"뭐가, 일마."

"우리 큰놈아가 와 행임을 닮았을꼬예?"

그러면 대뜸 최광탁의 입에서 욕설이 터져나왔다.

"야, 이 쎄(혀) 빠질 눔아 또 그 소리가? 그래, 그라몬 니는 우리 둘째년이 왜 니맨쿠로 짜리몽땅한지 안 이상하나?"

그쯤 되면 일은 거지반 다 된 셈이었다. 지금까지 형님, 어쩌고 하던 말투는 간 곳도 없이 박용칠은 상대보다 더 심한 욕설로 맞받는 것이었다.

"그카문 이 씨발눔아, 내가 냄새 나는 느그 마누라 호박(확)에 절구질이라도 했단 말가?"

"요 뿍쟁이(복어) 같은 놈이 뭐라카노? 일마, 그라몬 난 먼 재미로 니가 떠먹다 나뚠 쉰 죽사발에 은 숟가락 조였캤노(집어넣겠나)? 바람 먹은 맹꽁이맨치로 배만 뽈록해 가지고……."

"니는 만판 하고도 남을 놈이라. 이 대가리가 뺀질뺀질 까진 × 대가리 같은 새끼야."

그때부터는 삿대질이 시작되기 마련이었다. 그리고 삿대질은 드디어 멱살잡이로 발전하고, 멱살잡이는 주먹다짐으로 변했다. 심한 때는 젊을 때 한가락 했던 최광탁의 주먹이 박용칠의 눈두덩을 퍼렇게 만들었고, 박용칠의 장기인 헤딩이 최광탁의 콧등을 받아 입 언저리를 온통 피 칠갑으로 만들기도 했다.

그런데 한 가지 이상한 것은 그들의 싸움이 그 격렬한 겉모습과는 달리 오래 끌거나 뒤를 남기지 않는 점이었다. 미처 코피가 멎기도 전에 그들은 다시 '형님' '아우' 하며 어울렸고, 어떤 때는 한창 싸우는 중에도 모래를 사러 오는 사람이 있으면 나란히 웃으며 달려 나갔다. 얼핏 들으면 꾸며낸 얘기로 여길 수밖에 없는 그들의 행태였다. 따라서 강진 사람들은 차츰 그들이 사이가 나쁜 것이 아니라 다만 나쁜 습관, 곧 매일 싸우는 버릇이 있는 좋은 친구들이라고 여기게끔 되었다. 싸우는 것은 길어야 삼십 분 남짓이지만 싸안을 듯 붙어다니는 것은 나머지 하루의 대부분인 까닭이었다.

더욱이 모래를 사러 오는 운전사나 건재상, 또는 건축업자들에 이르면 그들의 사이는 전혀 의심할 바조차 없었다. 트럭을 모래장에 대기 바쁘게 웃으며 달려 나오는 두 사람을 보면, 눈두덩의 멍이나 콧구멍을 틀어막은 피묻은 솜이 가끔씩 이상하기는 해도 조금 전까지 격렬한 싸움을 벌이다 나왔다고는 상상조차 할 수 없었다. 그래서 그들 고객의 대부분은 박용칠과 최광탁을 오히려 이상적인 동업자로만 여기고 있었다. 내막을 어느 정도 알고 있는 나에게도 어떤 때는 그들이 한갓 놀이나 심심풀이 삼아 그렇게 싸움을 벌이는 것은 아닌가 하는 의심이 들 정도였다.

모래장에서 만난 몇몇 건축업자들도 기억하면 재미있다. 그들은 예외 없이 모두 사장이었는데, 특히 재미있는 것은 강금이(姜金李) 사장이었다. 강금이란 강 아무개, 김 아무개, 이 아무개를 합쳐 놓은 이름으로 그들 셋은 동일한 회사의 사장이었고 또 나이나 인상도 비슷했다. 그 때문에 내가 거래하는데 편리해 사용하기 시작한 공동명칭이었는데, 나중에는 전 모래장에 일반적으로 통용되게 되었다. 근년 들어 전국을 열병처럼 휩쓴 부동산 투기와는 달랐겠지만, 부산처럼 급작스레 팽창하던 도시에는 그때도 이미 짭짤한 경기가 있었던 듯, 그들 셋은 모두 복덕방으로 돈을 모아 건축회사를 함께 차린 사람들이었다. 그래서 저마다 사장이 된 것인데, 그들 세 사람이 사장으로 있는 회사의 직원이라고는 초등학교를 갓 졸업한 계집아이 하나가 전부였다.

그 밖에 그 모래장에서 겪은 일로 쉽게 잊을 수 없는 것은 어쩌다 형을 대신하여 내가 모래배를 타게 되었을 때 겪은 일이었다. 남으로 탁 트인 바다를 아득히 바라보며 끝없는 갈대밭을 지나 명지(鳴旨) 쪽으로 갈 때도 그렇지만, 봄바람에 머리칼을 날리며 넓고 잔잔한 강물을 거슬러 구포(龜浦) 쪽으로 올라가다 보면, 나는 자신도 모르게 낯설고 먼 세계에 대한 동경과 떠도는 삶에 대한 유혹에 다시 빠져들고는 했다. 그 때문에 그런 날 밤은 거세게 나를 몰아대는 출발의 충동을 억누르기 위해, 만사를 제쳐놓고 깡소주에 취해 일찍 잠자리에 들었던 게 몇 번 기억난다.

하지만 나는 대체로 나의 길, 즉 무분별한 충동에 이끌려 떠돈 이 년 때문에 늦어진 진학의 길을 꽤나 진지하고 성실하게 걸었던 것 같다. 자칫 흐트러지기 쉬운 자신을 단속하기 위한 노력이 당시의 일기장 여기저기서 발견된다.

'자기에게 끊임없는 성찰의 눈길을 던지는 것, 자신을 정신적인 무위와 혐오할 만한 둔감 속에 방치하지 않기 위해 노력할 것이 필요하다. 그리하여 너는 지금 어떠한 일의 와중에 있으며, 그 의미는 무엇이며 또 그러한 네가 현재에게 지불해야 할 것은 어떤 것들인가에 대해 항상 눈떠 있어야 한다.

일체가 무의미하다는 것, 혹은 우리 삶의 궁극은 허무일 뿐이라는 성급한 결론들의 비논리성에 유의하라. 근거 없는 니힐리즘은 조악한 감상주의 이상 아무것도 아니다.

저급한 쾌락주의, 젊음의 일회성에 대한 지나친 강조 따위, 일상적인 삶의 과정을 경멸하도록 가르치거나, 그것을 위한 성의와 노력을 포기하도록 권하는 모든 견해에 반역하라. 그것들은 대개, 피상적 체험이나 주관적인 인식만으로도 사물의 핵심을 꿰뚫어 알 수 있다는 지난날의 네 믿음처럼 자기류(自己流)의 사변을 현학적으로 진술한 것에 불과한 것이므로. 또 너는 무엇이건 지나간 것은 모두 가치 있고 아름답게 만드는 기억의 과장을 경계하라. 지난 이 년이 감미로운 방랑의 추억으로 되살아나 너를 충동질하게 방치하는 것은 네 삶을 또다시 떠돌이의 비참에 맡기는 것과 같다…….'

'값싼 도취에 대한 갈망을 포기하라. 독한 술은 무엇보다도 네 기억력을 급속히 감퇴시키고, 원활한 사고를 방해하며, 의지력과 극기심을 현저하게 저하시킬 것이다.

무지하고 단순한 이웃에 대한 네 정신적인 우월을 인정하는 데 인색하라. 그 터무니없는 우월감은 너를 천박한 자기만족에 빠뜨리고, 네 성장과 발전에 심각한 장애가 될 것이다…….'

열아홉의 과장된 어법과 미문(美文) 취향을 그대로 보여주는 문장이긴 하지만, 그리고 그 모든 완곡한 금지 뒤에 있다는 게 고작 검정고시와 대학진학이라는 것이 우스꽝스럽긴 하지만, 그래도 어느 정도의 진지함과 성실성만은 확인할 수 있다. 실제로도 그 무렵 내 공부는 상당히 진전을 보이고 있었다.

그런대로 자족하여 쾌적했던 모래장에서의 나날은, 그러나 그리 오래 계속되지는 못했다. 무슨 일이건 그렇지만 최초의 균열은 내부로부터 온 것이었다. 공부를 시작한 지 한 달도 안 돼 나는 차츰 처음의 자신을 잃어갔다. 내가 헛되이 떠돌아다닌 이 년은 제도교육으로 돌아가기 위한 학습에는 치명적이었다. 나는 너무 오래 학교를 떠나 있었다. 거기다가 지도해 줄 선생도 없이 책으로만 공부해야 되고 보니 수학 같은 것은 아예 중학교 과정부터 새로 시작해야 할 지경이었다. 입시학원에 나가 도움을 받을 수도 있었으나, 만만찮은 수강료에다 부산까지 왕복에 걸리는 두 시간이 그것조차 불가능하게 했다.

그러나 그보다 더 절망적인 사태는 뜻 아니한 발병(發病)이었다. 그럭저럭 오월도 다 가는 어느 날 오후 나는 불쾌한 오한과 두통을 느끼며 일찍 모래장에서 돌아왔다. 무슨 흥에서인지 전날 밤샘을 한 탓에 몸살이나 난 게 아닌가 싶었지만, 밤이 되자 심한 열과 함께 온몸이 쑤셔대기 시작했다. 그래도 여전히 그게 몸살이라고 여긴 나는 막일판에서 흔히 해오던 식으로, 뜨겁고 매운 안주에 독한 고량주를 두 홉이나 비우고 잠이 들었다. 어지간한 몸살이나 감기 따위는 그렇게 해서 이튿날 늦게까지 푹 자고 나면 거뜬히 일어날 수 있었기 때문이었다.

그러나 이튿날 열두 시 가까이 일어났지만 몸은 오히려 더 무겁고 괴로웠다. 생각 같아서는 하루쯤 푹 쉬고 싶었으나 모래장이 비어 있어 어쩔 수 없이 나가지 않을 수 없었다. 괴로움을 억누르며 거기서 서너 시간 무리를 하고 돌아오니 다시 전날보다 한층 심하게 열이 나고 온몸의 마디마디가 쑤셔댔다. 할 수 없이 나는 강진의 유일한 의료기관인 선창 부근의 약국으로 갔다. 젊은 약제사는 내 증세를 몇 마디 듣기도 전에 대뜸 당시에 유행하던 무슨 독감이라고 말했고, 빨리 나을 생각만 한 나는 '독해도 좋으니 세게' 약을 지어달라고 부탁했다.

"하루만 먹으면 딱 떨어질 겁니다."란 장담과 함께 그 약제사가 지어준 약을 먹고 나니 이튿날 정말로 한결 나은 기분이었다. 그러나 저녁이 되자 다시 상태가 안 좋아 약국을 찾고, 다음날은 또 모래장에 나가고 — 그렇게 일주일이 지나갔다. 나중에는 나 자신도 무언가 큰 무리를 하고 있는 듯이 느껴졌지만 공교롭게도 그 무렵은 모래장이 가장 바쁠 때여서 편안히 몸을 돌볼 겨를이 없었다.

그러다가 여드레째 되는 날 기어이 일은 터지고 말았다. 이젠 정말 더 견딜 수 없다는 기분이면서도 어쩔 수 없이 모래장에 나간 나는 그날 오후 끝내 혼수상태가 되어 병원으로 업혀 가는 신세가 되고 말았다. 장티푸스였다. 당시만 해도 이미 그리 대단한 병은 아니었으나 너무도 무리에 무리가 겹쳐 입원하던 첫날밤은 간호원이 삼십 분마다 한 번씩 맥박과 체온을 체크해야 할 정도로 위급한 상태였다.

꼬박 일주일을 병원에서 치료받고 고비를 넘긴 나는 형의 골방으로 병실을 옮겼다. 그리고 그때부터 강진에서의 내 삶은 갑작스럽고도 속절없는 유적(流謫)같이 되어버렸다. 고비를 넘겼다고는 하지만, 그 뒤로도 상당 기간 치료받지 않으면 안 되었고 치료가 끝난 후에는 또 치료 기간의 몇 배가 되는 회복기가 기다리고 있었다.

참으로 음울한 나날이었다……. 조그만 음식물의 부주의에도, 몇 시간 정신 쏟아 책을 읽거나 연탄 몇 장 나르는 정도의 가벼운 노동으로도, 그날 밤은 신열에 들떠 지새워야 했다. 어느 정도 회복된 후에도 나는 하루의 대부분을 자리에 누워서 보내야 했고, 기껏해야 마을을 한 바퀴 도는 정도의 가벼운 산보가 유일한 운동이었다.

형의 어두운 눈길을 대하는 것은 그대로 커다란 괴로움이었다. 치료비의 부담도 부담이지만, 혼자몸으로 이리 뛰고 저리 뛰다 어두워서야 지쳐 돌아오는 형을 보면 견딜 수 없이 죄스러웠다. 그러나 그사이 몇 번인가 그런 형을 도우러 모래장에 나갔다가 증세가 재발하여 혼이 난 형은 나를 모래장 근처에는 얼씬도 못하게 했다.

시작부터 엉망이 되어버린 나의 진학계획도 자리에 누운 지 두 달로 접어들면서부터는 그야말로 번민과 고뇌가 되어 내 영혼을 짓씹었다. 대학이 인생의 전부이겠느냐는, 상식적이긴 하나 건강한 형의 충고도 내게는 전혀 위로가 되지 못했다. 오히려 그 때문에 더 다급해져 억지로 휑한 머리를 가다듬어 몇 시간 책이라도 읽고 나면, 그날 밤은 또 늦도록 두통과 신열에 시달려야 했다.

지금에 와서는 그리움으로 떠오를 때도 있지만 그 무렵의 내 하루는 거의 참담했다. 나는 토굴 같은 내 방에 홀로 누워 가벼운 읽을거리와 얕은 잠과 우울한 몽상으로 긴긴 해를 보냈다. 그러다가 해거름이 되면 골방을 나와 갯가의 갈대밭 사이에 난 둑길을 천천히 걸어 다녔다. 어느새 여름이 깊어져서 볕이 뜨거운 대낮에는 나돌아 다닐 수 없기 때문이었다. 매우 느린 걸음이어서 그 산보가 끝날 때쯤은 완전히 해가 지고, 나는 피어오르는 저녁 안개와 함께 돌아오곤 했다. 그 다음은 괴롭고 긴 밤이었다. 바다가 가까운 탓인지 강바람 탓인지 강진의 여름밤은 그리 덥진 않았지만, 일단 밤의 요기(妖氣)에 휩싸이고 나면 나는 아무것도 할 수가 없었다. 낮 동안 무슨 축복처럼 간간 찾아들던 잠도 밤이 되면 마치 낮의 선심이 화가 난다는 듯 무정하게 나를 외면했고, 유일한 위로였던 책도 어둠이 찾아들기 무섭게 깊은 침묵 속으로 빠져들었다. 다만 낮의 우울한 몽상만이 혹은 무성한 번민의 수풀로, 혹은 치열한 고뇌의 불길로 나의 밤을 지배할 뿐이었다.

추억하기조차 가슴 서늘한 강진의 풍경 중의 하나는 그런 불면의 밤 내가 늦도록 배회하던 갯가의 둑길이다. 으스름한 달빛과 안개 자욱한 포구, 끝없이 출렁이는 갈대의 바다와 그 위를 스쳐

가는 바람 소리, 이름 모를 새들의 구성진 울음소리……. 나는 그러한 것들 사이를 마치 몽유병자처럼 늦도록 거닐었다. 그리고 그때 나를 지배하는 것은 어두운 방 안에서의 번민과 고뇌 대신 울고 싶도록 철저한 외로움이었다.

여기서 다시 그러한 밤을 온전히 새우고 난 후의 일기를 살펴보자.

'……그리하여 무섭도록 길고 괴로운 나의 밤은 하얗게 밝아온다. 끊임없이 불어오는 바닷바람에 소슬대던 갈잎과 이름 모를 야조(夜鳥)의 울음소리는 새벽빛과 함께 사위어가고, 까맣게 드러난 창살 틈으로 건강한 아침의 소리가 새어든다. 멀리 강심에서는 첫일을 떠나는 모래배의 발동소리, 새벽그물을 걷으러 가는 어부들의 웅얼거림, 가까운 수로를 따라 포구로 내려가는 거룻배의 삐걱이는 노 소리, 조용한 물결 소리……. 그러면 부끄럽게도 내 베갯잇은 눈물로 흥건히 젖고 만다.

아아, 처참한 유적(流謫)이여, 그 밤을 할퀴고 지나가는 잔인한 세월의 바람 소리여. 폭군처럼 군림하는 불면이여. 내 영혼은 지식으로 상처 입기를 갈망했으나, 책들은 머리 깎인 삼손 곁을 뒹구는 당나귀의 턱뼈처럼 버려지고, 예지의 말씀들은 밤의 어둠 속으로 사라졌다. 결국 이 땅에는 없게 되어 있는 벗들과 여인을 향한 편지, 지금까지는 누구도 불러보지 못한 곡조의 노래, 때로 나의 밤은 그것들로 빛났지만, 편지들은 끝내 부쳐지지 않았고 노래들은 불려지지 못했다. 고독은 내 충실한 방문객, 그는 무료히 앉았다가 생각난 듯 고약한 벗들 — 채찍 같은 후회와 음흉한 불안과 날 선 비애를 불러들여 나를 가학했다. 그리고 채무의 기억이 없는 채권자같이 나를 찾는 번민과 고뇌, 그들은 항상 내 영혼에게 병든 육신보다 더 많은 고통을 요구했다.

이제 날이 밝고, 세상은 무거운 잠을 털고 일어선다. 제국(帝國)의 군대들은 점호를 하고, 관리들은 백성을 다스릴 궁리를 시작할 것이다. 상인들은 점포를 열고 학자는 책을 펴고 — 모든 이들이 무언가 쓸모 있고 건강한 일을 시작할 것이다. 그러나 내게 있어서는 이제야 유적의 해가 지고 있다. 얕은 잠과 긴 휴식, 간단없는 정적과 무위 속에 나는 다시 새로운 심장을 만들고 찢어진 가슴을 기워야 한다. 저 코카서스 산정의 프로메테우스처럼, 밤의 독수리들이 다시 찢고 쪼아 먹을 수 있도록…….'

그때 내가 그토록 괴로워했던 것이 무엇인지는 잘 기억나지 않지만 상태는 꽤 심각했던 것 같다. 어떤 날의 일기는 죽음에 대한 마르쿠스 아우렐리우스의 설교만으로 가득 차 있다.

'히포크라테스는 많은 병을 고친 뒤 스스로 병에 걸려 죽었다. 칼데이의 박사들은 많은 죽음을 예언했지만 이윽고 운명은 그들도 삼켰다. 알렉산더, 폼페이우스, 시저 등은 저와 같이 빈번하게 여러 대도시를 파괴하고, 전쟁에서 몇십 만의 기병대를 종횡무진 죽이다가 이윽고 그들 자신도 삶에서 떠났다. 헤라클레이토스는 우주의 화성설(火成說)에 대해서 그처럼 많은 사색을 한 뒤, 물로 배를 채우고 흙으로 전신을 칠한 채 죽지 않으면 안 되었다. 그리고 이[蝨]는 데모크리토스를 물어 죽였고, 또 소크라테스는 다른 이에게 물려 죽었다.

이러한 일은 도대체 무엇을 의미하는가? 너는 이미 승선하고 있다. 너는 이미 항해를 하고, 너는 이미 피안에 접근하고 있다. 이제 하선하는 것이 좋다. 만약 (죽음이) 참으로 또 하나의 다른 세상의 생활에 들어간다고 하면 거기에도 신들이 없지 않을 것이다. 그러나 무감각한 상태로 돌아간다면, 너는 이미 고통과 쾌락에 번거로워하지 않게 되고, 또 (너는) 너의 형체에 사로잡힌 노예가 아닐 것이다. 생각건대, 형체라는 것은 그것이 간직하는 것(영혼)의 우월함에 비한다면 지극히 저열한 것이다. 즉 영혼이 지혜요 신성이라면, 형체는 흙이요 부패이기 때문에.

……즉, 죽음이란 만약 그것이 상상력에 나타나는 모든 위협과 허세를 버리고 적나라하게 본다면, 다만 자연의 작용에 지나지 않는다는 사실이 발견된다는 것을 알지 않으면 안 된다…….'

그 회복기의 뒷부분에, 내가 아무런 선택의 기준이나 구별 없이, 그리고 때로는 거의 비굴하게까지 그곳의 사람들과 친해지려고 애쓴 것은, 아마도 그런 심리상태에서 오는 어떤 위기의식 때문이 아니었던가 한다.

어느 정도 마음 놓고 마을에 나다닐 수 있게 되고부터 나는 닥치는 대로 마을 사람들과 사귀기 시작했다. 어떤 마을에나 서넛은 있게 마련인 내 또래의 건달들과는 자청하여 인사를 나누었고, 낮

모르는 사람들의 바둑판이나 장기판에도 서슴없이 끼어들었다. 어떤 때는 어렵게 타낸 용돈으로 자신은 먹지도 못하는 술을 사 가며까지 그곳 사람들의 환심을 사려한 적도 있었다.

과연 그 방법은 효과가 있었다. 나는 오래잖아 대부분의 마을 사람들과 인사를 나누는 사이가 되었고 친구도 몇 생겼다. 하나는 변두리 고등학교를 졸업한 후 조개껍데기 가루(대개 사료나 비료로 썼다.) 공장을 하는 아버지 덕택에 놀고먹던 김성구란 건달로, 그는 나중 건강을 회복한 나와 가끔 좋은 술친구가 되었다. 그리고 다른 하나는 서동호란 친구로 강진의 유일한 대학생이었는데, 차차 알게 되겠지만 그는 친구로서보다는 특정과목 과외선생으로 내게 더 귀중한 사람이었다.

그러나 그 무렵에 만난 사람으로 가장 인상 깊은 사람은 별장집 남매였다. 별장집이란 갯가 전망 좋은 산기슭에 자리 잡은 조그만 일본식 가옥에 마을사람이 붙인 이름이었다. 전에도 나는 몇 번 그 집 앞을 지난 적이 있었지만, 거기에 살고 있는 사람들에 대해서는 별 관심을 가지지는 않았다. 그러다가 내가 병줄에서 조금 놓여날 무렵 해서 먼저 그 집의 독특한 외양이 내 흥미를 일으켰다. 집은 작고 낡았어도 이름처럼 그 용도는 한때 누군가의 별장이었음에 틀림없었다. 발아래 갈대밭과 넓은 강물을 두고, 멀리 푸른 바다가 보이는 산기슭, 유난히 유리창을 많이 쓴 건물 구조며 좁은 뜨락의 등나무 넝쿨과 벤치 — 그런 것들은 강진의 일반적인 가정집과는 너무도 달랐다. 특히 그 등나무 넝쿨은, 그걸 받쳐주고 있는 나무시렁이 썩어 여기저기 무너져내리고는 있어도 멋진 그늘을 만들고 있었고, 그 아래 벤치도 칠은 벗겨지고 등받이 나무가 부러졌지만 아직은 사람이 앉을 만했다.

그러나 정작 내가 그 집에 살고 있는 사람들에 대해서 관심을 갖게 된 것은 어느 날 우연히 그 집 앞 둑길을 지나다가 젊은 여자가 벤치에 앉아 있는 것을 보게 된 후였다. 유행에 무관심한 것 같으면서도 세련된 옷차림이었는데, 유난히 흰 얼굴과 손에 든 두툼한 책 같은 것들은 한눈에 그녀가 강진의 주민이 아님을 알아볼 수 있게 했다. 나는 문득 그런 그녀에게서 받은 원인 모를 감동으로 걸음을 멈추고 한동안 멍청하게 그녀를 바라보았다. 그러자 그녀도 그런 나를 느꼈던지 책을 덮고 잠깐 나를 노려보더니 이내 성난 얼굴로 일어나 집 안으로 들어가 버렸다. 나도 무안해서 곧 그 자리를 떴다. 잠시 후에 언뜻 돌아보니 창틀에 두 사람이 붙어 서 있었다. 방금의 여자와 웬 젊은 남자였다.

집에 돌아온 나는 곧 그들 남녀에 대해 알아보았다. 내 짐작과는 달리 그들은 부부가 아니라 남매간이었다. 그 밖에 나는 그들이 부산의 어떤 부잣집 자식들이라는 것과 둘 다 폐를 앓고 있으며 벌써 일 년째 거기서 요양 중이라는 것 등도 알아냈다.

"택 없이 너무 열 내지 마라이. 우리 같은 것은 거들떠보지도 않는 별종들이잉까."

그게 그들 남매에 관한 정보 대부분을 알려준 김성구의 귀띔이었지만, 웬지 나는 처음부터 그들에게 어떤 동료의식을 느꼈다. 나와 마찬가지로 병을 앓고 있다는 것뿐만 아니라, 무언가 그들 주위를 감싸고 있는 영락과 유적의 분위기가 더욱 그랬다. 하지만 내가 그들에게 접근하는 것은 쉽지 않았다. 별장집 자체가 마을에서는 좀 떨어져 있는 데다, 또 그들 남매는 그들대로 마을 사람들과 전혀 교류가 없었다. 내가 할 수 있는 것은 기껏 그 집 앞 둑길을 주된 산책로로 삼아 일없이 그 집 주위를 배회하는 것뿐이었다.

그러던 어느 날이었다. 그날따라 안개가 옅어 반 넘어 이운 달 주위에 달무리가 곱던 밤이었는데, 늦도록 잠을 이루지 못하던 나는 또 그 외로운 밤의 배회를 나섰다. 갈잎에 맺힌 이슬 때문에 옷깃을 적시며 걷다가 별장집을 지나 한참거리인 거북바위 부근에서 문득 사람의 기척을 느끼고 걸음을 멈추었다. 벌써 새벽 두 시가 넘어 그 시각에 그런 곳을 배회하는 사람은 자신뿐이라고 생각하던 나는 놀라 상대를 살펴보았다. 맞은편에서 가볍게 숨을 헐떡이며 다가오는 것은 바로 그 — 별장집 남매 중에 오빠가 된다는 청년이었다.

흠칫하는 나와는 달리 평온한 기색으로 다가온 그는 문득 처음 대하는 사람 같지 않은 어조로 말을 걸어왔다.

"그쪽도 무척 밤이 괴로운 모양이오. 그렇지 않소?"

"네, 조금은. 그런데……?"

나는 얼결에 대답해 놓고 약간 긴장하여 그를 쳐다보았다.

"나 황(黃)이라고 합니다. 그쪽은 성씨가 이(李)던가요?"

희미하게 웃는 것인지 찡그린 것인지 모를 표정이었으나 목소리는 여전히 담담했다. 먼 빛으로 볼 때보다 훨씬 단아한 귀공자풍의 얼굴이었는데, 까닭모를 내 짐작대로 어딘가 짙은 비극의 그늘 같은 게 느껴졌다.

"그렇습니다만…… 어떻게 아십니까?"

"얼마 전부터 우리 집 주위를 맴도시기에 나도 알아보았소. 그런데 — 아직도 몸이 많이 나쁘시오?"

"별로 아픈 곳은 없는데, 이렇게 회복이 더디군요."

"어쨌든 다 나았다니 다행이오. 오늘은 너무 늦고 — 내일 볕이 따갑지 않은 때를 골라 집으로 놀러오시오."

내 마음속을 다 알고 있다는 듯 그는 전혀 개의함이 없는 투로 말했다. 그러나 이상하게도 그런 일방적인 어조가 조금도 내 마음에 걸리지 않았다. 원인 모를 부끄러움 속에서도 다만 그의 초대가 반가울 뿐이었다.

"조용히 지내시는데 혹 폐가 되지 않을까요?"

"실은 그 때문에 누이와 약간의 논란이 있었소. 누이는 성치 못한 사람끼리 모인다는 게 싫은 모양이오. 그래서 누이와 내기를 했는데, 지금 확인한 결과 내가 이겼소. 즉, 이 형은 적어도 병자는 아니니까. 큰 환영은 기대할 수 없겠지만, 무안을 당하지는 않을 거요."

그 역시 듣기에 따라서는 몹시 자존심을 건드리는 말이었지만, 여전히 내게는 아무런 자극이 되지 않았다. 오히려 그가 이렇게 덧붙였을 때는 그 때 아닌 영광에 감사할 뻔했다.

"이곳 사람으로는 이 형이 우리들의 첫 손님이 될 거요."

당시 내가 강진 사람들과 친하기 위해 '때로 거의 비굴하기까지' 했다는 앞서의 술회는 바로 그런 경우를 말했음이리라.

다음날 나는 야릇한 기대에 들떠 별장집을 찾았다. 그러나 실망스럽게도 가까이서 본 그들 남매의 생활도 내가 밖에서 대강 들은 것과 별 차이가 없었다. 다시 말해서, 병을 앓고 있다는 것과 이웃으로부터 격리된 것 같은 주거를 빼면, 그들의 삶도 나처럼 유적과 같으리라는 추측의 근거는 별로 찾을 수 없었다. 우선 그들의 살이부터가 집 밖에서 보기와는 많이 달랐다. 부족한 것 없이 갖추어진 살림집기며 그들이 마시는 외제 음료에 이르기까지 한눈에 여유가 넘쳐 보였다. 거기다가 벽 한 면을 가득 채운 장서와 잘 갖추어진 스테레오 시설은 그들의 상당한 교육수준과 함께 정서적인 윤택을 드러내는 것들이었다.

황은 스물셋, 그 누이동생은 감히 나이를 물어보지 못했지만 내 또래로 짐작되었다. 나는 먼저 황과 급속히 친해졌다. 황에게는 중병에 오래 시달려온 환자 특유의 예민한 감수성과 일종의 냉소벽(冷笑癖) 외에 이렇다 할 지적 특성은 눈에 띄지 않았다. 긴 요양생활의 부산물로 이것저것 읽은 책은 많았으나, 산만하고 체계 없기는 나와 별반 다를 바 없었다. 오히려 나야말로 황에게는 특이한 존재로 비쳐지는 모양이었다. 그는 내 지난 이 년의 얘기를 즐겨 들었고, 건강한 몸으로 떠돌며 쌓은 대단찮은 이력과 자질구레한 모험들에 은근한 흥미와 동경을 감추지 않았다. 언젠가 나는 그가 나보다 네 살 위임을 부담스럽게 여겨, 말을 낮추라고 한 적이 있는데, 그는 완강히 거부했다.

"아니, 정신적인 나이는 오히려 이 형이 위인 것 같소."

그런데 사실을 말하면, 내가 진작부터 강한 호기심을 품은 쪽은 그의 누이동생이었다. 어쨌든 그녀는 내 또래의 처녀였고, 얼굴도 화려한 아름다움은 없었으나 무엇에든 반하기 쉬운 열아홉의 열정을 불러일으키기에는 충분한 개성을 갖추고 있었다. 역시 환자 특유의 창백한 안색에 날카로움과 쌀쌀함이 묘하게 조화된 어떤 아름다움이었다. 하지만 가벼운 알은체나, 어쩌다 커피를 끓여 내오는 것 외에 그녀는 전혀 내게 관심을 보이지 않았다. 황도 어쩐 일인지 나와의 대화 가운데 그녀 얘기가 나오면 피하려는 기색이 역력했다. 언젠가 내가 그녀 얘기를 의식적으로 꺼내 본 일이 있었다.

"학교엘 나가십니까?"

그날따라 여대생 같은 차림으로 두터운 양서(洋書) 한 권을 끼고 별장집을 나서는 그녀의 뒷모습을 보며 내가 물은 말이었다.

"아뇨, 저 애는 들고 있는 책이 무슨 내용인지도 모를 텐데요."

이상하게 악의가 번득이는 황의 대답이었다.

"대단한 미인이시던데—."

"기괴미(奇怪美) 취향이시구먼. 관심 가질 필요 없어요. 그 애는 이 형에게 아직 남아 있는 질병의 냄새를 아주 싫어하니까."

결국 나는 무참해져 입을 다물 수밖에 없었다. 또 한 번은 이런

적이 있었다. 그날도 내가 별장집을 찾아갔을 때 황의 누이동생은 화사한 새 옷 차림으로 막 집을 나서고 있었다. 나는 황이 앉아 있는 등나무 아래 벤치에 걸터앉으며 자신도 모르게 중얼거렸다.

"정말 아름답군요."

"스미드의 모순이지."

황이 그 말을 받아 비꼬듯이 말했다.

"스미드의 모순?"

"그렇소. 여자야말로 사용가치와 교환가치가 전혀 비례하지 않는 예가 될 것이오. 즉 물, 공기 등은 그것 없으면 인간이 당장 살 수 없지만 값은 거의 없거나 없는 것과 비슷하게 싼 대신, 여자는 보석 따위와 마찬가지로 별 쓸모도 없이 값만 비싸단 말이오. 그걸 위해 돈과 시간과 정력을 낭비하고, 이름을 더럽히고 몸을 망치고 심지어는 생명까지 바치는 것들이 숱한 걸 보면……."

그러고는 힐끗 나를 보더니 독특한 직설적인 화법으로 말했다.

"이 형이 저 애를 아름답게 보아주는 것은 고마우나, 거기에 비례하는 가치가 저 애에게 있는지는 의문이오. 더군다나, 이미 저 애에게는 비싼 값을 치르고 있는 얼간이가 있소."

내가 그렇게 눈부시게 그녀를 바라보면서도 무분별한 열정에 빠져들지 않을 수 있었던 것은 친누이동생에 대한 황의 그런 혹평에 힘입은 바 컸다. 그러나 더욱 결정적인 것은 바로 그 김성구란 건달이었다. 그는 내가 별장집을 드나든다는 것을 알게 되면서부터 돌연 그녀에게 열중해져 공공연히 으르렁거렸다.

"그 가시나는 내가 점찍었다. 언 놈이든 손만 대만 가만(가만히) 안 둘끼라."

나는 그런 그가 두렵다기보다는 불쾌하고 또 약간 가소롭기도 해서 말해주었다.

"걱정 마시오. 내 김 형의 충실한 배달부가 되어드리지."

그러고는 짐짓 철자조차 엉망진창인 그의 편지를 몇 번인가 그녀에게 전해주었다. 그녀는 무표정하게 그 편지들을 받더니 어느 날 나를 통해 그에게 만나자는 전갈을 보냈다. 시내의 어느 다방이었는데, 그날 그녀가 어떻게 했던지 그 뒤 성구 녀석은 일체 그녀에 대한 말을 입에 담지 않았다. 그러나 어쨌든 그 일을 통해 나는 그녀에 대한 미묘한 감정을 깨끗이 청산하게 되었고, 그녀 역시 의심이 풀렸다는 표정으로 스스럼없이 나를 대하게 되었다. 나는 다만 그녀의 오빠인 황의 말벗일 따름이었다.

그러저럭 건강이 회복되어 내가 어느 정도 일할 수 있게 된 것은 팔월에 접어든 후였다. 그러나 건강이 회복되었다고 해서 내가 당장에 유적과 같은 삶에서 벗어난 것은 아니었다. 오히려 질병을 핑계로 내게 직접적인 부담 없이 유예되고 있던 여러 문제들이 한꺼번에 나를 덮쳐왔다.

그 하나는 형과의 관계였다. 몸은 충분히 모래장 일을 해나갈 수 있었으나 뜻 아니한 발병으로 석 달 가까운 시간을 빼앗긴 나로서는 그럴 여유가 없었다. 검정고시가 어느새 빠듯한 석 달 뒤로 다가와 있었기 때문이었다. 형은 물론 공부에만 전념하는 나를 침묵으로 지켜보고 있었지만, 침묵이란 때로 그 어떤 맹렬한 비난이나 질책보다 더 괴로운 수가 있다.

거기다가 더욱 나를 괴롭히는 것은 공부 자체였다. 나는 자신도 없고 확실한 계획도 없이 이 과목 저 과목을 허겁지겁 쫓아다녔다. 그러나 수학과 과학에 이르면 거의 절망적이었다. 특히 수학은 병이 나기 전 간신히 중학 과정을 정리하고 막 고등학교 일학년에 접어든 상태 그대로였다. 그렇지만 해보는 도리밖에 없었다. 이미 말한 대로 적어도 내게는 그게 정상적인 삶으로 돌아가는 마지막 기회였다. 생일이 빠른 나는 이듬해에 징병검사를 받게 되어 있었고, 그렇게 되면 대학에 진학할 기회는 영영 없어지거나 잘해야 대학 입학과 동시에 입대해야 되기 때문이었다.

그럴 때 내게 결정적인 도움을 준 것이 서동호였다. 처음 친구로서 사귀었던 그는 그런 내 어려움을 듣자 자원하여 수학지도를 맡아주었다. 명문은 아니지만 그래도 지역 공대에 적을 두고 있는 탓에 고등학교 수학 정도는 가르칠 만했다. 거기다가 내게 더욱 다행이 된 것은 그 무렵이 그의 여름방학 중이었던 점이다.

강진에서 또 하나 유적된 삶을 잇고 있는 사람을 만나게 된 것은 내가 그런 경위로 드나들게 된 서동호의 집에서였다. 서동호의 가족은 얼핏 보면 전형적인 강진의 원주민이었다. 그들은 갯벌에 일군 몇 마지기 논에서 기본적인 양식을 얻고 나머지는 다른 사람들과 마찬가지로 재첩국(재첩 속살로 끓인 국) 행상으로 메웠다. 그 재첩국

행상은 물론 농사일까지 혼자서 억척스레 해내는 서동호의 어머니는 그곳에서 나고 자란 순수한 강진 사람이었다. 서동호 역시도 그가 대학생이란 것만 빼면 강진의 다른 주민들과 별 차이가 없었다. 강 낚시에서 투망까지 못하는 게 없었고, 팔을 걷어붙이고 모래장에라도 나타나면 영락없는 상차꾼이었다. 그의 어린 동생들도 이렇다 할 특징 없기는 마찬가지였다. 그런데 단 한 사람 그의 부친인 서 노인만은 유별난 데가 있었다. 비록 독한 술로 새카맣게 타들어 가고는 있었지만, 그의 얼굴에는 어딘가 오랜 지적 연마의 흔적이 있었다. 나는 왠지 서 노인을 처음 대하는 순간부터 서동호를 강진의 유일한 대학생으로 만든 것은 직접이든 간접이든 그일 것이라는 생각이 들었다. 항시 술에 취해 건들거리고는 있어도, 그는 분명 문화와 도회의 사람이었다.

그런 내 관찰이 옳았음은 오래잖아 확인되었다. 내가 그의 집에 드나든 지 열흘 만인가 나는 동호가 한 무더기의 일본책들을 뒤지며 무언가를 찾고 있는 것을 보았다. 나는 그중의 한 권을 집으며 무심코 말했다.

"일본어 실력도 상당한 모양이군."

"아니, 아부지 책이다."

"아버님?"

"일본 유학까지 했다카데. 나는 몬 믿겠지만……."

"그래? 그럼……."

어느 정도 짐작은 했어도 막상 동호에게 그 말을 들으니 충격이

켰다.

"더는 묻지 마라. 나도 그밖에는 모르잉까."

내가 호기심에 차서 무언가를 더 물으려 하자, 동호는 문득 얼굴이 굳어지며 그렇게 말허리를 잘랐다. 그런데 한 가지 이상한 것은, 그 뒤 내가 여러 가지로 알아보아도, 서 노인에 관해서는 몇 가지 모두가 알고 있는 사실 말고는 강진 토박이들조차 별로 아는 게 없다는 점이었다. 몇 가지 모두가 알고 있는 사실이란, 그가 강진에 나타난 것이 6·25 전후란 것과 몸이 아파 휴양 중에(병명은 아무도 몰랐다.) 마을 처녀인 동호 어머니와 눈이 맞아 그곳에 뿌리를 내리게 되었다는 것, 그리고 그 뒤로는 별로 하는 일 없이 줄곧 술에만 절어 지내왔다는 것 등이었다. 서동호는 분명 무언가를 더 알고 있었겠지만, 나의 궁금증이 그의 감정을 건드려가면서까지 그 아버지의 숨겨진 내력을 캐낼 정도로 크지는 않았다.

그러다가 다시 우연한 기회에 나는 서 노인의 남다른 과거를 추측할 수 있는 사건과 마주치게 되었다. 건강이 거의 회복되어 마음 놓고 술잔까지 들게 된 구월 어느 날, 나는 멀리서 찾아온 옛 친구 하나와 선창가 술집에 앉아 있었다. 한때는 둘도 없이 친하던 사이로, 나도 그 밤만은 공부를 포기하고 그의 술 상대가 되었던 것인데 술에 취하자 그 친구는 버릇대로 신세타령에 들어갔다. 나에게는 익숙한 신세타령 — 좌익 활동을 하다 산에서 죽은 부친에 대한 원망과 험구였다. 자신의 삶을 서른 몇의 한창 나이에 비참하게 끝나게 했을 뿐만 아니라, 젊은 아내와 어린 남매를 형극 같은 세월 속으로 내동댕이친 부친에 대한 그 친구의 원한은 사실 듣기조차 섬뜩한 데가 있었다.

"내 소원은 국군 장교가 되어 빨갱이를 때려잡는 것이었어. 그런데 그 잘난 애비 덕택에 그마저도 잘 안 됐어……."

그때만 해도 연좌법이 엄격할 때였다. 그 친구는 자신의 말대로 무슨 사관학교인가를 지원했으나 받아들여지지 않았고, 그날도 무슨 후보생 시험인가를 쳤다가 또 면접에서 미끄러진 후 나를 찾아온 길이었다.

"지원입대를 할 거야. 그러고는 말뚝을 꽝꽝 박겠어. 기다리다 보면 언젠가 한번은 빨갱이들이 내려오겠지. 설령 그가 산에서 죽지 않고 살아서 빨갱이들과 쳐 함께 내려온다 해도 용서하지 않겠어. 맨 먼저 그를 쏘겠어. 어머니가 어떻게 돌아가신지 알아? 누님이 어디서 무얼 하는지 알아?"

그 친구는 거의 광란 상태였다. 취해서 온 줄 모르고, 과음을 말리지 않은 탓이었다. 뒤늦게 알아차린 내가 달래보았지만 소용이 없었다. 그때였다. 누군가 우리 자리로 다가오더니 힘껏 그 친구의 빰을 후렸다.

"이노옴—."

얼큰해져 있던 나까지도 정신이 확 들 만큼 높고 우렁찬 목소리였다. 놀라 쳐다보니 서 노인이 삼엄한 얼굴로 서 있었다. 구석진 자리에는 그가 마시려다 둔 것인 듯 맥주잔에 가득 부은 소주와 작은 안주 접시가 손을 대지 않은 채 놓여 있었다.

"어디서 온 쇠쌍놈이 이렇쿠롬 방자하노? 아무리 막돼먹은 자식이로서니, 죽은 애비를 그렇쿠롬 욕비는 수가 어디 있노? 참말로 눈뜨고 몬 보겠구나—."

난데없이 호된 따귀에 퍼뜩 정신이 들었는지 그 친구가 멀거니 그런 서 노인을 올려보았다. 잠시 가쁜 숨을 가다듬은 서 노인은 그 친구에게 별다른 반항의 기미가 없자, 약간 노기를 거두었다.

"바라, 젊은 친구야. 사람은 죽으믄 모든 기 다 그만이다. 빨갱이가 나쁘다 캐도 이미 죽었으믄 그 사람도 맹 희생잔기라. 죄는 우리가 힘없고 가난한 것뿐이다. 그리고 — 바라, 젊은이, 자손 되어 그리 내놓고 조상 욕을 해서는 안 되는 법인기라. 역적한테 항복한 조상을 멋도 모르고 욕해 놓고도 김삿갓은 평생 죄인 시늉을 안 했나? 하기사 젊은이 속도 짐작은 간다. 어메는 고생시럽게 살다 죽었고 누부는 뭐 잘못된 모양이제? 글치만 그게 와 느그 아부지 죄겠노? 다 잘못된 세월 쥔기라. 느그들사말로 또 그런 세월 만들지는 안해야 될 거 아이가? 젊은이사 좀 벨난 이유기는 하다마는, 어느 쪽이던 서로 미워하고 원수 갚을 마음 길러서는 못쓴대이. 그라믄 언젠가는 또 그 몹쓸 세월이 오게 된대이—."

서 노인도 어디선가 먼저 마신 술이 있는 모양이었다. 얘기의 끝부분은 이미 호령이라기보다는 간곡한 타이름이었고, 목소리도 약간 떨리고 있었다. 다행히도 내 친구가 그때 갑자기 쿨쩍이기 시작해 소동은 그쯤에서 끝났다. 그러나 그날 밤 서 노인이 한 말은, 처음의 그 엉뚱하리만큼 맹렬한 분노와 함께 내 기억에 깊은 인상으로 남았다. 숨겨진 그의 과거에는 무언가 이념과 관계된 어두운 부분이 있음에 틀림없었다…….

몸이 회복되고 시간에 쫓기기 시작하면서 좀 드물어지기는 했지만, 나는 변함없이 별장집을 드나들고 있었다. 그 무렵에는 떠돌이 시절이 중심이 된 내 얘기 밑천도 거의 동난 상태여서, 화제는 주로 책이나 자신들의 몽상에 가까운 사색에서 나온 것이긴 해도 황과 나는 여전히 유쾌한 말벗이었다. 하지만 그때 우리가 나눈 대화를 떠올려보면 황당하다 못해 낯이 화끈해질 때마저 있다. 하나는 이제 막 대학에 가기 위해 검정고시를 준비하고 있는 처지에, 그리고 다른 하나는 몇 년 전에 겨우 대학에 입학했다가 한 학기도 못 마치고 신병으로 휴학한 처지에, 우리는 엄청난 주제들을 잘도 떠들어댔다. 절대적인 가치란 존재하는가? 영원은? 신은? — 우리는 그런 것을 떠들며 갈대숲 길을 걷다가 포구로 흘러드는 조그만 개울에 오줌을 누고는 과장스럽게 외쳤다.

"태평양은 분명히 불었다!"라고.

김성구의 일 이후 스스럼없이 된 황의 누이동생과도 점점 가까워졌다. 첫인상의 쌀쌀함과 날카로움은 나에 대한 지나친 경계 탓이 아니었던가 싶다. 가까이서 본 그녀는 약간 비뚤어진 데가 있긴 해도 대체로는 평범한 여자였다. 나이로는 나보다 한 살 위였으나 생일로는 겨우 대여섯 달 빨랐고, 학교는 그 전해에 여고를 졸업했을 뿐이었다.

하지만 그렇다고 해서 내가 그녀를 완전히 이해할 수 있었던 것은 아니었다. 그중에서도 특히 나를 당황케 하는 것은 도무지 짐작할 수 없는 그녀의 희로애락이었다. 어떤 때 그녀는 다정한 오누이처럼 되어 곧잘 지치고 절망하는 나를 위로해 주고 격려했다. 그런가 하면 어떤 때는 마치 질투 많은 여인처럼 내가 은근히 마음 설레어 하는 마을 처녀를 혹평했다. 그러나 어쩌다 내가 약간 미묘한 기분이 들어 그런 방향으로의 접근을 조금이라도 드러내면 그녀는 새파랗게 화를 내어 며칠간은 얼굴조차 대하지 않으려 했다. 나는 그런 그녀 때문에 몇 번 혼란되고 당황한 적이 있었으나, 이윽고는 무관심하게 되었다. 그 집을 드나드는 것은 그녀가 목적이 아니었고, 또 그때 나는 시간에 몹시 몰리고 있던 터여서 턱없는 감정에 휘둘려 열정과 기력을 소모할 겨를이 없었던 까닭도 있었다.

그들 남매의 생활에 대해서 어느 정도 자세히 알게 된 것도 그 무렵이었다. 황의 본가에서는 일주일에 한 번꼴로 별장집에 차를 보내왔다. 회색의 고급 승용차였는데 그 차로 본가에 돌아가는 것은 언제나 황의 누이동생이었다. 그녀는 그렇게 돌아가면 대개 하룻밤을 본가에서 묵은 후, 그 다음 날 오전쯤에 그들에게 필요한 여러 가지 생활필수품을 승용차 트렁크에 가득 싣고 돌아왔다.

그런데 한 가지 이상한 것은 그런 날 홀로 별장집을 지켜야 하는 황의 태도였다. 누이동생이 떠날 때부터 침울해지던 그는 홀로 남으면 거의 히스테리 상태로까지 떨어졌다. 대수롭지 않은 농담에도 벌컥 화를 내어 사람을 무안하게 만드는가 하면 어떤 때는 자기가 앓는 병에 해롭다는 술을 몇 잔이고 비웠다. 도무지 이해할 수 없는 일이어서 한번은 그 까닭을 넌지시 물어본 적이 있었다.

"세상에서 가장 강한 것이 무엇인지 아시오?"

그는 대답 대신 차가운 목소리로 되물었다. 그리고 갑작스런 질문에 어리둥절해 있는 나를 대신하여 스스로 대답했다.

"삶이오. 그게 인내하지 못하는 고통은 없소. 나는 저 애가 그 놈의 차를 탈 때마다 나 스스로가 능욕당하는 기분이오. 하지만, 살기 위해 저 애를 보내지 않으면 안 되는 것이오……."

자조 섞인 그의 목소리로 보아 그는 본가에 대해 깊은 원한을 품고 있는 것 같았다. 나는 다시 적당한 때를 보아 황의 누이동생에게 그 내막을 물어보았다.

"오빠가 열일곱일 때 어머님이 돌아가시고 젊은 계모가 들어왔죠. 오빠는 그 계모를 싫어했어요. 그리고 그 때문에 아버지와도 거의 남남처럼 되었죠. 그렇지만 어떻게 해요? 결국 필요한 것은 거기서 얻어 와야 하지 않겠어요? 더군다나 우리는 아무것도 할 수 없는 병자들이니—."

황과는 달리 지극히 담담한 그녀의 어조였다. 나는 그녀의 설명에 비해 황의 원한이 너무 치열하고 뿌리 깊어 보이는 것이 약간은 이상했지만, 그때는 이미 한가하게 남의 사생활이나 들추고 있을 여유가 없었다. 그사이 어느새 여름이 다 가고, 대학 진학의 첫째 관문인 검정고시가 한 달 앞으로 바짝 다가와 있었기 때문이었다.

그 한 달을 회상하기에 앞서 언제나 내게 선명하게 떠오르는 것은 어느 날 밤의 꿈이다. 그날 밤도 나는 새벽까지 책과 씨름하다가 책상에 앉은 채로 곯아떨어졌는데 그 꿈속에서 맹렬한 불꽃을 보았다. 그것은 책상이며 책이며 이불을 태우고, 산과 들을 태우고 나를 태웠다. 놀라 깨어난 후에도 그 불꽃들은 한동안 내 눈시울 속에서 빨간 혀를 널름거리고 있었다. 바로 그랬다. 그 무렵 이미 내가 준비하는 시험이나 대학 진학은 그 본질이나 그것이 내 삶에 대해 가지는 의미와는 별 상관없이, 그대로 크고 뜨거운 불꽃이었다. 그리하여 그것은 내 낮과 밤을 사르고 육신을 사르고 영혼을 살랐다. 그때의 내 노력이 얼마나 치열했던지 뒷날 형수는 이렇게 술회했다.

"나는 도련님이 미쳐 방금이라도 고함을 지르고 뛰쳐나오지 않을까 걱정했어요."

따라서 그 한 달간의 일로 기억나는 것은 다만 항시 백열등이 켜져 있던 내 골방과 흐트러진 책과 과로로 무겁던 몸, 그리고 — 서동호뿐이다.

뜻하던 대로 대학을 가고, 그 뒤 갖가지 우여곡절을 거쳐 오늘날과 같은 형태로 내 삶이 굳어지게 된 게 잘된 일인지 못된 일인지는 잘 알 수 없지만, 적어도 그 시험에 대해서만은 지금도 서동호에게 감사하지 않을 수 없다. 그는 참으로 내게 더할 나위 없는 선생이었다. 겨우 대학 일학년이면서도 그는 내가 걱정하던 수학을 석 달 남짓한 기간에 거뜬히 해결해주었다. 수학이 과목낙제를 면할 정도가 되자 남은 것은 예의 그 치열한 불꽃 — 무슨 앞날의 대가를 위해서라기보다는 현재의 번민과 고뇌에서 벗어나기 위한 그 필사적인 노력에 나를 맡기는 일뿐이었다.

그러다가 다시 강진의 사물들이 내 의식 속에 떠오르기 시작한 것은 무사히 그 시험을 치르고 다시 꼬박 사흘간 심한 몸살을 앓고 일어난 후였다. 약간 허망하기는 했지만 막상 시험을 치르고 나자 의외로 기분은 담담했다. 아니 그 이상, 짜낼 수 있는 마지막 한 방울의 힘까지 다 쏟았다는 일종의 자부심과 함께 내 정신의 키가 한 길이나 더 높아진 듯 원인 모를 성취감까지 느껴졌다. 이전과는 달리 내가 꽤 느긋한 마음으로 결과에 대한 준비까지 생각할 수 있었던 것은 아마도 그런 느낌 때문이었으리라. 시험에 합격하면 그 뒤는 변화에 맡긴다. 만약 불합격이면 지금껏 해온 것보다 더 철저하게 떠돌면서 한 세상을 보낸다. 왜냐하면 그것이야말로 운명이 내게 원하는 역할 같으므로 — 그것이 당시의 내 결정이었다.

내가 다시 한번 서 노인의 숨겨진 과거와 연관을 맺게 되는 것은 바로 그런 기분으로 검정고시 발표를 기다리던 어느 날이었다. 초저녁이었는데, 무엇 때문인가 서동호의 집을 찾아간 나는 전에 없던 이상한 분위기를 느꼈다. 언제나 시끌벅적하던 집안이 무거운 정적에 빠져 있었을 뿐만 아니라, 건장하던 서동호의 어머니가 머리를 싸매고 안방에 누워 있었기 때문이었다. 평소 제 집처럼 드나들던 터였으므로 거리낌 없이 문을 연 나는 멈칫하며 어디가 편찮으시냐고 물어보았다. 그러자 그녀는 대답 대신 깊은 한숨을 쉬고 돌아누웠다. 낙천적이고 활달하던 그녀에게는 어울리지 않는 행동이었다.

나는 그만 돌아갈까 하는 기분이 들었으나 이왕 온 김이라 다시 서동호의 방문을 열었다. 조용한 방 안에는 사람이 셋이나 앉아 있었다. 서 노인과 동호, 그리고 웬 낯선 사람이었는데 그의 얼굴을 쳐다본 순간 나는 아, 하고 탄성이라도 지를 만큼 놀랐다. 서 노인의 삼십대가 바로 그러하였으리라고 추측될 만큼 서 노인과 닮은 탓이었다.

무엇인가 수군수군 얘기를 주고받던 그들은 내가 들어서자 갑자기 굳어진 얼굴로 입을 다물었다. 그러다가 서동호가 약간 성가신 얼굴로 일어서더니 나를 대문께로 데리고 갔다.

"집에 일이 쫌 있어. 급하잖으믄 내일 보자."

그가 어딘가 당황한 목소리로 말했다.

"무슨 일인데?"

"손(손님)이다."

"아까 그 사람? 네 아버지와 많이 닮았던데."

"사, 삼촌이다. 지금 되게 중요한 이바구 중이다."

내 볼일이란 게 그리 급하지 않았던지 나는 그가 바라는 대로 해주었다. 그런데 집에 돌아와 무심코 그 얘기를 했더니 형이 이상한 듯 고개를 기웃거렸다.

"거 참 이상하다. 여기 온 지 삼 년이 다 되도록 서 노인에게 동생이 있다는 소리는 못 들었는데……"

그 말을 듣자, 문득 그 여름에 술집에서 있었던 일이 떠오르며, 서 노인에 대한 호기심이 되살아났다. 그래서 이튿날 동호를 만나자마자 어찌된 일이냐고 물어보았다.

"오래 왕래가 없었기 때메 강진 사람들은 잘 모를 끼라."

"그런데 왜 갑자기?"

"그쪽 문중에 무슨 일이 있는 갑더라."

그런 동호에게는 무언가 꾸며대고 있는 기색이 있었다. 그러나 내가 그걸 지적하자 동호는 왈칵 짜증을 냈다.

"니야말로 참말 이상한 놈이다. 남의 집안일이 뭐 그리 궁금하노?"

다행히도, 정말 다행히도 나는 검정고시에 합격하였다. 대학을 향한 첫 관문을 무사히 통과한 셈이었다. 합격을 확인한 날 자축의 술에 취해 보낸 하루가 지금도 선연하게 떠오른다. 하지만 그렇다고 그걸로 내 유적이 끝난 것은 역시 아니었다. 대학의 본고사가 다시 석 달 앞으로 촉박해 있는 데다 나는 또 형의 다급한 요청에 의해 모래장으로 끌려나가지 않으면 안 되었기 때문이다.

겨우 여섯 달 사이인데 모래장은 여러 가지로 많이 달라져 있었다. 내가 앓아눕기 전만 해도 모래 장사랬자 기껏 박용칠과 최광탁이 좀 큰 규모였을 뿐 나머지는 모두 고만고만한 영세업자들이었다. 곧 형처럼 십 톤 내외의 배 한 척에 대여섯 명의 선원과 상차꾼 두엇을 거느린 강진의 주민들이었다.

그런데 골재 장사가 재미있다는 소문이 나돌자 부산의 몇몇 시답잖은 자본가들이 그 장사에 덤벼들기 시작했다. 그들은 원래 모래장 위에 있던 하천부지를 빌어 그보다 몇 배 넓은 모래장을 만들고, 한꺼번에 열 트럭분 이상을 실을 수 있는 대형의 모랫배를 몰고 왔다. 또 상류의 모래 채취장에는 중기(重機)를 띄워 임금과 경비를 절약했다. 그리하여 대량으로 퍼온 모래를 소규모의 배 한두 척으로는 도저히 감당할 수 없는 싼값으로 내놓았을 뿐만 아니라 모래장에도 중장비를 동원하여 상차꾼 두 사람이 삼십 분이나 걸려야 실을 수 있는 모래를 단 삼 분 동안에 차에 실었다.

이익에 민감하고 또 늘상 바쁜 도회의 건축업자들은 너나없이 그 새로운 모래 장수들에게서 값싸고 간편하게 모래를 사갔다. 그 바람에 원래의 소규모 모래 장수들은 속수무책으로 망해 들어갔다. 쌓아놓은 모래는 비바람에 반나마 유실되도록 팔리지 않는 대신 선원들과 상차꾼들의 임금은 밀리기만 했다. 그들이 할 수 있는 일은 모래배를 부산에서 온 대규모의 업자들에게 넘기거나 그 그늘에 흡수당하는 것뿐이었다.

형도 처음에는 그들 대규모 업자들과 정면 승부를 피하고 어떻게든 그들에게 빌붙어 살 생각을 해본 듯했다. 그러나 그들이 내세우는 조건은 너무 가혹했다. 배를 팔 경우에는 권리금은 전혀 무시된 채 배 값이나 겨우 받을까 말까였고, 배를 가지고 그들의 그늘에 들어가려 해도 겨우 좀 나은 선장 봉급 정도의 분배를 약속할 뿐이었다.

거기서 화가 난 형은 한번 그들과 정면으로 부딪쳐볼 마음을 먹게 되었다. 사실 대규모의 업자들이라고 해서 전혀 약점이 없는 것은 아니었다. 그중에 가장 큰 것이 스스로도 적자를 감수하면서까지 낮춰버린 모래값이었다. 얼마간만 그렇게 끌어가면 마침내 과독점상태가 오리라는 것이 그들의 계산이었지만 거기에는 한계가 있었다. 대형 모래배와 중장비에 엄청난 자본을 묶어둔 채 언제까지고 계속하여 적자를 볼 수는 없기 때문이었다. 형은 그 약점을 노려 버틸 수 있는 때까지 버텨보기로 작정했다.

형이 기어이 나를 모래장으로 끌어낸 것은 바로 그 싸움에 대비해 최대한 임금과 경비를 절약하기 위해서였다. 형은 선장과 선원 한 명을 해고하고 스스로 그 두 사람 일을 떠맡은 대신 나에게는 몇 가지 까다로운 주문과 함께 다시 모래장 서기 일을 맡겼다. 덕분에 나는 그전처럼 한가하게 앉아서 책이나 보며 찾아오는 손님을 기다릴 수만은 없게 되었다. 모래장에 트럭이 들어오기 바쁘게 달려 나가야 했고, 어쩌다 낯익은 건축업자나 운전사라도 있으면 소매를 잡다시피 끌어와야 했으며, 조금이라도 상차 시간을 줄이기 위해 상차꾼들 이상으로 열심히 모래를 퍼 담아야 했다. 그리고 때로는 당시 가장 고급이던 신탄진을 몇 갑이고 사두었다가 낯모르는 운전사며, 심지어는 여드름도 벗어지지 않은 조수 녀석에게까지 내키지 않은 선심을 쓰기도 했다.

공부는 다만 밤과 비 오는 날뿐이었다. 그렇게도 중요하게 생각하던 대학입시가 채 석 달이 안 남았는데도.

그런데 모래장에 온 지 며칠 안 돼서 나는 앞서의 모든 변화보다 더 크게 눈에 띄는 변화 하나를 발견했다. 바로 모래장의 오랜 일과 중의 하나였던 최광탁과 박용칠의 그 요란한 싸움이 없어진 일이었다. 알고 보니, 최광탁은 내가 다시 모래장에 나오기 한 달쯤 전부터 위암으로 입원 중이었다.

최광탁이 없는 박용칠은 왠지 초췌하고 침울한 모습이었다. 죽을 둥 살 둥 마시던 술도 짐짓 멀리하는 눈치였고, 선원들이나 상차꾼들을 향해 지르던 그의 독특한 고함소리도 전혀 들을 수 없었다. 대신 그는 매일 최광탁의 병실에 들렀는데, 거기서의 언행은 세상의 그 어떤 동생보다 더욱 공손하다는 게 보고 온 사람들의 전언이었다. 거기다가 또 하나 감탄할 만한 것은, 이미 모래장의 경기가 형편없이 된 후인데도 최광탁의 몫만은 전과 다름없이 셈해 주는 일이었다.

나는 그런 박용칠의 돌변이 얼른 이해되지 않았다. 그러나 그와 최광탁의 독특한 관계에 대한 얘기를 이것저것 듣게 되면서부터 차츰 그것은 돌변이 아니라 당연한 일일는지도 모른다는 생각이 들게 되었다.

……그들이 강진에 나타난 것은 휴전 직후의 혼란 때였다. 약간의 시차는 있었지만 그들은 대개 비슷한 시기에 비슷한 경위로 오게 되었다. 최광탁은 제3부두 뒷골목에서 주먹깨나 쓰던 건달이었는데, 친구가 노름판에서 잃은 돈을 힘으로 빼앗아 돌려주었

다가 특수강도로 몰려 숨으러 왔고, 박용칠은 의붓아버지의 금고를 털어 일본으로 밀항하려다가 사기를 당해 돈만 뺏기고 인근 갈대밭에 버려져 끝내는 강진 주민이 된 처지였다.

최광탁이 나중에 우스개 삼아 얘기한 것이지만 그들이 처음 만났을 때의 상황은 재미있었다. 그해 여름 어떤 새벽 불안한 마음으로 갈밭 속 은신처 움막에 잠들어 있던 최광탁은 갑자기 요란스레 갈대숲을 헤치는 소리에 눈을 떴다. 밀림과도 같은 갈대밭을 천방지축 헤치고 나타난 것은 바로 박용칠이었다. 그때 박용칠이 맨 처음 한 말은 이러했다.

"고찌라와 도꼬데스까(여기가 어딥니까)?"

그때껏 속고 있던 그는 거기가 일본 땅인 줄 알고 준비해 간 일본말로 그렇게 물었다고 한다. 밤새도록 어두운 바다를 달린 데다 선원들은 한결같이 그곳이 하카다[傳多] 남쪽이라고 일러주었기 때문이었다.

그러나 속은 것을 알게 된 후에도 박용칠은 한동안 최광탁의 움막에서 함께 지냈다. 밀항을 기도한 것과 의붓아버지가 경찰을 풀어 자기를 쫓고 있으리란 불안 탓이었다. 필요한 물품을 사러 나가는 것 외에는 몇 달이고 무성한 갈대밭 속에서 함께 지내다 보니 그들은 곧 다정한 친구가 되었다. 최광탁이 세 살 위여서 그가 형님이 되고 박용칠은 아우가 되었지만 그것은 의례적인 호칭일 뿐이었다.

그 후 어느 정도 체포의 위험이 사라진 뒤에도 그들은 강진에 그

대로 눌러앉았다. 어떤 때는 고기잡이배의 선원으로 함께 일하기도 하고, 어떤 때는 밀수품 양륙반원이나 그곳을 출발지로 삼는 밀항선의 브로커 노릇을 함께 하기도 했다. 그러다가 그들을 쫓는 사람이나 공소시효가 완전히 없어졌을 무렵 약간의 돈을 모은 그들은 힘을 합쳐 조그만 배 한 척을 장만했다. 처음에는 고깃배로 시작했으나 오래잖아 그 배는 강진의 첫 모래배가 되었다.

그 다음은 모든 것이 순조로웠다. 부근의 지형과 물길에 똑같이 밝고, 또한 둘 다 서른 이쪽저쪽의 건장한 일꾼들이고 보니 따로 돈 드는 선장이나 선원을 쓸 필요가 없었다. 발동기를 볼 줄 아는 선원 하나와 허드레 일꾼 하나만 있으면 그들은 하루에 다섯 번까지 질 좋은 모래를 모래장에 부려 놓을 수 있었다.

그림자같이 붙어 다니던 그들이 늦은 대로 결혼을 생각하게 된 것은 이듬해 다시 새로운 배 한 척을 모을 수 있을 만큼 여유가 생긴 후의 일이었다. 먼저 손위인 최광탁이 마을의 색시와 결혼을 했고, 이어 강요와도 같은 그의 권유에 박용칠도 아내를 맞았다. 신부는 역시 마을의 처녀로 최광탁의 아내와는 단짝이던 사이였다.

그런데 좀 유별난 것은 결혼 후에도 몇 년간 계속된 그들의 공동생활이었다. 무슨 생각에선지 그들 두 쌍의 부부는 한집에서 같이 살았을 뿐만 아니라 한 솥에다 밥을 짓고 한 상에서 그 밥을 먹었다. 일에 있어서도 남편들이 바깥에서 동업하고 있는 것처럼 아내들은 아내들대로 안에서 함께 일했다. 함께 재첩을 건지고,

함께 연료로 쓸 갈대를 쪄 날랐으며, 저녁에는 함께 몸을 씻고 함께 화장했다.

나중에 그 요란한 싸움이 된 문제의 원인은 아마도 그 무렵에 있었던 것 같다. 서로서로 절친한 사이인 데다, 오래 한집에서 뒤얽혀 산 그들이고 보면 남편이나 아내가 혼동될 가능성은 있었다. 특히 아내들은 갯가 여자들이 정조에 헤프다는 일반적인 의심 외에도, 한창 살림 모으는 재미로 일에 지쳐 빠져 초저녁부터 곯아떨어지는 수가 많았고, 밤늦게 고주망태가 되어 들어오는 남편들은 오래 총각으로 지낸 탓에 창녀들에게 익숙해 있었다.

최광탁과 박용칠의 싸움에 언제나 발단이 되는 아이들도 약간은 이상한 데가 있었다. 초등학교 사학년인 박용칠의 맏아들은 키가 작달막하고 얼굴이 둥근 아버지와는 달리 가는 몸매에 기름한 얼굴이었고, 반대로 초등학교 삼학년인 최광탁의 둘째 딸은 키가 훌쩍하고 기름한 얼굴을 가진 아버지와는 달리 통통한 몸매에 둥글넓적한 얼굴이었다.

그러나 그들이 그 일로 말다툼을 시작하게 된 것은 순전히 일없는 동네사람들의 쑤군거림 탓으로 여겨진다. 각기 두셋씩 아이를 가지게 되고, 차차 네 것 내 것도 가리게 되어 그들 두 쌍의 부부는 분가하게 되었지만, 그래도 숟가락 하나까지 똑같이 가를 만큼 사이좋게 헤어졌다. 처음 동네 사람들의 그런 쑤군거림이 그들 귀에 들어갔을 때도 그들은 다 같이 대수롭지 않게 웃어 넘겼다. 내가 보기에도 그 아이들이 아버지를 닮지 않은 것은 사실이지만, 그렇다고 반드시 상대방의 아버지를 닮았다는 근거는 전혀 없었다.

그러다가 그 일을 먼저 시빗거리로 삼은 것은 박용칠이었다. 동네 사람들은 아이가 자랄수록 최광탁을 닮아갔기 때문이었다고 했으나, 왠지 내게는 그게 다만 싸움의 구실에 지나지 않는 것 같은 인상이었다. 바꾸어 말하면 박용칠은 그걸 구실로 무언가 풀리지 않는 삶의 응어리를 최광탁을 상대로 풀려고 했고, 최광탁은 최광탁대로 기꺼이 그를 맞아 자신의 몫까지 겹쳐 풀었던 것 같았다. 그들의 싸움이 비교적 짧고 뒤를 남기는 법이 없다는 점과 또 마땅히 책임을 나누어야 할 집안의 여자들에게는 결코 그 불똥이 튀는 법이 없었다는 점이 내 그런 추측의 근거였다. 그리고 — 그렇게 볼 때, 최광탁이 회복하지 못할 병으로 쓰러진 이상 그들에게 남는 것은 온전히 함께 고생스레 걸어온 긴 세월뿐이었다. 확실히 박용칠은 최광탁의 불행을 진정으로 슬퍼하고 있었다.

별장집 남매가 돌연 강진을 떠난 것은 내가 다시 모래장으로 나간 지 얼마 안 되는 시월 말의 일이었다.

어느 날 저녁 함께 밥상을 받고 있던 형이 불쑥 물었다.

"너 저쪽 별장집 남매와 친하게 지냈지?"

"네, 조금. 그런데 갑자기 왜 그러십니까?"

"뭐 이상한 게 없디? 일테면 가정환경 같은 거 말이다."

"별루요. 그저 어머니가 계모라는 정도였어요. 무슨 일이 있습니까?"

"실은 오늘 동(洞)에 갔다가 박 서기한테 이상한 얘기를 들었다. 오빠라는 청년이 며칠 전에 혼자 주민등록을 옮기고는 극빈자 증명을 떼달라고 사정을 하더란다."

"극빈자 증명을요?"

"그래, 뭐 국립요양소에 가겠다던가……."

그러자 나는 계모와 부친에 대한 황의 유별난 증오를 떠올렸다.

"기어이 부모와 손을 끊을 모양이군요."

"그런데 박 서기 말로는 그런 감정적인 것이 아니라, 정말로 사정이 다급한 것 같더라는 거야. 어쨌든 이곳을 곧 떠나려는 모양이더라."

그러고 보니 나는 꽤 오랫동안 별장집을 찾지 않은 셈이었다. 시험 전에는 공부에 바빴고, 그 후에는 모래장에 나가게 되어, 근 두 달 동안에 그들 남매와 만난 것은 합격 발표 직후의 한 번뿐이었다.

나는 저녁술을 놓기가 바쁘게 별장집으로 가보았다. 현관 입구에 황의 누이동생이 멍하니 서 있다가 나를 보더니 매달리듯 팔을 끌었다. 전에 없던 일이었다.

"제발 부탁이에요. 오빠를 좀 말려주세요."

그녀는 낮은 목소리로 빠르고 다급하게 말했다.

"오빠는 거기 가면 죽고 말 거예요. 오빠는 지금 중태란 말이에요. 아시겠어요? 꼭 좀 말려주세요."

"네, 그래보죠."

나는 일의 진상도 정확히 모르면서 얼결에 대답하고는 방 안으로 들어갔다. 방 안에는 황 혼자 앉아 술을 마시고 있었다. 소문대로 떠날 작정인 듯 그런 황 곁에는 크고 작은 트렁크 두 개가 나란히 놓여 있었다.

"어딜 가시려고 이러십니까?"

"진작부터 내가 있었어야 할 곳으로 갈 작정이오."

"있었어야 할 곳이라니 — 어딜 말이오?"

"국립요양소의 요구호자(要求護者) 병동이오. 어쨌건 그 얘기는 그만두고 이별주나 나눕시다. 못 보고 떠나는가 걱정했소."

그는 애써 화제를 돌리며 내게 술잔을 건넸다. 나는 몇 번이고 원래의 화제로 돌아가려 했으나 허사였다. 결국 그와 지난여름의 일이나 하릴없이 추억하고 있을 때 황의 누이동생이 들어왔다. 눈주위에 운 흔적이 있었다.

"오빠, 꼭 가셔야겠어요?"

"그래."

황이 차갑게 말했다. 그러자 냉정을 가장하려고 애쓰던 그녀가 엎드러지듯 황의 무릎을 싸안으며 애원했다.

"오빠는 그곳을 모르세요? 이번에 가면 죽어요. 오빠, 제발 마음을 돌려주세요. 우리는 반드시 살아남아야 해요. 살아남아서 — 우리가 받은 것을 모두 되돌려주어야 해요……."

그런 그녀의 눈에는 줄줄이 눈물이 흘러내리고 있었다. 그러나 황의 차가운 눈길은 조금도 누그러지지 않았다.

"나도 살고 싶다. 살기 위해 그리로 간다."

"아니에요. 절대 그렇지 않아요. 거기로 돌아가는 것은 자살이에요…… 그들이 보기 싫으면 못 오게 할게요. 내가 일해서 벌게요. 제발 거기만 가지 마세요……."

그러는 그녀가 애처로워 나도 거들었다.

"내 생각에도 여기가 더 좋을 듯한데 생각을 돌리시죠. 무슨 이윤지는 모르지만…… 동생분도 저렇게 애원하지 않습니까?"

"이 형, 나중에 속은 것을 분하게 여기지 말고, 내 말을 새겨들으시오. 내게는 부모가 없소. 내가 여기서 사는 것은 하루하루가 그대로 치욕이요. 지금 나를 죽이고 있는 것은 결핵균이 아니고 바로 그 치욕이란 말이오."

"잘은 몰라도…… 기른 것도 부모라 하지 않습니까? 마음에 들지 않더라도 아버님을 보아서……."

나는 계모 이야기를 그 자신에게 직접 들은 것이 아님을 상기하며 더듬거렸다. 그러자 황이 갑자기 벌컥 성을 냈다.

"시끄러워요. 뭘 안다고? 그리고 — 도대체 이 형은 남의 사생활에 너무 깊이 관계하려 드는 게 아니오? 이만 돌아가쇼. 곱게 이별주나 나누려 했더니……."

그러고는 싸늘한 얼굴로 나를 외면해 버렸다. 황의 누이동생이 다시 흐느꼈다.

"오빠—."

"너도 시끄럽다. 기어이 내가 여기 이 형에게 이것저것 다 털어놓아야 시원하겠어?"

황이 매서운 눈으로 그녀를 내려다보며 쏘아붙였다. 그러자 왠지 그녀의 얼굴이 하얗게 질리며 말리던 기세가 알아보게 꺾였다.

"알겠어요. 알겠어요, 오빠……."

잠시 후 그녀는 탄식처럼 그렇게 뇌까리더니 나를 보며 나직이 재촉했다.

"그래요, 이건 우리 남매의 일이에요, 죄송하지만 이만 돌아가 주세요."

나는 한편으로 무안하고 한편으로는 슬며시 화가 났지만 말없이 자리를 뜨지 않을 수 없었다. 내가 현관을 벗어나기도 전에 오래 참다 터진 듯한 남매의 흐느낌 소리가 처량하게 들려왔다.

이튿날 그들 남매는 별장집을 떠났다. 세간을 고스란히 두고 각기 커다란 트렁크 하나씩만 든 채. 그런데 한 가지 이상한 것은 며칠 후 우연히 모래장에 들른 김성구의 말이었다. 내가 측은한 기분으로 그날 밤의 일을 전하자 그는 대뜸 말했다.

"그 가스나, 뭔가 니가 모르는 기 있을 끼다. 우짜든 놀랍고도 더러븐 일이."

그리고 이상히 여긴 내가 캐묻자 그는 씹어뱉듯이 말했다.

"내가 그때 당한 기 너무 이상타 카이. 니가 내 편지 전해 조가(주어서) 그 가스나하고 광복동에서 따로 만났을 때 말이라. 첫째로 그 가스나 너무 노숙하더라. 끽해야(기껏했자) 우리 나인데, 이건 뭐 나를 알라(어린애) 취급이라. 난또(나도) 놀았다 카믄 논 놈 아이가? 그런데 그 가스나한테는 택도 없드라 카이. 그 다음에 이상한 거는 '불새'라 카는 놈이라. 충무동에서 유명한 깡팬데, 그 가스나가 그날 오빠라 카미 데리 나왔드라꼬. 그런데 지 말 안 들으믄 꼬붕들도 손가락을 짤라뿐다 카는 고 독종이 그 가스나한테는 여간 공손한 기 앙이라. 그라면서 배미(뱀) 같은 눈으로 나를 째리 보는데 참말로 식겁 묵었다. 거다가 그 가스나 요상한 기 어디 그거 뿌이가. 패션모델 같은 옷하고, 영화배우 같은 화장하고 — 암만 캐도 뭔가 앞뒤가 잘 안 맞는다 카이."

나로서는 참으로 이해 못할 일이었다.

하지만 모래장을 중심으로 형이 벌이고 있던 힘겨운 싸움은 생각지도 않은 시기에 뜻밖의 방향으로 끝이 났다. 그 계기는 위암으로 입원해 있던 최광탁이 기어이 숨져버린 일이었다. 그 때문에 전의를 잃어버린 박용칠이 무너지자 형의 다른 동맹군들도 도미노현상을 일으켜 형 홀로는 더 버틸 수 없게 되고 말았다.

그런데 모래장을 중심으로 벌여온 싸움의 결말을 말하기 전에 먼저 얘기해 두어야 할 일이 하나 있다. 최광탁과 박용칠의, 거의 반생에 걸친 싸움의 결말이 바로 그것이다. 직접 그들과 교류한 적은 없지만, 이왕 그들의 기묘한 싸움이며 지나온 자취를 길게 얘기한 일이 있으니, 그 결말까지도 들은 대로 전해 두는 편이 옳을 것 같다.

최광탁이 숨을 거둔 것은 그해 십일월 초순이었다. 죽기 사흘 전부터 어떤 예감이 있었던지 최광탁은 정신만 들면 박용칠을 찾았다. 박용칠도 어쩐 일인지 모래장은 제쳐놓고 최광탁의 병실에 붙어살다시피 했다. 몇 번이고 박용칠을 불러놓고 무슨 말을 할 듯 할 듯하다가는 입을 다물곤 하던 최광탁은 숨지던 전날 밤에야 이야기를 꺼냈다.

"동상 — 참말로 나를 의심하나?"

"아임다, 행임, 아임다. 그냥 행임한테 한분 엉구렁(어린양) 떨어본 거라예. 사는 기 심심키도 하고 또 같이 몰리 댕기며 고생하던 옛날이 그립기도 해서."

"난또(나도) 대강 그래 생각했다마는, 암만 캐도 엉구렁만 가지고는 그래 안 되는 기라. 뭔동 미심쩍은 기 있제?"

"아임다. 맹세하겠임다. 내가 행임을 의심하다이요."

"인자 거진 막판 같다. 내한테 거짓불(거짓말) 할 거 엄는 기라. 나도 짚이는 게 있다."

"뭘 말씸임꺼? 지팼당이요?"

"그해 말따. 우리가 한집에 살 때 무슨 태풍인가로 느그 방구들이 내려 앉았잖나? 그때 우리 두 내외가 한방을 쓴 적이 있제?"

"예, 그건 와예?"

"그때 우리가 얼마나 퍼마실 때로? 또 예펜네들은 집칸 장만는다꼬 얼매나 뼈 빠지게 일했노? 그래서 잠 들믄 떠메고 가도 모르는 예펜네들한테 고주망태가 된 사나(사내)들이 새벽에 기어 들어간 기 어디 한두 분이가? 낭패가 있었으믄 그때 있었을 기다."

"암만 카믄 즈그 예펜네도 몬 알아봤을라꼬요?"

"나는 니가 그 문제를 들고 나설 때마다 퍼뜩퍼뜩 그때가 생각나드라. 아아들 나이도 대강 글코. 그란데 —."

"……?"

"참말로 글타믄 그기 그케 분하고 원통하겠나? 밭 바뀌고 씨 바뀐 거 말이따."

"……."

"내가 니캉 싸워도, 호역(혹시) 아아들이 듣고 맴에 끼(끼어) 하까 봐 우선 니 입 막을라꼬 그랬제, 속은 암치도 않더라. 니 씨라꼬 생각해도 딸아 귀키는(귀엽기는) 똑같드라."

"실은 행임, 지도 그랬임다. 내 언제 그 일로 우리 아 구박하거나 예펜네 닥달칩디꺼? 참말로 그냥 해본 소립더. 원망이 있었으믄 다른 기라예."

"다른 기라꼬? 뭔데?"

"우선 행임을 만난 그 자체라예. 그때 행임을 만나 여다 주질러 앉지만 않았으믄 나는 어떻게든지 일본에 갔을 끼라예. 그라믄 내 인생은 지금카모는 많이 달라졌을 끼라예……."

"그거사 나도 글타. 나도 니하고 정 부쳐 여기 안 처박혔으믄 지금쯤 많이 다를 끼다. 옛날에 내 밑에서 빌빌거리던 똘마이들이 지금은 모도 한몫 잡아 시내서 사장질 하더라. 그 꼴난 주먹 가주고."

"거기다 또 먼다꼬(뭐한다고) 장가는 가라 캐가지고 — 사람을 이래 생으로 꼽새(꼽추) 만들어 놨으이—."

"그래도 자식 농사는 지어야 할 꺼 아이가?"

"다 소용없임더. 기집이건 자식이건 다 짐일 뿐이라예. 귀하믄 귀한 대로 짐이고 미우믄 미운 대로 짐인기라예. 어디 훨훨 떠나고 싶어도 그것들이 걸려 안 되고, 분이 나 속이 뒤집히도 그것들 때매 참아야 되고……. 인자는 나이를 묵어 그란지 좀 덜하지만 요중간(이 중간)에는 우옜는지 아십니꺼? 다 때리치앗뿌고 천장만장 달라 빼고 싶은 맴이 하루에도 열두 번이던 기라예."

"그거사 우야노? 사는 기 머, 다 그렇제. 그런데 — 참말로 그것뿐이제? 내한테 주먹 울러 매고 달라(덤벼)들어도 속마음은 참말로 그것뿐이제?"

"맞십니더."

"그라믄 됐다. 설마 죽는 사람 앞에 놓고 거짓불이야 하겠나? 실은 죽기 전에 닐 부른 거는 그 때문이다. 그랬을 턱도 없지만, 니 맴에 정 걸린다믄 아아들 서로 바꽈 올라꼬 생각했다."

"아이구 행임, 벨 말씀 다하심더, 팔수는 틀림없이 내 아들이라요."

"됐다. 지숙이도 내 딸 맞다. 내 죽은 후에라도 허뿌 딴소리하지 마라."

— 대강 그렇게 결말을 짓고 최광탁은 새벽녘에 숨졌다는 소문이었다. 그 자리에 있었던 게 누군지, 그 소문의 어디까지가 진실인지는 단언할 수 없으나 내가 보기에는 앞뒤가 맞아떨어지는

결말이었다.

그런데 이미 말했듯, 그와 같은 최광탁의 죽음은 모래장의 판도를 크게 바꾼 계기가 되고 말았다. 그 뒤 모래장 일에 흥미를 잃은 박용칠이 모래배를 도회에서 온 업자들에게 헐값으로 넘겨버린 탓이었다. 가장 배짱 좋고, 힘 있던 최광탁과 박용칠이 그렇게 무너지자 나머지도 따라서 힘없이 무너져버렸다. 그래도 형은 마지막까지 버틴 덕으로 과독점 체제에 조급해 있는 도회지 업자들과 다소 유리한 거래를 한 쪽이었다. 배를 넘긴 돈으로 그럭저럭 덤프차 한 대를 구입할 수 있었기 때문이었다.

어쨌든, 형은 그 일로 재산의 절대량이 다소 줄긴 했으나 오랜 적자를 메우고 새로운 사업을 시작하게 됐고, 나는 홀가분한 마음으로 모래장에서 벗어날 수 있었다. 처음 목표보다 대학을 낮추고 과를 바꾸기는 했지만, 이듬해 내가 그런대로 꿀사납지 않은 대학에 무사히 들어갈 수 있었던 것은 대개 그 돌연한 변화 덕분이라고 해도 크게 틀리지는 않을 것이다.

나는 다시 한 달 남짓한 모래장 서기 일을 끝내고 책상 앞으로 돌아왔다. 그러나 생활이 내 목적에 일치하고 그걸 추구하는 여건이 얼마간 나아지기는 했지만 정신적인 유적은 여전히 끝나지 않았다. 두 달도 채 남지 않은 대학입시가 무슨 넘지 못할 거대한 산맥처럼 나를 가로막고 있었기 때문이었다. 그것이 얼마만 한 무게로 내 영혼을 짓눌렀는지는 역시 그 무렵의 일기로 잘 알 수 있다.

'이미 이 시험은 유희가 아니다……. 진작도 나는 그렇게 말해 왔지만, 이제야말로 이 시험은 내가 이 삶을 이어가려면 반드시 풀어야 할 과제이며, 뛰어넘어야 할 운명의 장벽이다. 내 정신을 학대하는 압제자이며 나를 가두는 감옥이며 — 이것을 극복하지 않고는 결코 진정한 자유를 누릴 수 없는 사슬이다. 지난날의 무모와 광기를 변명하기 위해, 낭비된 시간에게 진 무위(無爲)의 빚을 갚기 위해, 그리고 앞날의 비참과 통한을 피하기 위해, 나는 반드시 이 강력한 적을 쓰러뜨리지 않으면 안 된다. 또한 내 영혼의 해방을 위해, 비뚤어지지 않은 삶을 위해, 진정한 인식을 위해, 영원한 예술을 위해 이 거대한 장애물을 뛰어넘지 않으면 안 된다. 이 시험은 너무 깊이 들어와서 되돌아갈 수 없는 미로(迷路)이며 나는 도망칠 권리조차 없는 필사의 전사(戰士)이다.

그러므로…… 나는 이렇게 변하지 않으면 안 된다. 일체의 잡념은 버릴 것이다. 상상력의 과도한 발동은 억제할 일이다. 음과 색에 대한 지나친 민감을 경계할 것이다. 언어와 그것의 독특한 설득 형식에는 완강할 것이다. 감정의 분별없는 희롱, 특히 그것의 왜곡이나 과장은 이제 마땅히 경멸할 일이다…….'

한낱 대학입시에 그처럼 무거운 의미를 부여하게 된 경위는 지금으로서는 역시 잘 이해되지 않지만, 그런 글은 일기장 도처에서 눈에 띈다.

'시계의 초침 소리를 듣는 데 소홀하지 말아라. 지금 그 한순간 순간이 사라져 이제 다시는 너에게 돌아올 곳 없는 곳으로 가버리고 있다는 것을 언제나 기억해라. 한 번 흘러가 버린 강물을 뒤

따라 잡을 수 없듯이 사람은 아무도 잃어버린 시간을 찾아 떠날 수 없다. 더구나 너는 이제 더 이상 그 초침 소리에 관대할 수 없으니. 허여된 최대치는 이미 낭비되고 말았으니.'

그리고 더욱 심하게는 이런 구절도 있다.

'너는 말이다, 한번쯤 그 긴 혀를 뽑힐 날이 있을 것이다. 언제나 번지르르하게 늘어놓고 그 실천은 엉망이다. 오늘도 너는 열여섯 시간분의 계획을 세워 놓고 겨우 열 시간분을 채우는 데 그쳤다. 쓰잘 것 없는 호승심(好勝心)에 충동되어(바둑을 말함인 듯.) 여섯 시간을 낭비하였다.

이제 너를 위해 주문을 건다. 남은 날 중에서 단 하루라도 그 계획량을 채우지 않거든 너는 이 시험에서 떨어져라. 하늘이 있다면 그 하늘이 도와 반드시 떨어져라. 그리하여 주정뱅이 떠돌이로 낯선 길바닥에서 죽든 일찌감치 독약을 마시든 하라.'

따라서 밤낮 없는 무리에 빠져 있던 내게 그 무렵의 강진은 그저 몽롱한 추억의 배경일 뿐이었다. 그런데 그 유일한 예외가 서 노인의 일이었다.

서 노인의 동생이라는 그 사내가 다녀간 이래 서 노인의 가족들은 조금씩 변해갔다. 때로 바보스러울 만큼 단순하던 동호는 이상하게 침울하고 사색적으로 변했고, 언제나 막소주에 취해 허허거리며 동네를 돌아다니던 서 노인은 말없이 집 안에만 박혀 있었다. 동호의 어머니도 겉으로는 전과 다름없이 보였지만 자세히 살피면 중병이라도 앓는 사람마냥 힘없고 허탈한 표정이었다. 나 자신의 일 이외에는 감각이 무디어질 대로 무디어진 때였지만, 그런 내게도 그들 가족은 무언가 엄숙하고 중대한 일을 기다리고 있는 듯한 느낌이 들었다. 더군다나 그 일 속에 포함된 어떤 맹렬한 폭발과 붕괴의 예감은 입시 마지막 총정리를 위해 이따금씩 동호를 찾아가던 나까지도 까닭 없이 조마조마하게 했다.

그러다가 내가 대학입시 원서를 접수시킨 날 밤 그 일은 마침내 모습을 드러냈다. 그날 망설이고 고른 끝에 서울의 명문대지만 좀 만만한 학과에 입시원서를 접수시킨 나는 뒤숭숭한 마음을 달래기 위해 동호를 찾아갔다. 그런데 동호의 집 앞 좁은 골목에 그때까지만 해도 흔치 않았던 자가용 승용차 한 대가 서 있었다. 전에 없던 일이라 나는 약간 이상한 느낌으로 동호네 대문을 들어섰다. 그때 집 안에서 벼락같은 고함소리가 들려왔다.

"글쎄, 돌아가라니까."

놀라서 살펴보니 마루에 엎드린 사람을 향해 서 노인이 성난 얼굴로 서 있었다. 바로 몇 달 전에 보았던 동호의 삼촌이라는 삼십대 후반의 남자였다.

"아버님, 그럼 임종만이라도 보아주십시오."

"이 고얀 놈. 누가 네 애비냐? 여기 있는 것은 다만 이십 년 전에 죽은 서창길(徐昌吉)의 못 다 썩은 시체라고 하지 않더냐?"

서 노인은 그렇게 말하고는 방으로 들어가며 소리 나게 문을 닫았다. 그러자 사내는 꼼짝 않고 엎드려 있었다. 그리고 울먹이는 소리로 말했다.

"아버님, 임종이 가깝습니다. 평생의 한을 풀어드리십시오."

"닥쳐라. 죄 짓고 총살당한 시체, 지금 와서 죽어가는 그 사람에게 보여 무엇 하겠느냐?"

문 안에서 여전히 호통을 치고 있었지만 서 노인의 목소리는 처음보다 한층 힘이 빠져 있었다. 그때 누군가 그들이 주고받는 뜻밖의 대화에 어리둥절해져 서 있는 내 어깨를 쳤다.

"가자, 여서 뭐 하노?"

동호였다. 그런 그의 입김에는 약간의 술기운이 서려 있었다.

"국문과로 정했다며? 니한테 맞을 끼다. 여기 앉자. 오늘은 니하고 이바구 좀 하고 싶다. 혹 아나? 니가 이담에 소설가라도 되문 좋은 소재가 될 끼다."

마을을 벗어나 차가운 바닷바람이 불어오는 갯가 바위에 자리를 잡으며 동호가 말했다. 만약 그때 동호가 한 말이 가정(假定)이 아니라 한 예언이었다면, 그 예언은 지금 훌륭히 맞아떨어지고 있는 셈이다.

"벌써 니가 알아뿌랬으니 참말을 하지만, 아까 그 사람은 삼촌이 아이고 내 이복형이라. 철이 들면서부터 이 세상 어딘가는 있을 끼라고 막연하게 추측했던 그 사람이라. 와 그렇노 하면 아부지가 엄마를 만났을 때 서른아홉이었거든……."

"그렇다면 아버지께서 스스로를 죽었다고 말하는 그 이십 년 전이겠군."

"그래, 내 다 말해 주지, 울 아부지가 바로 그 무시무시한 빨갱이였던 기라. 한번은 아부지가 옛날에 구경한 적이 있다는 공산폭동을 얘기하더라꼬. 조그만 읍의 경찰서를 습격하고 우익 인사들을 처형하고, 피, 불길, 끔찍한 사형(私刑), 뭐 이런 것들이었는데, 인자 가만 생각해 보이 그게 바로 자기가 지휘했던 폭동이 아잉가 몰라. 우쨌든 국군토벌대가 반격하자 한 패는 지하로 숨고 한 패는 산으로 도망쳤어. 그런데 나중에 전멸한 야산대(野山隊) 입산자 가운데 아부지로 오인될 만한 사람이 있었던 모양이라. 아부지가 구차스럽구로 숨어 사는 동안도 그쪽에서는 공비토벌 때 총살당한 걸로 처리됐거덩. 그쪽 가족들도 아부지가 안 죽은 줄 알면서도 뒤탈이 무서바서 모르는 척 남의 시체 갖다가 무덤까지 만들었능기라. 아부지가 이십 년 전에 죽었다고 자칭하는 건 바로 그 얘기라. 우짜튼, 실지로도 진짜 아부지는 그때 죽은 기나 마찬가지지마는……."

거기서 들떠 있는 것 같던 동호의 목소리가 우울하게 가라앉았다.

"그란데 — 내가 와 이리 울적한지 아나? 니는 울아부지가 끔찍한 죄를 지은 빨갱이라 카는 기나, 이복형 맨치로 뭔가 부도덕하고 불결한 내미를 풍기는 존재가 갑자기 나타났기 때문일 기라고 생각하겠지만, 절대 그기 아잉 기라. 내가 이래는 거는 갑자기 초라해진 울아부지 때문이라. 결국은 씻지 못할 죄인으로 낙착을 본 아부지의 허무한 일생 때문에 이리 울적하단 말이다. 니 뭔 말인동 알아듣겠나?"

"글쎄……."

"울 아부지가 여기 온 거는 그 당시 이 근처에서 뜨는 밀항선이 흔했기 때문이다. 아부지는 갈밭에 숨어 그걸 기다리고 있었는데 그만 병이 났뿌랬다 아이가? 그걸 나물하러 왔던 울 어무이가 구해 준 기라. 그기 어울리는 데라고는 한 군데도 없는 울 아부지와 어무이가 만난 인연이다.

그 뒤 같이 살게 되문서, 울 아부지는 다는 아이라도 얼매 쯤은 자기 얘기를 어무이한테 해준 모양이라. 어무이도 무식하기사 하지만 얼마큼은 알아들었던지 내게만은 어릴 때부터 아부지 얘기를 했지. 바까 말하믄, 나름대로 윤색해 가지고, 뭔 독립투사나 박해를 받는 영웅맨쿠로 말이다. 우짜믄 어무이 자신도 그렇게 생각했는지 모르제. 자기보다 더 나은 계층에 속한, 보다 많이 배우고 인물도 잘생긴 남자에 대한 시골 처녀의 호기심과 동경만으로는 설명할 수 없는 기 울 아부지에 대한 어무이의 순종과 헌신이었능기라. 굶주림과 열에 떠 갈숲에 쓰러져 있는 아부지를 처음 발견한 순간부터 삼 남매를 낳고 기른 지금까지 변함없는 그 순종과 헌신 말이라.

덕분에 나도 어북(제법) 철이 들 때까지 울 어무이와 비슷한 환상을 품게 되었제. 국민학교 때 담임선생이 아버지의 직업을 묻는데 독립투사라고 대답했을 정도잉까. 여러 가지 반공교육을 받고, 결국 아부지가 한 일도 건국 초기의 처참한 공산폭동 중의 하나에 불과하다는 것을 어렴풋이 짐작한 담에도 — 내 그런 환상은 계속됐는 기라. 왜냐하믄 반역이나 혁명이라 카는 말은 뭔가 충성보다는 더 낭만적이고 매력 있는 거 앙이가? 일본에서는 지금도 글타 카데. 학생 때 빨갱이 아인 놈 하나또 없다꼬. 또 어른이 되믄 빨갱이 좋다 카는 놈 하나도 없다꼬……."

평소 말수가 적은 편이어서 동호에게 그토록 긴 얘기를 듣기는 처음이었다. 그러나 나는 그게 이상하다고 느낄 수 없을 만큼 그의 얘기에 빨려 들어갔다. 겨울 바다에서 불어온 쌀쌀한 바람 탓인지 동호의 목소리가 차츰 떨리기 시작했다.

"그란데 그 환상은 이복형이 나타나자부터 금 가기 시작했지. 그는 아부지의 공소시효(公訴時效)가 만료되자마자 행방을 찾아 나선 기라. 그라고 몇 년 만에 겨우 아부지를 찾은 기 바로 지난 초가을이제.

그는 아부지를 뫼시고 가겠다고 떼를 쓰데. 글치만 아부지는 딱 잡아뗐어. 아까맨치로(조금 전처럼) 자기는 이미 이십 년 전에 죽었다는 기라. 나는 그걸 일찍이 소중하게 품었던 이념에 대한 울아부지의 신의로 생각했어. 그란데 인자 보이, 그기 아잉 기라.

울 아부지는 지난 이십 년 동안 불안하게 숨어 산 죄인이었을 뿐이라. 말하자면 공소시효가 차도 여전히 남아 있는 죄의식이 귀향을 가로막았을 뿐이었던 기지. 메칠 전에 아부지는 내보고 카더라. 이념이라 카는 거 인간을 위해 만들어진 긴데 우리는 뭔가 잘못돼 그놈의 이념을 위해 인간이 죽고 죽였다고. 그리고 또 카더라. 한번 손에 묻은 고향 사람의 피는 죽기 전에는 절대 씻어지지 않는다꼬. 따라서 자기는 그 피의 임자들이 묻혀 있고 또 그 자손과 친척이 살고 있는 고향땅을 밟아서는 안 된다꼬.

다시 말하믄 아부지는 법과 국가가 용서해도, 자신은 자신을 용서할 수 없다는 기라. 도덕적으로는 가치 있는 깨달음일는지도 몰라도 나로서는 왠지 허전해. 나는 울아부지가 초라한 도덕가가 되기보다는 비극적이지만 씩씩한 반역자이길 바랐거덩……. 이념 따우는 상관없이 그저 한 실패한 영웅으로 죽기를 바랐거덩……. 내 말 니 이해하겠제?"

물론 나는 그 미묘한 감정의 논리를 이해했다. 나는 그와 비슷한 또래였고, 사물은 종종 그 실질보다는 외관으로 우리의 인식을 지배하던 때였으니까. 그러나 한편으로는 서 노인에 대한 깊은 동정도 금할 수 없었다. 그랬었구나, 아아, 그랬었구나.

강진에서의 나머지 날들은 다시 자학(自虐)과도 흡사한 과로와 불면 속에 열에 들뜬 듯 몽롱하게 지나갔다. 어느새 시험 날이 다가오고, 서울로 올라가 시험을 치고, 다시 선고를 기다리는 죄수처럼 결과를 기다리고 — 그동안의 내 심리적 갈등을 새삼 장황하게 서술하는 것은 자칫 듣기에 지루할 것 같아 피하기로 한다.

행운은 두 번째도 내 편이 되어 나는 그럭저럭 목표했던 대학에 입학을 허가받았다. 일 년쯤 늦어지긴 했지만 그로써 그 몇 년 크게 빗나갔던 삶의 궤도는 일단 정상으로 돌아온 셈이었다. 부산 시내에 있는 어떤 신문사에서 합격을 확인한 후, 버스를 탈 생각도 잊은 채 강진까지의 이십 리가 넘는 길을 울고 웃으며 돌아온 일이 지금은 쓴웃음으로 기억된다. 유적은 끝났다. 한때는 영원처럼 막막하게 느껴지던. — 적어도 그때의 내 생각은 그랬다.

하지만 강진에서의 일로 반드시 얘기해야 할 것은 아직도 하나 더 남았다. 그것은 전해 가을 요양소로 떠났던 별장집 남매의 뒷일이다. 대학에서의 새로운 출발을 앞두고 은근히 부풀어 있던 이월 어느 날 나는 동네 사람들의 수군거림을 통해 별장집에 사람이 돌아온 걸 알았다. 그들이 그립기도 하고 궁금하기도 해서 나는 그 말을 듣자마자 별장집으로 달려갔다.

과연 누군가 돌아와 있었다. 겨우내 굳게 잠겨 있던 현관이 열려 있었고 뜨락 여기저기 어지럽게 몰려 있던 낙엽도 깨끗이 치워져 있었다. 그러나 돌아온 것은 그들 남매 모두가 아니라 누이동생 혼자였다. 반가운 김에 손이라도 잡을 듯이 다가가던 나는 전과 달리 싸늘한 그녀의 표정에 주춤했다.

"무슨 일이죠?"

"오랜만입니다. 반갑습니다."

"반갑다는 것은 제가 살아서 돌아왔다는 뜻인가요?"

"화, 황 형은?"

"오빠 돌아가셨어요."

그녀는 별로 슬퍼하는 기색도 없이 말했다. 그 말에 콧등이 시큰해지며 목이 메어오는 쪽은 나였다. 불행한 사람…….

"그게 언젭니까?"

"한 보름 돼요."

"요양소에서?"

"네, 원하시던 대로 요구호자(要救護者) 병동에서."

일순 그와 함께 보낸 여름날들이 눈앞에 떠올랐다. 이제는 내 유적의 날들 중에서 가장 암울했던 부분을 서성이는 추억의 사람이 되고 말았지만, 그때만 해도 황의 죽음은 내게 애틋하기 그지없는 슬픔이었다. 그러나 하마터면 쏟아질 뻔한 내 눈물을 막아 준 것은 여전히 냉랭한 그녀의 반문이었다.

"절 보러 오신 건 아닐 테죠?"

"우선 황 형을…… 하지만 —."

"하지만, 오빠가 안 계신 이상 우리끼리 만나야 할 일은 없을 텐데요."

"여기서 계속 호, 홀로 사실 겁니까?"

"걱정 마세요."

그녀는 그 말을 혼자 살게 될 자신을 걱정해 주는 것으로 들었던지 그렇게 말하고는 부엌 쪽을 향해 큰 소리를 냈다.

"아줌마, 여기 커피 한 잔 끓여줘요."

"집에서 식모를 딸려 보냈군요."

"내가 구했어요. 이제 안심하셨죠? 어쨌든 앞으로는 드나드실 필요가 없어요. 오늘은 문상 오신 걸로 여겨 차 한 잔 대접하는 거예요."

그제야 나도 슬며시 기분이 상했다. 끝까지 떼쓰는 아이 쫓듯 하는 그녀의 말투 때문이었다. 나는 그렇게 내몰지 않아도 앞으로는 찾아오기 힘들게 되었다는 것을 알림과 함께 약간은 으쓱한 기분으로 그동안 내게 일어난 변화를 말해주었다. 그때 나는 대학 입학 등록을 열흘쯤 앞두고 있었다.

“거 참 잘됐어요. 늘 유적, 유적 하시더니 이제 끝난 셈이군요.”

잠깐 선망인지 조소인지를 모를 미소가 그녀의 얼굴을 스치다가 사라졌다.

“아직은……. 뭐가 날 기다리고 있는지 모르니까요.”

“아무튼 어딜 가시더라도 건강하세요.”

“그쪽도.”

“물론이죠. 나는 오빠처럼 약하게 쓰러지진 않을 거예요. 반드시 살아남아 —.”

그리고 그녀는 나를 힐끗 바라보았다. 그런 그녀의 눈길에는 갑자기 예사 아닌 광기 같은 것이 뿜어져 나왔다.

“— 복수할 거예요. 모두.”

나는 그 엉뚱한 변화에 긴장했다. 그러나 잠시뿐이었다.

“뭘 말입니까?”

내가 그렇게 되물었을 때, 어느새 처음의 냉정을 회복한 그녀는 대답 대신 서둘러 대화를 끝내버렸다.

“가보세요. 정말 다신 오지 마세요.”

화나기보다는 어이없는 노릇이었다. 두 번씩이나 그렇게 노골적인 말을 듣자 정말로 다시는 그녀를 보고 싶지 않았다.

하지만 나는 결국 강진을 떠나기에 앞서 다시 한 번 그녀를 만나야 할 팔자였다. 그로부터 일주일쯤 됐을까. 오늘 내일 하며 출발을 앞두고 있던 나를 김성구가 갑자기 찾아왔다.

"야, 니 빨리 별장집에 가 봐라."

대낮부터 취한 듯한 녀석은 나를 보자마자 심술궂은 웃음과 함께 말했다.

"거긴 왜?"

"느그 공주님이 위기에 빠졌다. 니 같은 용감한 기사가 필요하다카이."

"공주님이라니?"

"황 양 말이다. 니 그 가스나한테 공 깨나 안 들였나?"

아무리 말해도 녀석은 줄곧 나를 그런 식으로 의심해 오고 있었다.

"지금 풍전등화, 백척간두다. 빨리 가 봐라."

"도대체 무슨 소리야?"

"암튼 빨리 가 보라 카이. 가 보믄 안다."

나는 뭔가 약간 미심쩍은 대로 별장집에 가보았다. 평소 사람의 왕래가 많지 않은 그 집 앞에 몇몇 동네 여자들이 서 있었고, 집 안에서는 무언가 요란하게 부서지는 소리와 악다구니 쓰는 소리가 들려왔다.

황급히 안으로 들어가 보니 웬 중년 아낙네가 헝클어진 모습으로 닥치는 대로 가구를 부수고 있었다.

"아이구, 분해라. 아이구……."

그 곁에는 식모 아주머니가 어쩔 줄 모르고 우왕좌왕하고 있었다. 나는 황의 누이동생을 찾아보았다. 그녀는 건넌방에 깎아놓은 듯 앉아 있었다.

"저 여자가 누구요? 왜 가만히 보고만 있소?"

어느 정도 짐작은 가면서도 나는 설마 하는 기분으로 물었다. 전연 내 이야기를 듣는 것 같지 않던 그녀가 천천히 나를 보며 착 가라앉은 목소리로 말했다.

"다시 오지 말라고 그랬죠? 돈 많은 아버지 계모, 그런 건 처음부터 없었어요. 돈 많은 바람둥이가 있었을 뿐이었어요. 이제 본처가 알고 온 거죠. 오빠는 이 꼴을 보지 않으려고 떠난 거예요."

그리고 그녀는 쓸쓸한 웃음을 지었다.

"다시는 오지 말라고 그랬는데 — 이제 이 모든 꼴을 보게 되니 속이 시원하세요?"

나는 무엇으로 호되게 머리를 맞은 듯한 충격으로 한동안 망연히 그녀를 바라보았다. 그러다가, 마음속으로는 그녀를 위해 무엇인가를 해야 한다고 생각하면서도, 도망치듯 말없이 그 자리를 빠져나왔다. 오래 있다가는 더욱 참혹한 꼴을 보게 될 것 같은 두려움 때문이었다. 나중에 들은 것이지만, 결국 그날의 일은 그녀의 끔찍한 자해로 끝이 났다. 과도로 손목의 동맥을 자른 그녀는 곧 이웃에 의해 병원으로 실려갔고, 그 거센 아낙도 그걸로 어느 정도 분을 풀고는 돌아가 버렸다.

나는 그런 그녀의 불행을 진심으로 가슴 아파했으나 현실적으로는 아무것도 해줄 수 없었다. 다만 한시바삐 강진을 떠나 서울에서의 새로운 생활 속에서 그녀의 일을 잊는 것이 내가 할 수 있는 최선이었다. 나는 그날 밤 서둘러 강진을 떠났다.

그런데 기회가 없을 것 같아 강진의 후일담을 미리 얘기해 두어야겠다. 형도 이듬해에 강진을 뜨게 되어, 그 뒤 나는 오랫동안 강진을 찾지 못했다. 따라서 여러 가지 인상 깊던 일들은 차츰 잊혀지고, 강진은 그저 자욱한 안개와 무성한 갈대와 밤새워 울던 구성진 멧새 소리로 이루어진 추상으로 변해 갔다.

그러다가 십여 년이 훌쩍 지난 작년 여름에야 나는 다시 강진을 돌아볼 기회가 생겼다. 철새들의 도래지로 유명한 을숙도(乙叔島)에 들렀다가 멀지 않은 강진을 찾아보기로 한 길이었다. 그러나 내 기억 속의 강진은 이미 그곳에 없었다. 갈대도 멧새의 울음도 없어진 부산직할시의 일부에 아스팔트와 매연과 소음만이 있을 뿐이었다. 몽환처럼 피어오르던 안개는 남았을 법도 하지만, 그마저도 내가 도착한 한낮에는 볼 수 없었다.

나는 전에 알던 사람들을 찾아보았다. 거의가 강진을 떠나버리고 남아 있는 사람도 김성구 하나만 찾아볼 수가 있었다. 부친이 소유하고 있던 야산이 부동산 투기 붐을 타고 금싸라기 땅으로 변하자 하루아침에 적잖은 재산을 물려받게 된 그는 꽤 큰 건설회사를 운영하고 있었는데, 뜻밖으로 반갑게 나를 맞아주었다.

나는 옛날의 건달기가 완전히 가신 그에게서 내가 떠난 뒤의 강진 애기를 들었다. 박용칠은 최광탁이 죽고부터는 계속 내리막길을 걷다가 강진을 떠나버렸다. 서 노인은 결국 죽은 뒤에야 고향으로 돌아갔고, 나머지 가족들도 대기업의 중견사원이 된 동호를 따라 서면 쪽으로 이사하고 없었다. 한때 가슴 설레 했던 또래의 어여쁜 처녀들이나 한두 번 술잔을 나눈 적이 있는 청년들도 대부분 취직이나 결혼으로 강진에 남아 있지 않았다.

마지막으로 나는 황의 누이동생을 물어보았다.

"그 아주마시라면 지금도 만나볼 수 있제. 마침 잘됐다. 목이 좀 컬컬했는데."

성구는 내가 그 여자 애기를 꺼내자 그렇게 말하며 대뜸 자기 차를 불러 나를 태웠다. 새로 난 해변도로를 삼십 분쯤 달려 도착한 곳은 다대포(多大浦) 쪽의 작으나 깨끗한 요정이었다. 바로 황의 누이동생이 경영하는 요정이었는데 마침 그녀는 있었다.

그녀는 완전히 건강을 회복한 것 같았다. 그러나 잔인한 세월은 그녀를 시들어가는 중년의 요정 마담으로 바꾸어 놓고 있었다. 술은 쉽게 올랐다.

"황 마담, 이젠 고마 고백하시지."

몇 순배 술이 돈 후 성구가 불쑥 장난기 어린 목소리로 그녀에게 말했다.

"고백하라니, 뭘?"

나는 공연히 어색해져 머뭇거리며 물었다.

"이 쑥 같은 친구야, 그때 황 마담이 참말로 좋아한 건 너였단 말이따."

농담 같지는 않았지만 나로서는 도무지 짚이는 데가 없는 말이었다. 그러나 성구는 여전히 짓궂은 웃음으로 그녀를 보며 계속했다.

"황 마담, 내가 대신 얘기해 줄까? 만약 그때 두 사람이 사랑하게 되었더라면 둘 다 불행해질 우려가 있었다는 것, 그럼에도 불구하고 어둡고 부끄러운 부분만은 한사코 너에게 보이고 싶지 않았다는 것, 하지만 가끔씩은 잘 빚어서 구우려고 내놓은 도자기 같은 너를 깨뜨려 보고 싶은 충동도 있었다는 것……."

"그만하세요."

갑자기 그녀가 수긍도 부인도 아닌 쓸쓸한 미소와 함께 성구의 말을 가로막았다.

"낮술에 벌써 취하셨나 봐."

나는 거기서 방금 성구가 한 말과 일치되는 기억을 찾아내기 위해 잠시 옛날을 더듬어 보았다. 세월 탓인지, 취한 탓인지 전에 없이 옛날이 희미해지며 아무것도 떠오르지 않았다. 그러다가 한참 만에 겨우 그녀의 말 한마디를 찾아내고 나는 앞뒤 없이 물었다.

"이제는 복수를 하신 겁니까?"

그러자 그녀는 여전히 쓸쓸한 미소로 대답 대신 물었다.

"그럼 이 선생님은 유적이 끝나셨어요?"

"아닙니다. 아직."

나는 원인 모를 슬픔을 느끼며 무겁게 고개를 저었다.

"저두요."

그녀는 그렇게 말하고 조용히 자기 앞의 잔을 잡았다.

(1981년)

서늘한 여름

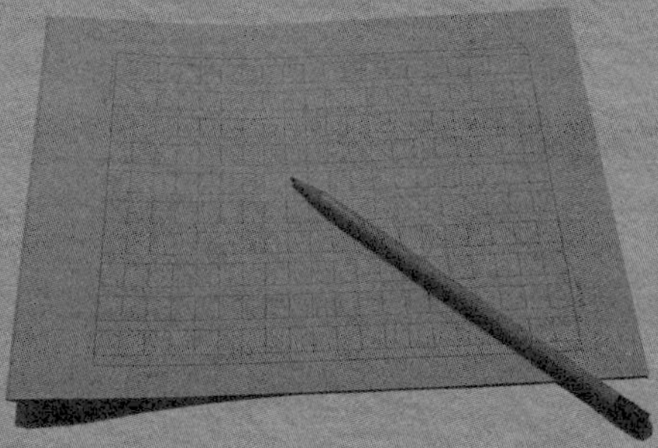

전화를 받은 것은 마침 형이었다. 형의 목소리를 알고 있는 아우는 대뜸 본론으로 들어갔다.

"형님, 오늘 어디 교외로 놀러 나가는 것 어때요?"

"좋지. 그런데 갑자기 웬일이냐? 양키 지갑이라도 주웠니?"

언제나처럼 약간 비꼬는 듯한 형의 반문이었다. 아우는 별로 개의치 않았다.

"횡재야 그리 흔하겠어요? 어쨌든……."

"그럼 너희 호스티스한테서 팁이라도 받았니?"

형은 언제나 자신이 가정교사로 있는 집의 안주인을 호스티스라 불렀다. 영어의 원뜻이 그렇다는 핑계로, 그들의 여유에서 비롯된 성적(性的) 부패를 간접적으로 비난하는 말이었다.

"그렇게 말하면 너무 비참하고…… 현장 실습비죠. 애들과 함께 놀고 오라고 몇 천 원 집어주더군요. 그럼 가시는 거죠? 준비하고 계세요. 곧 그리로 갈 테니."

형이 그 집안에서 가진 강력한 발언권을 믿고 있는 아우는 확실한 대답을 받지도 않고 그렇게 전화를 끊었다.

형은 곧 준비에 들어갔다. 늦더위가 예상되는 후텁지근한 여름 아침이어서 그렇지 않아도 몸을 비비 꼬고 앉았던 약수동 병신들은 그 뜻밖의 낭보(朗報)에 환호마저 올렸다. 약수동 병신들이란 약간 저능(低能)의 기미가 있는 그 집 아들 형제를 형이 한꺼번에 싸잡아 부르는 이름이었다.

약수동 호스티스도 별로 이의가 없었다.

"선생, 마침 집에 현금이 이것뿐이니 적당히 놀구 와요. 셋째는 두고, 물가에라도 간다면 애들 물 조심 부탁해요."

젊은 의사를 애인으로 두어 한 몸에 다섯도 넘는 병을 가지고 있는 그녀는 있는 대로 몇 장의 지폐를 건네주었다. 형은 유능한 가정교사였을 뿐만 아니라 그녀의 회화(會話) 선생이기도 했다. 아우가 신촌에서 가정교사 겸 잡무수(雜務手)로 얻고 있는 허약한 발언권에는 비할 바가 아니었다.

"땡큐, 호스티스."

"유아 웰컴."

형의 설명으로 호스티스란 말의 원뜻을 숙지(熟知)하고 있는 그녀는 전혀 의심 없이 간신히 기억해 낸 영어로 형의 감사에 답했다. 약수동 병신들이 콜라며 카스테라, 초콜릿 같은 것을 함부로 쑤셔 넣다 비닐 가방 하나를 찢고 서로 메고 나서려다 카메라 렌즈 하나를 박살낸 후에야 아우가 신촌 백치(白痴)와 함께 도착했다. 비상히 머리 나쁜 제자이긴 해도 아우는 원래 둔재(鈍才) 정도로만 불렀던 것을 형이 굳이 백치로 깎아내린 아이였다.

"그런데 어디로 가죠? 나는 뚝섬이나 광나루로 생각했는데."

유원지에 대해서는 크게 아는 바가 없는 아우였다. 피나는 절약과 근면만으로 겨우 한밑천 장만한 장사꾼의 고용인이 된 탓에 풍요와 여가의 혜택을 맛볼 기회가 별로 없었다.

그날도 가정교사로 입주한 지 여섯 달 만에 베푼 이례적인 선심이었다.

"옛날얘기를 하고 있군. 그런 곳은 이미 물이 더러워 못써."

그사이에도 한바탕 실랑이를 벌이고 있는 약수동 병신들을 노려보며 유원지에 대해서는 다소 견식 있는 형이 말했다.

"차라리 그린 파크로나 갈까? 하지만 거기는 모처럼의 하루를 보내긴 따분하고……. 좌우간 예산이나 알고 하자. 얼마 있니?"

"삼천 원이에요."

아우는 대금(大金)을 말하고 있다는 표정이었다.

"노랭이군."

형은 아우를 고용하고 있는 신촌의 장사꾼을 냉소했다.

"보자, 우리가 오천, 합하면 팔천이라……."

"제게도 오백 원쯤 있어요."

행여 형의 마음이라도 변할까 보아 약수동 병신이 주머니를 털고 나섰다.

"저두요."

작은 병신도 벙어리 저금통을 찢으며 거들었다. 신촌 백치라고 죽고만 있으랴. 녀석도 가슴 깊이 간직해 두었던 비상금 오백 원을 미련 없이 꺼내 놓았다.

"좋다. 나도 천 원 더 냈다."

형도 제자들의 자발적인 헌금에 만족한 듯 처음부터 횡령하려고 마음먹었던 금액을 포기했다.

"이만하면 됐다. 그럼 우리 월미도(月尾島)나 가자. 모자라면 돌아올 때는 버스를 타지."

그리하여 다섯 살 터울의 국립대학생 형제와 그들의 제자인 약수동 병신 형제, 그리고 신촌 백치는 1970년 늦은 여름 아침을 떠났다.

모두들 기분은 좋았다. 택시를 타고 새로 난 지 얼마 안 되는 경인(京仁)고속도로를 달리며 형은 약수동 병신 형제를 상대로 지극히 교훈적인 얘기를 들려주었다. 고속도로와 월남전과 정부의 위업에 대해. 다만 신촌 백치는 좀 덜 행복했다. 말라깽이 대학생 둘과 중학교 1학년짜리 둘, 그리고 국민학교 5학년 하나였지만, 그래도 택시 한 대를 다섯 명이 타게 된 탓이었다. 중학생으로는 지나치게 비만증이 있는 신촌 백치는 골통이라도 차창 밖으로 내미려고 기를 쓰고 있었다.

앞자리에 앉게 된 동생은 벌써부터 준비해 간 깡통 맥주를 꿀꺽꿀꺽 마셔 댔다. 날은 점점 뜨거워져서 택시와 고속도로가 아니었더라면 손수건 한 장쯤은 참하게 적실 만했다. 그날 출발을 앞두고 그들 형제 사이에 무언으로 이루어진 약속은 뜻밖에 주어진 시간과 돈으로 될 수 있는 한 최대의 호화판을 누리자는 것이었다. 사실 한 달에 팔천 원 남짓 받고 있는 그들 형제에게 그날의 총액 만 오백 원은 아무리 써도 다 쓸 것 같지 않은 거액으로 보였다.

얼마나 달렸을까. 아우가 문득 돌아보며 싱긋 웃고 말했다.

"권력의 간생자(姦生子)든 복권 당첨자든 돈은 역시 많이 가져볼 만한 것이군요, 형님."

그런 아우의 표정은 그제야 그들의 일상과는 먼 그 호화판에 어느 정도 익숙해졌다는 투였다. 식모와 각별한 친교를 맺고 있는 형은 그 덕택에 콜라 병에 따라 온 양주를 찔끔찔끔 마시면서 가는 눈웃음으로 아우의 말을 받았다. 오래잖아 그의 엷은 입술이 독설로 온통 분주해지리라는 전조였다.

사실 권력의 간생자나 복권 당첨자란 말도 형이 당시의 고소득층을 비꼬아 부르는 이름이었다. 언젠가 형제만의 술자리에서 아우는 그들이야말로 새로운 형태의 소시민(小市民)이 아닐까, 새로운 형태의 자본가 계급으로 자라나 — 먼저 이 사회의 하부구조(下部構造)를 장악하고 이윽고는 상부구조(上部構造)마저 온전히 차지하게 될 것이 아닌가를 우울하게 얘기한 적이 있었다. 그리하여 늦게 출발하는 자기들은 기껏해야 그들이 달아주는 '화이트칼라'에 만족하며 그들을 위해 일생을 봉사하게끔 운명 지어져 있지나 않은가, 하고. 그때 형은 말했었다.

"이 아노미[不適應型]야, 어디서 지각한 사회주의자들하고라도 어울렸냐? 누보 부르주아라고? 걱정 마라. 아직 우리에게는 진정한 산업사회가 오지 않았고, 따라서 그따위 계급도 생겨날 틈이 없어. 저들은 다만 특혜의 마차에 매달려 부(富)의 지름길을 달린 권력의 간생자들이거나 우연히 한판 잘 맞아떨어진 복권 당첨자들에 지나지 않아. 언제든 진정한 산업사회가 오면 쓰레기통에나 처박혀야 할……."

차창 밖으로 산과 들이 질주하고 있었다. 짙은 녹색으로, 가슴 저리게 그리운 빛이었다. 아우가 지금까지의 도회적인 생각에서 벗어나면서 불쑥 말했다.

"집이 그립군요. 고향이……."

미처 말할 틈이 없었지만, 그들 형제는 멀리 경상도에서 유학온 터였다. 더구나 아우는 늦게까지 응석을 피우던 홀어머니의 막내였다. 어쩌다 멀리 보이는 초가와 한창 짙은 푸나무의 싱싱한 빛이 몸에 비해 마음은 아직 어린 아우를 강하게 자극하는 모양이었다.

"집에 돌아가지 못한 방학이 벌써 두 번째예요."

"나는 다섯 번째다, 시인(詩人)."

더욱 가늘어진 눈으로 법학도인 형은 국문학도인 아우에게 말했다. 희미한 조소가 엷은 입술가에 떠올라 있었다.

국립대학이란 레테르는 있지만, 당시만 해도 문과생들에겐 가정교사 자리가 흔치 않았다. 첫 번 방학에 멋모르고 귀향했다가 돌아와 몇 달 쓴맛을 본 적이 있는 아우였지만, 나이가 나이였다. 그러나 군대까지 마친 법대 4년생은 짐짓 갓 스물인 아우의 나이를 용서하지 않았다.

"망향부(望鄕賦)라, 좋은 시제(詩題)다. 한 수(首) 어떠냐, 시인?"

기어코 아우는 낯을 붉힌 채 입을 다물고 말았다.

한여름의 인천은 흥청거리고 있었다. 세상은 의외로 풍요했으며 행복하고 생기가 넘쳐흘렀다.

"형님, 퍽 어울리는 쌍이지요? 저기."

부두로 향하는 길에서 아우가 문득 한 쌍의 남녀를 턱짓하며 말했다. 남자는 훤칠한 키에 미색 양복으로 정장을 한 호남이었고, 가볍게 그 팔을 끼고 있는 여자 또한 그에 못지않게 늘씬한 몸매에 화사한 차림의 미인이었다. 누가 보아도 어울리는 한 쌍이었다. 그러나 형은 그들에 대한 아우의 선망(羨望)을 여지없이 짓밟아버렸다.

"털 없는 원숭이의 지겨운 성욕이다. 지금은 번식기가 아닌데……."

하지만 형도 낭패할 때는 있었다. 부두에서 알아본 바에 의하면 월미도는 당일치기의 유원지가 아니었다. 실은 형도 아우가 생각하는 것만큼 그런 곳에 정통하지는 못했다. 며칠 전 우연히 보게 된 여행사의 관광 안내서에 있던 월미도와 남이섬[南怡島]을 기억했던 것이지만 자세한 관광 일정은 그 역시 모르고 있었다.

거기서 독설가는 약간 주춤했다. 새로운 행선지가 필요했지만 가능한 것은 부근의 몇 군데 해수욕장뿐이었다.

"우선 점심이나 들며 천천히 생각해 보자."

형이 그렇게 말하자 먼저 신촌 백치가 환성으로 동의했다. 끊임없이 먹고 마셔 온 것 같던 약수동 병신들도 그 제의에 희희낙락 — 그들은 가까운 경양식점으로 들어갔다. 그 전에 소심한 시인이 차라리 미더운 중국음식점을 건의했지만, 형은 그걸 가볍게 묵살했다.

"우리는 비프스테이크나 하자. 술 좀 남았지?"

경양식이긴 하지만 그래도 양식이라 주문에 별 자신이 없는 형의 제안에 식욕이 없는 아우는 말없이 따랐다. 그러나 두 병신과 백치는 무슨 경쟁이나 하듯 생소한 이름의 요리를 주문해 댔다. 형은 언뜻 불안하였으나 메뉴와 음식값을 확인해 모처럼의 흥겨운 기분을 깨고 싶지는 않았다. 이윽고 주문한 요리가 나왔다. 형제에게는 대개 낯선 음식들이었는데 아이들은 걸신들린 것처럼 먹어 대기 시작했다. 보면 볼수록 감탄스러운 식욕이었다. 형은 잠시 술잔을 멈추고 그런 아이들을 살피다가 다시 자신의 장기(長技)를 살렸다.

"나는 식탁에 둘러앉은 인간들을 바라보면 약간은 그들이 기특하게 느껴진다. 발정기에 있는 암수컷 외에 동물들이 평화롭게 식탁을 함께하는 경우는 극히 드물지. 친구나 이웃 따위는 물론 한 배 새끼 서로 간이나 심지어는 어미 자식 사이에서도 완전한 평화란 장담할 수 없어. 그런데 인간은 여러 가지 이름으로 식탁을 같이 한다. 그것도 단순한 평화 이상의 우호적인 분위기 속에. 어쩌면 로마의 강력함이나 초기 기독교의 성공적인 전파는 그들의 화기애애한 공동 식사에서 온 것인지도 모르지."

그러다가 잠시 말을 멈춘 형은 방금 작은 병신의 접시에서 튀긴 새우를 재빨리 집어가는 큰 병신의 유별난 탐식에다 법학도로서의 알밤을 먹였다.

"하긴 이 녀석들처럼 가끔씩 동물의 꼬리를 보일 때도 있지만. 그리고 그걸 위해 법이 생겨난 것이지만……. 각자에게는 각자의 분(分)을."

작은 병신은 그 전에 편 형의 논의에 더욱 확실한 반증이라도 내놓듯 흰자위만의 눈으로 큰 병신을 노려보았다. 신촌 백치는 그런 주위에는 아랑곳없이 오로지 먹는 데만 골몰했다.

제자들의 접시가 핥은 개죽사발처럼 깨끗해지고 그들 형제도 비프스테이크를 안주 삼아 집에서 가지고 나온 주류(酒類)를 깡그리 소탕한 후에야 형은 계산서를 청했다. 그런데 그 계산서가 두 번째 뜻밖의 사태로 형을 난처하게 만들었다. 사천칠백오십 원 — 그것이 차라리 미더운 중국음식점을 건의했던 아우를 무시한 형의 허영에 요구되는 금액이었다. 철없는 제자들. 참으로 비싼 것만 골라 먹었다…….

마음속으로는 진작 녀석들의 메뉴를 통제하지 않은 것을 후회하면서도 형은 두말없이 음식값을 물었다. 보아온 대로 하고 나니 오백 원권 열 장이 그대로 불귀(不歸)의 객이 되고 말았다. 형의 지갑에 남은 돈의 얼마 안 되는 두께를 훔쳐본 아우는 낙담했다. 그러나 소위 상류사회의 교양 있고 세련된 신사가 되어가고 있는 형은 식탁에서 그날의 잔액을 계산하는 식의 천박은 떨지 않았다.

"이제는 가까운 해수욕장에나 가는 거다."

경양식집을 나온 형이 그래도 여전히 택시를 잡으며 하는 말이었다.

택시 안에서 확인해본 재정은 형제가 예상했던 것보다 훨씬 심각한 상태였다. 써도써도 다할 것 같지 않던 그날의 예산은 어느새 이천오백 원 남짓으로 줄어 있었다. 초반의 흥청거림과 고속도로를 달린 택시 요금에다 제자들의 엄청난 식욕이 결정타가 된 탓이었다.

하지만 일은 그 정도로 끝나지 않았다. 택시 운전수가 선심 쓰듯 내려준 가까운 해수욕장에는 또 새로운 불행이 그들을 기다리고 있었다. 그 해수욕장은 유료(有料)였을 뿐만 아니라 입장료도 서울의 웬만한 목욕탕 입욕료를 웃도는 금액이었다. 방금의 택시 요금으로 줄어든 잔액에서 그걸 치르면, 그들 다섯이 서울로 올라갈 버스비나 남을까 말까였다.

일인즉 난감했지만, 그렇다고 일껏 와서 그대로 돌아갈 수는 더욱 없는 노릇이었다. 결국 형제는 두 제자의 중학생 모자를 벗겨

소인(小人)으로 만든 후 해수욕장 안으로 들어갔다. 다행히 두 녀석 모두 사복 차림이어서 그 일은 별 탈 없이 넘어갔다.

유료(有料)답게 울타리 안은 무엇이든 인공(人工)이었다. 인공의 수풀, 인공의 화단, 인공의 연못, 개울, 축대, 방파제 — 사장(沙場)의 모래까지도 트럭으로 실어와 덮은 것이었다. 따라서 울타리 안에서는 다시 무엇이든 유료였다. 옷을 벗고 입기 위해, 앉기 위해, 소금기를 씻어 내기 위해, 먹기 위해, 마시기 위해…….

입장료를 문 때문에 조그만 여유도 없어진 그들은 다시 한번 암담해졌다. 형조차도 한동안은 막연한 모양이었다. 그러나 이내 원기를 회복한 그는 복잡한 미소로 아우를 보다가 뒤이어 아이들을 불러 모았다.

"그럼 지금부터 가난을 배운다. 제1과(課) 부끄러움."

그러면서 일행을 멀지 않은 은백양나무께로 인도하는 형의 표정에는 장난기와 악의와 진지함이 묘하게 섞여 있었다.

"여기서 해수욕복으로 갈아입는다."

그 은백양 아래에 이르자 형은 아이들에게 단호히 말했다. 사방이 그대로 틔어 있을 뿐만 아니라 사람들이 쉴 새 없이 지나다니는 길목이었다. 형의 단호한 목소리가 아니더라도 제자들에게는 이미 딴 도리가 없었다. 스승의 곤궁을 번연히 알면서도 굳이 비싼 유료 탈의장을 고집할 수는 없는 일이었다. 얼굴이 벌겋게 달아오른 채 제자들이 수영복을 갈아입고 나자 스승이 말했다.

"이것이 가난이다. 사람들은 흔히 가난을 뻔뻔스러움으로 잘

못 보고 있지만, 실은 피할 도리가 없는 부끄러움이다. 다시 말해서, 없는 사람들이 가진 자들에게 손을 내미는 것은, 그들이 특히 뻔뻔해서가 아니라 방금 너희들처럼 부끄러우면서도 어쩔 도리가 없었기 때문이다."

그리고 자신은 근처의 공중변소에서 옷을 갈아입은 후 아이들을 데리고 물가로 갔다. 아우는 나무 아래 남았다. 별로 바닷물에 뛰어들고 싶지 않았을 뿐더러 옷가지와 소지품을 지키기 위해서도 하나쯤은 거기 남아 있어야 했기 때문이었다.

그 오후는 가련한 제자들에게는 그대로 재앙과도 같았다.

먼저 세 녀석 모두 적어도 반 되 이상의 소금물을 마셔야 했다. 수영을 가르친다는 구실로 형이 몇 차례나 바다 속에 밀어 넣었다가 꺼낸 탓이었다. 한차례 바다를 다녀온 녀석들이 메스꺼운 얼굴로 헛구역질을 해대는 것을 보며 형은 이죽거렸다.

"보트나 튜브 없이는 뜨지 못하는 녀석들아, 어떠냐? 바닷물 맛이."

그리고 그때까지 남아 있던 약간의 마실 것을 서둘러 비워 없애기 시작했다.

"자, 마셔 둬."

몇 번이나 쉬어가며 수통에 남은 물을 억지로 다 마신 형이 마지막 남은 콜라 병 마개를 따 아우에게 내밀었다.

"전 별로 생각이 없는데요."

"그래도 마셔 없애. 이왕 가르치려면 철저해야지."

영문도 모르면서 아우는 재촉 속에 그 콜라 병을 비웠다. 그제야 형은 여전히 벌레 씹은 얼굴로 서 있는 아이들을 둘러본 후 아우에게 이유를 영어로 설명했다.

"Now these guys shall know what is thirsty.(이제 나는 녀석들에게 목마름이 무엇인지를 가르칠 작정이다.)"

과연 아이들은 오래잖아 물을 찾기 시작했다. 물놀이만 해도 목이 타기 쉬운데 적지 않은 소금물까지 마셨으니 예사 목마름이 아니었다. 그러나 그들에게는 이미 마실 것이라고는 한 방울도 남아 있지 않았다. 아이들은 공동 수도로 달려가 보았지만 그들이 빨아들인 것은 녹 냄새 섞인 뜨거운 공기뿐이었다.

"참아, 서울까지 걸어가지 않으려면."

견디다 못한 아이들이 형을 찾아 목마름을 호소했을 때 무정한 스승은 그렇게 말했다. 형은 가난 공부의 제2과(課)를 인내(忍耐)로 잡은 것 같았다.

그러나 아이들이 참아야 할 것은 목마름뿐만이 아니었다. 형은 틈틈이 아이들을 해변 여기저기에 널려 있는 유락장(遊樂場)으로 끌고 갔다. 각종 물놀이 기구를 빌려주는 곳, 실내 축구장, 탁구장, 빙고 게임장…… 그런 곳을 지날 때마다 그와 같은 종류의 쾌락에 익숙해 있는 아이들은 못 견뎌 했다. 또 다른 마음의 갈증이었다.

"선생님, 서울까지 걸어두 좋아요. 실내 축구 한 번 해요."

"여기서 택시를 대절해 집까지 가면 되잖아요? 돈은 거기서 주죠, 뭐. 우리 보트 좀 타요."

그러나 형은 아이들을 냉정하게 나무랄 뿐이었다.

"저런 것들이 무슨 소용에 닿는가를 생각해 봐. 너희들에게는 다만 돈과 시간의 낭비일 뿐이야. 그걸 지금까지 말없이 보아 넘긴 아버지 어머니나 원망해라. 나는 저런 쓸데없는 짓으로 차비를 써버려 백 리를 걷고 싶지는 않다. 택시를 대절해 — 너희 부모를 성나게 하고 싶지도 않고."

아이들은 차츰 지쳐갔다. 그리하여 물에 뛰어들 생각도 잊고 시원한 나무 그늘이나 음료수 가게 근처에만 힘없이 서성거리게 되었을 때쯤 형은 약간 부드럽게 물었다.

"너희들 괴롭니?"

"네."

아이들은 간절한 눈빛으로 형을 바라보며 일제히 대답했다. 형은 그런 아이들을 조용히 둘러보더니 다시 가르치는 목소리로 돌아갔다.

"이것이 바로 가난이다. 더구나 너희들이 받는 괴로움은 대개 꼭 필요하지도 않은 것을 원하는 데서 온 것이고, 또 잠시 동안이다. 돌아가면 부유한 아버지 어머니가 있으니까. 하지만 세상에는 꼭 필요한 것, 예를 들면 먹을 것이나 입을 옷이나 살 집 따위마저 없어 괴로움을 겪는 사람들이 있다. 그것도 언제 그 괴로움에서 벗어난다는 확실한 기약도 없이. 너희들이 몇 시간 동안 받는 이 괴로움에는 비할 수가 없지……."

"그럼 그 사람들도 부지런히 일해 벌면 되잖아요?"

무언가 형의 속마음을 어렴풋이 짐작한 것 같은 약수동 큰 병신이 약하게 항의했다. 형의 목소리가 이내 차가워졌다.

"그게 항상 부자들이 내세우는 인정머리 없는 변명이지. 부자는 개미고 가난뱅이는 베짱이다. 그러므로 베짱이같이 게으른 가난뱅이가 굶어 죽는 것은 당연하고 개미같이 일한 부자의 책임이 아니다, 그런 얘기겠지."

"……."

"누구든 마음만 먹으면 부자가 될 수 있다고 주장하지만 그건 엉터리야. 세상에 있는 것은 무엇이건 일정한 양뿐이기 때문이지. 한 사람이 많이 가지려면 누군가는 적게 가지거나 전혀 가지지 않아야 돼. 다시 말해 가난한 이들이 있었기 때문에 너희 아버지도 부자가 될 수 있었던 거야. 이해하겠니?"

"……."

"언제나 그들을 잊지 마라. 너희들이 지금 받고 있는 괴로움보다 몇 배나 큰 괴로움을 날마다 되풀이해 받고 있는 가난한 사람들을. 그것이야말로 가장 떳떳하게 너희들을 변명해줄 수 있는 미덕이다."

"네."

형의 목소리에 섞인 한 가닥의 진지함에 억눌린 큰 병신은 제대로 이해하지도 못한 채 어물어물 대답했다. 작은 병신과 신촌 백치도 덩달아 동의했다. — 형은 오후 늦게야 사이다 두 병을 샀다.

형과 아이들이 이따금씩 다녀가는 것을 빼면 아우에게는 무료하기 짝이 없는 오후였다. 원래 아우는 홀로 보내게 된 그 시간을 최근에 손에 넣은 프랑스의 시 이론서(詩理論書)로 때울 작정이었다. 나중에 시인과 평론가를 겸하려는 야심에 차 있는 그가 춘추복 바지 하나로 여름을 날 각오를 하고 산 영역판이었다.

그런데 아우가 자리 잡은 나무 밑은 책을 읽기에는 그리 알맞은 곳이 못 되었다. 그곳에서 스무 발짝도 안 되는 곳에 설치되어 있던 야외무대가 갑자기 꿍꽝거리기 시작한 탓이었다. 처음 그들이 자리 잡을 때 조용했던 것은 점심시간이었기 때문인 듯했다.

먼저 아우의 눈길을 끈 것은 요란한 음악 소리에 이어 무대에 오르는 남녀의 피부색이었다. 돈만 내면 누구든 올라가 춤출 수 있는 모양인데, 난데없이 흰 피부와 까만 피부가 뒤섞여 있었다. 외출 나온 GI라도 끼어든 것일까. 무대에 올라간 사람들은 곧 신들린 듯 몸을 흔들기 시작했다.

'참 놀랍구나. 이 더운 날에 그것도 뜨거운 태양 아래서…….'

아우는 그들의 번들거리는 피부를 보며 감탄했다. 그러나 시간이 흐름에 따라 그런 감탄은 혐오로 바뀌었다. 춤추는 그들의 꿈틀거리는 몸이 점액질로 덮인 파충류를 연상시킨 것과, 분명 수가 많건만 어쩐지 미군 병사들 사이에 끼어 있는 것처럼 느껴지는 동족의 어울리지 않는 몸매 때문이었다.

'검은 안경에 시원찮은 콧수염을 기른 너 왜소한 환웅(桓雄)의 아들이여, 옥도정기로 머리의 멜라닌 색소를 빨아낸 너, 거짓 금

발을 늘어뜨린 웅녀(熊女)의 딸이여, 그래도 너희 피부는 너무 누렇고 두 다리는 너무 짧구나…….'

거기다가 귀가 따갑도록 울려 퍼지는 재즈 가락도 언제부터인가 아우의 감정을 거스르고 있었다. 반복되는 싱코페이션[折音技分法]의 기조(基調), 높낮이의 급격한 전환, 끼어드는 기성(奇聲)들 — 그런 것들은 그 어느 때보다 역겨운 것으로 밀림과 야수와 노예선과 흑노(黑奴)의 광란을, 아메리카, 포만감에 빠진 아메리카의 부패와 혼란을 느끼게 하였다.

'아메리카, 아메리카, 아메리카의 절규…….'

그 무렵이었다. 약간 찌푸린 얼굴로 무대 쪽을 보고 있는 아우에게 작은 사건이 일어났다.

"도대체 무엇이 그리 못마땅하죠?"

자신의 생각에만 빠져 있던 아우가 퍼뜩 정신을 차리고 그 목소리의 주인을 올려 보았다. 언제 왔는지 정확한 나이를 어림할 수 없는 젊은 여자가 나무 곁에 서서 희미하게 웃고 있었다. 대단한 미인은 아니었지만 새하얀 원피스와 함께 꽤 인상적인 얼굴이었다.

"아, 네……."

"저기 즐거워 뵈지 않으세요?"

까닭 없이 당황해 있는 아우에게 그녀가 길고 우아한 손가락으로 야외무대를 가리키며 다시 물었다.

"별로……."

그녀의 의견이란 게 기껏 그 정도라는 데 다소 자신을 회복한 아우는 자신도 모르게 형의 말투를 흉내 냈다.

"뜨거운 여름날, 부글부글 괴는 막걸리와 함께 나온 돼지비계를 씹는 듯한 기분이어서요."

그새 아우의 손에 들려 있는 책을 흘깃 살피던 그녀는 그 말을 듣자 문득 재미난다는 표정이 되어 물었다.

"아직 학생인 것 같은데……. 그래 학생은 살아 있다는 게 굉장하게 느껴지지 않아요? 특히 몸으로 그걸 확인한다는 게 즐겁지 않아요?"

"저들이 나무 그늘에서 쓸모 있는 사색에 잠겨 있거나 서재에서 조용히 책을 읽는다고 해서 아무도 저들이 살아 있음을 의심하지는 않을 겁니다. 게다가 또 살아 있다는 게 뭐 그리 대단할 사람들 같지도 않군요."

"이상해요. 학생은 어딘가 현대의 젊은이와 달라……."

"저는 현대가 무슨 인류사(人類史)의 한 이변이라고는 생각하지 않습니다. 조악한 음률에 맞추어 몸을 비꼬고 뒤트는 것이 현대의 젊은이라면 저는 그런 것 사양하겠어요."

완연히 자신을 회복한 아우가 그렇게 잘라 말하자 그녀는 말을 중단한 대신 이상하게도 탐욕스레 느껴지는 눈길로 아우를 살피기 시작했다. 섬세하면서도 앳된 얼굴, 시원하게 걷어붙인 팔다리와 다소 야위었지만 탄탄해 뵈는 몸매 — 그렇게 차례로 아우를 살피는 그녀의 눈에서는 이상한 광채와 열기가 뿜어 나왔다. 마치 수없이 작은 불길이 타오르는 것 같았다.

"학생은 정말 동정(童貞) 같애……."

그녀는 갑자기 혼잣말처럼 중얼거렸다. 그리고 이내 전과는 판이한 상스럽고 천박해진 어투로 물었다.

"이봐요, 학생. 당신 여자 있수?"

"아직…… 어, 어려서요."

그녀가 찬찬히 자기를 살필 때부터 몸둘 바를 모르던 아우는 그 당돌한 질문에 완전히 더듬거렸다. 그러나 여자는 더욱 불타는 듯한 눈길로 아우를 바라보며 바싹 다가앉았다.

"학생, 내가 오늘 당신 여자가 되어줄까?"

여인은 금방 손이라도 잡을 기세였다. 아우는 원인 모를 섬뜩함으로 한 발이나 물러앉았다.

"자, 나와 같이 가요. 정말 멋진 애인이 되어줄게."

그녀는 더욱 집요하게 다가왔다. 그런데 이상한 것은 그와 같은 천박한 언동에도 불구하고 그녀를 감싸고 있는, 무언가 함부로 범할 수 없는 기품이었다. 아우는 그 때문에 더욱 혼란되었다. 소리라도 질러 구원을 청하고 싶은 게 솔직한 심경이었다.

"저기, 형님이…… 나는…… 여기서 오, 옷을 지켜야 합니다."

다시 말하지만 아우는 갓 스물의, 시인을 지망하는 문과대학 2년생이었다. 약간은 조숙해도 아직 그에게 있어서 여자란 몸보다는 마음으로 파악되는 어떤 존재였다.

그런데 구원은 뜻밖의 방향에서 왔다. 갑자기 여인이 일어서며 태양을 향해서가 아니고 앞쪽으로 수선스럽게 양산을 폈다. 아우는 무심코 그쪽을 살폈다. 사람들 틈에서 웬 중년 남자 하나가 멍한 눈길로 걸어오는 것이 보였다. 가까이서 보니 초췌한 얼굴에는 구레나룻이 더부룩했고 두 눈은 드러나게 충혈되어 있었다.

이 남자 때문이었을까, 하는 기분으로 아우가 여인을 돌아보았을 때 그녀는 이미 자리에 없었다. 양산으로 깊숙이 얼굴을 가린 채 반대편으로 떠나가 — 아우의 의아로운 눈길이 겨우 따라잡았을 때는 인파 속으로 막 사라지려는 중이었다.

오후의 그 나머지는 그럭저럭 지나갔다. 아우는 야외무대에 대한 혐오감과 시 이론서의 현학(衒學) 사이를 오락가락하며, 형은 무정한 스승으로서 교육에 골몰한 채, 그리고 아이들은 가련한 제자로서 고통스럽게 가난을 배우면서. 일이 있었다면 그저 눈치 없는 아우가 부근에 펴 있는 빈 돗자리 한 장을 가져와 깔았다가 우락부락한 청년들에게 난데없는 자릿세 삼백 원을 뜯긴 정도일까.

그리하여 해가 서편으로 기울면서부터 사람들은 하나둘 그 해수욕장을 떠나기 시작했다.

"이만하면 대강 가르친 것 같다. 눈물과 피로가 더 남았지만 그건 또 돌아가는 길에 기회가 있겠지."

거의 가학적(加虐的)인 교육에 몰두해 있던 형도 드디어 그렇게 말하며 돌아갈 채비를 시작했다. 아이들은 바닷물도 헹궈내지 못한 채 옷을 갈아입었다. 그리하여 그들 일행이 오후를 보냈던 은백양나무를 떠나려 할 때였다. 갑자기 해수욕장 한쪽이 술렁거리며 사람들이 그쪽으로 몰리기 시작했다. 형이 궁금해하는 아이들과 먼저 그리로 가보았다.

"털 없는 원숭이의 치정(痴情)이다."

아우가 다가갔을 때 형이 돌아서며 무감동하게 하는 말이었다.

"네?"

"인간이 얼마나 쉽게 문명과 교양의 옷을 벗어던질 수 있는가를 저들이 보여주고 있다. 질투가 한몫 단단히 하는 모양이다."

여전히 종잡을 수 없는 형의 말을 귓가로 돌리고 아우도 구경꾼들의 어깨 너머로 그 안에서 벌어지는 광경을 바라보았다. 어떤 남자가 여자 하나를 짓뭉개고 있었다. 발로 밟고, 주먹으로 때리고 — 거의 실성한 것 같았다.

"이년, 바른대로 말해, 이 개 같은 년아, 여긴 어떤 놈과 붙어 왔어? 어떤 놈이야?"

아우는 이내 그를 알아보았다. 얼마 전 뜻밖의 구원자로서 그 은백양나무 곁을 지나간 중년 남자였다. 그제야 아우는 쓰러져 꿈틀대는 여자 쪽을 살폈다. 짓밟혀 형편없는 몰골이었지만 바로 낮에 본 그 이상한 여자였다. 피와 흙먼지로 더럽혀진 원피스를 걸친 채 이리저리 뒹구는 그녀는 그대로 천한 짐승처럼 보였다. 몇 사람인가 말리려 나섰으나 소용이 없었다.

아우는 그 충격적인 광경에 자신을 잊은 채 보고만 있었다. 그런데 그때 정말로 끔찍한 일이 벌어졌다. 그 중년 남자가 갑자기 근처에 있던 큼직한 돌을 들어 말릴 틈도 없이 여인의 머리를 찍어버린 것이었다. 그제야 다급해진 구경꾼들이 그 남자를 덮쳐 누르고 일부는 피투성이로 축 늘어진 여자를 떠메고 갔다.

"자업자득이지. 다른 동물들에게도 질투는 있지만 인간처럼 집요하지는 않아. 적어도 질투 때문에 미치는 수컷은 없으니까. 성(性)을 너무 남용한 결과야. 감동할 필요 없다."

아연해 있는 아우의 어깨를 치며 형이 하는 말이었다. 방금의 그 끔찍한 사건도 형에게는 그리 큰 충격이 되지 못하는 모양이었다. 대신 그 총중에도 기지를 발휘해 당면한 자기들의 곤궁을 해결하는 여유까지 보였다.

"저 여자."

형이 어떤 여자의 옆모습을 가리키며 아우의 주의를 그쪽으로 돌렸다. 구경꾼들의 담으로부터 서너 발짝 떨어진 곳에서, 그런 사건에는 전혀 관심 없다는 표정으로 서 있는 스물두셋쯤의 아가씨였다.

"우선 발등의 불이나 끄고 보자. 저 여자를 잘 봐둬라."

"아는 분이세요?"

"잘 알지. 지금 구경꾼 틈에 섞인 일행의 천박한 호기심을 은근히 경멸하며 서 있다. 아마 꽤 큰 회사의 경리거나 부속실에 나가고, 거기서는 유능하다는 평판도 듣고 있겠지. 평론가가 좋다는 책은 무조건 사들이지만 실제로 가장 애독하는 것은 시시껄렁한 수필류다. 드문 연극 관객 중의 한 사람이고 별 볼일 없는 개인전이라도 초대가 있으면 기꺼이 응하지만, 결국 칠팔 년 이내에 장바구니를 든 평범한 주부로 콩나물값이나 다투게 되겠지."

"언제부터 사귀셨어요?"

"지금부터. 이제 저 여자는 우리에게 부족한 차비를 대고, 몇 번의 데이트를 거쳐 내 화대(花代)를 절약시키다가, 어쩌면 네 형수가 될는지도 모르지. 크누트 함순 정도 응용하면 될 것 같다."

그렇게 말한 형은 여전히 어리둥절해 있는 아우를 남겨 놓고 똑바로 그녀에게 다가갔다.

"이봐요, 여기 책이 떨어졌소."

"……?"

그녀는 알 수 없다는 눈길로 형을 쳐다보았다.

"아가씨의 책이 떨어졌단 말이오."

"전 책을 가져오지 않았는데요."

"저런, 아가씨. 이건 아가씨의 책이 아니고 뭐요?"

형은 몸을 굽혀 무언가를 집어 올리는 시늉을 했다. 그리고 과장스레 털고 닦더니 책의 제목이라도 읽듯 빈 손바닥을 들여다보았다.

"『사랑과 영원의 피안』이라, 이건 신문이나 잡지에 실었던 잡문 나부랭이를 끌어 모은 것이지만 그래도 꽤 깔끔한 수필집이죠. 가끔씩 장마 도깨비 씻나락 까먹는 소리가 섞여 있어 탈이지만."

그제야 아우는 크누트 함순의 소설 중에서 지금 형이 벌이고 있는 연극과 비슷한 대목이 있다는 걸 기억해 냈다. 그때쯤 아가씨의 얼굴에도 의혹이나 적의의 그림자는 찾을 수가 없었다. 그걸 보며 형은 다소 안심한 표정으로 무언가를 공손히 바치는 시늉을 했다.

"틀림없이 아가씨의 책이지요?"

그녀는 잠깐 망설이다가 이내 은은한 웃음기와 함께 손을 내밀었다.

"고맙지요?"

"네, 아주."

"그런데 이렇게 친절한 기사(騎士)를 도와줄 자비로운 마음은 없으신지?"

"시간 있으면 차나 한잔, 하는 따위만 아니라면."

"그건 마음 놓으십시오. 지금 불행한 기사와 네 명의 종자(從者)에게 필요한 것은 부족한 서울까지의 차비뿐이니까요."

"어느 정도예요?"

"이 달러쯤."

"칠백 원 말씀이에요?"

"아니, 이 달러요. 아가씨처럼 머리 좋은 숙녀들은 숫자의 마력에 잘 현혹되니까. 만약 칠백 원의 칠백이란 어마어마한 숫자에 놀라 기절하게 되면……."

"좋게 보아주셔서 눈물이 날 지경입니다."

"원화(圓貨)의 인플레이션에 대비해서도……."

"알겠어요. 말하자면 달러 약관(約款)부로 칠백 원을 무담보 융자해 달라는 거군요."

"담보는 여기 있습니다. 고시(考試)에 가망이 없어 은행에 들어가 남의 돈이나 헤아려줄 작정이지만, 그래도 국립대학교 법대생의 학생증입니다."

"담보로는 마땅하지 못하군요. 넣어두세요. 그리고…… 옜어요."

그녀는 핸드백에서 돈을 꺼내 건넸다.

"언제 갚으시겠어요?"

"다음 주 토요일 D극장 매표구 앞에서 4회 상영 시간 십 분 전에쯤."

"뭐 그리 복잡하죠?"

"이자는 관람료로 치르려구요. 「지바고」의 앵콜 상연이죠."

"여러 번 써먹은 수법 같군요."

"뭘요, 겨우 열세 번짼데. 잊지 마십쇼. 다음 주 토요일, D극장, 4회 상영 시간……."

그때 마침 그녀의 친구인 듯한 아가씨가 질린 얼굴로 돌아왔다.

"가보겠어요."

그녀는 별일 없었던 얼굴로 그렇게 말하며 친구와 함께 가버렸다. 그리고 그녀와 함께 그들 형제의 고민도 사라졌다.

정류소가 가까운 탓인지, 서울로 가는 버스 안은 그 해수욕장에 놀러 왔던 사람들로 붐볐다. 버스가 인천시를 벗어날 때쯤 사람들은 조금 전의 끔찍한 사건들을 얘기하기 시작했다.

"그 여자 색광(色狂)이라지, 아마."

"나는 그 남자가 심한 의처증 환자라고 들었는데."

"생활에 여유도 있고 교육도 상당히 받았다더군."

등 너머로 그런 대화를 듣고 있던 형이 아우에게 말했다.

"색광은 아니었을 거다. 그 여자는. 다만 먹고살 걱정 대신 그쪽으로만 신경을 쓰다 보니 비정상적으로 성(性)이 비대해졌을 뿐이다. 의처증 환자는 아니었을 거다. 그 남자도 역시 그 여자와 같은 이유로 지나치게 아내에 대한 의심을 키웠을 뿐이다."

그때 큰 병신이 불쑥 물었다.

"선생님, 색광이 뭐예요?"

"음, 말하자면…… 아기를 낳을 생각도 없이 남자와 같이 자기를 좋아하는 여자지. 특히 남편 아닌 다른 남자와……."

형은 거기서 잠깐 망설이다가 이어 내뱉듯 말했다.

"어쩌면 네 어머니도 거기 속할지 몰라. 네 어머니와 함께 어울려 다니는 김 국장 부인 같은 여자도."

"몹시 나쁜 건가요?"

그런데 형이 무어라고 말하기도 전에 큰 병신의 고막을 잔인하게 찔러오는 대답이 있었다.

"어쨌든 맞아 죽어 싼 여자야."

앞서 얘기하던 사람들이었다. 그 말을 듣는 큰 병신의 어깨가 움찔했다. 그리고 그때부터 굳게 입을 다문 채 깊은 생각에 잠겼다.

차가 서울 거리로 접어들 무렵 형이 흘낏 큰 병신을 보았을 때 그의 볼에는 두 줄기 눈물이 흘러내리고 있었다. 삶의 비참을 속속들이 맛보았다는 그런 대단한 것은 아니었지만 그래도 가슴 깊은 곳에서 우러나는 눈물이었다.

무슨 진기한 것을 보고 있다는 눈길로 그런 제자를 살펴보던 형은 문득 아우를 돌아보며 말했다.

"이제 약수동을 떠날 때가 된 모양이다. 무엇인가가 녀석의 철판 같은 무관심과 둔감의 벽을 뚫었다. 그것만으로도 녀석은 아마 영원히 나를 잊지 못할 거다. 나는 내일 고향으로 돌아가련다. 학점은 어떻게 될 거야. 몇 개 안 남은 데다 논문으로 때울 수 있으니까. 여기 남아 취직 시험 준비라도 할까 했지만 우선은 집에 가서 좀 쉬어야겠다. 내일부터 홀로 분투해 봐라, 시인. 역에는 나올 필요 없다. 학기 말 시험 때는 올라올 테니까."

여전히 냉정하게 말하고는 있었지만, 어딘가 아우에게 느끼는 애처로움이 배어 있는 목소리였다.

말없이 듣고 있는 아우에게는 그때부터 이상하게도 여름이 서늘해졌다.

(1981년)

알 수 없는 일들

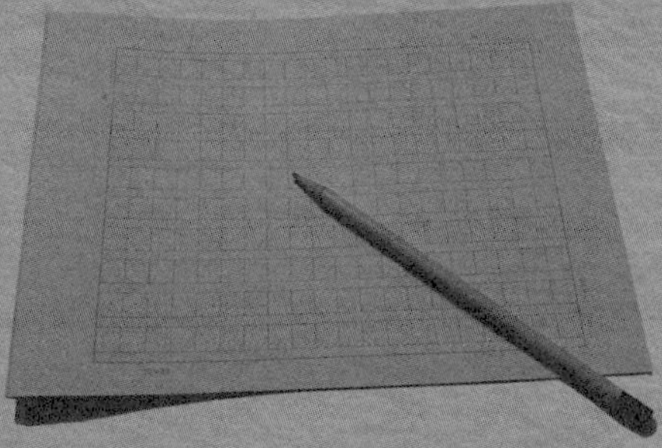

나는 올해로 스물셋에 드는 변두리 기계 공업사의 선반(旋盤) 기사다. 그러나 이름만 거창했지 회사라는 게 기껏 시다(보조공) 포함 열서넛의 종업원을 거느린 주물 공장에 지나지 않고 보면 그 선반 기사라고 해서 대단할 리가 없다. 터놓고 말해 나는 바로 그 주물 공장에 한 대뿐인 낡은 일제 선반과 이 봄 갓 중학교를 나온 녀석 하나를 시다로 거느린 한낱 싸구려 숙련공일 뿐이다. 이 길로 들어서서 쇳가루를 마시며 일한 게 10년에 가깝고, 또 선반이라면 내 몸만큼은 잘 알고 있지만, 어디든 따라다니는 중학교 중퇴의 학력이 내가 보다 큰 회사의 그럴듯한 자리로 가는 걸 가로막는 탓이었다. 공고(工高), 공전(工專) 출신들도 대졸(大卒) 사원들과의 차별 대우에 한입 가득 불평을 물고 있는 그런 곳에 나 같은 것이 끼어든들 무슨 뾰족한 수가 나겠는가?

말이 났으니 하는 얘기지만, 내가 만약 이 세상을 빌어먹을 놈의 세상이라고 욕한다면 그것은 순전히 갈수록 심해지는 그놈의 학력(學歷)주의 탓이다. 어떻게 된 셈인지 신문의 구인 광고(求人廣告)라고 생겨 먹으면 우표 딱지 크기만 해도 대학교 졸업장 타령이요, 제법 손바닥만 해지기만 하면 이건 전 학년 성적 증명서까지 내놓으라는 식이다. 나야 쇠 깎는 기술 외에 이론적인 것까지 갖추지는 못했으니 어물어물 그런 풍조를 욕질이나 하고 넘어간다 하더라도, 홀로 열심히 읽어 이론까지 정연히 갖춘 별무 학력(別無學歷)의 동료들에게 필시 치가 떨리는 일 중의 하나일 것이다.

그런데 내가 허두부터 학력 문제로 열 올리는 것은 단순히 나의 처우 때문만은 아니다. 실은 거기 기대서 앞으로 계속할 이 얘기의 제목을 변명하려는 것이 내 솔직한 의도다. 언젠가 나는 어떤 서점에 들렀다가 『그대 다시는 고향 땅을 밟을 수 없으리』란 긴 제목의 소설을 본 적이 있다. 나는 지은이가 북한에서 내려온 피란민인가 보다 짐작했으나 나중에 알고 보니 지은이의 고향은 엄연히 경북 어디여서 차표 한 장이면 쉽게 갈 수 있는 곳이었다. 그 뒤에 나는 또 『뒹구는 돌과 안 뒹구는 돌은 어디서 만나는가』라는 제목의 시집을 보았고, 다시 『무엇이 우리를 더럽고 아니꼽게 하는가』라는 제목의 수필집도 보았다. 그리고 그런 책들이 대개는 제법 읽히는 것들이라는 얘기를 듣고 난 후부터 글의 제목은 될 수 있는 대로 길고 알쏭달쏭한 것이 요새 유행하는 것이라고 알게 되었지만 막상 내 글에 제목을 붙여보려니 그리 쉽지 않았다. 중학교 중퇴 정도의 학력으로는 말을 매끄러우면서도 길게 푸는 방법이나 글을 짐짓 애매하게 만드는 재주를 익힐 기회가 없었기 때문이다. 머리에 먹물깨나 든 분들은 그 점을 감안하여 '알 수 없는 일들'이라는 이 글의 제목이 멋대가리 없고 무식해 뵈더라도 참아주시기 바란다.

하지만 제목부터 고전하면서도 구태여 이 글을 쓰려는 데는 내게도 그럴 만한 사연이 있다. 나는 바로 그 '알 수 없는 일들' 때문에 한 미결수가 되어 벌써 한 달째 철창신세를 지고 있기 때문이다. 그것도 추행(醜行) 미수인가 뭔가 하는 결코 아름답지 못한 혐의로.

이 이야기는 앞뒤를 시시콜콜히 다 하자면 길지만, 편의상 내가 등산 장비를 구입한 때부터 시작하는 편이 낫겠다. 작년 이맘때 꿈꾸던 선반을 혼자 도맡게 되고 월급도 십만 원을 훨씬 웃돌게 되면서부터 나는 그 여유로 가장 먼저 등산 장비를 사들였다. 열다섯의 나이로 중학교를 그만두고 도시로 뛰어나와 눈치와 구박 속에 주물 공장에서 잔뼈가 굵어가는 동안 내가 제일 부러워했던 것들 중에 하나가 주말이면 등산복 차림으로 우리 공장 앞 시외버스 정류소에 줄지어 서던 사람들이었기 때문이다. 한 달 치 식량이라도 넉넉히 들어갈 것 같은 큼직한 배낭과 거기 얹힌 텐트 주머니, 원색 방수 천으로 지은 멋진 등산복과 여러 가지 배지며 마스코트가 달린 등산모, 알록달록한 각반과 에베레스트 산이라도 오를 수 있을 듯 요란스러운 등산화……. 그런 것들을 가만히 바라보고만 있어도 마냥 황홀하였지만, 더욱 부럽던 것은 그렇게 주말의 도시를 빠져나갈 수 있는 그들의 여유였다. 근년까지도 일당 이삼천 원의 시다로 있던 나로서는 구태여 시골에서 남의 땅 마지기나 붙여 어린 아우들을 기르는 부모를 핑계 삼지 않더라도, 토요일 오후와 일요일 온 날을 느긋이 즐길 처지가 못 되었다. 쥐꼬리만 한 일당이나마 슬슬 모습을 드러내는 불황(不況) 탓에 일감이 떨어져 못 받게 되는 날이 더러 있었기 때문이었다.

거기다가, 고향에서 함께 나왔지만 나보다 일찍 자리 잡은 상철이와 영남이 녀석도 내게 무엇보다 먼저 등산 장비부터 구입하게 된 원인이 되었다. 상철이 녀석은 애초부터 자동차를 따라다니더니 그 전해 방위 근무를 마치고부터는 도꼬다이[特攻隊] 택시를 몰게 됐고, 영남이 녀석은 중국집을 돌던 끝에 오래전부터 숙련된 이다바[熟手]로 주방에 들어앉아 나보다 사정이 좋았다. 그런데 이 녀석들이 무슨 바람이 불었는지 한 달에 한 번꼴은 등산복 차림으로 날 찾아와 뻔히 안 되는 줄 알면서도 함께 가자고 약을 올리거나, 아니면 돌아오는 길에 들러 잔업(殘業) 중인 사람을 끌어내 묻지도 않은 등산 얘기로 부아를 돋우곤 했다. 나는 그럴 때마다 등산 포함 레저 열(熱) 일반에 대한 식자(識者)들의 의견을 주워 모아 녀석들의 허영과 낭비를 나무랐지만 부러운 것은 역시 부러웠다.

등산 장비는 막연히 생각했던 것처럼 비싼 것은 아니었다. 그러나 한 달에 수당까지 합쳐도 십오만 원이 채 안 되는 내 월급으로 한꺼번에 사들이기에는 역시 무리여서 나는 몇 달에 걸친 구입 계획을 짜야 했다. 첫 달에는 배낭과 등산화, 다음 달에는 버너와 등산복, 그다음은 코펠과 모자, 또 그다음은 텐트와 무엇 — 이런 식으로 사들이다 보니 이 봄이 되자 대략 장비 일습이 그것도 보기 흉하지 않은 것으로 갖추어졌다.

그때부터는 본격적인 등산이었다. 나는 상철이, 영남이 녀석들과 죽이 맞아 여가만 나면 산을 기어올랐다. 아닌 게 아니라 맛을 들이고 보니 등산이란 괜찮은 취미였다. 복작대는 찻간에서 옆사람 눈총을 맞아가며 한 짐씩 해 지고 비지땀을 흘릴 때는 헛고생하는가도 싶었지만, 한번 산에만 오르면 거기에는 우리가 늘상 시달리는 세계와는 전혀 다른 세계가 있었다.

"일단 올라만 가 봐. 세상이 얼마나 좁고 인간들이 얼마나 작으며, 산다는 게 또한 얼마나 하찮은가를 가만히 있어도 알게 돼. 산은 말 없는 가르침이지."

셋 중에서 비교적 책권이나 읽은 상철이 녀석이 언젠가 그렇게 떠벌렸을 때, 나는 "야 이 멍청한 새끼야, 그런 걸 꼭 산꼭대기에 기어올라 가서 두 눈깔로 내려다봐야만 아냐?" 하고 면박을 주었지만 확실히 산이 주는 감동과 의미는 상상만으로는 느낄 수 없는 그 무엇이 있었다.

또 산은 한 달 치 봉급을 몽땅 털어 산 셈이 된 등산 장비를 비싸다고 생각 들지 않게 만들기에 충분한 정신적 보상도 해주었다. 도시에서 출발할 때는 각각 다른 삶, 다른 지위, 다른 부(富)를 가지고 있었지만 비슷비슷한 차림으로 산속에서 만나면 모든 사람은 그대로 평등해졌다. 이를테면 그들과 비슷한 차림, 비슷한 장비로 산에 오른 우리 모습 어디서 실패의 예감이 강하게 풍기는 우리 삶의 흔적을 찾아낸단 말인가. 누가 우리에게서 영세업체의 선반공이나 스페어 운전사나 변두리 중국집 요리사의 냄새를 맡아낼 수 있단 말인가. 정말이지 산만 내려가면 바로 쳐다보기도 힘들 높으신 양반이나 학식 많은 대학교 선생님들 또는 돈 많은 사장들일지도 모르는 이들과 아무런 거리낌 없이 어울리고 농지거리까지 주고받을 수 있다는 것도 얼마나 유쾌한 일인가.

그러나 그 무엇보다도 쏠쏠한 재미는 거기서 만나게 되는 여자들이었다. 거리에 있을 때에 우리 셋은 한결같이 쓸쓸한 청춘이었다. 우리가 가능성 있게 마음 둘 수 있는 여자랬자 기껏 가까운 봉제 공장의 여공들이나 기사 식당에서 심부름하는 계집아이, 또는 옆 이발소의 면도사 아가씨 정도였고, 그나마도 쉽게 우리 손안에 들어오는 것은 돈 주고 사는 거리의 여자들뿐이었다. 하지만 산에서는 달랐다. 이미 말한 대로 산에서는 모두가 평등하다는 것이 여자들에게도 적용되어 고관의 딸이건 재벌의 딸이건 여대생이건 직장 여성이건 등산복 안에서는 구별이 안 됐고 또 구별할 필요도 없었다. 다시 말해서 우리가 언행에 약간의 조심만 하면 거기서 만나는 여자들은 모두 유쾌한 하루의 동반자가 될 수 있었다.

거기다가 더욱 좋은 것은 여자 쪽에서도 자기들끼리만 패를 지어서 오는 경우가 많다는 점이었다. 대개 그녀들은 복장만 구색을 갖춘 채, 그중의 한둘이 김밥이나 콜라 따위가 든 신주머니 같은 작은 배낭을 메고 있기 마련인데, 성격상의 특징은 까다롭게 굴지 않고 인심이 후하다는 것이었다. 흔히들 말하는 것처럼 산에 다녀 수양이 된 것인지, 아니면 태어날 때부터 그렇게 남자에게 후하게 태어났는지는 알 수 없지만 구하려야 변변한 파트너 하나 구해 낼 재간이 없는 우리들로서는 참으로 편리한 존재였다.

"여기까지 와서 김밥이나 콜라 마시는 게 무슨 재미요? 일루 와서 밥 짓는 거나 좀 거들어주소. 요리 실습도 할 겸……."

그런 팀을 만나면 말발 좋은 상철이 녀석이 그런 식으로 수작을 거는데 열에 여덟, 아홉은 응해주었다. 그러면 그 나머지 오후는 그녀들과의 즐거운 시간이었다. 우리는 은행원도 되고, 회사원도 되고, 팔자 좋은 대학생도 되어 필시 우리보다는 나은 계층에 속할 것임에 분명한 그녀들과 스스럼없이 어울렸다. 애써 고상한 말을 찾아내야 하는 번거로움과 점잖게 행동해야 하는 거북스러움은 있지만 우리가 산을 내려가면 이내 겪어야 할 고단하고 서글픈 삶을 생각하면 실로 산의 축복이라 아니할 수 없었다. 그런데 자칫 이 지루하게 될 이야기의 직접적인 발단은 바로 그와 같은 산행(山行) 중의 하나에서부터였다.

하기야 그날은 처음부터 좀 별난 데가 있었다. 마침 상철이 녀석은 사고를 쳐서 놀고 있었고, 영남이 녀석도 그 무렵은 중국집에서 나와 며칠 쉬던 때여서, 연휴인 나와 녀석들은 토요일 아침부터 이 도시 부근의 꽤 이름난 산으로 향했던 것인데 사실 우리 셋이 하는 야영은 그때가 처음이었다. 그러나 그 밖에는 모든 게 전과 다를 바 없어서 그때 우리는 이미 첫날 오전에 세 명의 아가씨들을 일행에 맞아들이는 데 성공했다. 눈에 뜨일 만큼 짙은 화장 외에는 대개 앞에서 말한 것과 비슷한 아가씨들이었다. 내 파트너로 지정된 아가씨도 턱없이 짙은 화장 외에는 이렇다 할 것 없는 수수한 얼굴에 알맞게 활달한 우리 또래의 여자였다. 그런데 그녀가 지금처럼 이렇게 내 삶을 휘저어 놓을 줄이야.

처음 그녀들은 무언가 살피는 기색이더니 점심을 나누고 오래잖아 떠날 채비들을 했다. 그런 그녀들을 주저앉혀 우리들과 유쾌한 술자리를 벌이게 한 것은 순전히 상철이 녀석의 넉살 덕분이었다. 그러나 채 한 시간도 지나지 않아 술자리의 분위기는 묘하게 흘러갔다. 실직 중이라는 것이 어떤 작용을 했는가는 모르지만, 평소의 주량답지 않게 일찍이 돌아버린 상철이 녀석이 느닷없이 우리들의 산통을 깨고 나선 것이었다. 아가씨들도 술은 제법 하는 편이어서 권커니 잣커니 준비해 간 네 홉들이 소주를 두 병쯤 비웠을 무렵 녀석이 벌떡 일어나더니 앞뒤 없이 소리쳤다.

"씨팔. 야야, 되잖은 거짓말 모두 때려치우고 우리 화통하게 놀자."

그때까지 늘상 해오던 대로 상철이가 대학생 역할을, 내가 유수한 기업의 엔지니어 역할을, 그리고 영남이가 공부에 취미가 없어 아버지의 사업을 돕고 있는 청년 실업가를 맡아 잘돼 가고 있었는데 상철이 녀석이 그렇게 나오니 영남이와 나는 당황하지 않을 수 없었다. 하지만 우리가 어떻게 말려볼 틈도 없이 녀석은 자기 정체를 스스로 밝혔다.

"나는 말이오, 도꼬다이(특공대) 택시 운전사요. 씨팔 대구 경주 간은 사십 분이면 끝내준다 이거요. 팡팡 날지."

그러고는 그때껏 행여 불량하게 보일까 봐 긴소매로 감추고 있던 팔뚝의 '一心'이란 문신이 드러나는 것도 개의치 않고 윗도리를 벗어젖혔다. 한데 이 무슨 조화 속인가. 당연히 말리고 나설 줄 알았던 영남이 녀석이 덩달아 일어서더니 밀가루 반죽에서 우동 가락 뽑아내는 시늉을 하며 떠벌렸다.

"나는 중국집 이거요. 한 시간에 우동 곱빼기 백 그릇은 뺄 자신이 있소. 마침 수틀려서 있던 집을 나와 놀고 있는데 어디 아는 중국집 있거든 일자리 하나 구해 주쇼."

그렇게 되고 보면 난들 별수 없었다.

"선반 알아요, 선반? 쇠 깎는 거……. 나는 그걸로 빌어먹는 사람이오. 집에서 기계 볼트나 너트 잃어버리거든 우리 공장으로 찾아오쇼. 크기만 알면 금세 깎아 드리지."

한편으로는 우리 말을 농담으로 받아주기를 기대하며 짐짓 과장스럽게 말했지만, 털어놓고 나니 이상하게 속이 후련했다.

"그쪽도 정직하게 자기소개 좀 해보쇼. 혹시라도 우리 같은 것들과 걸맞지 않거든 그대로 일어나도 좋소."

내 말이 끝나기가 무섭게 상철이 녀석이 여자들을 다그치는 말이었다. 나는 정말로 여자들이 새침해서 가버릴까 봐 마음이 조마조마했다. 은근히 파트너를 마음에 들어 하던 나는 가능하면 시내로 돌아가서도 그녀와 다시 만날 수 있기를 원했기 때문이었다. 일순 여자들은 미묘한 눈짓을 서로 주고받았다. 그러나 다행히도 실망하거나 성난 기색은 없었다.

"사람 너무 급하게 몰아세우지 말아요. 내가 한꺼번에 소개할 테니."

한참 후에 재미있다는 투의 얼굴로 일어나서 그렇게 말한 것은 뜻밖에도 내 파트너였다.

"저기 장(張) 양은 미용사, 커트 솜씨 한번 일품이죠. 머리 깎을 때 한번 부탁해 보세요. 그리고 그 옆 신(申) 양은 고려백화점 식품부에서 일해요. 나는…… 툭 까놓고 말하면 홀에 나갔는데 요즘 벌이가 시원찮아 놀구 있어요. 착실한 집 있으면 가정부로 몇 년 있다가 맘 잡고 시집이나 가려고 하는데, 좋은 집 알면 소개해 주세요."

그러고는 무엇이 우스운지 친구들과 함께 깔깔 웃어 댔다. 나는 한편으로는 안심이 되면서도 한편으로는 적이 실망했다. 차라리 여공 쪽이 나을 것을, 하필이면 호스티스라니. 그러나 상철이 녀석은 그것 보라는 듯 신이 나서 떠들었다.

"짐작은 했지. 잘됐시다. 자, 그럼 피차에 별로 손해 볼 일도 없으니 지금부터 화끈하게 놀아 봅시다. 약하고 없는 사람끼리 하루쯤 서로 위로하며 즐기는 것도 나쁘지는 않을 거요."

듣기에 따라서는 불쾌할 수도 있는 말이었지만 여자들은 오히려 이상할 정도로 흔연히 그런 녀석의 말에 지지를 보냈다. 그렇게 되고 보니 그 자리가 신나지 않으려야 않을 수가 없었다. 우리들은 소주와 이상한 열에 들떠 그 긴 오후를 유행가 가락과 되다 만 디스코 춤으로 보냈다. 여자들도 질세라 노래를 뽑고 몸을 흔들었는데, 그녀들의 춤과 노래는 아무래도 우리보다 윗길이었던 성싶다.

그러다가 제법 해가 뉘엿해지자 그녀들 중 하나가 하산을 제의했고, 다른 하나가 동조하고 나섰다. 내 파트너는 얼른 마음을 정하지 못해 망설이는 눈치였는데 그때 다시 약간 술기운이 가신 듯한 상철이 녀석이 너스레를 떨었다.

"아이구, 이 무정한 아가씨들 좀 보소. 술만 퍼 먹이고 그냥 갈 거요? 그러지 말고 속이나 좀 풉시다. 매운탕이나 얼큰하게 끓여 그쪽도 속 좀 풀고 가소."

그래도 둘은 여전히 돌아갈 것을 고집했지만 유독 내 파트너만 미진한 표정이었다. 그걸 놓칠 상철이 녀석이 아니었다. 그리하여 다시 한동안 녀석의 온갖 넉살이 다 동원된 후 한구석으로 몰려가 무언가를 속살거리던 그녀들은 못 이긴 체 주저앉았다. 주로 내 파트너의 주장을 따른 것 같았는데 한 가지 마음에 걸리는 것은 찌갯감을 씻으면서 그녀들이 주고받던 말이다. 마늘과 풋고추를 전해 주려고 개울가로 가던 나는 별로 탐탁하지 않은 듯한 둘의 무슨 항의 같은 말에 내 파트너가 달래듯 이렇게 대답하는 말을 들었다.

"안 되면 특식 한번 맛보는 거야, 특식."

그때 나는 별 의심 없이 그 특식(特食)이란 말을 매운탕을 가리키는 것이라고 생각했지만, 일이 이렇게 된 지금에 와서 보니 딴 뜻이 있지 않았는가 싶다.

그럭저럭 매운탕이 끓고, 거기다 낮에 남은 찬밥 한술씩 말아서 걸신들린 것처럼 퍼먹은 우리들이 다시 남은 소주를 까려고 할 때는 제법 골짜기가 으스름해져 있었다. 야영할 생각이 아니라면 마땅히 산을 내려가야 할 때였다.

"이젠 정말 내려가겠어요."

우리가 새로 술판을 벌이는 것을 아무래도 탐탁하지 않은 눈길로 보고 있던 장 양이 다시 일어나며 나머지 둘을 재촉했다. 그때는 그 둘도 예외 없이 몸을 일으켰다. 짙은 화장이며 야한 복장과 스스로 한 자기소개는 물론 우리와 함께 흐드러지게 놀며 오후를 보낸 그녀들이고 보면 약간은 예상 밖의 행동이었다. 무언가 이대로 보낼 수는 없다는 기분이면서도 영남이와 나는 막연히 상철이 녀석의 얼굴만 살폈다. 그러자 녀석의 눈길이 문득 음흉해지더니 우리에게 찡긋 알 수 없는 눈짓을 하고는 벌떡 몸을 일으켰다.

"서!"

갑자기 험악해진 얼굴로 그녀들을 가로막고 선 상철이의 손에는 어느새 깨진 소주병이 쥐어져 있었다. 목소리까지도 전에 없는 포악스러운 것이었다.

“이것들 보자 보자 하니까 싸가지가 너무 없어. 지금 와서 내빼겠다는 건 무슨 수작이야? 썅 갈보 같은 년들이…… 누굴 놀리려구 들어? 찍소리 말고 앉아 있어. 괜히 반반한 쌍판에 기스 가기 전에.”

일순 장 양과 신 양의 얼굴에 가벼운 원망의 기색이 떠돌며 내 파트너 쪽을 돌아보았다. 그러나 둘 다 별로 겁먹은 눈치는 아니었다. 산전수전을 겪어도 여러 번 겪은 여자들임에 틀림없었다. 겁을 안 먹기는 내 파트너 쪽도 마찬가지였다. 진작부터 엉치께에 두 손을 걸치고 상철이 녀석이 하는 양을 오히려 가소롭다는 듯이 바라보던 그녀는 말이 끝나기 무섭게 쏘아붙였다. 상철이 못지않은 돌변이었다.

“개새끼, 그 입 한번 드럽네. 그래 이 새꺄, 우리가 가겠다는데 네가 뭐야? 불알 차고 나서 여자 다루는 법 그따위로밖에 못 배웠어? 내친김에 밤까지 함께 왕창 놀아주려고 했더니 원 밸이 꼴려 못 보겠네.”

그 서슬에 영남과 나는 물론 상철이 녀석도 잠시 얼떨떨한 모양이었다. 막돼먹은 골목에서 창녀들과 시비를 해본 적도 있지만 우리가 그처럼 호된 꼴을 당하기는 그때가 처음이었다.

“어쭈, 어쭈, 이, 이게…….”

당하고 보니 화난다는 식으로 목청은 높았지만 상철이 녀석은 드러나게 더듬거리고 있었다.

"야, 이 새꺄, 똑바루 해. 한 코 생각 있으면 일이 되도록 꾸미란 말이야. 여왕처럼 떠받들어도 줄까 말까 한데 어디서 신라적 수작하고 있어?"

그런데 어이없는 일은 그런 그녀의 호통에 신 양과 장 양이 킥킥거리는 것이었다. 크게 겁먹은 것은 아니지만 나는 왠지 이거 잘못 걸렸구나, 하는 생각이 들었다. 그러나 상철이 녀석은 역시 우리들의 리더였다. 그대로 나가다간 다 된 밥에 재 뿌리겠다는 생각이 들었던지, 녀석은 다시 능글맞은 웃음과 넉살로 되돌아갔다.

"어이쿠, 여왕님 잘못 봤습니다. 앞으로는 정성껏 모시겠으니 오늘 밤은 저희들과 함께 보내주십시오……."

언뜻 들으면 꾸며낸 얘기 같지만 그게 바로 해결의 실마리였다. 그 뒤로도 약간의 우여곡절을 겪긴 했어도 어쨌든 그날 밤 그녀들은 우리들과 함께 밤을 보냈다. 판초 우의 두 장으로 급히 만든 텐트까지 도합 세 개의 텐트에 낮에 정한 파트너끼리 들어가 잤는데 — 그 밤의 나머지 상세한 얘기는 생략하겠다. 그런 얘기는 한때 모든 사람들에게 몹시 흥미로운 것이었으나 이제는 너무 흔해 빠져서 모두들 물려 있을 뿐만 아니라 자칫 욕을 얻어먹을 우려도 있으므로. 하지만 꼭 한 가지는 밝혀 둬야겠다. 그것은 그 밤 그녀들이 우리에게 봉사한 것이 아니라 우리가 그녀들에게 봉사한 것처럼 느껴지는 일이었다. 그만큼 그녀들은 능숙하고 적극적이었다.

그러나 — 정말로 알 수 없는 일들은 우리가 그 산행(山行)에서 돌아온 뒤부터 시작된다. 한 밤을 그렇게 엉겨 보낸 그녀들과 우리는 이튿날 오전에 무슨 다정한 연인들처럼 헤어졌다. 주소를 나누고, 전화번호를 적고, 다시 만날 장소까지 굳게 약속한 후 이별의 키스를 갖춘 그런 헤어짐이었다.

그런데 한 가지 묘한 것은 그녀들을 보낸 직후에 우리 셋이 취한 행동이다. 우리는 누가 먼저랄 것도 없이 각기 텐트 속에 들어가 잠에 곯아떨어졌는데 — 다시 일어나 보니 벌써 해가 서편에 뉘엿거리고 있었다. 그걸로 보아 아직 하루가 절반 이상 남았는데도 우리가 그녀들을 잡지 않고 보낸 것은 질렸다기보다는 너무 지쳐 있었기 때문이다. 젊고 건강한 우리 셋, 그러나 충분한 시간도 돈도 없어 언제나 여자에게 굶주려 있다고 할 수도 있는 우리 셋을 그 지경으로 만든 그녀들이야말로 정말 대단한 여자들이었다.

특히 나의 경우에는 한동안 무슨 사나운 꿈처럼 연상되기도 했다. 이상하게 자극적인 몸부림과 흐느낌과 낄낄거림, 쌍스러운 욕설과 노골적인 요구에 쫓기며 나는 그 밤을 거의 뜬눈으로 그녀의 몸 위에서 헐떡여야 했기 때문이다. 남자 나이 스물셋이면 결코 어린 나이가 아니고 또 나름대로는 여자를 안다고 생각해 온 나에게 그것은 전혀 새로운 경험이었다.

며칠이 지난 후에야 털어놓은 것이지만, 그런 사정은 상철이나 영남이 녀석도 비슷했다. 그리하여 다시 만나자는 그녀들과의 약속은 한동안 우리 셋 모두에게 별로 탐탁잖은 짐이 되고 나가지 말자는 합의에까지 도달하였다. 상철이는 그녀들이 동침 중에 상대편 남자의 혀나 성기를 물어뜯어 버린다는 변태(變態)들일 거라고 했고, 영남이 녀석은 남자를 산 채로 말려 죽인다는 옛 얘기 속의 색광(色狂)일지도 모른다고 덩치에 어울리지 않는 추리까지 했다.

그러나 이건 또 무슨 뚱딴지 같은 변덕일까. 열흘 후로 잡힌 약속 날짜가 가까워지자 우리는 한결같이 초조해지기 시작했고, 마침내 약속 날짜가 되어서는 무엇에 끌린 듯 함께 약속 장소인 시내의 어떤 다방으로 몰려가고 말았다. 그녀들은 오지 않았다. 우리는 다시 이상한 열에 들떠 아무런 뜻도 없는 얘기를 큰 소리로 떠들어가며 한 시간이 넘도록 기다렸지만 끝내 소용이 없었다. 그녀들이 적어 준 전화번호도 한결같이 엉터리였다. 몇 번이나 번갈아 다이얼을 돌려보아도 역 안내실이나 호텔의 프런트, 한전(韓電), 전화 고장 센터 따위만 나올 뿐이었다.

전화 확인이 있고서야 우리들은 비로소 속은 것을 알았고, 그러자 지난 열흘간의 구구한 억측과 의구(疑懼)들, 갖가지 정신적인 혼란이 어처구니없는 자기도취에 지나지 않았음을 깨달았다. 정말 알 수 없는 일이었다.

겉으로는 모두 한마디씩 쌍욕을 내뱉고 있었지만, 다방을 나서는 우리들의 기분은 분하기보다는 씁쓸했다. 특히 나는 소중하게 간직하고 있던 내 파트너의 전화번호가 시내에서 가장 큰 호텔의 프런트라는 걸 알게 되면서부터 이상하게도 참담한 실연을 당한 기분이었다. 나 역시 그녀에게 어지간히 질렸던 것은 사실이지만, 또한 그녀에게는 한마디로 꼬집어 말할 수 없는 어떤 매력이 있었다. 왠지 나는 그 밤 처음으로 그녀에게 정신적인 동정(童貞)을 바친 기분이 들었고, 한없이 분방했던 그녀의 몸짓도 어딘가 내가 몇 푼의 돈으로 안아보았던 거리의 여자들과는 달랐다. 이를테면 짙은 화장 같은 것도 그 냄새는 창녀(娼女)들의 공통된 싸구려 지분 냄새가 아니라 어딘가 고급하고 그윽한 것으로 기억됐다.

그런 내 느낌은 상철이와 영남이 녀석에게도 비슷했다. 그날 바람맞은 기분 풀이를 위해 마주 앉게 된 술자리에서 내가 그 얘기를 하자, 상철이 녀석 역시 맞장구를 치고 나왔다.

"이렇게 되고 보니 나도 생각나는데…… 확실히 년은 미용사 따위가 아니었어. 밑에서 설치는 것은 똥치 이상이었지만 가끔씩 툭툭 튀어나오는 말이 이상했어. 소위 지식층의 말버릇이지. 나는 그들의 말투를 주의하여 연구한 적이 있거든……. 예를 들면 '아무리 ~해도 지나치지 않아요.'라든가 '~하지 않을 수 없어요.' 따위가 그것인데, 알고 보니 그게 영어 번역 문체라더군. 그런데 년이 일부러 쌍스럽게 말하는 중에도 가끔씩 그런 구절이 툭툭 튀어나오는 걸 들었어. 내가 잘못 들었을까?"

우리 셋 중 가장 유식한 상철이가 그렇게 말하자 좀 우둔한 영남이 녀석도 고개를 갸웃거리며 자기 파트너에 대한 의심을 말했다.

"나도 년이 백화점 점원 따위는 아닌 것 같아. 적어도 가난뱅이는 아니란 말야. 넌은 내게 몇 가지 중국 요리 얘기를 했는데 그건 시내 웬만한 중국집에서는 만들지도 않는 최고급이었어. 예를 들면 제비집이라든가 곰 발바닥, 상어 지느러미 따위였는데 변두리 중국집만 돈 나도 먹어본 적이 없는 것들이야. 그런데 넌은 맛까지 알고 있는 눈치였어. 돈 많은 유부남 홀려 바가지 씌웠다면 몰라도 넌에게는 어울리지 않는 얘기야……."

그러자 그녀들은 우리들의 상상력 속에서 서서히 격상되기 시작했다. 그것은 어떤 의미에서는 우리 스스로의 격상도 되었다. 도시의 논다는 계집들에게 차인 건달이 되기보다는 선녀(仙女)를 놓친 나무꾼 쪽이 훨씬 우리에게 위로가 되기 때문이었다. 비록 하룻밤 개 같은 섹스의 선녀들이긴 하지만.

그런데 일은 거기서 끝나지 않았다. 바로 지난달 초순, 그러니까 그 산행(山行)으로부터 꼭 두 달이 된 어느 날이었다. 비가 심하게 쏟아졌는데 그날 오후 늦게 나는 뜻밖에도 이미 단념하고 있던 내 선녀의 전화를 받았다. 우리 공장에서 그리 멀지 않은 깨끗한 여관에서 낸 전화로, 앞도 뒤도 없이 빨리 나오라는 재촉이었다. 오전에 대단찮은 일로 조립부(組立部) 김 씨와 한바탕 싸움을 하고 점심때 한잔 걸친 화해술 탓인지 오후에 손가락 하나를 크게 다친 나는 그러잖아도 일찍 퇴근할까 하던 참이어서 한달음에 그녀에게 달려갈 수 있었다. 늦으면 이제는 영영 놓쳐버릴 것 같은 느낌에 기름때에 전 작업복을 그대로 걸친 채였다.

그녀는 이미 구석진 방에서 속옷 차림으로 이불에 기대 있었다. 나는 그동안의 경위와 그녀의 정체에 대한 의문으로 가득 차 있었으나, 그녀는 도무지 얘기할 틈을 주지 않았다. 말은 당장에 필요한 것이 아니면 모두 금지당하고, 나는 굴욕적일 만큼 충실하게 그녀의 욕망에 따랐다. 전과 다른 것이 있다면 그녀가 더욱 치열해졌다는 것과 기름때 묻은 힘찬 근육과 잘려진 손가락에 성의 없이 감긴 때묻은 붕대 따위에 기이한 애정을 보여주었다는 것 정도였다.

"아무 말 마. 나를 다시 만나고 싶거든 가만히 기다리기만 해."

몇 번인가 폭풍이 가라앉은 틈을 타서 나는 궁금한 것들을 물어보았지만 그녀는 정말로 내가 거역할 수 없는 무슨 여왕처럼 그렇게 말했다. 그러다가 밤 열한 시쯤 되어 기진해 있는 나만 남겨두고 빗속의 도회로 사라져버렸다. 아침에 보니 모든 계산은 깨끗이 치러져 있었다.

하지만 나라고 해서 처음부터 끝가지 그녀의 손바닥 안에서만 놀았다고 생각하면 큰 오산이다.

나는 기회를 노려 그녀의 주민등록증을 훔쳐보는 데 성공했으며, 주소를 거의 완벽하게 외워두었다. 다시는 그녀를 놓치지 않겠다는 내 결의의 공들인 결과였다.

다음은 바로 그 재앙과도 같은 끔찍한 날이었다. 비록 주소를 알고는 있었지만, 여관방을 나서면서 그녀가 다시 나를 찾기로 한 날이 기다림 속에 속절없이 지나가 버리고서야 나는 그녀를 찾아 나섰다.

한나절을 완전히 찾아 헤맨 끝에 나는 도심의 고급 주택가에서 그녀의 주민등록증에 있는 주소를 알아냈다. 언뜻 보기에도 백 평이 넘는 정원과 흰 철 대문을 가진 멋부려 지은 3층 건물이었다. 문패의 성이 그녀의 성과 같은 것이 언뜻 눈에 들어왔지만, 아무래도 그녀가 그 호화스러운 저택의 일원이라고는 믿기지 않았다. 나는 우선 손쉬운 대로 그녀를 그 집의 가정부쯤으로 가정했다. 그러나 동회와 복덕방에서 알아낸 결과로는 그녀가 그 집의 둘째 딸, 그것도 시내의 괜찮은 대학 졸업반인 재원(才媛)이라는 것을 알아냈다. 나는 다시 내가 만난 그녀가 주운 주민등록증으로 신분을 위장하고 다닌 게 아닌가 의심했다. 그것도 아니었다. 몇 시간이나 그 집 주위를 배회한 끝에 나는 내 눈으로 직접 그녀가 흰 철 대문을 열고 집 안으로 들어가는 것을 볼 수 있었다. 화장기라고는 없는 맑은 얼굴과 점잖고 수수한 옷차림이며 손에 든 몇 권의 대학 교재 때문에 자칫 못 알아볼 뻔하였지만 분명 그녀였다. 나는 야릇한 전율과 그녀를 감싸고 있는 건드릴 수 없는 위엄 때문에 숨어 있는 골목에서 그녀 앞에 나서기는커녕, 오히려 그녀가 나를 못 보고 지나친 걸 다행으로 여기며 황급히 그곳을 벗어났다.

그다음 일주일은 그때껏 경험했던 그 어떤 것보다 큰 혼란의 도가니였다. 도저히 극복할 수 없을 것 같은 거리감이 그녀와의 밤들을 무슨 끔찍한 죄악처럼 느껴지게 하다가도, 다시금 그녀가 누리는 여러 가지 삶의 혜택이 나를 어두운 삶의 밑바닥에서 헤택 받은 계층으로 끌어올려 줄지도 모른다는 희망으로 가슴을 설레게 했다.

나는 그 일로 여러 사람과 의논을 했다. 공장장 박 씨, 주물부(鑄物部) 최 씨, 단골 밥집의 아주머니, 내 자취방 주인아저씨 등, 상철이와 영남이 녀석을 뺀 내 주위의 모든 사람들이었다. 내가 녀석들을 굳이 뺀 것은 녀석들까지 끼어들어 법석을 떨게 하고 싶지 않아서였다. 그녀와의 관계를 입맞춤 정도로밖에 얘기하지 않았는데도 사람들은 한결같이 믿으려 들지 않았지만, 만약에 사실이 그러하다면 나는 행운의 끄나풀을 잡은 것임에 틀림없다고 또한 한결같이 단언했다.

그와 같은 사람들의 단언 속에 차츰 내 혼란은 진정되어갔다. 그녀를 원하는 것은 죄악도 불가능도 아닐뿐더러 오히려 그녀와의 예사 아닌 인연이야말로 남자의 일생에 세 번은 오게 마련이라는 그 '때' 중의 하나라고 믿게까지 되었다. 그리하여 그 근거 없는 믿음 속에 나는 그 '때'를 온전히 내 것으로 확보할 수 있는 방안을 짜는 데 온 힘을 기울였다.

결국은 이렇게 끝장나고 말았지만, 그 무렵을 앞뒤해서 내게 온갖 도움을 아끼지 않았던 이웃집 양 형에게는 아직도 감사하고 싶은 기분이다. 나보다 한 살 위인 그는 석사 과정을 밟고 있는 대학원생이었는데, 나의 처지에 처음부터 깊은 흥미와 동정을 보여주었다. 그는 누구보다도 먼저 나와 그녀 사이의 커다란 간격을 메우는 데 할 수 있는 도움을 베풀었다. 그러나 경제적으로는 그 역시도 나의 무력함과 다름없다 보니, 자연 도움의 내용은 지식이나 교양 같은 쪽이 되었다. 가령 교양에서 음악 같으면 그는 내게 이렇게 충고했다.

"시끄럽고, 빠르고, 요란스러운 음악이 나오거든 점잖게 이맛살을 찌푸리시오. 부드럽고 지루한 음악이 나오거든 솔직하게 하품을 하시오. 앞에 것은 대개 '팝뮤직'이라고 하는데 지나치게 빠져들면 경박하게 보이고, 뒤에 것은 대개 클래식이라고 하는데 너무 감탄하면 오히려 천박하게 여겨지오."

뜻이 제대로 와닿지 않아 결국은 외우다시피 했지만 문학에 대한 조언은 훨씬 길고 세밀했다.

"흥미는 있지만 다른 일에 바빠서 많이 읽지는 못했다고 말하시오. 어떤 부류의 인간들에겐 문학에 대해 무식하거나 무관심한 것 자체가 고급한 교양으로 여겨지는 수도 있으니까. 그래도 기어이 얘기를 꺼내거든 외국 문학에 대해서는 대개 음악과 같이 하시오. 즉, 아주 현대의 것은 '팝뮤직' 대하듯, 그 밖의 것은 클래식 대하듯 하면 되오. 한국문학의 경우에는…… 무조건 나무라는 쪽이 실속 있고 힘도 덜 들 거요. 우리나라 사람들은 무엇이든 규정짓고 단언하고 획일화시키는 것을 좋아하니까, 그것도 부정적으로……. 예를 들어, 일제시대의 작가는 무조건 친일파라고 몰아세우시오. 엄격히 말한다면 그 시대에 살았다는 것 자체가 친일이 될 수도 있으니까. 그런 비난을 완전히 면할 사람은 극히 드물 거요. 해방부터 6·25 전후까지는 정상(政商) 문학이라고 나무라고 그다음 1960년대 전후는 실속 없는 강개(慷慨) 문학이라고 비웃으시오. 만약 알지 못하는 책 제목을 들고 나오면 무조건 그건 문학도 아니라고 우기면 되오. 그리고 마지막으로 1970년대 문학이 나오면 그건 시장(市場) 문학이라고 잘라 말하시오. 물론 상업주의 문학이란 조어(造語)가 있기는 하지만, 그건 그 말 자체가 상업적으로 쓰인 데다 또 너무 남발되어서 통속해졌소……."

대개 그런 식이었는데, 그는 뜻밖에도 미술, 스포츠, 연극, 영화는 물론 시사(時事)까지도 적절한 충고를 잊지 않았다.

"신문은 문화면만 보고 TV는 '명화극장'만 본다고 하시오. 신문 문화면도 그렇고, TV '명화극장'이라는 것도 한물간 오락물 재탕에 지나지 않지만 요즘 그렇게 말하는 사람이 많으니까. 정치사회 문제에 있어서는 약간 비장기 어린 침묵이 제격인데, 더욱 효과를 곁들이려면 가끔씩 나지막한 목소리로 '개새끼들……', '죽일 놈들……' 하고 맞장구나 쳐주면 되오. 경제 문제? 그건 달걀이라고 말하시오. 노른자는 언젠가 병아리가 되겠지만 그걸 위해서는 많은 흰자위가 소모될 것이라고. 그리고 설령 우리가 흰자위에 속하는 처지일지라도 너무 성내지 말자고, 어쨌든 그 병아리가 우리일 수도 있지 않느냐고 빈정거리면 되오."

물론 이 많은 어렵고 벅찬 얘기들을 한자리에 앉아서 들었다면 나는 하나도 제대로 기억하지 못했을 것이다. 그러나 양 형은 세심하게도 그것들을 일정 분량으로 나누어 주석까지 달아가며 들려주었으며, 어떤 부분은 반복하기까지 했다. 그리고 마지막으로는 내가 반드시 읽어야 할 여섯 권의 책을 지정해 준 후 자신있게 덧붙였다.

“제대로만 기억하신다면 얼치기 여대생 하나쯤 충분히 감탄시킬 수 있을 거요.”

나는 양 형의 가르침에 충실하게 따랐다. 그리하여 대략 보름이 지났을 때 나는 그녀를 찾을 최소한의 준비를 갖추었다. 지금까지 쑥스러워 숨겨왔지만 나는 철물 공장에서 아르바이트를 하는 야간대학생으로 가장할 작정이었다. 경제적인 것은 당장에 어쩔 수 없다 하더라도 신분만은 일단 비슷하게 만들어 놓고 싶었기 때문이다.

내가 그녀를 만난 것은 그녀의 집 앞을 배회한 지 이틀 만이었다. 얌전하게 눈을 내리깔고 단정한 걸음걸이로 외출에서 돌아오던 그녀는 처음 한동안 나를 알아보지 못하는 것 같았다. 나는 그게 그동안의 저축을 몽땅 털어 마련한 새 양복과 넥타이 탓으로 여기며 지나치려는 그녀를 가로막았다.

“누구세요?”

그렇게 묻는 그녀의 차분하고 맑은 목소리는 나에게는 전혀 새로운 것이었다. 순진하게 놀라는 폼도 지난날의 그녀와는 너무도 달랐다.

“나야, 모르겠어?”

전에 하던 대로 그렇게 대답했던 나는 이내 자신도 모르게 움츠러들면서 더듬거렸다.

"저, 저…… 미스터 황입니다……. 저 비취산과 동산여관……."

그녀는 여전히 알 수 없다는 표정이었지만 나는 당황한 가운데도 그녀의 눈길을, 언뜻 스쳐가는 동요를 놓치지 않았다.

"무슨 말씀이신지……."

애써 침착을 가장하고 있어도, 마음속으로는 분명 무언가를 결심한 것 같은 얼굴로 나를 살피며 물었다.

"뵌 것도 같고……. 그런데 무슨 일이세요?"

"드릴 말씀이 있어서…… 사과도 하고……. 찾으려고 무척 애썼습니다."

나는 여전히 까닭 모르게 허둥대면서도 그녀가 틀림없다는 확신만은 흔들리지 않았다. 내 말을 듣는 그녀의 얼굴에 짧은 순간 곤혹의 그림자가 드리웠다. 그러나 이내 무언가를 체념한 표정이 되며 나직이 말했다.

"따라와. 여기선 곤란해."

그렇게 말한 그녀가 멀찌감치 앞장서서 나를 인도해 간 곳은 가까운 다방이었다. 그녀는 말없이 구석진 자리를 찾아 앉더니 싸늘한 목소리로 물었다.

"웬일이야?"

"저는 당신과 진정으로 사귀기를 원합니다. 물론 여러 가지로 부족하지만…… 노력하여 그 부족함을 메우겠습니다."

나는 그녀의 돌변에 당황하면서도 준비해 간 대사는 잊지 않았다.

“산에서는 사실 거짓말이었습니다. 저는 분명 철물 공장에서 선반 일을 하고 있습니다만, 그건 어디까지나 아르바이트죠. 그걸로 벌어 야간대학에 나가고 있습니다.”

“그래서?”

“그래도 공부는 열심히 하고 있습니다. 책도 많이 읽고.”

“뭘 공부하는데?”

그런데 아마도 큰 실수는 그때 있었던 것 같다. 어리석게도 나는 양 형에게서 들은 것을 잊지 않고 전하는 데에 급급해서 단 십 분 동안에 보름이나 익힌 것을 죄다 쏟아 놓았다. 그 바람에 군데군데 빠지고 순서도 뒤죽박죽이 되어 결국 감탄하고 만족해하는 것은 나 자신뿐이게 되어버렸다. 재미있다는 표정으로 듣고 있던 그녀는 이윽고 밑천이 거덜나 멋쩍게 앉아 있는 내게 뜻 모를 미소와 함께 물었다.

“그것뿐이야?”

“원, 이 정도로는 친구로 부족하다고 생각하십니까? 대학원에 나가는 이웃집 양 형 말로는 요즘 대학생들도 대강 그 정도밖에 안 된다고 하던데…….”

나는 그녀의 뜻 모를 미소가 야릇하게 맘에 걸려 양 형을 끌어들였던 것인데, 그것도 아마 잘못된 것 같았다. 그녀는 내 지식의 원천이 어디라는 걸 알았다는 듯 고개까지 끄덕거렸다. 그게 내 혼란을 가중시켰다. 나는 허둥대며 — 이번에는 각본에도 없는 수작을 앞뒤 없이 늘어놓기 시작했다. 드디어 그녀의 얼굴이 점점 굳어지며 찬바람이 일었다. 그러다가 매서운 눈초리로 내 얘기를 중단시키고는 낮으면서도 매몰찬 목소리로 내뱉었다.

"이봐, 이봐, 꿈 깨. 깨란 말이야, 이 병신아. 그리고 내 충고하는데 다시는 내 곁에 얼씬도 마. 아니면 크게 다쳐. 같잖은 게 꿈은 커 가지고……."

"무슨 말입니까? 우리는 이미…… 이미 두 번이나……."

나는 당황하다 못해 애원조가 되어 더욱 앞뒤 없이 떠들었다. 결혼해 주십시오, 행복하게 해드리겠습니다라고 한 것도 같고 아니면 죽여버리겠다는 엉뚱한 위협도 해본 것 같다. 그러나 그녀는 내가 몇 마디 더 계속하기도 전에 발딱 몸을 일으키며 말했다.

"글쎄요, 전 아무래도 댁 같은 사람은 기억에 없는데요. 이만 실례하겠어요."

저만치 떨어져 있는 사람들에게도 다 들릴 만큼 높고 또렷한 목소리였다. 그 바람에 다방 안의 시선이 일제히 우리에게 쏠렸다. 그러나 그녀는 조금도 아랑곳 않고 똑바로 카운터 쪽으로 가더니 셈을 치르면서 역시 다방 안에 다 들릴 만큼 또렷한 목소리로 말했다.

"저 사람 찻값은 저 사람에게 받으세요. 재수가 없으려니 웬 생판 낯선 사람이……."

그러고는 정말로 희롱이라도 당한 여대생처럼 분한 눈길로 나를 쏘아본 후 입구 쪽으로 나가 버렸다. 그녀의 그림자가 완전히 다방에서 사라진 후에야 비로소 내게도 어렴풋하게나마 사태가 짚혀왔다. 그러나 허겁지겁 내 찻값을 치르고 간신히 그녀를 따라잡은 나는 비굴하게도 다시 한번 애원과 사정을 했다.

"제발 저를 버리지 마십시오. 전처럼이라도 지내주십시오."

그녀는 대답 대신 주위를 힐끔 둘러보았다. 멀지 않은 곳에 슈퍼마켓이 하나 있고 그 앞에 몇 사람이 어른거리는 것이 보였다. 그녀는 그것들을 경계하듯 낮은 목소리로 내게 마지막 경고를 보냈다.

"이봐, 빨리 꺼져. 소리쳐 사람을 부르기 전에."

"사람을 부르면 지난 일들 모두 떠들어버리겠소."

"소용없어. 네놈만 상해. 조용히 꺼지는 게 더 나아."

"뭐라고?"

드디어 내게도 사태의 결말이 뚜렷해졌다. 그러나 이 알 수 없는 일련의 사태에 대한 본질적인 이해가 아니라, 모든 게 글러버렸다는 절망과 분노로서였다.

"야, 이 쌍년아. 개같이 붙어 헐떡일 때는 언제고 지금 와서 시치미를 떼는 거야? 정말 끝까지 이렇게 나올 거야?"

나는 무의식중에 상철이의 흉내를 내며 고함을 질렀다. 그 소리에 슈퍼마켓의 늙수그레한 주인과 젊은 손님이 하던 일을 멈추고 함께 돌아보았다. 그녀도 그걸 보았는지 짐짓 겁나면서도 분하다는 표정을 지으며 앙칼지게 나왔다.

"이 양반이 정말 미쳤나? 나는 댁이 찾는 사람이 아니라고 했잖아요?"

"개 같은 수작 말고 따라와. 이불 속에서도 그따위로 시치미를 떼는가 보자."

나는 거의 절망적으로 외치며 그녀의 옷깃을 잡았다. 어떻게든 그녀를 끌고 가 벌거벗고 헐떡이는 꼴을 다시 한번 확인하고 싶은 마음뿐이었다.

"사람 살려요!"

그녀가 찢어지게 비명을 질렀다. 그리고 내게 질질 끌려가면서도 슈퍼마켓 쪽을 향해 구원을 청하기를 잊지 않았다.

"아저씨, 아저씨, 저 알죠? 윗길 흰 철문집 둘째 딸이에요. 빨리 경찰을 불러주세요. 이 사람이 나를 끌고 가 욕보이려고 해요."

그녀는 내 주먹에 입가를 맞아 피를 흘릴 때까지 계속했다. 그러자 젊은 녀석이 달려 나와 내 앞길을 막고 주인 영감은 전화통으로 달려갔다. 그다음은 엉망이었다. 젊은 녀석이 지가 무슨 태권도 사범이라고 이단 앞차기로 들어온 것을 시작으로 지나가던 몇몇 친구가 합세하고, 다시 경찰이 달려오고 — 그리하여 마침내 나는 넙치가 되도록 맞은 후에 부근 파출소로 끌려가는 신세가 되고 말았다.

그제야 나는 일이 잘못되어도 크게 잘못된 걸 알아차리고 열심히 변명해 보았지만 이미 아무 소용이 없었다. 목격자들은 모두가 그녀 편이었고, 처음에는 약간의 의심을 가졌던 경찰도 그녀와 내 신분이 밝혀지자 그녀 편으로 돌아섰다. 그러다가 급히 연락을 받은 그녀의 아버지가 번쩍거리는 승용차를 타고 다녀간 후부터는 나를 어김없는 파렴치한으로 취급했다.

"너 상습이지? 하지만 안됐다. 이번에는 상대를 잘못 골랐어. 너 저 아가씨가 누군지 알기나 해? 유명한 성창기업 둘째 따님이야. 이번 여름에는 해외 연수도 다녀왔고, 다음 달에는 약혼자가 기다리는 미국으로 유학 가게 돼 있어. 그래도 너 같은 새끼와 동침한 적이 있다고 우길 거야?"

조서를 받은 경찰은 노골적으로 이죽거리다가도 다시 고개를 갸웃거리며 물었다.

"너 혹시 돈 놈 아니야? 벌건 대낮에 그게 무슨 짓이야? 아니면 사람을 잘못 봐도 한참 잘못 보았거나……."

그리고 — 그 뒤부터는 알 수 없는 일투성이였다. 그녀는 피해자였고 나는 가해자였다. 그녀는 경찰서에서 한 시간도 안 돼 아버지의 승용차에 실려 돌아갔고 나는 사흘 만에 추행 미수인가 뭔가 하는 혐의로 구치소에 넘겨졌다. 내게는 모든 게 혼란투성이인 그 일련의 사건이 경찰에게는 왜 그리 명백한지 알 길이 없다.

나는 또 그녀와의 관계를 증명하기 위해 상철이와 영남이 녀석을 증인으로 내세웠는데 그 결과도 너무나 이상했다. 만약에 사실과 다를 경우 위증이나 명예 훼손죄를 뒤집어쓸 염려가 있다손 치더라도 녀석들이 어떻게 그녀를 모른다고 할 수 있는가? 아무리 화장과 옷차림이 달라지고, 어마어마한 집 딸이라는 것을 알게 되었다 해도 하룻밤 하루 낮을 함께 보낸 여자를 그렇게도 까마득히 몰라본단 말인가? 더구나 나를 면회 와서는 얼굴조차 제대로 못 들고 미안하다는 말을 연발하면서도…….

그녀들 쪽을 대신하여 검찰 서기가 내게 한 제안도 이해할 수 없었다. 그녀와의 지저분한 관계만 주장하지 않는다면 단순 폭행으로 처리해 가벼운 벌금으로 끝내보도록 하겠다고 했지만 내가 어떻게 그녀와 보낸 밤들을 부인할 수 있단 말인가.

하지만 무엇보다도 알 수 없는 것은 바로 그녀 자신이다. 면회 온 양 형은 뒤늦게야 내가 숨겼던 칙칙한 부분까지 다 듣고 난 후에 그녀에 대해 이렇게 말했다.

"교양과 세련된 향락에 식상(食傷)한 지성이 야만의 쾌락을 구한 것일까?"

그러나 내게는 언뜻 이해할 수 없는 말이었고, 지금은 오히려 나 자신조차도 그녀가 과연 나와 그럴 수 있었을까 의심이 들 정도다. 도무지 어떻게 된 일인가. 조사관이 이죽거리던 것처럼 정말로 내가 돌았거나 헛것을 본 것인가. 아니면 내가 살고 있는 이 세상이 어느덧 알 수 없는 일들로만 가득 차버린 것일까.

(1981년)

칼레파 타 칼라

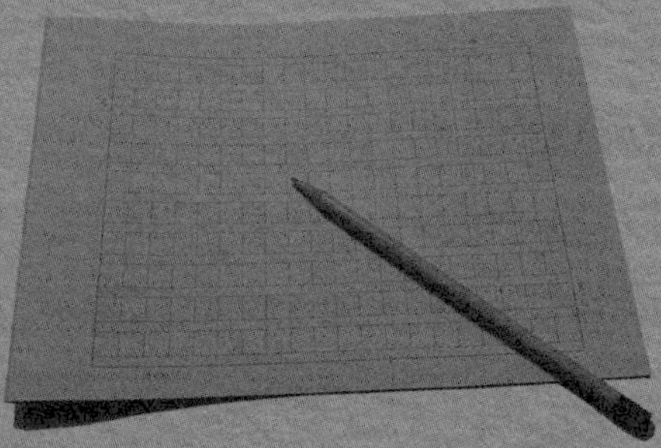

– 아테르타 비사悲史

아케나톤의 아들 티라나투스의 몰락은 흔히 그의 굽 높은 샌들에서 비롯되었다고 말하여지고 있다. 코린트 지협(地峽)에 있던 폴리스[都市國家] 아테르타의 집정관(執政官)이었던 티라나투스가 기원전 441년 폭군 또는 참주(僭主)란 이름 아래 방벌(放伐)된 사건을 단순화시킨 말로, 또한 그것은 정치적 변혁의 무상성(無常性)이나 허망함을 비유하는 데 쓰이기도 한다.

페르시아전쟁 전, 그러니까 희랍 세계가 비교적 조화를 이루고 있던 시절의 아테르타는 천(千)에 가까운 도시국가 중에서 여러 가지로 조건이 좋은 편에 속했다. 우선 지리적으로는 코린트 지협에 자리 잡아, 동쪽의 아테네를 중심으로 하는 진취적이고 우아한 문화와 서쪽의 스파르타를 중심으로 하는 보수적이고 강건한 문화를 골고루 받아들일 수 있었으며, 남으로는 크레타 해(海)와 연결되고 북으로는 이오니아 해로 나갈 수도 있어 통상과 해운에도 이점이 많았다.

기후나 지형 또한 다른 도시들에 비해 특별히 나쁜 것은 없었다. 하천들은 우기(雨期)에는 범람하고 건기(乾期)에는 말라버렸지만, 그래도 시민들을 먹여 살리기에 충분한 밀을 바꾸어 올 수 있는 올리브유를 생산할 만큼은 되었으며, 영토와 대부분을 차지한 구릉도 소를 먹이기에는 너무 비탈졌지만 그럭저럭 양 떼를 풀어 놓을 만은 했다. 대단하지는 않아도 여러 가지 광석 역시 시민의 무기나 농구를 대기에는 부족함이 없었고, 또 어디서든 도자기를 굽기에 알맞은 흙을 손쉽게 얻을 수 있어 그렇게 구워진 도자기는 먼 도시로 갈 올리브유나 포도주를 담는 그릇으로서 뿐만 아니라 그 자체가 훌륭한 수출품이 되었다.

그리하여 아테르타의 번영은 한때 놀라웠다. 아테네를 본받아 조직한 그들의 선단(船團)은 이집트를 돌아 멀리 아프리카 북안(北岸)까지 이르렀으며, 소아시아에 식민지(植民地)까지 가진 적이 있었다. 만약 그들이 좀 더 역사적인 역할에 관심을 가지고 용기와 신념으로 자기들의 운명과 싸워 나갔더라면 헤로도토스나 투키디데스에게서 오늘날에 볼 수 있는 바처럼 무시당하지는 않았으리라.

그러나 기원전 479년 플라타이아에서 그 전해 살라미스해전(海

戰)에 패한 페르시아의 잔류군이 아테네와 스파르타의 중장(重裝) 보병에게 섬멸되고, 이어 뮈칼레 산(山) 기슭에서 페르시아의 함대와 육상 부대가 다시 그리스 연합군에게 깨어지면서부터 아테르타의 번영에는 어두운 그림자가 드리우기 시작했다. 외부의 강력한 적이 패퇴함과 함께 그때까지 희랍 세계가 의지해 온 단결과 화목의 기반이 사라지고, 대신 그 전쟁을 주도해 온 아테네와 스파르타 사이의 오랜 반목과 패권 다툼이 다시 고개를 들게 된 탓이었다.

그 극단적인 진전이 델로스동맹(同盟)의 변질과 펠레폰네소스동맹의 성립이었다. 비록 몇 차례의 전쟁에서 어렵게 격퇴하기는 했지만 언제 다시 침략할지 모르는 페르시아에 대비해 맺어진 델로스동맹은, 페리클레스 시절에 페르시아와의 화평이 이루어져 그 이상 유지될 이유가 없어졌음에도 맹주(盟主)인 아테네는 동맹국의 이탈을 허락하지 않았다. 펠레폰네소스동맹은 이러한 아테네에 불만을 가진 도시국가들이 진작부터 델로스동맹에서 소외되어 있던 스파르타를 중심으로 결성한 동맹이었다.

희랍 세계가 그처럼 둘로 분열되자 아테네만 한 해군력도, 스파르타만 한 육상 전투력도 가지지 못한 도시들은 어쩔 수 없이 어느 한쪽을 선택하지 않으면 안 되었다. 특히 코린트나 아테르타처럼 두 세계의 경계 지역에 자리 잡은 나라들에게는 그 선택이야말로 그들의 생존과도 직결되는 문제였다. 원래 아테르타는 지리적으로나 제도상으로는 스파르타에 가까운 도시였다. 그들의 혈통에 대해 정확히 전해 오는 바는 없지만 대체로는 도리아 인(人)에 가까웠고, 초기의 통치 형태도 소수의 외래인이 원주민을 노예처럼 다스리는 왕정(王政)이었다. 그러나 후기로 갈수록 아테네의 영향을 강하게 받았다. 아테네처럼 해상무역에 의지함에 따라 자유 시민이 늘어나 스파르타와 같은 엄격한 신분 통제가 어려웠고, 또한 아테네의 민주 사상이 전파됨에 따라 낡은 왕정도 위협을 받게 되었다.

거기다가 대세도 일단은 아테네 쪽으로 기운 것처럼 보였다. 아테네의 해군은 스파르타가 이탈한 뒤에도 몇 번인가 페르시아 함대를 대파했고, 기원전 454년에는 스파르타에서 반란을 일으킨 노예(헤로트)들을 받아들여 아테르타의 이웃 나우팍토스 시(市)에 자리 잡게 해주었다. 그런 아테네에 비하면 스파르타는 대제국을 향한 원대한 안목도 없었을 뿐만 아니라, 가장 성하던 시기에도 성년(成年) 남자가 사천 명을 넘지 않았으리라고 추정될 만큼 그들의 전투력에도 한계가 있어 보였다.

그럼에도 불구하고 아테르타의 늙은 왕은 몇몇 유력한 귀족의 도움 아래 이미 뿌리째 흔들리고 있는 낡은 통치 제도를 유지하는 한편 스파르타와 손을 잡으려 했다. 그때 나타난 것이 티라나투스였다. 그는 귀족 출신이었지만 자기에게 주어진 구(舊)제도의 온갖 특권과 혜택을 용감하게 포기하고 자유와 안전을 갈망하는 시민들 편에 섰다. 그리고 3년에 걸친 투쟁 끝에 마침내 왕정을 폐지한 후 아테네식의 민주정(民主政)을 수립하였으며 아테르타를 공식적으로 델로스동맹에 가입시켰다.

시민들은 단 한 사람의 반대도 없이 그를 첫 번째 집정관으로 뽑았다. 지난날의 특권에 연연해하는 동료들을 설득하고, 오랜 압제에 시달려 무기력하고 겁 많아진 시민들을 분기시킨 그의 웅변과, 재빨리 아테네의 원군(援軍)을 끌어들인 외교적인 수완과, 시민군(市民軍)을 지휘하여 근왕병(勤王兵)들을 격파한 용기에 대한 시민들의 당연한 감사와 보답이었다. 기원전 451년의 일로 그 뒤 그는 10년간 계속하여 집정관에 머물러 있었다. 비록 페리클레스처럼 대단한 정치가였다고는 할 수 없다 하더라도, 집정관의 선거가 해마다 행해졌다는 것을 감안하면 그 또한 범상한 인물이 아니었음은 분명했다. 그런데 미처 그 10년을 다 채우기도 전에, 그로서는 실로 어이없다고밖에 할 수 없는 발단에 의해 몰락을 맞게 되고 만다.

그날, 그러니까 기원전 441년 어느 봄날 새벽, 그 도시의 수호신 포세이돈의 신전이 있는 언덕에는 밤잠을 설쳐버린 한 시민이 눅눅한 바닷바람에 머리칼을 날리며 배회하고 있었다. 명문의 후예로서, 일찍부터 학식 깊은 노예의 보살핌을 받았고, 자라서는 여러 이름 있는 수사학자(修辭學者)며 애지자들을 찾아 더욱 많은 것을 배운 소피클레스란 서른 안팎의 남자였다.

배움이란 다소간 우리를 사려 깊고 분별 있게 만드는 법이지만, 또한 그 못지않게 우리를 필요 없는 과민과 의심 속에 살게 하는 것도 사실이다. 소피클레스도 예외는 아니어서, 그 무렵에는 약간의 과민 증상을 보이고 있었는데, 특히 전날 밤의 잠을 앗아간 것은 바로 그 지나친 민감에서 비롯된 어떤 의구(疑懼)였다. 혹시 자신이 압제받고 있는 것이 아닌가 하는.

그는 밤새워 골똘한 생각에 잠겨보았으나 결론은 쉽게 얻어지지 않았다. 사실 그는 역사상의 그 어느 정체(政體)보다 더 시민을 위하고, 그 어떤 국체(國體)보다 더 시민의 총의(總意)에 충실한 도시에 태어났다는 동시대의 믿음을 지금껏 의심 없이 받아들여 왔으며, 그 도시가 부여한 여러 권리와 자유 때문에 행복해 죽겠다는 동료 시민들에게 익숙하게 동조해 왔다. 어떤 심리적 폭력이 자신의 순조로운 사고를 방해한 기억도 별로 없었고, 그래서 하고 싶으면 무엇이든 거의 다 말할 수 있었으며 행동 또한 그 못지않게 거침없이 해온 터였다. 비록 티라나투스가 그 도시의 집정관이며 가장 존경받는 지도자이긴 하지만, 진실이기만 하면 그는 언제든 "티라나투스의 귀는 당나귀 귀!"라고 거리낌 없이 외칠 수 있다고 믿어왔다.

그런데 최근 그런 그의 신념에 중대한 의혹을 일으키는 일이 생겼다. 며칠 전 이스토미아 축전(祝典) 때 그는 티라나투스가 이상하게 절름거리는 것 같아 무심코 옆사람의 허리를 쿡 찌르며 말했다. "저 사람이 정말로 절름발이가 된 것 같은데."라고.

그 전부터 티라나투스가 절름발이가 되었다는 풍설은 도시 여기저기서 만연해 온 터였다. 오 년 전인 기원전 446년에 스파르타와 아테네가 평화조약을 맺고 난 후부터 떠돌기 시작한 풍설로, 그는 그 풍설이 이미 권력의 근거가 허술해진 티라나투스를 비꼬는 말 정도로 여겼으나, 그날 보니 확실히 티라나투스는 절고 있었다.

그런데 더욱 이해할 수 없는 것은 옆구리를 찔린 상대였다. 음침한 얼굴의 그 사내는 가볍게 지나쳐도 좋을 그의 말에 정색을 하고 주의를 주었다.

"불온한 언동은 삼가시오. 내 당신의 양식(良識)을 믿어 바로 알려주는 바이지만, 지금 집정관께서는 굽이 좀 높은 샌들을 신으셔서 걸음걸이가 어색하실 따름이오. 그분더러 절름발이라고 하는 것은 스파르타에 매수된 그의 정적(政敵)들이 꾸며낸 말이오."

그 말하는 품은 마치 쫓겨난 옛 국왕의 밀정(密偵)과 같았는데, 더욱 소피클레스에게 위압감을 준 것은 군데군데, 그와 엇비슷한 사내들이 박혀 있는 것 같은 느낌이었다.

여기서 소피클레스의 사고(思考)는 비약했다.

'티라나투스가 밀정을 풀어 우리를 감시하는구나…….'

그러자 티라나투스의 굽 높은 샌들도 엄청난 정치적 의미를 띤 행동으로 그의 의식을 자극했다. 이미 말했듯이 소피클레스는 많은 것을 알고 있었고, 그중에는 태어나기 백 년 전의 역사적인 사실도 있었다. 사가(史家) 헤로도토스는 페이시스트라투스란 책략에 뛰어난 참주가 실각하여 추방됐다가 정권을 되찾은 얘기를 이렇게 전하고 있다.

"……페이시스트라투스와 그의 추종자들은 키가 6피트나 되는 우러러볼 만큼 아름다운 여인을 골라…… 그들은 그녀에게 갑옷을 갖추어 입히고 그 역할에 어울리는 몸가짐을 가르친 후 전차에 싣고 도시를 달렸다. 그녀 앞에는 전령(傳令)들이 앞질러 파견되어 이런 선포를 했다.

'아테네 시민 여러분, 다정한 마음으로 페이시스트라투스를 다시 받아들이십시오. 모든 사람들 중에서 그를 가장 사랑하는 아테네 여신이 몸소 그의 성채로 그를 다시 인도하셨습니다.'

그렇게 널리 선포되니 아테네 여신이 그녀의 총아(寵兒)를 도로 데리고 온다는 소문은 곧 도시 전체에 퍼졌다. 시민들은 정말로 그녀가 아테네 여신인 줄 믿고(실은 논다니였다는 말도 있다.), 그 여자 앞에 엎드리고 페이시스트라투스를 받아들였다……."

그런데 소피클레스에게는 티라나투스의 굽 높은 샌들이 바로 페이시스트라투스가 꾸며낸 가짜 아테네 여신으로 받아들여졌다. 걸음걸이가 어색할 정도로 굽이 높은 샌들을 신은 것은, 바꾸어 말하면 동료 시민들 위에 홀로 우뚝하고자 하는 음험한 기도가 아니고 무엇이겠는가. — 그게 소피클레스의 생각이었다.

하지만 그것만으로 티라나투스를 곧장 참주로 몰아갈 수는 없는 일이었다. 아무리 끔찍한 범죄라도 기도(企圖)만으로는 처벌할 수 없다. 생각(마음속의)은 아무도 해치지 않는다. 적어도 그의 통치를 압제로 보려면 그것은 좀 더 노골적이고 흉포한 모습을 띠어야 마땅하지 않겠는가. 비록 나는 내가 진실이라고 믿는 바를 타의(他意)에 의해 교정받았지만 그것은 흔히 있을 수 있는 우발사일 뿐 그 이상 아무런 압제의 증거는 없지 않은가. — 이때쯤 소피클레스의 사고는 걷잡을 수 없는 혼란에 빠져들었다. 기성의 권위체제에 대한 본능적인 외경심(畏敬心)과 원인 모를 죄의식이 그의 도전적인 견해에 회의를 표하면 표할수록, 배움을 준 도시와 동료 시민에 대한 의무감은 더욱더 강경하게 불의(不意)의 고발을 종용하고 나섰기 때문이었다.

물론 소피클레스의 혼란은, 그가 한 상류 시민으로서, 대체로는 의식주 따위 삶의 기본적인 조건에 구애됨이 없이 보다 고상하고 참된 것에만 의식이 쏠려 있다 보니, 주로 도시 하층민의 참담한 삶에서부터 노정(露呈)되는 여러 실정(失政)의 증거에 어두운 데서 더욱 가중된 감도 없지 않다. 하지만 설령 그가 그런 것들에 정통해 있었더라도 곧바로 어떤 단호한 행동에 들어갈 수 없으리라는 점에선 큰 차이가 나지 않았을 것이다. 행동은 대개 배움의 몫이 아니므로. 그리하여 — 날이 훤히 밝아올 무렵 오랜 사유에 지친 소피클레스는 그만 큰 소리로 도시 전체에 대해 이렇게 문의하고 말았다.

"아테르타 시민이여, 우리는 압제받고 있는 것이 아닌가!"

마침 그가 소리를 지른 지점은 언덕 높은 곳이었고, 맞은편에는 포세이돈 신전이 서 있어 그의 목소리는 그 텅 빈 신전을 울리고 메아리로 되돌아왔다. 그리고 거기서 두 번째 사건이 개입되었다.

소피클레스가 서 있는 곳에서 멀지 않은 중턱에 사는 아주 예민한 귀를 가진 시민 둘이 그 때아닌 외침에 새벽잠에서 깨어나 버린 일이었다. 그러나 그들은 처음의 목소리를 잠결에 들었기 때문에, 뒤에 들려온 메아리와 처음의 목소리가 같은 사람의 목청에서 나온 것이라는 것을 알아채지 못하고, 서로 다른 곳에서 들려온 두 개의 목소리로 파악해 버렸다. 그래서 둘이라는 복수 개념(複數槪念)에 사로잡힌 그들은 그것을 언제부터인가 긴가민가하던 자기들의 의혹을 확신으로 바꾸는 근거로 사용해 버렸다.

한 사람은, 말하자면 실패한 정객(政客)이었다. 그는 아테르타의 독자 노선(獨自路線)을 내세워 아테네건 스파르타건 자기들의 도시를 침해하면 무찔러 버리자는 따위, 지극히 애국적이고 야심만만하지만 실현성은 크게 없는 주장을 가지고 한때는 제법 시민들의 인기를 모은 적도 있었다., 그러나 결국 온건한(그로 보아서는 겁 많은) 쪽을 택한 대다수 시민들에게 자칫하면 도시 전체에 파멸을 가져올 위험인물로 지목되어 그 무렵은 도편추방(陶片追放) 직전에 있었는데, 그는 그러한 시민들의 변화가 강력한 정적인 자기를 몰아내고 압제를 꿈꾸는 티라나투스의 음모에 의한 것이 아닌가 의심해 오고 있었다.

또 한 사람은 중년의 비극(悲劇) 시인으로서, 비록 앞의 사람보다는 나았지만 그의 삶이 결코 성공적이었다고 할 수는 없는 쪽이었다. 반평생을 무대 주위에서 맴돌며 언어와 음률을 연마하였고, 경연(競演)이 있다면 아무리 먼 길이라도 빠짐없이 참가하였으나 한 번도 계관(桂冠)을 얹지 못한 머리는 벌써 희끗희끗해 오고 있었다. 그의 극은 구성이 지나치게 단조로운 데다 언어는 거칠고 감정만 앞세워 관객들과 심판관의 지지를 얻지 못했던 것인데, 그는 거기에 승복하지 않았다. 젊었을 때는 동료들을 한 줌의 기교와 재치만으로 명예를 좇는 부황한 무리라고 비난하거나 또는 심판관의 공정성을 의심하거나 하다가 나이가 들어서는 좀 더 근원적인 의심을 품게 되었다. 곧 이 도시의 시민들을 모두 감각적이고 향락적인 우민(愚民)으로 만들어 참주가 되려는 티라나투스가 신(神)에게는 경건하고 인간에게는 엄숙한 자기의 작품이 외면당하도록 남몰래 책동하고 있는 것이 아닌가 하는.

거기다가 그들 두 사람이 그 놀라운 소리가 들려온 쪽을 가만히 가늠해 보니 신전(神殿) 쪽이었다. 불편한 심기 때문에 잠이 깊이 들지 못했고, 깊은 잠이 들지 않았으니 잠귀가 밝을 수밖에 없었건만, 두 사람은 모두 그 목소리가 자기들만을 향한 일종의 신탁(神託)임에 틀림없다고 생각했다. 거기서 그 두 사람은 거의 합창하듯 그 최초의 목소리에 화답했다.

"그렇다. 우리들은 압제받고 있는 것 같다……."

두 사람의 발성은 약간의 시차(時差)가 있는 데다 새벽의 고요는 깊어, 그와 같은 그들의 화답은 뜻밖으로 크고 또렷하게 그리고 생생한 복수감(複數感)을 주며 아테르타 시를 가로지른 후, 다시 메아리로 아직 잠들어 있는 거리와 집들을 뒤흔들었다.

이번에는 도시 각층에서 더 많은 시민들이 깨어났다. 원래 그런 내용의 외침은 시민들의 의식을 묘하게 자극하는 데가 있는 법이다. 때문에 아무런 선입견 없이 깨어난 사람도 한결같이 자기가 압제받고 있지나 않은가에 대해 생각하게 되었다. 어쩌면 그 같은 의구는 스스로를 자유민이라고 칭하는 모든 사람들의 의식 속에 잠재된 보편적인 불안과 의심일는지도 모르는 일이었다.

그러나 이번에 깨어난 사람들은 대개가 앞선 사람들에 비해 배움도 적고 신경도 다소간 무딘 편이었다. 거기다가 따로이 조직적으로 사고(思考)하고 체계적인 결론을 끄집어내는 훈련을 쌓은 바도 없는 계층이어서, 앞서의 목소리들에 대해서는 막연한 두려움과 혼란을 느낄 뿐 당장에는 어떤 뚜렷한 결론을 내릴 수 없었다. 하지만 예로부터 일찍 일어나는 사람은 현명하다는 말이 있고, 또 그 목소리들은 도시의 높은 곳으로부터 들려온 것이란 사실은 차츰 그들의 기분을 동조적인 것으로 바뀌게 했다.

아테네의 아고라에 해당하는 그 도시의 광장으로 맨 처음 모여들기 시작한 것은 바로 그 막연한 동조에 이끌린 시민들이었다. 혼자로는 자기가 옳다고 믿는 바를 드러낼 말솜씨도 배짱도 없는 그들은 처음에는 가까운 이웃끼리 티라나투스에 대한 의심을 수군대다가 나중에는 네댓 명씩 짝을 지어 광장으로 모여들기 시작하였다. 다스린다는 것은 어떻게 하든 완전할 수는 없는 일이어서, 누구든 사소한 불만을 한둘쯤은 통치자에게 가지기 마련이었는데, 그것을 모여 털어놓는 동안 서로 간에 이상한 심리적 고양(高揚)을 느끼게 된 탓이었다. 거기다가 다중(多衆) 속에서 안도하고

자 하는 소수(小數)의 불안도 그들을 광장으로 끌어모으는 데 중요한 몫을 했다. 그러나 근본적인 신념이 없는 까닭에 광장이 절반 가까이 차도 늘어나는 것은 혼란의 웅성거림뿐이었다.

아직도 티라나투스에 대한 사랑과 믿음을 약간이라도 품은 쪽은 그 목소리가 자기들의 도시 아테르타를 유혈(流血)과 파괴 속으로 몰아넣으려는 음흉한 선동가의 목소리일지도 모른다고 경계를 했고, 반대로 티라나투스에게 어떤 형태로든 적의를 지닌 시민의 일부는 그것이 이 도시의 각성을 위한 경종(警鐘)임에 분명하다고 우겨댔다.

티라나투스에 대한 비판은 먼저 그의 은갑대(銀甲隊)와 신성대(神聖隊), 그리고 상임 정치위원의 일부를 향했다. 은갑대란 티라나투스의 호위대를 말하는 것으로, 원래 아테르타에서는 한 명의 무장한 노예밖에는 누구에게도 호위병이 허용되지 않았으나, 티라나투스는 8년 전 스파르타가 보낸 암살자들에게 습격당한 것을 기회로 민회(民會)의 승인 아래 50명을 거느릴 수 있었다. 또 신성대는 신전의 경비병으로, 원래는 아테르타의 청년들이 윤번제로 맡아왔으나 티라나투스가 그 복무를 싫어하는 청년들을 선동하여 지원자로 이루어진 상비군(常備軍)으로 만든 후 자신의 추종자들을 지원시켜 사실상 사병화(私兵化)한 300명이었다. 마지막으로 시민들이 비난하는 상임 정치위원의 일부란 바로 민회의 상임 정치위원 중에 있는 자들로 티라나투스 쪽에 표를 던져 시정(市政)을 언제나 티라나투스가 원하는 쪽으로 결정되게 하는 자들이었다. 원래 아테네의 민회를 본받아 선거나 추첨에 의하여서만이 연임될 수 있는 자리였지만, 스파르타와 싸우는 데 효율적이란 구실로 절반을 집정관이 임명하도록 한 티라나투스의 개혁에 의해 그들은 벌써 5년째나 계속하여 그 자리에 앉아 있었다.

은갑대에 관해 티라나투스에게 반감을 가진 서민들은 말하였다. 보기에 요즈음 그들의 갑주며 투구가 너무 번쩍이더라, 스파르타와 아테네는 이미 화평 조약을 맺었는데도 그들은 공연히 날카로운 칼들을 뽑아 들고서는 큰 전쟁이라도 하러 가듯 티라나투스를 뒤따르다가 무심코 접근하는 시민을 노예 다루듯 호령하더라고. 신성대에 대해서는 말하였다. 그들은 결국 우리들의 세금으로 고용된 일꾼이 아닌가, 그런데도 그들은 마치 티라나투스에게 급료를 받는 것처럼 그만을 상전으로 떠받들고, 우리에게는 도리어 상전처럼 으스대고 있다. 또 그들이 지켜야 할 것은 이 도시의 수호신이 계시는 신전이 아닌가, 그런데도 그들은 마땅히 있어야 할 신전에는 있지 않고 쓸데없이 거리를 저벅거리며 방패와 창칼로 시민들을 위압한다고.

그리고 티라나투스의 추종자들인 상임 정치위원에 대해서도 말하였다. 다 같이 이 도시의 시민인 처지에 그들은 마치 왕정 시대의 귀족처럼 행세하려 든다. 걷는 폼도 너무 턱을 젖히는 경향이 있고, 난데없이 화려하게 꾸민 전차(戰車)들을 하나씩 구해 타고서는, 걸핏하면 길 가는 시민들에게 꽥꽥 목소리를 높이는 버릇이 무슨 유행처럼 퍼져가더라고.

하지만 티라나투스를 지지하는 쪽에도 할 말이 전혀 없는 것은 아니었다. 그래도 지난 10년간 희랍에서 가장 강한 스파르타의 중장(重裝) 보병은 우리 도시를 넘보지 못했고 아테네는 그 어떤 동맹시보다 우리를 우대한다. 우리 식탁은 해마다 풍성해지고 있으며, 의복은 더욱 아름답고 질기고 따뜻해졌고, 주거도 점점 안락하게 되어간다. 확실히 티라나투스와 추종자들은 약간의 특권을 누리고 있고, 또 그것을 얻는 과정에서는 어느 정도 책략이 숨은 듯도 하지만, 압제받고 굶주리던 지난 왕정 시대를 생각하면, 뭐 그리 못 참을 일도 아니잖는가. ― 하는 것이 그들의 우물쭈물하는 반론이었다.

그런가 하면 광장 또 한구석에는 스스로를 신중파로 자처하는 한 무리의 시민들이 있었다. 아직 뚜렷한 근거가 없는 한 극단적인 결론을 내리는 것은 위험하니 당분간 사태를 관망하자는 것이 그들의 주장이었다. 가끔씩은 기회주의자로 몰려 쓴맛을 보기도 하지만, 대부분은 그 어떤 급격한 변혁에도 성공적으로 살아남는 부류였다.

그런데 돌연 그 비교적 평화로운 공론에 이질(異質)의 성분이 끼어들었다. 아테네의 금권정치(金權政治)를 도입하면서부터 급격히 불어난 그 도시의 빈민층이었다. 이를테면 무한정하게 부를 축적할 수 있게 된 도시의 수공업자나 해상무역가들에게 헐값으로 토지를 넘기고 도시로 흘러든 농민들이나 대자본가에게 사업의 기반을 뺏기고 뒷골목을 떠도는 도시의 영세업자들이었는데, 그들 중에는 강화된 신성대의 야간 경계 때문에 벌이가 시원치 않았던 좀도둑이나 몇 푼의 화대 때문에 밤새 시달린 매춘부, 또는 당장에 끼니를 놓고 있는 극빈자도 끼어 있었다. 어느 시대 누구의 치하(治下)에서도 얼마간은 있기 마련인, 버림받고 잊힌 목소리의 주인들이었다. 그러나 한번 그들의 거칠고 저돌적인 불만이 구구 각색인 시민들의 공론에 끼어들자 이내 그 전체적인 분위기는 전과 다른 쪽으로 이끌려갔다.

땅을 잃어버린 농민들은 말했다.

"전에도 우리들의 땅은 메마르고 언덕은 가팔랐지만 그래도 아내와 자식들을 먹여 살리는 데는 부족함이 없었다. 그런데 티라나투스가 집정관이 된 뒤로, 우리들은 손발이 부르트도록 올리브와 포도를 가꾸고 양 떼를 보살펴도 빵을 구울 밀가루조차 넉넉히 얻을 수 없고, 결국은 땅조차 도시의 부자들에게 헐값에 넘기지 않으면 안 되었다. 우리들이 생산한 올리브와 포도는 턱없이 값이 떨어진 대신에, 외국에서 사들인 밀값은 까닭 없이 치솟은 탓이다. 티라나투스는 마땅히 이 일에 책임져야 한다."

몰락한 영세 수공업자들은 말했다.

"비록 가족들과 노예 한두 명뿐인 조그만 요지(窯址)였지만 우리들의 도자기도 전에는 제값을 받을 수 있었고, 사방 열 큐핏(손끝에서 팔굽까지의 길이)도 안 되는 좁은 대장간이었지만 우리들이 생산한 철물(鐵物)도 전에는 비슷한 값으로 시장에 나갔다. 그런데 갑자기 수십 명의 노예와 인부를 거느린 요지나 대장간이 나타나 우리들은 밑지지 않고서는 그들과 같은 값에 물건을 내놓을 수 없었고, 끝내는 일터마저 문 닫지 않을 수 없었다. 그런 변화 역시 티라나투스가 집정관이 된 후의 일이니 마땅히 그가 책임져야 한다."

또 파산한 소상인(小商人)들은 말했다.

"우리도 전에는 작은 배 한 척이면 몇 가족의 생계는 걱정하지 않아도 되었다. 반드시 멀리 소아시아나 이집트까지 가지 않아도, 에게 해의 연안 도시 사이의 중개무역만으로 어느 정도 이익을 남길 수 있었기 때문이다. 그런데 티라나투스 일파와 손을 잡은 호상(豪商)들이 대선단(大船團)을 조직하여 원산지에서 직접 곡물이며 목재, 어물 따위를 사들이자 우리들은 도무지 견딜 수 없었다. 우리들의 파산도 마땅히 티라나투스와 그 일파가 책임져야 한다."

이렇게 노골적이고 구체적인 불만들이 터져 나오자 이번에는 언제부터인가 군중 속에 숨어 때를 기다리던 선동가들이 하나둘 모습을 드러냈다. 그들은 마치 준비해 온 것처럼 하층민들이 몰락하지 않을 수 없었던 배경과 원인들을 설명하여 그 대부분을 티라나투스에게로 돌렸다. 아테네의 금권정치를 거기에 대한 훈련도 자체적인 조절 장치도 없는 아테르타에 무비판적으로 받아들인 것은 잘못이었으며, 그나마 자신의 이익을 위해 왜곡시킨 것은 더욱 큰 잘못이었다는 주장이었다. 자신의 이익이란 추종자들에게 내릴 은급(恩給)과 상여(賞與)의 자금을 마련하는 것으로, 티라나투스는 그걸 호상들의 기부금으로 충당하기 위해 나라의 모든 제도를 그들에게 유리하도록 고쳤다는 주장이다. 선동가들은 또 지적했다. 스파르타처럼 철저한 평등은 아니더라도 부(富)의 상한(上限)은 어떤 식으로든 마련돼야 했지만 티라나투스는 그걸 외면했고, 축적된 부의 횡포를 조절할 장치조차 생각하려 들지 않았다고. 도시의 호상들이 터무니없는 헐값으로 농민들의 올리브와 포도를 거두어들이는 것을 일부러 못 본 체했고, 그걸로 만든 올리브유와 포도주를 비싼 값에 내다 판 이익에는 오히려 손을 벌렸으며 — 마찬가지로 흑해(黑海) 연안에서 싸게 사들인 밀을 그 열 배의 값으로 이 도시에서 파는 것도 눈감아주었다고. 그들에게 이익이 되는 일이면 이 도시의 모든 영세 수공업자와 소상인이 파산할 물건을 사들여도 개의치 않았고, 그에게 많은 기부금을 내면 급할 때에 시민들을 무장시킬 무기나 사원의 보석 장식을 떼다 파는 것도 허락해주었다고. 약간의 과장이야 있지만 자못 조리 있고 신랄한 공격이었다. 그러나 막상 광장의 시민들을 움직이게 만든 것은 앞서의 빈민층이나 선동자들보다는 이미 갈 데까지 가버린 밑바닥 사람들의 호소였다.

좀도둑은 충혈된 눈으로 말했다.

"내가 땅을 잃고 처자와 함께 처음 이 도시로 들어올 때만 해도 정직하게 일해서 벌어먹을 생각이었소. 나는 몇 날 굶주림을 참으며 이 도시를 헤맨 끝에 겨우 어떤 부호의 대장간에서 일자리를 구했소. 그러나 내가 거기서 어깨가 빠지도록 풀무질을 해도 굶주린 처자에게는 보리떡조차 제대로 돌아가지 않소. 거기다가 이보시오.(여기서 그는 웃옷을 찢고 쪼그라든 왼팔과 어깨 어름의 끔찍한 상처를 내보였다.) 어느 날 주물(鑄物)을 만지는 노예가 잘못하여 끓는 쇳물로 나를 이 꼴이 되게 만들었소. 그런데도 주인은 그 노예만 채찍질하고 일할 수 없게 된 나는 돈 한 푼 없이 내쫓기고 말았소. 그가 그런 짓을 하고서도 오히려 더욱 떵떵거리며 살 수 있는 것은 순전히 티라나투스 일파의 비호(庇護) 때문이오. 이 잘못된 세상 때문이오. 그러나 난들 어쩌겠소? 일하지 못하면서도 굶어 죽지 않으려면 밤이슬을 맞으며 남의 담을 넘는 일 외에는 좋은 수가 없었소. 이왕 이렇게 모였으니 하는 말이지만, 실로 이 기회에 무엇인가 세상이 달라지지 않으면 안 되겠소."

나이 든 매춘부는 말하였다.

"저는 이래봬도 양가의 딸이었어요. 열여덟에 결혼했는데, 제 남편은 아름다운 이오니아 직물을 짤 줄 아는 사람으로 몇 명의 노예를 거느리고 그 기술에 의지해 한동안 제법 유복하게 살았지요. 그런데 싼 양털을 대량으로 사들일 수 있고 수많은 노예와 넓은 작업장을 가진 사람이 나타나자 남편의 작업장은 점점 기울기 시작했어요. 남편이 아무리 애를 써도 그들만큼 싼 직물을 낼 수는 없었거든요. 외국으로 내려고도 해보았지만, 한 배를 채울 만큼 양이 차지 않으니 누군가에게 넘겨야 했는데, 선주들 역시 재료값밖에는 주려 들지 않았어요. 남편은 여기저기서 빚을 내어 한동안은 버티었지만 결국 채무 노예(債務奴隸)로 팔려가지 않으려면 목을 맬 수밖에 없었어요. 그러니 아무것도 가진 것 없이 거리로 쫓겨 나온 제가 어린아이들과 함께 살아가기 위해서는 이 짓밖에 할 게 더 있겠어요? 그런데 막상 세상을 조금씩 알게 되고 보니 저를 이 지경으로 만든 것은 대개 티라나투스에게 선을 대고 있는 부호들이더군요. 누군가 저들이 더 이상 다른 시민들을 파멸시키지 않도록 해야 해요. 저들 몇 명 때문에 이 도시의 시민 대부분이 거지처럼 살게 되는 것을 막아야 해요."

티라나투스의 추종자인 상임 정치위원들의 문전만을 떠돌며 그들의 식사 제공으로 연명하는 빈민의 말은 좀 더 충격적이었다.

"나도 젊었을 때는 이 도시의 번영과 동료 시민들의 행복을 위한 찬란한 이상을 품었더랬소. 특히 젊은 날의 후반은 온전히 티라나투스와 같은 아테네의 앞잡이가 이 도시의 실권을 쥐는 것을 막는 데에 바쳐졌소. 그러나 내가 받들던 지도자는 티라나투스의 책략으로 스파르타의 첩자 혐의를 받아 처형되고, 나를 비롯한 그분의 추종자들은 대개 당신들에게 버림받아 추방당했소. 간신히 추방을 면한 나는 그제야 정신을 차렸지만 모든 것은 이미 늦어 있었소. 한 번도 생업에 힘쓴 적이 없으니 따로이 모은 재산도 없었고, 부유한 양친을 둔 것도 아니었으니 유산이 있을 리도 없었소. 다행히 쓰고 읽는 것과 약간의 셈도 알아 대상(大商)의 서사(書士)가 되는 길이 있었지만 이번에는 아무도 일자리를 주지 않았소. 티라나투스 일파의 눈길이 무서웠기 때문이오. 결국 내가 연명하는 길은 그 꼴 난 빈민 구제에 의지하는 것밖에 없었소. 민의(民意)를 가장할 필요가 있을 때는 언제든 티라나투스를 지지하는 군중으로 동원될 그 우중(愚衆)들 틈에 끼어 그들이 던져주는 빵으로 끼니를 때우는 것이오. 하지만 만약 당신들이 그런 나와 크게 먼 곳에 있다고 생각하면 그건 오산이오. 이대로 가면 언젠가 당신들도 나 같은 신세가 되어 티라나투스의 추종자들이 던져주는 빵을 기다리게 될 것이오……."

그들의 등장과 함께 광장에 모인 시민들의 향방은 드디어 불온한 쪽으로 기울기 시작했다. 다시 말하지만, 그리고 말이야 바른 말이지만, 역사상 그 어떤 황금시대인들 그 같은 이들이 하나도 없을 수야 있겠는가. 어느 시대 누구의 치세에선들 영광과 풍요의 그늘이 없겠는가. 그러나 그들도 어김없이 자기들의 동료 시민이라는 것을 인정해야 하는 데서 오는 치욕감만큼이나 그들을 방치한 티라나투스에 대해 군중들은 일단 분개하게 되었다. 정치적인 옳고 그름은 나중에 따질 문제였다.

일이 재미있게 되려면 이 무렵 하여 티라나투스의 추종자가 하나쯤 나타날 때인데, 과연 그들이라고 해서 언제까지고 시민들의 그 같은 동태를 모르고 있을 수는 없는 일이었다. 얼마 전부터 치안(治安)에도 개입하게 된 신성대의 사관 하나가 당직에서 돌아오다가(혹은 밀고자가 있었다는 말도 있다.) 이 불온한 군중을 보고 개입하게 되었다. 아직 그 자세한 진상을 모르는 터라 크게 화내거나 긴장할 필요는 없었지만 어쨌든 새벽부터 모여 심상찮은 공론으로 웅성거리는 집회가 그에게 썩 유쾌할 리는 없었다. 더군다나 그가 속한 신성대에는 시민들의 정치적 동향도 살핀다는 은밀한 임무가 벌써부터 부여되어 있었다.

그러나 처음 그는 시민들의 세금으로 급료를 타는 신전 경비대의 사관답게 온건한 목소리로 해산을 종용했다. 사실 그에게는 시민들의 해산을 명할 권리가 없었으나 아직 해가 뜨지 않았으므로 신전 경비를 핑계 대고 해산을 종용한 것이었다. 그런데 그 온건함이 그만 답답할 만큼 평범한 그곳의 군중들에게 오해를 사고 말았다. 언제나 거만하고 자신에 차 있던 신성대의 사관이 저토록 공손한 것은 무엇인가 마음에 찔리는 것이 있거나 아니면 군중의 힘에 눌린 것임에 틀림이 없다…….

그래서 시민들은 조금도 겁먹지 않고 버티었으며, 일부 좀 경박한 시민들은 이제 막 잠에서 깨어 온 그 사관의 부숭부숭한 얼굴과 흐트러진 매무새를 야유까지 했다. 심하게는 군살로 오리 궁둥이처럼 뒤뚱거리는 사관의 엉덩이를 흉내 냈고, 어떤 이는 거의 그가 알아들을 수 있는 거리에서 거침없이 내뱉었다.

"잠이나 자, 티라나투스의 사냥개."

그쯤 되자 그 사관도 마침내 화가 나기 시작했다. 비록 재판권은 없었으나 마침 그에게는 몇 가지 체포권이 있었다. 대개 신전 경비와 관계된 것으로 신성 방해죄(神聖妨害罪)와 불경죄(不敬罪) 따위였는데, 그는 그중에서 가장 무거운 불경죄를 들고 나왔다. 즉 신의 이름으로 신전 경비에 방해되는 그 새벽의 집회를 즉각 해산할 것을 명령한 후, 그래도 해산 않는 군중 가운데서 유달리 눈에 띄는 몇몇 시민을 가리키며 그 죄목으로 체포를 선언했다.

과연 그 비장의 무기는 위력이 있었지만, 지목당한 시민들 또한 그 위력을 무색하게 만들기에 충분할 만큼 교활하고 민첩했다. 마치 그 사관을 희롱하는 것처럼 터무니없이 겁먹은 표정을 지었다가 이내 과장스러운 몸짓으로 얼굴을 싸안은 채 밀집한 군중 속으로 뛰어들어 교묘하게 숨어버렸다.

그러자 정말로 화가 난 그 사관은 광장에 나와 군중을 이룬 모든 시민들에 대해 체포를 선언하고 가까운 곳부터 덮쳐갔다. 군중도 그제야 무언가 일이 심각하게 되어가는 걸 알았다. 먼저 그 사관의 목표가 된 축이 머뭇머뭇 뒷걸음을 치더니 갑자기 돌아서서 냅다 뛰기 시작하고, 이어 기세가 꺾인 나머지도 풍비박산 — 눈 깜짝할 사이에 군중은 흩어져 광장을 벗어나기 시작했다.

법과 질서에 대한 죄의식이나 선천적인 나약함 탓도 있겠지만, 군중이란 원래가 그러했다. 이상한 정열에 휘말리면 성난 파도처럼 휩쓸어갈 수도 있으나, 일단 각자의 얄팍한 타산과 실리(實利)가 그 정열을 제어하게만 되면 가을 벌판의 가랑잎처럼 흩어져가고 만다.

하지만 신성대의 사관 쪽으로 보면 일단 조롱을 당해 화가 나 있을 뿐만 아니라 한 번 뱉은 말의 권위를 위해서도 몇 명은 꼭 연행해 가야 할 필요가 있었다. 때문에 그는 몇몇 뒤처진 시민을 지적하여 정지를 명령하며 추격을 했던 것인데, 여기서 또 하나의 우발적인 사건이 그날의 사태를 급선회시켰다. 단련된 사관에 비해 처음부터 불리한 경주를 벌이고 있던 시민 하나가 돌부리에 걸려 넘어지면서 이마가 좀 심하게 찢어진 일이었다.

뒤쫓던 사관이 그를 거칠게 일으켜 세웠을 때 그의 얼굴은 어느새 흘러내린 피로 온통 피투성이였다. 그런데 이때 갑자기 달아나던 시민들 가운데서 한 선동자가 돌아섰다. 그는 큰 소리로 모두에게 정지를 요청한 후 외쳐 댔다.

"보시오, 저 포악한 티라나투스의 주구(走狗)가 불의를 규탄하는 우리의 동료 시민을 저토록 구타하고 상해했소. 형제의 고귀한 피가 대지를 적시고 있소……."

그러자 시민들은 도주를 멈추고 하나둘 원래의 위치로 돌아가기 시작했다. 말하자면 다시 군중을 이룬 셈인데, 그것은 선동자의 외침보다는 호기심 때문이었다.

"언제까지나 압제받으며 신음할 것이오? 언제까지 대의(大義)를 위해 박해받는 형제를 방관할 것이오? 궐기합시다. 티라나투스의 주구를 처벌하고, 참주를 방벌(放伐)합시다."

그사이에도 선동자는 계속하여 외쳐 댔다. 군중이 되면 기억력도 나빠지는 것 같았다. 얼마 전까지도 자기들은 이 도시에 과연 압제가 행해지고 있느냐 아니냐를 가지고 논란하고 있었다는 것도 잊고 군중은 차츰 동요하기 시작하였다. 투우사의 붉은 보자기가 황소를 흥분시키듯 피는 언제나 군중을 앞뒤 없는 격정으로 몰아넣는 법이다.

그런데도 아직 성이 덜 풀린 그 신성대의 사관은 눈치도 없이 또 다른 시민 하나를 덮치다가 기어이 일을 내고 말았다. 불행히도 두 번째로 체포의 목표가 된 시민은 그냥 어쩌다 소동에 끼어 들었을 뿐으로, 평소부터 심장이 나쁘고 신경 구조가 남달리 허약한 사람이었다. 그런데 돌연 신성대의 사관이 한 손으로는 피투성이 시민을 끌면서 눈을 부릅뜨고 덮쳐오자, 기겁을 한 그는 도망칠 생각도 없이 그 자리에 폭삭 꿇어앉았다. 그러나 그 사관은 애처로운 그 모습에도 아랑곳없이, 방금도 손바닥을 비비대고 있는 그의 희고 연약한 팔목을 남은 한 손으로 거칠게 낚아채고 — 이미 반 넘어 혼이 나가 있던 그 시민은 앉은 채로 그만 졸도하고 말았다.

그걸 보자 선동자는 더욱 격렬하게 외쳐 댔다.

"시민들이여, 잠을 깨시오. 형제들이여, 일어나시오. 방금 또 압제자의 철권(鐵拳)은, 우리와 같은 피를 나눈 형제요, 같은 운명의 배를 타고 있는 동료 시민 하나를 타살하였소……."

드디어 그때껏 자제되어 왔던 군중의 분노가 서서히 타오르기 시작했다. 몇몇을 제외하고는 대부분 현장에서 떨어진 곳에 있었던 탓으로 진상에 어두운 군중에게, 선동자의 외침은 차츰 진실처럼 들려온 까닭이었다.

이렇게 — 약간은 어이없게 — 최초의 기폭제(起爆劑)는 점화되고, 비록 수는 얼마 안 되지만 거기서 분노한 군중에 의해 티라나투스의 권좌(權座)에는 무슨 필연처럼 금이 가기 시작했다.

신성대의 사관이 제정신으로 돌아온 것은 이미 일이 돌이킬 수 없는 지경에 이른 뒤였다. 어느새 소심과 주저에서 완연히 깨어난 군중들은 점차 늘어나는 선동자들의 구호에 보조를 맞추며 쓰러진 동료 시민들과 그 사관을 향해 육박해 오고 있었다.

"티라나투스의 주구를 처벌하라."

"참주를 타도하라. 폭군을 방벌하라."

그 기세에 이번에는 신성대의 사관 쪽이 눌리고 말았다. 다가오는 성난 인파에 퍼뜩 눈길이 멈추는 순간, 취기에서 깨듯 분노가 싹 가신 그의 가슴에는 돌연 엉뚱한 회한이 솟아올랐다.

"아아, 나는 참주의 사냥개에 불과하였구나……."

그렇게 되고 보면 남은 것은 도망치는 일뿐이었다. 그는 동료를 탈환한 군중들의 의기양양한 함성을 뒤로하고 자기들의 막사가 있는 신전 쪽으로 화급하게 달아났다. 그런 그의 얼굴에는 평소의 위엄이나 자신감은 자취도 없었다.

어떻게 소식이 들어갔는지 막사에는 뜻밖에도 거의 전 대원들이 소집되어 있었다. 티라나투스가 공들여 기른 것이 효과를 거둔 셈이었다. 거기서 약간은 비참하기까지 한 기분으로 쫓겨 온 그 사관의 태도는 다시 달라졌다. 여전히 자신만만한 동료들과 위풍당당한 상관들을 대하자마자 자기도 그들처럼 무슨 대단한 일을 하고 있는 듯한 자부심과 함께 조금 전 자기를 향해 거칠게 육박해오던 군중의 기억이 어느새 분노로 되살아났다. 그는 이내 그 군중을 처벌하여 파괴된 법질서를 회복하는 것이 이 소요에 대한 최선의 해결이며, 자기 및 신성대의 짓밟힌 권위를 회복하는 유일한 길이라는 확신에 빠졌다.

그리하여 어떤 사명감과도 흡사한 느낌에 젖은 그는 과장하여 그 새벽의 일을 보고했다. 일부 지각없는 시민들은 이 도시의 번영과 그들의 행복을 위해 각고하는 집정관을 참주라고 공공연히 헐뜯고 있으며, 몇몇 야심가와 선동자들은 그들의 무모한 힘을 조직화하려고 한다. 그들에게는 신전 경비의 신성한 임무를 수행하고 있는 우리들도 참주의 주구로만 여겨지고, 불경(不敬) 혐의의 체포령도 한낱 코웃음으로밖에는 받아들여지지 않는다. 새벽의 소요는 바로 그 전형적인 예로서, 만약 이 기회에 그들을 뿌리 뽑지 않으면 이 도시는 머지않아 커다란 내란에 말려들 것이며 우리가 신전 못지않게 지켜야 할 집정관도 반드시 안전할 수만은 없을 것이라고.

신성대의 대원들은 모두 놀랐다. 그중에서도 조급한 출세욕과 공명심으로 널리 이름이 난 그 대장(隊長)은 특히 더하였다. 기회 있을 때마다 티라나투스에 대한 자신의 열렬한 충성심을 표시하지 못해 안달인 그는 이번에도 꼭 자신의 충성만큼의 경악과 분노에 휩싸였다.

"그분께서 이렇듯 우리를 보살피고 기르신 것은 오직 이날 같은 때를 위해서였다. 우리 불멸의 충성으로 분연히 일어나자. 모든 대원들은 폭도들에 대한 분노의 창과 그분께 대한 보은(報恩)의 방패를 들어라. 그리하여…… 저 불경과 반역의 무리를 뿌리 뽑으러 가자."

그것은 충성이 송진처럼 진득진득 묻어나는, 거의 비통하게까지 들리는 목소리였다. 반드시 그런 그의 기분과 일치한 것은 아니었지만, 사관들은 물론 사병들까지도 애매한 동료 의식과 위기감에서 분기했다. 곧 비상이 발령되고, 무장과 대오를 갖춘 신성대가 소요의 현장으로 출동했다. 실제보다 몇 배나 과장된 보고가 멀지 않은 티라나투스의 저택으로 올려진 것은 말할 나위도 없었다.

군중은 아직도 광장에 남아 있었다. 인원이 불었을 뿐만 아니라 그 얼마 안 되는 사이에 질도 크게 변해, 이미 새벽의 중구난방으로 웅성되던 그 오합지중은 아니었다. 적으나마 유혈과 권위에 대한 승리를 경험한 다중(多重)이었고 조직적인 선동으로 어느 정도 계통을 지니게 된 시민단(市民團)이었다.

선동자들도 이제는 단순히 도시 하층민들의 물질적인 불만이나 무논리하고 감정적인 구호만을 되뇌고 있지는 않았다. 상류 시민들의 까다로운 권리 요구나 정신적인 불만까지도 정제된 말로 구호화시키고 있었다. 그것으로 미루어 처음부터 위장한 채 뛰어든 사람들 외에도 상당한 숫자의 지식과 실력을 겸비한 상류 시민들이 이들 도시 하층민들의 불만에 동조하고 나선 것임에 분명하였다.

따라서 이런 군중은 기세등등한 신성대의 진출에도 전혀 위축되지 않았다. 오히려 일시 위축되고 주춤한 것은 전혀 예상 밖의 사태에 접한 신성대 쪽이었다. 자기들보다 몇 배나 많은 군중이 뿜어내는 열기와, 가리고 가려 뽑은 구호의 신랄함이 그들 신성대원들을 압도한 탓이었다.

하지만 그 대장과 약간의 핵심적인 사관들은 달랐다. 이미 산전 수전 다 겪은 그들은 조금도 움츠러들지 않았을 뿐만 아니라, 그런 경우 동요하는 대원들을 어떻게 통제해야 할 것인가에 대해서도 정통했다. 높건 낮건 다스리는 자리에 있는 자는 누구든 익혀 두어야 한다는 이른바 '엿과 채찍'의 원리였다.

대장이 먼저 머뭇거리는 대원들 앞에 나섰다. 그는 미리 준비해 간 가죽 주머니에서 올빼미가 새겨진 한 줌의 은화(銀貨)를 꺼내 높이 쳐들어 보이며 외쳤다.

"이것은 희랍 땅 어디에서든 비싸게 통용되는 아테네의 은화다. 제군들은 이것이 필요하지 아니한가? 전진하라. 그리고 저들을 체포하라. 저들 폭도 한 사람은 이 은화 열 개에 값한다."

그러고는 다시 자신의 붉은 수술이 달린 투구를 벗어 높이 쳐들었다.

"또한 이 투구는 백인대장(百人隊長) 이상의 신분을 상징한다. 제군들은 이것을 쓰고 싶지 않은가? 언제까지나 졸오(卒伍)에서 청동 반투구나 쓰고 있을 것인가? 전진하라. 이 투구는 언제나 용감하고 충성스러운 자의 머리를 기다리고 있다."

이와 때를 같이하여 전열(戰列)의 뒤로 물러선 고급 사관들도 일제히 채찍과 검을 휘두르며 외쳤다.

"이 채찍과 비겁자란 칭호보다 폭도들의 허세(虛勢)가 두려운 자는 그 자리에 머물러도 좋다. 그 이상…… 이 칼과 반역자란 낙인보다 폭도들의 팔매질이 두려운 자는 뒤로 돌아서서 도망쳐도 좋다. 선택은 그대들의 권리다. 그러나 신성대의 명예를 더럽힌 자에 대한 처벌 또한 우리들의 권리다."

이어 대장이 다시 그 말을 받았다.

"아테르타의 자랑스러운 아들들, 위대한 티라나투스가 가장 아끼고 믿는 벗들이여, 어떻게 하겠는가? 나가 싸워 승리와 명예를 얻겠는가? 물러나 치욕과 죽음을 받겠는가?"

과연 대장과 고급 사관들이 번갈아 이용한 엿과 채찍은 효과가 있었다. 그들의 외침이 몇 번 반복되기도 전에 신성대의 동요는 가라앉고 억눌렸던 사기와 단결심이 되살아났다. 조금 전의 애매한 동료 의식 같은 것에서가 아닌, 여러 가지 실제적인 이유에서였다. 즉, 달콤한 엿을 얻고자, 혹은 따가운 채찍을 면하기 위해서, 어떤 대원은 군중들의 구호가 진실되고 신랄하기 때문에 군중들을 짐짓 심하게 다루기도 했다.

그리하여, 참극이라고 할 것까지는 없지만 한차례 피투성이 충돌이 있은 후, 승리는 결국 장비와 조직과 합법성의 근거에 있어서 우세한 신성대 쪽으로 돌아갔다. 상당한 숫자의 시민들이 죽거나 다치고, 더 많은 시민들이 체포되어 갔다. 나머지 시민들은 뿔뿔이 흩어져 — 일견 그날의 소요는 완전히 가라앉은 것처럼도 보였다.

하지만 아니었다. 사실은 그 충돌이 바로 시작이었다. 그것을 기점으로 진위(眞僞)를 알 수 없는 갖가지 풍설과 유언비어가 아테르타 시 전체에 널리 퍼졌고, 한낱 몽상가나 궤변 학자의 머리 속에서만 자리 잡고 있었거나, 오랫동안 그 논의가 금지되어 있던 여러 정치적 이상(理想)들이 공공연하게 거리를 떠돌았다.

그중에는 체포된 시민들은 모두 티라나투스의 추종자들로 구성된 배심원들의 형식적인 재판에 의해 독당근을 마시게 될 것이라든가, 티라나투스의 뜰에는 소요의 주모자라는 혐의를 받고 밀정들에게 붙들려 와 타살된 시민들의 시체가 다수 암장되어 있다는 등의 끔찍한 풍설이 있는가 하면, 티라나투스와 그의 추종자들은 그날 소요에 가담한 전 시민을 엄히 다스릴 작정이며 이미 그 세밀한 명단까지 그들 손에 들어가 있다고 하는 식으로, 그 소요에 가담했던 모든 시민들의 보편적인 방어 본능을 자극하는 유언비어도 있었다. 그 밖에 티라나투스는 또 그 소요를 기회로 아테르타의 모든 순수한 이념과 정열을, 자유와 평등을 추구하는 모든 의지와 양심을 깨끗이 쓸어내고, 이미 상처 입고 오욕받은 이 정체(政體) — 그러나 한때는 이 도시의 명예였고 긍지였던 민주정(民主政) — 를 영구히 아테르타에서 말살시키고자 획책하고 있으며, 대신 역사상 그 어떤 폭군보다 더한 압제와 폭정을 — 그 어떤 노예에게도 치욕이며 짐승들에게조차도 고통인 압제와 폭정을 — 아테르타 시민들과 그 후손들에게 베풀려고 한다는 풍설도 널리 시민들에게 전파되고 있었다.

관념적이거나 논의가 금지되었던 정치적 이상이라는 것은 주로 스파르타의 정치제도에 관한 새로운 해석이었다. 티라나투스

개인에 대한 비판의 불똥이 그가 도입한 아테네식 정치제도에까지 튀면서부터 스파르타의 정치제도에 대한 논의는 이전의 부정하기 위한 것에서 긍정하기 위한 것으로 서서히 변질되어 갔다. 스파르타의 스파이라는 치명적인 혐의를 받을 각오 없이는 생각조차 못하던 일이었다.

그리하여 먼저 스파르타의 자유민들 간에 지켜지고 있는 철저한 평등이 그때껏 무시돼 왔던 것을 보상받기라도 하듯 최고의 미덕으로 치켜세워졌다. 재산 소유의 금지, 공동 식사, 명목뿐인 가정(家庭)같이 지난날 국가의 지나친 억압이나 무미건조한 생활로 이해되던 스파르타 특유의 여러 제도들도 쓰기에 불편한 그들의 철전(鐵錢)과 마찬가지로 시민들의 경제적 평등을 유지하기 위한 가장 효과적인 방법으로 찬양되었다. 헤로트(노예)들에 대한 참혹무비한 처사도 — 그들은 매년 어느 하루를 정해 헤로트들에게 선전을 포고하고 반란의 주동자가 될 만한 자들을 골라 합법적으로 살해했으며, 뒷날 펠레폰네소스전쟁 때는 의용군에 응모한 이천명의 헤로트를 한꺼번에 도살한 적도 있다. — 아테르타에는 자유민이란 이름 아래 노예보다 더욱 비참한 생활을 해야 하는 시민들이 있다는 것을 들어, 스파르타 사람들의 정직성으로 승인되었다.

허약한 어린이를 버리는 풍습이나 아케라이(소년 집단)에서의 엄혹한 신체 단련, 피디티아(공동 식탁)에 들기 직전의 청년들에 대한 도둑질과 암살의 사주(使嗾) 따위, 전에는 교육이 아니라 인간번견(人間番犬)을 기르는 것에 불과하다고 지탄받던 리쿠르구스의 여러 제도들도 각기 유리한 해석을 찾아냈으며, 우수한 자식을 얻기 위해서는 아내를 나누어 가져야 한다는 관습도 성적(性的)인 혼란이나 부도덕이 아닌 다른 어떤 고귀한 의미를 부여받았다.

"인간이란 자기가 기르고 있는 암캐나 암말을 위해서는 빌거나 기르거나 하여 가장 좋은 수캐나 수말을 장만하면서도, 남편의 자식을 낳기 위해서는, 좋은 씨내리를 마련할 줄 모르는 별난 족속이다. 남편이 정신박약자이건 노쇠하건 또는 병들어 있는데도, 그것이 남편의 신성한 권리인 양 여성들을 가정에 가둬 놓고 감시하는 성 규범에서는 악과 허영 이외에 아무것도 보지 못했다. 이 인습은 열등한 양친은 열등한 자식을 낳고, 우수한 양친은 우수한 자식을 낳는다는 것과, 그 차이를 느끼는 최초의 사람이야말로 바로 자식을 가지고 그 자식을 길러야 하는 사람이라는 그 두 가지 명백한 진리를 무시하는 것이다……."

그러다가 나중에는 스파르타 평원이며 유로타스 강(江), 타이게투스 산맥, 랑가드 협곡 같은 것까지도 찬양의 대상이 되었다. 티라나투스와 그를 지원하는 아테네에 대한 극단한 반감의 우회적인 표현이었다.

하지만 티라나투스와 그 추종자들도 그 모든 사태를 보고만 있지는 않았다. 그날로 민회의 상임 위원회를 소집한 티라나투스는, 그 소요를 반(反)민주적, 반도시적 불순분자의 책동으로 규정하고 아테르타가 전쟁 상태에 빠졌음을 선언케 하여, 스스로 집정관에서 장군(스트라테고스)의 직에 올랐다. 그리고 복무 연령에 있는 시민들에게 동원령을 내린 뒤, 소집에 응한 시민들 중에서 그에게 개인적인 충성을 맹세하는 자로는 은갑대, 신성대를 증강시키고, 나머지로는 도시 수호의 명목 아래 성채와 같은 자신의 저택을 호위하게 했다. 전보다 더 많은 밀정들을 풀어 저항적인 시민들을 감시하게 하는가 하면, 그에게 끼니를 얻고 있는 빈민들을 동원하여 그 아침의 소요에 못지않은 지지 시위를 벌이게 했다.

갖가지 불리한 풍설과 유언비어에 대해서도, 그리고 공공연히 전파되고 있는 반아테네적인 정치 이상에 대해서도 더 이상 책임을 묻지 않겠다는 관대한 포고를 거듭 발표했고, 밀정을 통해 알아낸 주모자급의 시민들에게는 금품과 권력으로 개별적인 매수 공작을 펼쳤다. 그리고 따로이는 아테르타의 이름난 학자와 현인들을 포섭하여 그 자신의 공적과 미덕을 새삼 추키게 하는 한편 반저항적이고 반스파르타적인 이론을 현란하게 펼치도록 했다. 그 어용학자들이 사용한 언어나 논리는 지금 거의 전하지 않고 있으나, 그 10년쯤 뒤에 행해진 페리클레스의 유명한 추도 연설(追悼演說)이 한 참고가 될 것이다.

"……우리나라의 체제는 민주제(民主制)라 일컫는 바 이는 나라가 다수자(多數者)의 손에 있고, 소수자(小數者)의 손에 쥐어져 있지 않기 때문이다. 법률상 사적(私的)인 다툼에 있어서는 모두에게 평등한 권리가 마련되어 있지만, 인재(人材)에 대해서는 각기 그 신망(信望)이 있는 대로 신분에 의해서가 아니라 능력에 따라

공사(公事)에 나서도록 받들거니와…… 우리는 권모술수에 의존하기보다는 저절로 우러나는 용기에 의존한다. 그리고 교육에 있어서는 저들 스파르타 사람들이 어렸을 때부터 용감하게 되기 위해 고된 훈련을 받아야 하는 데에 비해 우리는 편히 살면서도 저들에 못지않게 어떤 위험이라도 기꺼이 맞설 각오가 돼 있다.

……그것은 우리가 미(美)를 사랑하면서도 사치에 흐르지 않고 지혜를 사랑하면서도 유약(柔弱)에 흐르지 않기 때문이다.

부(富)는 자랑거리가 아니라 실행의 수단으로 쓰이고, 가난을 인정하는 것은 조금도 수치가 아니라 일함으로써 그것을 벗어나지 않는 것이 수치일 뿐이다.

집안일과 나랏일을 똑같이 돌보는 이들도 있지만, 생업에 매달려 있는 사람들도 나랏일에 대한 식견이 모자라지 않는다.

……한마디로 말해서 아테네는 희랍 세계의 학교이며, 시민 각자는 다시없는 우아함과 유연함을 가지고 온갖 상황에 그 몸을 마음대로 적응시킬 수가 있다.

……여러 도시 가운데에서 아테네만이 시련에 부딪쳤을 때 원래의 평판보다 위대하였다. 침략해 온 적들마저도 그와 같은 나라에 패배하였음을 통분히 여기지 않으려니와, 그 속방(屬邦)들이 그같이 훌륭한 상전에게 지배받고 있음을 불평하지 않는 나라도 오직 아테네뿐이다……."

거기서 아테르타 시는 티라나투스 일파와 반티라나투스 시민들 간의 본격적인 무력 충돌에 앞서 정신적인 내란의 시기로 접어들었다. 양편의 사람들은 모두 거리나 광장에서 공공연하게, 혹은 골목이나 방 안에서 은밀히, 자기들에게 유리한 풍설과 유언비어를 퍼뜨리고 자기들이 옹호하는 정치제도를 선전했다.

그런데 관찰하기에 흥미로운 것은 그 무렵의 반티라나투스 이론을 주도한 계층이다. 이미 말한 대로 처음 티라나투스의 통치에 회의를 표한 것은 오랜 배움과 지적(知的) 연마를 거친 소피클레스였지만, 그는 다만 사변(思辨)과 직관뿐 대국을 지도할 행동력이 없었다. 따라서 첫 번째 소요의 정신적인 지도는 소피클레스의 외침에서 깨어난 두 사람 — 실패한 정객(政客)과 불우한 비극 시인을 중심으로 이루어졌다. 둘 다 이성적이라기보다는 감정의 논리에 따라 움직이는 편이었는데, 그것은 그날 나타난 몇몇 선동가들에게 있어서도 마찬가지였다.

그러나 그 소요가 뜻밖에도 커지고, 희미한 대로 티라나투스의 실각 내지 아테르타 지도 체계의 변혁과 연결될 가능성이 보이자 몇 종류의 동조자들이 가세했다.

그 하나는 소피클레스 못지않게 오랜 배움과 지적 연마를 거쳤으나 그와는 달리 어느 정도의 행동력을 갖춘 부류였다. 뒷날 티라나투스 일파의 어용(御用) 이론을 철저하게 분쇄한 대항 이론은 대개 그들의 솜씨였다. 그러나 그들도 소요에 관여하는 태도에는 반드시 일치하지 않았다. 다 같이 이성적인 토대에서 출발했지만, 일부는 끝까지 그 입장을 고수한 대신 나머지는 그 같은 시기에 흔히 나타나는 이상주의에 취해 감정의 논리에 휩쓸려버렸기 때문이다.

끝까지 이성적인 태도를 취한 사람들은 대개가 아테르타 시민은 아직 정치적 이상을 스스로 쟁취할 만큼 의식이 성숙하지 못했다는 점을 꿰뚫어 본 축이었다. 그들은 설령 그 소요가 성공적으로 발전한다 해도 결과는 시민들의 이상에 접근한 근본적인 변혁이 아니라, 통치자와 권력 장치의 변경에 지나지 않을 것임을 알고 있었으며, 당장은 지도층에 끼어들었지만 자신들의 지도 능력에 대해서도 그 한계가 있음을 잘 알고 있었다. 따라서 그들은 티라나투스가 몰락하면 당연히 그 뒤를 이을 것으로 예상되는 야심가를 찾아가 선을 댄 후 소요의 이면으로 숨어들었다. 그들에게 있어서 그 소요는 자기들의 신분 상승을 위한 좋은 기회에 지나지 않았다.

거기 비해 감정의 논리에 휩쓸려버린 사람들은 어떤 의미에서는 어리석다기보다 순수한 축이었다. 그들도 아테르타의 시민 의식이 성숙하지 못했음은 잘 알고 있었지만, 그래도 자기들의 성실한 지도와 소요 자체에 따른 훈련에 의해 성숙에 이를 수 있다고 믿었다. 그리하여 이 아테르타에서 그때껏 한 번도 실현돼 본 적이 없는 이상 정치가 실현되고, 그것이 전 희랍 세계에 퍼지게 될 것을 꿈꾸었다. 이상에 있어서는 순수하고 그 실현에 있어서는 낙관적이었지만, 결국 그들의 역할은 감정적인 군중의 드러난 층으로서 앞에서 말한 이들을 티라나투스 일파로부터 보호해 주는 방패였을 뿐이었다.

모든 정치적 변혁에서 지식인의 행동 양식이 이와 같은 두 가지 형태로 대별된다고 말하기에는 물론 비약과 무리가 있고, 또 치밀한 조직과 냉철한 계산에서 행동하되 자기를 잊고 동료 시민에게 승리와 영광을 가져다준 지도자를 역사에서 찾을 수 없는 것도 아니다. 그러나 이들 아테르타의 지식인들이 어느 정도 보편적인 본보기를 보여준 것만은 틀림이 없다. 특히 민중의 의식이 충분히 성숙하지 못했음을 잘 알면서도 그들을 급격한 정치적 변혁을 위한 투쟁 속으로 끌어들일 때의.

하지만 이들보다 관찰하기에 더욱 흥미로운 것은 또 한 부류 — 불우한 비극 시인을 정점으로 소요의 지도층에 가세한 한 무리의 예인(藝人)들이었다. 초기에 활동한 것은 주로 극시인(劇詩人)들과 서사시인들이었는데 그들은 대략 두 가지 유형으로 나눌 수 있었다. 그 하나는 티라나투스 일파에 대한 분노와 변혁에 대한 의지에 있어서 순수함을 특징으로 삼는 부류였다. 주체할 수 없는 열정 때문에 종종 그들의 감정은 터무니없이 과장적이며 목소리는 지나치게 격앙되고 행동은 현실적이지 못하지만 그래도 진정한 시인의 일부임에는 틀림없었다. 거기 비해 다른 하나는 처음부터 길을 잘못 찾아든 속인(俗人)들이었다. 자기 재능에 대한 오해나 삶에 있어서의 우연한 계기로 시인의 이름을 얻고는 있었지만, 그들의 관심은 언제나 세속적인 것, 즉 명예나 권력이나 부귀 같은 것들이었는데, 때를 당하자 억눌려 있던 그런 관심이 '행동하는 욕심'으로 불붙어 올랐다. 따라서 그런 그들에게는 극(劇)이든 시(詩)

든 자기들이 추구하는 것들을 얻기 위한 수단일 뿐이었다.

그러나 어쨌든 초기에 그들이 거둔 성공은 놀라웠다. 대사는 거칠고 구성조차 엉망인 비극도 그 내용이 티라나투스의 처참한 종말을 암시하고 있다는 점만으로 걸작이라는 칭송을 받았으며, 경박한 희롱과 상스러운 욕설의 범벅에 지나지 않는 희극도 그것이 고발적(告發的)이었다는 이유만으로 일쑤 떠들썩한 갈채를 받았다. 기원전 6세기로 단절된 것처럼 보이던 「일리아드」와 「오디세이」의 전통도 험구와 중상의 문틀로 되살아나 티라나투스의 일생을 악덕과 오욕의 세월로만 노래한 시인은 단번에 호메로스 이후 제일가는 서사시인이 되었고, 어제까지도 젊음과 사랑, 술과 유랑의 슬픔 따위를 읊던 서정시인들은 황급히 혀를 비틀고 목소리를 돋우거나 까닭 없는 부끄러움 속에 침묵으로 들어갔다.

그러자 갑자기 잡다한 예인의 무리가 불을 향해 날아드는 하루살이처럼 그 화려한 성공을 향해 몰려들었다. 예술 외적(藝術外的)인 것으로밖에는 자신의 부족한 재능을 메울 길 없는 삼류 극작가와 시인들, 터무니없이 큰 몸짓과 격앙된 목소리만이 연기(演技)의 전부인 무명의 연극배우들, 손가락이 굳어 고음(高音)밖에 뜯지 못하는 수금(竪琴) 연주가들이며 테스모폴리아 제전(부인들만이 참가함)의 광대나 사적(私的) 향연에서 흥취를 돋우던 피리장이들까지, 일시에 명예와 인기를 얻기 위해 그 고정된 주제(主題)로 몰려들었다. 그리하여 아테르타 시는 한동안 연극인지 티라나투스의 화형식(火刑式)인지 모를 난장판과, 노래인지 욕설인지, 아니면 정치적 선전 구호인지 분간 못할 시 낭송과, 음악인지 소음인지 구별 안 될 만큼 높고 시끄러운 악기 소리로 악머구리 들끓듯 했다.

이와 같은 현상의 일차적인 원인은 물론 시민들의 격앙된 감정에 있었다. 민중이란 원래가 많건 적건 통치 기구에 대해 피해의식을 가지고 있기 마련이어서, 하필 티라나투스의 시절이 아니더라도 지배 체제에 대한 도전적인 비판이나 통치자에 대한 험구는 흔히 예술 주제의 인기 품목이 된다. 그런데 아테르타 시민은 이미 유혈 충돌을 한 번 겪은 데다 다시 선동가들의 반복된 구호에 격앙된 후이고 보니 자연 그런 내용의 연극과 시에 쏠리지 않을 수 없었다.

그러나 조금만 더 주의 깊게 살피면 그런 현상의 보다 큰 원인은 민중 자체보다는 그들 뒤에서 부추긴 사람들에게 있다는 것을 금세 알 수 있게 된다. 그중에서도 가장 눈에 띄는 것은 티라나투스의 권좌를 노리는 야심가에게 선을 대고 있는, 그러나 현실에서는 어디까지나 막후 조종자로 나앉은 이른바 배움과 지적 연마를 거친 계층이었다. 그들은 스스로는 물론 아무런 속셈 없이 순수한 열정으로만 뛰어든 동류(同類)들을 내세워 예인의 무리들을 부추기게 했다.

"예술한다는 것은 바로 악(惡)과 투쟁한다는 뜻이다. 지금 이 아테르타에서 가장 큰 악은 티라나투스이다. 당신들의 수단이 언어이건 음(音)이건 동작이건, 그와 투쟁하지 않는 것은 참다운 예술일 수가 없다."

아무리 타락한 예인인들 무슨 수로 그들이 앞세운 명제(命題)를 부인할 수 있겠는가. 그것은 애초부터 사소한 논리의 시비를 초월한 채, 정의(正義)란 만능의 지팡이에 의지하고 서 있는 명제이기 때문이다.

또 시민들에게는 이런 미신을 널리 퍼뜨렸다.

"배움과 지혜의 가장 뚜렷한 징표는 참된 예술 — 즉 악과 싸우는 예술 — 을 거리의 잡다한 기예와 구분할 줄 알고, 거기에 감탄과 갈채를 보내는 데 있다. 그리고 가장 고귀한 징표는 거기에서 고양된 정의와 양심을 실천하는 일이다. 행동하지 않는 양심은 죄악이다."

실천하는 데는 좀 문제가 있지만, 일정한 주제의 예술에 감탄하고 갈채하는 것만으로 배움과 지혜의 사람이 될 수 있다면, 누군들 그것을 마다하겠는가. 실제로 그 무렵의 기록에는 어떤 연극에서 단순히 자신의 지성(知性)을 과시하기 위해 정의로운 사람이 살해당하는 장면에까지 박수를 보냈다가 망신을 당한 시민의 이야기가 보인다.

하지만 예술에 대한 그런 다분히 목적적인 명제와 일면적(一面的)인 미신을 예인들과 일반 시민에 유포시키는 데 중요한 몫을 담당한 사람들 중에 각종 경연 대회의 심판원들도 포함돼 있다는 것은 아무래도 잘 이해되지 않는다. 소요의 막후 조종자나 그들에게 사주된 이상주의자들 또는 그 같은 견해에 비판 없이 말려든 예인들이나 일반 시민들과는 달리, 경연 대회의 심판원들은 일종의 전문가들이었다. 다시 말해, 어떤 사물에 대해 비평이란 그 본질에 대한 깊은 통찰과 이해에서 출발하는 것으로서, 그들 심판원들도 바로 거기에 의지해 수많은 경연 대회에서 여러 가지 등급을 매기고 투표 항아리에 가부(可否)의 표시를 던져왔다. 그런데도 그들은 오히려 단순히 일반 시민들보다 먼저 예술에 대한 그런 목적적인 명제에 말려들어 거기에 맞게 활동하는 예인들에게는 이전의 그 어떤 경연 대회에서 받은 월계관보다 더욱 영광스러운 언어의 월계관을 씌워 주었다. 사람의 소신(所信)이나 견해는 경우에 따라 변할 수도 있는 법이지만, 확실히 그들 중 몇몇에게서는 이른바 의식 있는 대중의 인기를 겨냥한 고급한 통속을 의심할 만한 데가 있었다.

어쨌든 그들 심판원들의 지지는 결정적이었다. 오랜 세월 심판원으로 종사하면서 획득한 권위를 들어 예술의 그 같은 변질을 환영할 만한 것으로 승인했을 뿐만 아니라, 그들 자신의 전문적인 지식과 논리의 기교를 다하여 그 이론적인 근거까지 마련해 준 까닭이었다.

물론 그런 현상은 오래전 아테네에서도 일종의 문화적인 유행으로 시민들의 의식을 휩쓴 적이 있고, 또 정치적 변혁의 과정에서 예술이 그 독특한 설득력으로 협조하는 것도 드문 일은 아니다. 그러나 이 아테르타 시에서는 실속도 없이 너무 목소리가 높았으며, 자기들 이외에는 일체의 가치를 인정하지 않음으로써 내부의 반이론(反理論)을 급속하게 성장시키는 어리석음을 저지르고 말았다. 그것이 결국 요란하게 짖고 까분 것은 자기들끼리만이거나 극장 또는 경연장 안에서였을 뿐 예술을 빈 그들의 주장이 일반 시민들을 행동화하는 데는 무력했던 원인이 되었을 것이다.

그사이에도 크고 작은 소요는 연일 계속되었다. 이미 넌지시 밝힌 바 있듯 어떤 이념적인 원인에서보다는 소요 자체가 가지는 확산 작용 때문이었다.

정치적인 불만은 한번 참지 못하고 폭발하게 되면 계속하여 참을 수 없게 되고 만다. 아테르타 시도 마찬가지여서 애매하고 우발적인 대로 첫 번째 소요가 있게 되자 그다음은 합법적인 절차에 의해 충분히 시정될 수 있는 불만들도 소요의 형태로 폭발하였다.

거기다가 저절로 가라앉기를 단념한 티라나투스가 강경하게 대처하자 소요의 규모는 더욱 커져갔다. 왜냐하면, 한 사람이 체포되면 다섯 명의 친구와 열 명의 친척이 적극적인 적대자가 되고, 스무 명의 이웃이 다음 소요에 가담했으며, 한 사람이 부상당하면 그 배(倍)의 적대 세력이, 그리고 사망할 경우에는 그 배(倍)의 배가 되는 적대 세력이 생겨났기 때문이었다.

그리하여 — 그렇게 확대된 소요는 다시 티라나투스의 통치 아래서는 도저히 떳떳하게 살아갈 수 없는 정치범들을 대량으로 만들어내고, 시민들은 더 이상 이성적으로는 이해될 수 없는 이상한 열기에 사로잡혔다. 뒷날의 혁명 이론을 적용시켜 그 소요를 일종의 혁명으로 보면, 그것은 어느새 중반기로 접어든 셈이었다.

군중도 그사이 많이 달라져, 선동자의 감정적인 구호와 일시적인 행동 통제로 그때그때마다 산발적인 체계와 조직을 가졌던 초기의 그 다중(多衆)은 아니었다. 비록 그들이 모르는 사이에 구성되어 막후에 숨겨져 있기는 하였지만 그래도 고정적인 지도층과 수뇌부를 가진 반란 시민단으로 변질해 갔다. 앞에서 말한 바 있는 자생적(自生的)인 지도층과 도편추방에서 돌아온 크고 작은 야심가들이 손을 잡은 결과였다.

시(市)의 무기고는 티라나투스 일파에게 독점되어 있었고, 시민들이 합법적으로 무기를 소지할 수 있는 길 또한 새로운 법령으로 막혀 있었지만, 군중들의 폭력도 차츰 무장되어 갔다. 겉으로는 티라나투스의 편인 것 같아도 속으로는 군중들에게 남몰래 무기와 자금을 대는 부호들이 하나둘 생겨나기 시작했으며, 이웃 도시 무기 제조업자들의 집요한 상혼(商魂)은 후불(後拂)로 아테르타의 소요 군중에게 무기를 공급해 주었다.

그러나 무엇보다도 빠뜨릴 수 없는 것은 군중들의 심리적인 변화였다. 증가된 대항(對抗) 엘리트의 냉철하고 교묘한 이론과 본격적인 활동을 시작한 직업적 선동가의 신랄하고 절실한 선동 속에서 처음의 불안, 처음의 요구들은 잊힌 지 오래였다. 눈에 보이지 않는 사상 통제와 반복 구호의 홍수 속에 개성은 흔적 없이 파묻혀버리고, 가치 박탈(價値剝奪)의 체험이나 사적 권익의 침해에 대한 불만은 물론, 나름대로의 고매한 정치 이상이나 변혁에의 순수한 열정 같은 것들도 모든 반(反)압제의 대의(大義) 아래 원래의 의미를 잃어버렸다. 대신 정형화(定型化)된 구호와 선전만이 그들을 충동할 뿐이었다.

이를테면, 변질 후의 군중을 자극하는 데 한동안 가장 큰 효과를 거둔 것은 지도자로서의 미화(美化)와 허구를 잃어버린 티라나투스에 대한 험구와 비난이었다.

"수많은 시민들이 굶주리고 있는데도 참주(이때를 앞뒤해서 티라나투스의 공식 칭호는 참주가 된다.)는 하루 한 마리의 살찐 양과 두 마리의 가금(家禽) 그리고 몇 광주리의 질 좋은 과일을 먹어 대며, 그 몇 배를 여러 가지 구실로 비축한다. 때문에 우리 가난한 과부의 한 마리뿐인 양이 징발당하고, 홀아비 농부의 씨암탉이 차압되며, 황무지에서 피땀으로 거둔 과일이 싼값에 강제 매상당한다. 대식(大食)하는 참주를 방벌(放伐)하라."

"수많은 시민들이 헐벗고 있는데도 참주는 하루 세 번씩 옷을 갈아입고, 또 한 번 입은 옷은 다시 입지 않기 위해 없애 버린다. 때문에 궁한 직인(職人)이 밤새워 짠 직물은 전매품(專賣品)이 되어 매매 금지에 떨어지고, 혼숫감으로 애써 마련한 노처녀의 수단(繡緞)은 공출을 강요받는다. 사치하는 참주를 추방하라."

"수많은 시민들이 노천에서 밤이슬을 맞으며 잠자는데 참주는 쫓겨난 폭군[前王]의 궁궐보다 더 큰 저택을 지었다. 때문에 부근의 수많은 민가가 헐리고 시민들은 변두리의 움막으로 쫓겨났다. 시(市)는 과중한 성금에 시달렸으며, 수백의 시민들은 노예처럼 혹사당했다. 폭군을 흉내 내는 참주를 추방하라."

"이미 죽은 영웅들 중에도 석상을 가지지 못한 이가 있는데 참주는 거리마다 자신의 석상을 세웠다. 때문에 도시에서 질 좋은 대리석은 모조리 거두어졌고, 심지어는 성스러운 신전의 축대까지 뽑히었다. 불경(不敬)과 독신(瀆神)의 참주를 추방하라."

"아테네와 우리는 대등한 동맹 시인데도 참주는 페리클레스 앞에서 천한 종자(從者)처럼 굴었다. 때문에 아테네 사람들은 그를 경박한 아첨꾼으로 보고 그의 지도를 받는 우리들을 야만인으로 취급하고 있다. 비굴한 참주를 추방하라."

이 같은 구호들은 언뜻 보기에는 유치하고 단순해 보이지만 그것이야말로 노련한 선동가들의 힘들인 고안이었다. 가령 대식(大食)에 관한 것만 해도, 당장에 배고픈 군중들에게 티라나투스가 자기의 추종자들과 사병들을 위해 국고에서 빼돌린 수천 탈란트의 돈을 말한들 그게 무슨 실감이 나겠는가? 그보다는 한 끼에 살찐 양을 두 마리씩이나 먹어 대는 그의 대식이 상징적이긴 하나 훨씬 밉살맞게 느껴질 것이며, 실제로도 군중들은 그런 종류의 구호만 들으면, 그 진위(眞僞)도 묻지 않고 마치 최면술에 걸린 것처럼이나 성나 외치며 거리를 내달렸다.

그러다가 군중이 제법 정연하게 조직된 무장 단체로 변해 갈 때쯤 폭풍의 눈은 참주를 떠나 그의 애첩(愛妾)에게로 향했다. 하지만 그 애첩에서 비롯된 논란은 티라나투스에게 가해졌던 그 어떤 비난이나 험구보다 더욱 애매모호하다. 사실 아테네의 어떤 참주는 첩을 아홉이나 두었다는 기록이 남아 있고, 또 티라나투스에게도 첩이 없었다고 잘라 말할 수는 없으나, 아마도 그 논란은 앞서의 구호들보다 훨씬 강한 상징성을 띤 어떤 것으로 이해하면 크게 틀리지는 않을 것이다.

아테르타는 관례로 지도자에게 한 사람의 애첩을 허용하고 있었고, 또 그에 따라 티라나투스에게도 몹시 총애하는 여자가 하나 있다는 소문은 벌써 오래전부터 거리를 떠돌고 있었다. 그러나 그것은 성벽처럼이나 높다란 담장과 삼엄한 은갑대의 창칼과 쇠창살의 창문과 두터운 커튼 뒤의 일이었다. 일반 시민들 중에서 그때껏 그녀를 본 사람은 아무도 없었으며, 그녀에 관한 모든 지식도 대개는 몇 다리를 걸친 간접적인 정보에 의한 것뿐이었다.

그런데 근년에 접어들면서부터 그녀에 대한 지식이 시민들 사이에서 제법 구체화되는 경향이 있었다. 예를 들면, 그녀의 용모는 더할 나위 없이 아름답지만, 쌀쌀해 뵈는 날카로운 콧날에 비해 눈길이 지나치게 음란하다든가, 혹은 성격은 치밀하고 사려 깊지만 때로 가혹하리만큼 비정한 데도 있다는 따위였다.

그러다가 첫 번째 소요가 일기 직전에는 그녀의 출신에 대한 추측이 아테르타 시 일부에서 은밀하게 나돌았다. 비록 티라나투스의 추종자는 아니지만, 한때 그 측근에 있으면서 먼빛으로 그녀를 본 적이 있노라는 어떤 시민이 그녀에 관해 처음으로 밝힌 것은 티라나투스가 쫓겨난 폭군에게서 그녀를 물려받은 것 같다는 추측이었다. 옛 폭군의 궁전에서도 그녀를 본 적이 있다는 게 그 근거였는데 그러나 그 추측은 이내 부인되었다. 그때만 해도 성실하고 정의감에 가득 차 있었던 티라나투스가 자기가 축출한 폭군의 악덕을 단 하나라도 물려받았을 리 없다는 것이었다. 대신 새로이 떠돌게 된 추측은 그녀가 티라나투스의 폭군 추방에 무언가 중요한 몫을 하고 그 대가로 그의 총애를 사게 된 것이리라는 내용이었다. 지금처럼 소요가 일어 옛 폭군의 몰락이 상당히 뚜렷한 징후로 나타났을 무렵, 그녀 쪽에서 자진하여 그때껏 섬겨오던 옛 폭군을 배신하고 티라나투스에게로 구애해 왔다는 것으로서, 그걸 주장하는 이들도 그녀의 출신 성분에 대한 것은 잘 모르는 것 같았다.

그러나 그녀에 관한 공론이 식자(識者)들 간에 무슨 유행처럼 번지기 시작했다. 어떤 사람은 그녀를 예로부터 제우스가 땅의 통치자에게 주어온 특권이라고 했고, 어떤 이는 그녀를 데메테르(여기서는 대모신(大母神))의 딸이라든가 원래 왕과 같은 권위를 가졌던 여신관(女神官)의 후예라고도 했다. 그러나 그 낡은 신화는 이미 사왕국(四王國)의 쇠퇴 이후로 설득력을 잃고 있었다. 그렇게 되고 보면 그녀는 부득불 땅으로 내려오지 않을 수 없었는데, 거기서도 의견은 분분했다.

어떤 사람은 그녀가 보잘것없는 하층 계급 출신으로 그 타고난 아름다움과 재치로 티라나투스를 홀렸다고 했고, 어떤 사람은 양가의 딸로 호색한 티라나투스가 납치해 간 것이라고도 했다. 거리의 시궁창에 함부로 몸을 굴리던 여인을 재물로 사들였다는 사람도 있고, 이웃 종족의 왕녀(王女)를 힘으로 빼앗아 왔다는 설도 있었다. 그러나 한편에서는 그녀가 어디까지나 합의에 의해 티라나투스에게 바쳐진 것이라는 주장도 나왔다. 기억을 못해서 그렇지, 그녀는 바로 시민 자신들에 의해서 맡겨진 여인이라든가, 혹은 몇몇 부유한 상인들이 보다 큰 이권(利權)을 얻어내기 위해 바친 것이라든가 하는 따위가 바로 그것이었다. 가만히 종합해 보면 어딘가 권력 내지 국가의 발생에 대한 여러 학설을 상기시키는 데가 있다. 이 애첩에 관한 이야기를 사실(史實)로서보다는 어떤 상징성을 띤 희화로 본 앞서의 가정(假定)은 아마도 온당한 것 같다. 그러나 유감스럽게도 그녀의 출신에 관한 이 구구한 논의는 결론을 얻지 못한 채 그녀의 본질에 관한 논의로 넘어감으로써, 티라나투스의 몰락을 한 걸음 앞당기게 된다.

논의가 전개되던 과정에서의 우여곡절을 생략하고, 티라나투스의 적대자들에 의해 의도적으로 유도된 혐의가 짙은 그 결론은 이러했다. 요컨대 그녀의 본질은 주위에 전염병과도 같은 기아 심리(飢餓心理)를 퍼뜨리고, 그녀를 소유한 자를 부패시키며 마침내는 치욕 속에 떨어지게 만드는 어떤 것이었다. 그리하여, 원래 선량하였거나 적어도 평범은 하였던 지도자 티라나투스를 오늘과 같이 지탄받는 참주로 만든 것은 순전히 그녀의 그 같은 악덕 때문이었다고 한다. 그의 대식은 보통 아닌 그녀의 색정을 만족시키기 위한 역사(力事)의 결과이며, 그의 사치도 그녀의 변덕을 만족시키기 위한 노력에 지나지 않았다.

거기다가 더욱 큰 비난의 대상이 된 그녀의 악덕은 단정하지 못한 행실이었다. 그녀는 티라나투스의 측근이면 누구에게나 서슴없이 추파를 던지며, 은갑대의 대장이나 밀정의 우두머리와는 오래전부터 정을 통해 온 사이였을 뿐만 아니라 때로는 뒷골목 불량배의 두목이며 거리의 미청년(美青年)들과도 거리낌 없이 야합(野合)한다는 소문도 있었다. 심하게는 티라나투스의 정적(政敵)들이나 소요 군중의 지도자들과도 내통하고 있다는 소문까지 나돌았다. 어디까지가 진실이고 어디까지가 조작인지, 그리고 어디까지가 비유이고 어디까지가 역사적 사실인지 얼른 알아낼 수가 없는 그녀의 악덕이었다.

그런데 한 가지 이상한 것은 그런 그녀에게 흥분하는 군중의 태도였다. 대의는 그 같은 악부(惡婦)를 이 아테르타에서 제거하기 위해, 그녀에게 홀려 있는 티라나투스와 그를 옹호하는 여러 권력 장치를 타도해야 한다는 데 있었지만, 그걸 외치는 군중에게는 어딘가 석연하지 못한 데가 있었다. 순수한 이념 이상의 어떤 왜곡된 욕정이 그 외침 속에 섞여 있었기 때문이었다. 짐작건대는, 그녀에 대한 갖가지 극렬한 험구 뒤에 반드시 붙기 마련인, 그녀가 굉장한 미인이며 방사술(房事術)의 기교 또한 놀랍다는 풍설이 그들 군중의 의식 깊은 곳에서 어떤 미묘한 작용을 하고 있음에 틀림없었다.

그 밖에 그녀에 관한 논의 중에는 일시 원론(原論)적이고 추상적인 방향으로 군중을 이끌어간 것도 있었다. 주로 그때껏 아무런 비판 없이 허용해 온 애첩 제도(愛妾制度) 자체에 관한 것인데,

한때의 극단한 결론은 일쑤 지도자를 부패와 치욕에 빠뜨리는 그 위태롭고 해로운 제도를 철폐해야 한다는 것이었다.

"성적(性的)인 것에의 의지는 인간의 의지 중 가장 치열한 것 가운데 하나이며, 그것에 대한 보상 또한 인간을 가장 크게 격려할 수 있는 것들의 하나이다. 그런데 우리들의 제도는 지도자 하나에게만 애첩을 허용하고 있어 만약 지도자가 어리석으면 그녀는 격려가 되기보다는 오히려 해악이 된다. 그럴 바에야 차라리 이 제도를 폐지하자. 그녀를 시민 모두의 공유(公有)로 하여 그녀가 더 이상 이 아테르타를 해치지 못하게 하거나, 아니면 아예 그녀를 이 도시에서 내쫓고 우리 모두가 절제함으로써 지금 이 도시가 겪고 있는 불행을 예방하자."

대개 그런 주장이었는데, 불행히도 그것은 극히 일부분의 군중에게만 감명을 주었을 뿐, 그리 큰 반응을 얻지 못했다. 아직도 잘만 운영되면 그 제도가 자기들의 도시에 이익이 될 수 있다고 믿거나, 어쩌면 자신에게도 그녀를 차지할 기회가 올지도 모른다고 생각하는 야심적인 시민이 군중의 대부분을 이루고 있는 탓이었으리라.

그러면 여기서 잠시 군중을 떠나, 그에 대응하고 있는 티라나투스 일파의 동정(動靜)에 유의해 보자.

겉으로는 합법성과 정통성을 독점하고 있었지만, 티라나투스를 뺀 나머지 추종자들은 처음 대개가 무정견(無定見)하고 피동적이며 비판 능력이 마비된 상태였다. 그러던 것이 소요가 점차 정치적인 변혁으로 진행됨에 따라 그들도 차츰 비판적이고 능동적인 사고 주체로 변해 갔다. 뒷날의 역사에서도 흔히 볼 수 있는 변화로서 그것은 대개 두 개의 상반된 방향을 향해서였다.

그 한 방향은 시민들의 불만과 개혁 의지를 수긍하고, 소요 군중에게 은근한 동정을 느끼는 쪽이었다. 그러나 거기에 대응하는 행동 양식으로 보면 그들은 다시 둘로 갈라졌다. 그 하나는 흔연히 티라나투스의 진영을 벗어나 군중 속으로 뛰어드는 적극파였고, 다른 하나는 어디까지나 티라나투스의 진영에 남아 '위로부터의 개혁'을 꿈꾸는 온건파였다. 얼핏 보아서는, 유혈(流血)과 파괴를 피할 수 있는 온건파 쪽이 훨씬 현명해 보이지만, 이미 충돌한 양편의 상반된 이익을 새삼 조정하고 중재할 수 있다고 보는 그들의 낙관론은 대개 끝내는 깨어지게 되어 있는 미신에 지나지 않았다.

한편 다른 한 방향은 시민들의 불만과 개혁 의지를 정면으로 부정하고, 그 소요에 분노와 혐오를 느끼는 쪽이었다. 오랜 기간 티라나투스의 그늘에서 시민들을 다스려오는 동안에 몸에 밴 독선과 경직성에서 벗어나지 못한 탓인데 그런 경향은 특히 티라나투스가 서 있는 권력의 정점에 가까운 자들일수록 심했다. 대개는 어쩔 수 없이 티라나투스와 운명을 같이하기로 예정되어 있는 사람들이었다. 그런가 하면, 시민들에게서와 마찬가지로 티라나투스 또한 그 어디에도 속하지 않는 다른 한 무리의 추종자들을 가지고 있었다. 쉽게 말해서 기회주의자들로서, 양다리를 걸치고 있는 그들은 어느 편이 승리하든 그 편의 동료였음을 인정받기 위해 티라나투스와 군중 사이를 시계추처럼 왔다 갔다 하였다.

물론 그 모든 분파의 비율이 항상 일정했던 것은 아니었다. 대체로 소요의 진전과 비례하여 변해 갔으니 — 소요 군중이 기세를 떨치면 떨칠수록 티라나투스에게 충성하는 패거리의 비율은 눈에 띄게 줄어들어 갔다. 크게 뜻밖은 아니지만, 그 같은 현상이 자기들이 의지해 온 표현적(表見的)인 합법성이나 정당성에 대한 회의 때문이 아니라, 한 줌의 실리(實利)나 길게 끌어 봐야 그리 대단할 성싶지도 않은 목숨을 위해서였다는 사실은 듣는 이에게 까닭 모를 쓸쓸함을 느끼게 한다.

그리하여 이제는 완전히 무장된 시민군으로까지 성장해 간 군중이 전면적인 봉기 날짜를 두고 열띤 토론을 벌이고 있을 무렵, 티라나투스의 진영에는 다만 깊은 고뇌에 젖은 소수의 권력 핵심과 죽음을 각오한 몇몇 충성파, 그리고 너무도 그 악명이 널리 알려져 군중에게 투항해도 받아들여지지 않을 약간의 추종자들만이, 사병화(私兵化)한 은갑대와 신성대를 친위군(親衛軍) 삼아 거느리고 있는 티라나투스와 함께 남아 있었다. 물론 수적으로는 그 모든 인원을 합친 것보다 몇 배나 많은 민병(民兵)들이 아직 그들 편에 있었지만, 티라나투스 일파가 독점하고 있는 표현적인 합법성에 의해 징집에 응한 그들은 언제든 때가 되면 칼끝을 돌릴, 반티라나투스 시민군의 잠재력에 가까웠다.

아테르타 시민들의 전면적인 무장봉기는 생각보다 빨리 있었다. 사태도 대략 그들의 지도층이 예측한 대로 진전되어 — 며칠 되기도 전에 티라나투스를 지지하던 모든 권력 조직과 권위 체계는 군중에게 접수되거나 깨끗이 소멸되어 버렸다. 티라나투스 일파가 줄곧 걱정해 온 대로 표현적인 합법성의 한계가 드러나, 징집되어 와 그들 편에 있던 민병들이 일시에 군중과 합세해 버린 탓이었다. 남은 것은 오직 언덕 위에 음울하게 서 있는 티라나투스의 저택뿐이었다.

성급한 승리감에 젖어 저택을 포위한 군중과는 달리, 지도층의 정확한 눈으로 보면 그곳이 가장 큰 난관이었다. 원래도 성채와 다를 바 없이 견고하게 지은 그 거대한 저택은 소요가 일기 시작하면서 점점 더 보강되어 그 무렵에는 난공불락의 요새와 다를 바 없었다. 그러나 그보다 훨씬 두려운 것은 그 저택이 담고 있는 저항력이었다. 그 속에는 비록 궁지에 몰려 있기는 하지만 아직 장군(스트라테고스)의 권위를 유지하고 있는 티라나투스가 소수이기는 해도 정예한 참모들을 거느리고 있었고, 얼마 전까지만 해도 온전히 독점하고 있던 합법성 덕분에 아테르타에서는 가장 우수한 장비와 훈련된 병사를 가진 은갑대와 신성대도 싸움으로 잔뼈가 굵은 용병(傭兵) 출신의 고급 지휘관들과 함께 고스란히 남아 있었다. 그것도 한결같이 이기지 않으면 죽을 수밖에 없는 자신의 운명을 잘 아는 사람들이었다.

그 밖에 아테네를 비롯한 이웃 도시들의 반응도 문제였다. 고

지식한 스파르타는 아테네와의 화평 조약을 내세워 군중을 직접으로 돕기를 거절한 반면 아테네와 몇몇 도시들은 티라나투스에게 원군(援軍)을 보낼 준비를 하고 있다는 소문이었다. 아테르타와 같은 소요가 자기들의 도시에 파급되는 것을 두려워하거나 전부터 티라나투스와 친분이 두터운 집정관 또는 장군들이 통치하는 도시들이었다.

만약 충분한 식량과 무기를 확보하고 있는 티라나투스 일파가 그들의 원군이 도착할 때까지만 버틴다면 그 뒤의 결과는 아무도 예측할 수 없었다.

거기다가 군중의 동태도 지도층에게는 걱정이었다. 오랜 소요와 혼란을 겪어오는 동안 그들에게도 조금씩 피로와 염전(厭戰)의 기색이 드러나고 있었다. 아니 그 이상 며칠만 더 싸움이 계속되면 희생을 치르더라도 빨리 결말을 짓지 않으면 안 된다. — 그것이 지도층의 공통된 결론이었다.

그리하여 소요의 발생 이래 가장 처참한 유혈과 파괴가 티라나투스의 저택을 둘러싸고 몇 날 몇 밤을 계속되었다. 양쪽 모두 수많은 사람이 다치거나 목숨을 잃었고, 언덕은 그을리고 파헤쳐진 흙더미처럼 변했다. 그러나 끝내 대세는 기울어져 승리는 수와 기세에서 우세한 군중의 것이 됐다. 굳게 지키기만 하면 이웃 도시의 원군들이 폭도들을 돌파하고 자기와 추종자들을 구해 주거나, 마침내 파괴와 혼란에 지친 폭도들이 스스로 지리멸렬하여 물러가리라는 티라나투스의 기대는 한낱 허망한 환상으로 끝나버렸다.

성벽 같은 담은 부서지고 참호는 메워졌으며, 보루는 무너지고 목책은 불탔다. 그리고 그와 함께 마지막까지 피투성이 저항을 계속하던 은갑대와 신성대도 온전히 괴멸하고 말았다.

참으로 길고 괴로운 투쟁과 크고 가슴 아픈 희생의 대가였으나, 막상 모든 장애를 제거하고 폐허처럼 괴괴한 저택으로 들어서자 군중은 일종의 허탈에 빠졌다. 그간의 일은 모두가 한순간의 일로 착각되었으며, 모든 것이 쉽게 이루어진 듯한 느낌 때문이었다. 어떤 이에게는 아무런 저항도 없다는 것이 오히려 야릇한 쓸쓸함으로까지 느껴졌다.

군중은 티라나투스마저도 자기들이 어지러이 날려 보낸 비행무기에 숨을 거둔 것으로 알았다. 그러나 아니었다. 습관이 된 방화와 파괴로 그 거대한 저택의 방실(傍室)을 하나하나 점령해 가던 그들은 뜻밖에도 그 한곳에서 마지막 독배(毒盃)를 들고 있는 티라나투스와 마주쳤다. 두터운 벽과 청동 판을 씌운 겹문으로 거의 장갑(裝甲)되다시피한 어느 넓고 화려한 방실에 힘들여 난입했을 때의 일이었다. 이미 모든 것을 잃었지만, 무엇인가 깊은 회상에 잠겨 있는 듯한 티라나투스에게는 그래도 한때 이 도시의 최고 지도자로 군림했던 인물의 용자(勇姿)가 남아 있었다. 이상한 위엄이 침중한 비극감과 함께 무슨 후광처럼 그의 주위를 감싸고 있었으며, 산악처럼 태연한 자세와 조금도 위축된 기색이 없는 목소리는 죽음을 초월한 어떤 당당함으로 군중을 압도했다.

"조용히 하라. 그리고 잠시만 기다려 달라. 나의 사랑이 저 휘장 뒤에서 최후의 단장을 마칠 때까지만, 내가 지금 잠겨 있는 이 감미롭고 행복한 회상에서 평화롭게 깨어날 때까지만, 그리하여…… 한때 나를 신애(信愛)했던 동료 시민들이여, 나를 내 불변의 사랑과 함께 조용히 떠날 수 있도록 아량을 베풀어 달라. 이미 독당근의 즙이 심장을 향하고 있으니 이제 나는 머지않아 스스로 떠나리라. 대지로부터, 대지의 총아 아테르타로부터, 그리고 그대들의 불쾌한 기억으로부터."

그러면서도 그의 눈은 형언할 수 없는 애정으로 실내를 가로지른 두터운 휘장을 꿰뚫듯 응시하고 있었다. 만약 그때 다시 선동가의 목소리가 다시 그들을 충동하지 않았던들, 군중은 언제까지고 기다려줄 것 같은 숙연한 감동에 젖어 있었을런지도 모른다.

"시민들이여, 잊었는가? 저자가 우리를 압제하던 자, 우리의 부모 형제를 살육하고, 단란하던 보금자리를 불태운 자다. 저자를 죽여라. 정당한 분노의 돌로 저자를 쳐라."

선동자가 그렇게 외치며 들고 있던 흉기로 티라나투스를 내려치자 군중들에게도 이제는 거의 어떤 강박관념이나 습성과도 같아진 분노와 흉포성이 발작하였다. 일순의 숙연한 감동을 부끄러워하듯이나, 이내 갖가지 무기가 티라나투스를 난자하고, 마침내 티라나투스의 영혼은 다져진 고기처럼 된 육신을 떠났다.

그 피로 다시 발광한 군중은 뒤이어 티라나투스의 애첩이 단장을 하고 있던 휘장으로 짓쳐들었다. 그런데 가장 멋없고 기이한 종말이 그 순간에 왔다.

미처 군중들의 손에 찢혀지기도 전에 갑자기 그 휘장이 스스로 열리며 결혼식의 신부처럼 단장한 여인이 걸어 나왔다. 바로 말로만 듣던 티라나투스의 애첩이었다. 작은 공포의 그림자도 없이, 그리고 고기처럼 다져지던 순간까지도 그녀를 연연해하며 떠난 옛 정부(情夫)의 시체에 대해서도 희미한 연민의 눈길조차 없이, 수줍은 듯 두 눈을 내리깔고 군중을 향해 똑바로 걸어 나왔다.

오히려 까닭 모를 당황과 요의(尿意)와도 흡사한 욕정에 젖어 길을 내준 것은 민중 쪽이었다. 그 눈부신 아름다움에 비정한 선동가조차도 말문이 막혀 가만히 보고만 있었다. 그녀는 마치 결혼행진곡에 발을 맞추듯 경쾌한 걸음으로 그런 군중 사이를 헤쳐 나갔다. 그러자 저만큼 군중의 배후에서 한 사내가 나타나 서슴없이 안겨 오는 그녀를 당연한 듯 끌어안았다.

이 사내, 대부분의 군중들에게는 마치 땅바닥에서 돌연히 솟아 오른 것처럼만 느껴지는 이 사내는 누구였을까? 억눌리고 마비된 시민의 의식에 최초로 각성의 일섬(一閃)을 던지고는 사라져 버린 소피클레스 또는 그 같은 배움과 지식의 사람이었을까? 아니었다. 그러면, 그렇게도 절실하고 격렬한 구호로 막연한 시민들의 불만을 구체적인 군중의 소요로 바꾸어 놓은 선동자들 중의 하나였을까? 역시 아니었다. 번쩍이는 예지와 달변으로 티라나투스 일파의 반동이론(反動理論)을 여지없이 분쇄하던 이론가? 소요 군중을 시민군으로 개편하여 선두에서 지휘하던 군략가(軍略家)? 군수와 병참에서 놀랄 만한 수완을 보인 이재가(理才家)? 갖가지 자극적인 풍자시(諷刺詩)를 읊고 티라나투스조차 간담이 서늘해질 정도의 고발극(告發劇)을 쓰고, 소요 군중을 고무하는 행진곡을 짓던 그 예인의 무리? 그러나 그 누구도 아니었다. 군중에겐 거의 낯설었지만 의심할 바 없이 아테르타에서 가장 위대한 시민인 그분, 그 어려운 변혁의 과업이 진행되는 동안 지도층에게 영감(靈感)처럼 내려왔던 모든 효과적인 지령(指令)의 주인이었다.

물론 그의 등장에 반발이 전혀 없었던 것은 아니었다. 시민들 중에 그를 알아본 몇몇이 그를 새로운 티라나투스라고 말했다가 어디론가 보이지 않는 손에 끌려갔다. 그는 한낱 패배한 티라나투스의 옛 정적(政敵)으로서, 음험한 야심이나 그 야심을 실험하기 위한 무자비한 수단도 티라나투스와 크게 다를 바 없는 인물이다. 그를 위대하게 만든 것은 이 소요를 신분 상승의 기회로 삼은 추종자들이 조작하여 퍼뜨린 그의 신화(神話)가, 그런 시기에 흔히 시민들을 사로잡는 일종의 메시아니즘[救援心理]에 의해 비판 없이 받아들여진 탓일 뿐이다. — 이것이 끌려 나간 이들의 폭로였다.

그 밖에도 이상한 욕정에 눈먼 몇몇 지도적인 시민이 불사조처럼 살아남은 티라나투스의 애첩에게 공공연한 구애를 표시하다가 티라나투스의 잔당이라는 혐의로 체포되고, 더 많은 그 변혁의 중추적 인물들이 그녀의 공유를 주장하다가 그 방에서 무력하게 쫓겨났다. 그녀를 처형하고, 그녀의 존재를 필요로 하는 모든 제도는 철폐해야 한다고 주장한 사람들의 운명도 앞서의 시민들과 크게 차이 나지 않았다.

그리하여 방 안에 온전히 침묵만 남게 되었을 때, 새로운 지도자는 군중을 향해 엄숙히 선언했다.

"여러분, 모든 것은 우리 시민들이 원하는 바대로 이루어졌소. 참주는 타도되었고 자유와 평등과 풍요로운 도시로의 전망을 얻었소. 신들의 은총이오. 우리들의 사랑인 이 도시 아테르타를 휩쓸던 태풍은 사라졌소. 이제는 모두 돌아갈 때요. 가정과 생업으로, 분별 있고 명예를 아는 시민으로. 그리하여 스스로 세운 법과 질서 아래서 바야흐로 번영하고 성취할 때요."

그러고는 새로 얻은 애첩의 교태로운 허리에 팔을 감은 채 화려한 휘장 뒤로 사라졌다. 거기에는 살해된 티라나투스의 안락하고 호화로운 침대가 있을 것이었다. 새로운 은갑대가 휘장 앞을 경계해 늘어서고, 군중은 하나둘 침묵 속에 흩어져 갔다.

그 뒤 아테르타의 역사는 한마디로 비사(悲史)라고 할 수밖에 없다. 예상과는 달리 끝내 티라나투스의 몰락을 방관한 아테네는 새로운 지도자가 집정관(執政官)으로 자리를 굳히기 바쁘게 속셈을 드러냈다. 늘어난 델로스동맹 군자금 청구서가 그것이었다. 아테르타는 그 동맹에 함대와 선원을 내지 않고 돈으로 대납해 왔는데, 교활한 페리클레스는 아테르타의 정변을 이용해 할당금을 올렸고, 새로운 집정관은 자신의 정통성과 합법성을 아테네로부터 승인받기 위해 울며 겨자 먹기로 그것을 받아들이지 않을 수 없었다.

그다음은 스파르타의 횡포였다. 약간의 식량과 무기를 대준 것밖에 없으면서도 스파르타는 새로운 집정관을 마치 자신들의 속관(屬官) 다루듯 했다. 그 단적인 표현이 아테르타로 하여금 델로스동맹을 이탈하여 펠레폰네소스동맹에 가입하라는 요구였다. 요란하기만 하고 실속 없이 끝난 변혁은 다만 새로운 상전(上典)을 하나 더 만든 셈이었다. 결국 견디다 못한 아테르타는 전보다 훨씬 밀접하게 아테네와 결속함으로써 스파르타의 횡포를 면해 보려 했지만, 그거야말로 아테르타의 마지막이자 돌이킬 수 없는 실수가 되고 말았다.

기원전 431년 여름, 마침내 펠레폰네소스전쟁이 터지자 스파르타 왕 아르키다모스는 희랍 최강의 육군을 이끌고 아티카로 침입했다. 그들은 농성 작전(籠城作戰)을 펴는 아테네에 대한 대응책으로 그곳의 올리브 나무들을 모두 베어버렸는데, 아테네의 동맹시 중에서 가장 먼저 아티카의 올리브 나무 꼴이 된 것은 아테르타였다. 스파르타 육군은 아티카로 가는 길목에 있는 아테르타를 배은(背恩)의 죄를 물어 유례없이 철저하게 파괴하고, 살아남은 시민들은 코린트를 비롯한 인근의 펠레폰네소스동맹 시로 흩어버렸다.

그런데 여기서 꼭 하나 덧붙이고 싶은 것은 자신의 문의(問疑)로 시작된 아테르타의 소요가 어이없는 결과로 끝났을 때, 소피클레스가 했다는 말이다. 무력한 자신의 배움과 지식을 스스로 위로한 것인지, 성숙하지 못한 동료 시민들의 의식을 한탄한 것인지, 아니면 그 두 가지를 모두 잘 알면서도 일을 벌인 동류(同類)들의 무모함을 일깨우는 것인지는 알 수 없지만, 한 시민으로부터 일의 결말을 전해 들은 그는 이렇게 중얼거렸다고 한다.

"칼레파 타 칼라(Χαλεπα Τα Καλα)."

좋은 일은 실현되기 어렵다는 뜻이었다.

(1982년)

약속

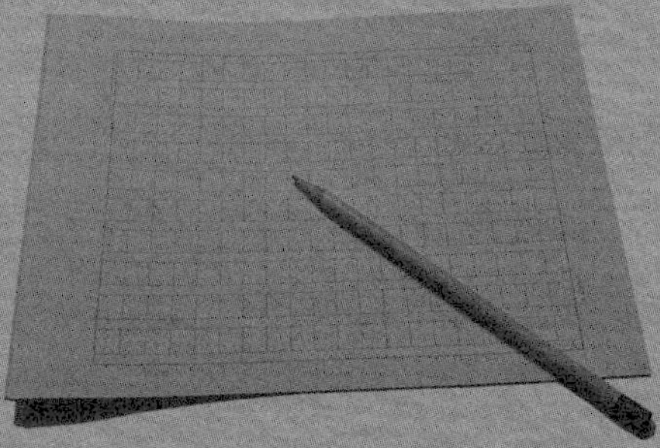

젊고 유능했던 사법관 한만운(韓萬雲)이 갑작스레 죽었을 때, 그를 아는 사람들은 모두 애석함과 아울러 솟아나는 의혹을 누를 길이 없었다. 30대(代)로 아직 초반인 나이도 나이려니와 곧고 바른 인품이나 사법관으로서 남다른 재질은 전부터 여러 사람의 촉망을 받아온 터였다. 거기다가 무슨 남모를 지병(持病)이 있는 것도 아니었고, 또 죽을 무렵 하여 특별한 사고나 심한 외상(外傷)을 입은 일도 없었다. 실로 하룻밤 새 거짓말처럼 숨져버렸다고 말할 수밖에 없는데, 그 돌연한 죽음의 암시라야 기껏 그 전날 밤의 몇 가지 유별난 행동 정도였다.

그 하나는 그 저녁 그가 아직 신혼과 다를 바 없는 아내를 홀로 두고 서재에서 밤을 새웠으며, 그 서재에는 새벽까지 불이 켜져 있었다는 것이었다. 이웃의 젊은 부인네들이 부러워할 만큼 사랑하던 아내인 데다 혹 서재에 볼일이 있어도 자정을 넘기는 일이 없던 그이고 보면 확실히 별난 일임에 틀림없었다. 그 밖에 한 이웃은 새벽쯤 그의 서재에서 사나운 외침과 함께 유리창 따위가 부서지는 소리를 들었다고 말했는데, 그 일도 젊은 미망인에 의해 확인되었다. 그녀가 그 소리에 잠을 깨 남편의 서재로 달려갔을 때, 벌써 잠든 듯 숨져 있는 남편 곁에는 부서진 낡은 액자와 거의 얼굴을 알아볼 수 없을 만큼 바랜 어떤 늙은이의 사진 한 장이 널려 있었다는 내용이었다.

그러나 그 무엇보다도 더욱 괴이한 것은 겁에 질리다시피 한 그의 유족들로부터 새어 나온 후문(後聞)이었다. 그가 죽은 후 빈소가 차려진 그 서재에서 매일 밤 괴로운 한숨 소리와 흐느낌 섞인 중얼거림이 들려왔다는 것으로, 무엇인가 고뇌와 울분에 찬 그 한숨 소리와 때로는 항의 같기도 하고 때로는 회한에 젖은 탄식 같기도 한 그 중얼거림은, 사람이 죽은 후에도, 영혼은 아직 이승에 머물고 있다는 49일간 계속됐다는 후문이었다.

그 모든 일은, 그걸 전하는 유족들은 물론 듣는 사람에게까지도 야릇한 전율을 일으키게 했다. 그리하여 일종 신비적인 색채까지 띠게 된 그의 죽음은 구구한 억측과 사람들 사이의 수근거림으로 오랫동안 거리를 떠돌았지만, 그것이야말로 그의 15년에 걸친 어떤 약속의 불행한 이행이었다는 것을 아는 사람은 없었다.

1.

15년 전의 한만운 소년은, 그때도 남달리 부지런하고 착했지만, 그것 외에는 특별히 뒷날의 입지전(立志傳)적인 성공을 약속하는 어떤 조짐도 뵈지 않는 그저 평범한 산골 소년이었다. 가난한 산촌 농가의 아들들이 흔히 그러하듯 그도 10리가량 떨어진 면(面) 소재지의 국민학교를 마친 후 아버지 밑에서 농사일을 배웠는데, 그해가 벌써 5년째였다.

하지만 그해 여름에 갑자기 터진 한 끔찍한 사건이 어쩌면 평범한 농부로 자라게 되었을지도 모를 그를 낯선 운명과 불행한 약속으로 끌어들이고 말았다. 이웃에 사는 어떤 중년 농부가 뒷산 소나무에 목을 맨 시체로 발견된 사건이 시작이었다.

얼른 보아 스스로 목을 맨 것 같은 형태였지만 마을은 벌집을 쑤셔 놓은 듯 소란스러워졌다. 어쩌다 가까운 읍에서 택시 한 대 들어오는 것조차 이야깃거리가 될 만큼 화제에 궁한 시골인 데다 그 죽음이 결코 자살일 리 없다는 마을 사람들의 일치된 추측이 그런 소란의 원인이었다.

사람들이 자살을 부인하는 가장 큰 까닭은 죽은 사람 — 그때 겨우 사십 대 후반이었는데 벌써 윤(尹) 영감이라고 불리고 있었다. — 에게 스스로 목을 맬 만한 동기가 없다는 점이었다. 무지렁뱅이 소작인의 아들로 출발한 윤 영감이었지만, 그야말로 소처럼 일하고 꿀벌처럼 모아 그 무렵에는 제법 산뜻한 기와집에 논마지기까지 장만한 터였다. 못생기긴 해도 남편을 하늘같이 아는 아내와의 금슬도 좋았고 — 무엇보다도 비둘기 새끼 같은 남매가 한창 사랑스럽게 자라고 있었다.

윤 영감의 사람 됨됨이도 그의 자살을 부인하는 또 다른 이유가 되었다. 지금이야 그리 드문 일도 아니고, 거기에 놀라는 사람도 없지만 당시만 해도 자살이란 '모질고 독한' 사람이나 '가슴속에 응어리진 한(恨)이 있는' 사람만이 저지를 수 있는 끔찍한 일에 속했다. 그런데 윤 영감은 결코 그렇지 못했다. '맹물'이란 별명에서 알 수 있듯이 그는 오히려 반편이 취급을 당할 만큼 맺힌 데 없는 사람이었고, 어떤 사람은 그를 '법 없는 세상에도 살 사람'이라고 말하기도 했다.

거기다가 윤 영감의 죽음이 타살일 거라는 추측의 근거는 여럿 있었다. 우선 사람들의 의심을 산 것은 그의 시체가 발견된 장소와 시기였다. 시체는 그가 안 보인 지 열흘 만에 가까운 계곡 소나무 가지에 매달린 채 발견되었는데 만약 자살이었다면 그렇게 부패할 때까지 발견되지 않은 것이 이상했다. 때는 한창 풀 베는 시절이었고, 또 그 소나무는 초군들이 하루에도 여남은 명씩 드나드는 길목에 있었기 때문이었다. 어떻게 죽었든 간에 적어도 시체는 이미 오래전에 죽은 뒤 누군가에 의해 전날 밤 그곳으로 옮겨진 것임에 틀림없었다.

그다음 의심을 산 것은 전문가가 아니라도 알아볼 수 있을 만큼 뚜렷한 목과 옆구리의 상처였다. 목 왼쪽은 제법 어린아이의 주먹이 드나들 만큼 찢어져 있었고 오른쪽 옆구리도 창자가 비어질 정도로 벌어져 있어 목을 맨 것과는 상관없는 사인(死人)을 짐작케 했다. 그 밖에 윤 영감이 입고 있는 한복이 구김 하나 없이 깨끗하게 풀 먹여져 있다는 것도 문제가 되었다. 윤 영감은 평소 차림으로 집을 나갔기 때문에 저고리 동정에 얼룩 하나 없는 것은 아무래도 이상하다는 게 그 아내의 주장이었다.

그런데 더욱 이상한 것은 윤 영감의 가해자(加害者)에 대해 마을 사람들이 공통으로 가진 혐의였다. 그들은 한결같이 황 장로(黃長老)란 사람을 지목했는데, 그것은 무엇보다도 그 무렵 그가 죽은 윤 영감과 하루가 멀다 하고 논물 싸움을 벌여온 탓이었다.

사실 황 장로와 윤 영감은 원래부터 그리 좋은 사이는 못 되었다. 마을의 실력자일 뿐만 아니라 면내에서도 손꼽히는 유지인 황 장로로 보아서는 인근에 살면서도 유일하게 자기 세력권 밖에 있는 윤 영감이 결코 달가운 존재일 수가 없었다. 대부분의 마을 사람들은 논밭을 붙이거나 품을 팔거나 돈을 빌리는 등의 관계로 그에게 예속되어 있었지만, 윤 영감은 그 어느 관계도 필요 없었을 뿐만 아니라 때로는 오히려 황 장로보다 싼 이자로 돈을 빌려주기도 하고 후한 품삯으로 일꾼을 빼앗아가는 경우도 있었기 때문이었다. 한편 윤 영감 역시 마찬가지였다. 재산으로야 비교가 안 되었지만, 그래도 바이 아쉬울 건 없는 터에 황 장로 쪽에서 먼저 까닭 모를 적의로 나오자 그 또한 냉담과 묵살로 응수하게 되었다.

그러다가 윤 영감이 전해에 논 다섯 마지기를 새로 사들인 것을 계기로 그들의 싸움은 겉으로 드러나게 되었다. 윤 영감이 우연히 사들인 그 논은 사방이 황 장로의 논에 둘러싸여 있어 황 장로가 전부터 사 넣으려고 애쓰던 땅이었다. 하지만 너무도 값을 헐하게 매기는 바람에 화가 난 논 임자는 윤 영감을 찾게 되었고, 마침 그동안 모은 돈으로 땅이나 늘릴까 하던 윤 영감은 별생각 없이 그 논을 사들이고 말았다.

윤 영감이 그 논을 사들인 일 자체만으로도 감정이 나쁠 대로 나빠져 있던 황 장로는 그해에 가뭄이 들자 때를 만났다는 듯 논물 주기를 거부하고 나왔다. 사람 좋은 윤 영감도 그 일만은 참지 못했다. 자식 죽는 꼴은 보아도 곡식 말라 죽는 꼴은 못 본다는 전형적인 농부의 심성에서였다. 따라서 윤 영감과 황 장로는 사람들의 면전에서 몇 번이나 대판거리로 싸웠고, 한 번은 무논 바닥에 엉겨 뒹군 적마저 있었다.

그들의 싸움에 대한 동네 사람들의 태도는 속으로는 언제나 윤 영감에게 동정적이었다. 윤 영감이 논마지기나 장만하고 산다고는 해도 술도가와 과수원까지 가진 황 장로에 비하면 재산이랄 것도 없었다. 거기다가 작은 동네 교회의 장로직을 맡고는 있어도 황 장로는 '양잿물'이란 별명이 있을 만큼 악착스러운 데가 있는 사람이었다. 해방 전 일본 주재소의 소사로 잔뼈가 굵은 그는, 일제 말의 친일 부역으로 해방 직후 몰매 맞아 죽을 뻔한 적도 있었으나 어쨌든 그 덕에 얻은 약간의 재물로 치부를 시작했다. 윤 영감이 안 먹고 안 입어 재산을 모은 데 비해 그는 살인 빼놓고는 다 했다는 식의 영악스러운 방법이었다. 윤 영감이 그날 집을 나간 것도 그런 황 장로에게 반감을 가진 마을의 식자(識者) 하나가 용수 지역권(用水地役權)인가 뭔가를 일러주어, 그 소송 관계를 알아보기 위해 가까운 읍의 사법서사를 찾아 나선 길이었다.

처음 한동안 일은 마을 사람들의 추측대로 돌아갔다. 경찰은 당연히 황 장로를 구속하고 구체적인 증인도 둘이나 찾아냈다. 하나는 떡장수 아낙네로서 그날 황 장로네 집 뒤 비탈길을 지나다 윤 영감이 황 장로 부자(父子)와 멱살잡이하고 있는 걸 보았다는 것이었고, 다른 하나는 황 장로네 농막집 막내로 직접 현장을 목격한 증인이었다. 특히 재미난 것은 당시 국민학교 3학년이던 농막집 막내인데, 그 아이는 학교에서 처음 윤 영감의 시체가 발견되었다는 말을 듣자 급우들에게 이렇게 말했다고 한다.

"아고, 거참 이상타……. 그 영감쟁이는 장로 할배(황 장로)가 괭이로 찍어 보리 짚가리 속에 감촤 났는데, 우예 산까정 가서 목을 맺이꼬……?"

그리고 뒤이어 사건의 전모가 풍설(風說)로나마 마을을 떠돌았다. 그날 윤 영감은 소송 전에 마지막으로 외딴 황 장로네 집을 찾았다가 마침 집에 있던 그들 부자와 다시 싸움이 붙게 되었고, 거기서 황 장로가 홧김에 휘두른 괭이에 윤 영감이 맞아 죽자 그들은 시체를 보리 짚가리에 감춰 두었다가 며칠 뒤 밤중에 계곡으로 옮겨 자살을 위장했다. — 대개 그런 내용이었다.

하지만 아니었다. 가까운 검찰청까지 넘어갔던 황 장로는 정확히 한 달 만에 무혐의로 풀려 나왔다. 전문(傳聞) 이상의 그 어떤 물증(物證)도 찾아내지 못한 데다 증언도 성립되지 않는다는 이유였다. 떡장수 아낙네는 정확한 날짜를 기억하지 못했을 뿐만 아니라 설령 그날이 맞다고 해도 멱살잡이만으로 살인까지 단정할 수는 없으며, 또 농막집 막내는 입원 치료가 필요할 정도의 정신 분열 증상이 있다는 진단이 있었다. 검시 결과도 일반의 추측과는 달랐다. 윤 영감의 목과 옆구리에 상처가 있는 듯은 하지만 워낙 부패가 심해 반드시 흉기에 의한 것이라고는 단정할 수 없고, 또 직접적인 사인(死因)은 분명 질식이라는 것이 검시관(檢屍官)의 소견이었다.

그 밖에도 조사에 따르면, 윤 영감에게도 몇 가지 자살의 동기가 될 만한 일이 있었다. 하나는 그 며칠 전 새끼 밴 암소가 언덕에서 굴러 떨어져 죽은 것이었고, 다른 하나는 형의 무식을 이용한 윤 영감의 동생이 인감을 위조해 삼만 평이 넘는 임야 한 필을 팔아먹은 일이었다. 어쩌다 잃은 십 원짜리 동전 한 닢을 찾기 위해 일껏 재놓은 퇴비 더미를 다시 허물 만큼 무서운 윤 영감의 경제관념으로 볼 때 확실히 그 두 가지 일은 상심거리가 될 만했다. 더군다나 목을 맨 참바는 분명 그의 지게꼬리에 쓰던 물건이었다.

그리하여 여러 가지 애매한 대로 윤 영감의 죽음은 자살로 단정되고, 사건은 일단 마무리를 지었다. 석방된 날 황 장로는 집보다 교회로 먼저 달려가 두 시간에 걸친 길고 눈물 섞인 기도 끝에 쌀 열 가마를 감사 연보로 바쳤다. 마을 사람들에게는 기르던 돼지를 잡고 도가의 술을 퍼 날라 그동안의 잘못을 빌었으며, 나쁜 뜻으로 유명하던 그의 소작 조건과 이자와 품삯을 면내의 어느 누구보다도 후하게 바꾸었다.

그런 황 장로의 돌변에 대해 단순한 마을 사람들은 대개 그 사건의 수사가 진행되는 동안 자기들이 그에게 보인 반감과 적의가 그의 탐욕과 인색을 억누른 걸로 생각했지만, 일부에서는 여전히 의심을 버리지 않고 있었다. 그들이 드러내 놓고 말하지 못하는 것은 사회적으로 무력할 뿐만 아니라 결정적인 반증도 없다는 점과 남의 일에 속속들이 간섭하기를 꺼리는 시골 사람들의 속성 때문이었다. 그렇지만 젊은이들은 좀 달랐다. 그들은 사건이 일단락 진 후에도 공공연히 황 장로에 대한 의심을 주고받았으며, 어떤 때는 수사 과정에까지도 의심의 눈길을 보냈다. 그러다가 평소에 현금 많이 가지고 있기로 소문난 황 장로가 그 사건 후 까닭 없이 한창 수익이 좋은 과수원을 처분하자 그들의 의심은 그대로 확신으로 변했다. 황 장로는 살인자다. — 그런 쑥덕거림은 실제 근년까지도 그때의 젊은이들 사이를 오갔을 정도였다.

15년 전의 한만운 소년도 바로 그런 젊은이들 중의 하나였다. 그것도 그들 중 누구보다 윤 영감의 죽음을 타살로 믿는 축이었는데, 그 까닭은 우선 윤 영감과 그와의 남다른 관계에 있었다. 생전의 윤 영감은 그와 앞뒷집 사이였을 뿐만 아니라, 실없이 모여 화투판을 벌이거나 술추렴을 일삼는 동배들을 꺼려서 산에서나 들에서나 어린 그를 무슨 큰 친구 대하듯 했기 때문이었다. 그리고 약간은 지루하고 약간은 성가시면서도, 몇 년 가까이 지내는 동안에 그가 알게 된 윤 영감은 결코 그만한 일로 자살할 사람이 아니었다.

거기다가 또 한만운 소년에게는 윤 영감의 살인범으로 황 장로를 의심할 만한 결정적인 근거가 있었다. 실로 우연히도 그는 윤 영감이 실종 중이던 어떤 밤 늦게 윤 영감의 집 부근에서 무엇인가를 집어 나오는 황 장로의 아들을 보았기 때문이다. 나중에, 그러니까 황 장로가 풀려 나오고 사건의 전모가 정식으로 밝혀진 후에야, 그는 그것이 윤 영감의 죽음을 자살로 단정하는 데 유력한 근거가 된 윤 영감의 지게꼬리(참바)였으리라고 추측했지만 끝내 밖에다 드러내놓고 말하지는 못했다. 말해 봤자 이미 소용없는 그 말을 다시 입 밖에만 내면 '다리몽댕이를 분질러' 버리겠다는 아버지의 엄포와 쓸데없는 일로 황 장로의 원한을 살 경우 입게 될 피해를 들어가며 입 다물 것을 바라는 어머니의 간청 때문이었다.

하지만 또래의 젊은이들과 추상적인 의심을 주고받는 것만으로는 도무지 그의 마음이 개운해질 리가 없었다. 그가 윤 영감의 사진을 얻어 온 것도 어쩌면 그 불행한 죽음으로 과장된 윤 영감과의 기묘한 우정과, 진상을 알면서도 말하지 못한다는 죄의식 탓이었으리라. 사건이 일단락 지어지고 며칠 안 된 어느 날 무슨 일인가로 윤 영감의 집에 들렀던 그는 확대하여 영정(影幀)으로 쓴 듯한 윤 영감의 사진 한 장을 주웠다. 처음에는 무심코였으나 한참 들여다보는 사이에 문득 그 사진을 간직하고 싶어졌다.

그리고 나중 집으로 돌아와서 그 사진을 들여다보면서는 엉뚱한 말까지 중얼거리게 되었다.

"미안해요, 영감. 만약 내게 그럴 힘이 있었다면 절대로 영감의 원통한 죽음을 그대로 보아 넘기지는 않았을 겁니다……."

그런데 그날 밤이었다. 홀로 자는 그의 방에 홀연 윤 영감이 깨끗한 옷차림으로 생시처럼 찾아왔다.

"참으로 고맙네……."

그렇게 말하는 윤 영감은 울먹이고 있었다.

"이미 끝난 이승의 일에 이토록 연연해선 안 되지만, 하도 원통해서……. 그래, 자네 낮에 한 말은 진심인가? 힘만 있다면, 나처럼 약하고 힘없는 이의 원통함을 보아 넘기지 않겠다고 한 것 참말인가?"

그는 얼떨결에 고개를 끄덕였다.

"그럼 됐네. 내 힘껏 뒤보아줌세. 이승의 일에 간섭한 죄로 어떤 업화(業火)가 미치더라도 한번 자네를 힘 있는 인간으로 만들어보겠네. 물론 자네도 자네 몫의 수고는 해야 할 테지만……."

그러다가 문득 윤 영감의 얼굴이 불신과 의혹으로 굳어졌다.

"그러나 — 담보는 있어야겠네. 자네가 내게 걸 것은 생명뿐인데…… 그래도 괜찮겠나? 만약 나와의 이 약속을 어기면 죽을 각오가 돼 있나?"

그는 섬뜩했지만 소년다운 용기로 윤 영감의 제안을 받아들였다. 그러자 윤 영감은 눈물 젖은 얼굴로 몇 번이고 감사를 거듭하더니 올 때처럼 홀연 어둠 속으로 사라졌다. 꿈같기도 하고 환영(幻影) 같기도 한 나타남과 사라짐이었다. 한 가지 이상한 것이 있다면 낮에 얻어 온 윤 영감의 사진이 원인 모를 습기에 젖어 번들거리는 점이었다.

완전히 정신을 차린 후에 그는 다시 한번, 윤 영감의 제안을 되살려보았다. 으스스했지만 대답만은 변함이 없었다. 그러지요. 목숨 걸고 그 약속 지키지요. 그렇게 약속은 이루어졌다.

2.

그 뒤 한만운 소년의 삶은 일찍이 예상되던 궤적에서 벗어났다. 윤 영감과의 약속이 있고 한 달도 안 돼 갑자기 나타난 삼촌이 발단이었다.

해방 전 징용으로 일본에 끌려가 죽은 줄만 알았던 그 삼촌은 돈 많은 재일 동포로 귀국하자마자 옛집을 찾아왔다가, 하나뿐인 형의 아들이 무지렁뱅이 농군으로 자라가는 것을 안타깝게 여겨 서울로 데려갔다.

삼촌은 만년(晩年)을 고국에서 보낼 양으로 그곳에다 몇 가지 새로운 사업을 벌이고 있었는데, 그 덕택에 일단 한(韓) 소년과는 인연이 없어 보이던 학업이 다시 이어지게 되었다.

삼촌의 경제적인 뒷받침에다 훌륭한 교사들의 지도 아래 그는 중등교육과정을 속성으로 이수하고 한두 해 재수를 거쳐 마침내는 목표했던 명문 대학의 법과생이 될 수 있었다. 그러나 그 급격한 변신(變身)이 겨우 5년 만에 이루어질 수 있었던 데는 그 자신의 명석한 두뇌와 남다른 노력도 큰 몫을 했음은 부인할 수 없다.

대학에 들어간 후에도 그는 자기 몫의 노력은 스스로 다한다는 윤 영감과의 약속에 비교적 충실했다. 그 시절에 흔히 빠지기 쉬운 여러 가지 어리석음 — 여인들과의 덧없는 감정의 유희나 앞뒤 없고 부박한 탐락(貪樂) 또는 삶에 대한 터무니없는 회의와 비관 따위에 빠져드는 일 없이, 오직 자기의 길만을 열심히 가고 있는 그는 마치 처음부터 사법관이 되기 위해 세상에 태어난 사람 같았다.

그러나 한동안 순조롭기만 하던 그의 앞길에도 시련은 왔다. 고국에 돌아와 이것저것 무리한 사업을 벌였던 그의 삼촌은 채 일곱 해도 못 채우고 부도(不渡)를 낸 뒤 올 때처럼 갑자기 일본으로 돌아가 버렸다.

"귀국 자체가 그렇지만, 지금 생각하면 지난 일곱 해 모두가 마치 무엇에 홀려 보낸 것 같구나. 가만히 두어도 되게 되어 있는 일본의 업체는 제쳐놓고 내가 여길 와서 무엇을 했는지……. 꼭 악몽에서 깨난 것 같다."

그것이 쫓기듯 공항으로 달리는 택시 안에서 삼촌이 마지막으로 그에게 한 탄식이었다. 오로지 그 삼촌에게만 의지해 학업에 몰두해 있던 그에게는 뜻 아니한 불행이었다.

용기와 신념마저 잃지는 않았지만, 삼촌이 돌아가 버린 후의 나머지 대학 생활은 참으로 괴로웠다. 그는 뼈를 깎고 살을 가르는 기분으로 시간을 쪼개어 학비와 함께 생활비까지 벌어들이지 않으면 안 되었다. 그러다 보니 자연 재학 중 합격이라는 애초의 계획은 무너지고 그는 마침내 고시준비생이란 고급 건달로 아무도 돌봐주는 이 없는 서울 거리에 혼자 남겨지고 말았다.

실로 참담한 세월이었다. 직장을 구하려면 안 될 일도 없었으나, 사법관에 대한 집념 때문에 졸업 후에도 그는 계속 가정교사로 눌러앉아 있었다. 사법고시 준비를 한다는 명분은 있었으나 스물예닐곱의 청년으로서는 너무 처량한 몰골이었다.

거기다가 그를 더욱 비참한 심경으로 몰아넣은 것은 여자였다. 우리 삶에서 홍역과 한가지로 누구나 치르게 되어 있는 것이 여인과의 사랑이고 보면, 아무리 자신의 길에만 골몰해 있는 그라고 해도 예외일 수는 없었다. 대학교 상급반 시절에 그에게도 한 여자가 나타났고, 그녀는 곧 그의 삭막한 젊음을 비춰주는 별이었다. 졸업 후 두 번째 시험에 떨어지면서부터 취직을 졸라 대던 그녀는 채 그해가 가기도 전에 다른 남자와 결혼해 버렸다.

그 충격은 컸다. 그렇지 않아도 자신의 길에 어지간히 지쳐 있던 그에게 가해진 그 새로운 충격은 그로 하여금 그 겨울의 시험을 포기하게 하는 대신 어느 대우 좋은 기업체에 입사(入社)하는 형태로까지 몰고 갔다. 그런데 그 입사 첫날이었다. 환영회에서 잔뜩 술에 취해 돌아온 그는 오랫동안 책상 위에 얹혀 있던 윤 영감의 사진을 한쪽으로 몰아붙이며 혀 꼬부라진 소리로 중얼거렸다.

"그러니 영감, 나더러 어쩌란 말이오? 언제까지 궁상맞은 꼴로 되잖은 시험 준비나 하고 있어야 한단 말이오?"

그러고는 옷도 벗지 않은 채 곯아떨어졌던 것인데, 그 밤 다시 윤 영감의 방문을 받았다.

"가세."

윤 영감은 전에 없이 엄한 얼굴로 그의 손목을 잡았다. 뼛속 깊이 한기가 스며들 만큼 차가운 손이었다. 그는 놀라 그 손을 뿌리치며 항의했다.

"내가 왜 영감을 따라가야 합니까? 나도 할 만큼은 했습니다. 지금까지 10년 세월 단 한시라도 내가 그 약속에 소홀했던 적이 있습니까? 단 한 번이라도 공부 이외의 일에 곁눈을 판 적이 있습니까? 그런데도 나는 여전히 10년 전의 초동 시절과 마찬가지로 무력합니다. 설마 영감은 내가 식칼이라도 품고 가서 황 장로 부자를 찔러 달라는 뜻은 아니겠지요?"

그런 항의에 윤 영감의 엄한 표정이 조금 풀어지는 듯했다. 그러나 여전히 어둡고 실망에 찬 표정이었다.

"못난 사람, 벌써 도회적인 안락에 깊이 젖어들었군. 그래, 지금이 옛날 무거운 나뭇짐을 지고 산등성이 치닫던 시절보다 더 못 견딜 건 뭔가? 더구나 자네는 이제 겨우 스물일곱, 뭣 때문에 그리 성급하게 구는가? 정말 실망했네."

"성급이 아니라 지친 겁니다. 한시바삐 그 약속을 이행하고 나도 나의 삶을 즐기고 싶은 겁니다."

그는 거리낌 없이 말했다. 세월과 배움에 의해 그의 정신이 조금씩 눈뜨기 시작하면서부터 줄곧 마음속을 짓눌러온 진실이었다. 윤 영감도 지지 않았다.

"그럼 자네는 개인 기업체의 말단 직원이 되어서도 나와의 약속을 이행할 수 있다고 믿는가?"

"그동안 영감님은 왜 가만히 계셨습니까? 내가 이렇게 되도록 보고만 있는 영감님은 애초의 약속을 모두 지켰다고 믿습니까?"

그러자 윤 영감도 잠시 흠칫했다. 이윽고 다시 입을 연 그의 목소리는 완연히 달래는 투였다.

"힘을 다했네. 그리고 무엇보다도 지금 이렇게 오지 않았나? 내 하나 일러줌세. 이제 거의 때가 다 되었네. 자네 몫의 노력만 다한다면 다음번은 틀림없네, 나를 믿고 — 꼭 한 번만 더 해보게. 반드시 될 걸세. 자, 오늘은 이만 가겠네."

윤 영감의 말은 사실이었다. 이튿날부터 출근을 포기하고 다시 궁색한 가정교사로 눌러앉아 공부에 몰두한 그는 과연 그 이듬해에 무난히 사법관이 되기 위한 시험을 통과했다. 열일곱 산골 소년으로 고향을 떠난 지 꼭 열한 해의 일이었다.

3.

다른 사람에게는 어땠는지 모르지만 그에게 있어서 합격 후의 한동안은 나날이 즐거운 봄이요, 흥겨운 잔치 같았다. 삶은 더 이상 고통스러운 짐이 아니었으며 — 그때까지 심신을 괴롭혔던 여러 가지의 괴로운 추억들도 이제는 다만 뒷날의 입지전(立志傳)을 더욱 풍성하게 할 에피소드에 지나지 않았다.

그만의 특별한 행운도 그의 삶이 그대로 축복처럼 느껴지는 데 한몫을 단단히 했다. 연수(硏修) 시절에 새로운 은인이라고도 할 만한 대학 선배 하나를 만나게 된 일이었다. 실무 실습을 나갔던 어떤 부처의 장(長)이었던 그 선배는 왠지 그를 처음 대하던 순간부터 살가워하며 업무에서 퇴근 후의 술자리까지 자상한 부형(父兄)처럼 굴었다. 선배라고는 해도 20년 가까이 나이 차가 나고, 직위로는 거의 까마득하다고밖에 할 수 없는 일개 연수생(硏修生)에게는 지나치게 느껴질 만한 호의였다. 그러다가 석 달을 기한한 그 실습이 끝나던 날이었다. 그 선배는 퇴근하는 그를 자기의 승용차에 억지로 태우면서 말했다.

"한 군과의 인연을 이것으로 끝내고 싶지는 않아. 오늘은 우리 집에 가서 한잔하지. 어쩌면 평생을 드나들게 될 집일지도 모르니 미리 알아두는 것도 좋을 거야."

그렇게 끌려간 그 선배의 집에서 만난 것이 뒷날의 아내였다. 고급 관리의 맏딸답지 않게 검소하고 다소곳한 여자로 그때는 아직 어떤 여자 대학의 가정과에 적을 둔 학생이었다. 그러나 그 선배의 호의는 거기서 끝나지 않았다.

"어딜 가든 상관없다고는 하지만 사람은 출발이 중요해. 마침 그쪽에 아는 사람이 있어. 손을 써두었는데…… 첫 발령지는 내가 시키는 대로 가도록 하지."

뒷날의 장인은 이렇게 말하며 그의 첫 부임을 동기들이 모두

부러워하는 어떤 자리로 힘써주었다. 아름답고 현숙한 아내감과 좋은 처가와 관리로서의 든든한 배경을 한꺼번에 얻어낸 셈이었다. 한만운은 그런 행운 또한 윤 영감의 은밀한 도움에 의한 것인 줄 알았다.

그러나 그 무렵의 어느 밤에 나타난 윤 영감의 얼굴은 전에 없이 흐렸다.

"왜 그곳으로 가지 않았나?"

그곳이란 고향을 관할하는 지방 사법관청을 가리키는 말이었다. 그는 약간 뜨끔한 기분으로 대답했다.

"가고 싶다고 해서 마음대로 발령이 나는 것은 아닙니다."

"자네 자신도 애써 그리로 가려 들지는 않았지."

"그것도 사실입니다. 그럭저럭 시험은 되었다고 하지만 저는 아직 실무에 어두운 애송이에 지나지 않습니다. 지금 가본들 제가 무얼 하겠습니까? 좀 더 경험과 식견을 쌓은 후에 돌아가 처리하겠습니다."

"시간이 그리 많이 남지 않았을 텐데."

"물론 저도 살인죄의 공소시효가 15년밖에 안 된다는 것쯤은 알고 있습니다. 그러나 아직 몇 년은 더 여유가 있지 않습니까?"

"그렇게 나온다면야 할 말은 없지만……. 어쨌든 약속은 잊지 말게. 또…… 사람에게 지나치게 은혜의 빚을 지지 말고."

"그건 무슨 뜻입니까?"

"자넨 지금 상대편이 누구인지도 모르면서 너무 많은 빚을 지고 있어.”

그러면서 윤 영감은 다시 한번 깊숙한 우려의 눈길로 그를 보았다. 그러나 까닭을 묻는 그에게 끝내 더 이상의 설명은 해주지 않았다.

그 뒤 윤 영감이 다시 나타난 것은 그로부터 1년쯤 지났을 때였다. 그사이 선배의 딸은 학교를 졸업하고, 그는 오랜 묵계를 이행하듯 그녀와 약혼했다. 윤 영감이 거의 힐난에 가까운 표정으로 그를 찾아온 것은 바로 그 약혼식이 있었던 밤이었다.

“자네는 큰 잘못을 저질렀네.”

“무얼 말씀입니까?”

“그 여자와 결혼해서는 안 돼.”

“그건 우리들의 약속과 상관없는 일 아닙니까? 영감이 무슨 권리로 남의 결혼까지 이래라저래라 하는 겁니까?”

이미 약혼녀에게 깊이 빠져 있던 그는 거기서 불끈하며 따졌다. 윤 영감은 성난 기색을 애써 억누르면서 침중하게 가라앉은 목소리로 대답했다.

“관계가 있지……. 그러나 자네의 결의만 확고하다면 그 일은 더 따지지 않겠네. 다만 한 가지 일깨워줄 게 있어. 이제 정말 날이 얼마 남지 않았네. 빨리 그곳으로 가야 해.”

“…….”

“물론 장인 될 사람이 놓아주려 들지 않겠지만, 이제 더 이상 여기서 세월을 허비할 여유가 없어. 사실을 설명해 봐야 통하지 않을 테니 결혼 조건으로 그곳에 돌아가는 걸 내세워 보게. 그렇게까지 나오는 데야 그 사람인들 어쩌겠나? 하여튼 꼭 기억하게. 채 두 해도 남지 않았네."

그제야 그도 약간 다급한 마음이 들었다. 급격하게 변한 생활과 사랑스러운 약혼자에 취해 이따금씩 잊기는 했지만 그 약속, 그것은 단순히 윤 영감을 향한 것 이상 그 자신과 삶 자체에 대한 약속이기도 했다.

그런데 한 가지 이상한 것은 그가 가고 싶은 지방 관청의 이름을 댔을 때 이상하게 흐려지던 장인의 얼굴이었다.

"하필이면 왜 그곳에……."

4.

고향을 관할하는 지방의 사법관청에 내려오자마자 그는 미뤄두었던 윤 영감과의 약속을 이행하는 데 착수했다. 십여 년 전에 종결된 사건을 재수사하는 일의 어려움은 이미 전부터 예측해 온 터였지만, 막상 손을 대고 보니 그것은 어려움 이상 하나의 막막함이었다. 그때도 없던 물증(物證)이 십여 년이 지난 후에 갑자기 나타날 리도 없고, 그때도 채택되지 못한 증언이 또한 십여 년 세월이 지났다 해서 갑자기 증거 능력을 획득하게 될 리도 없었다. 더군다나 수사의 대상인 황 장로 부자는 그사이 더욱 힘을 키워 이제는 사법관인 그조차도 함부로 손댈 수 없는 인물들이 되어 있었다. 재산이 고향 면을 벗어나 군(郡) 전체를 휘어잡은 외에도 부자가 다 같이 무슨 의원(議員), 무슨 조합의 장(長) 따위 건들기 만만찮은 지방 유지가 되어 있었기 때문이었다.

그러나 한만운은 성실하고 끈기 있게 윤 영감의 죽음을 추적했다. 일단 고향 땅을 다시 밟게 되자 십여 년 전의 순수함과 용기가 되살아난 덕분이었다. 그는 희미해진 사람들의 기억을 일깨워 모으고, 옛날의 증인들을 새로 찾아보았다. 모두가 소용없는 일이었다. 세월은 사람들의 기억을 믿을 수 없는 것으로 만들어버렸고, 증인도 완전히 백치가 되어 떠도는 황 장로네 농막집 막내뿐이었다. 대신 낌새를 알아차린 황 장로 부자는 직접 간접으로 그에게 회유와 압력을 되풀이했다.

그럴 때 그에게 결정적인 도움을 준 것이 별 기대 없이 농막집 막내를 데리고 찾아갔던 어느 정신과 의사였다.

"이 청년을 지배하는 것은 극심한 공포와 욕구불만, 특히 억제된 표현 본능입니다. 너무 오래 방치해 두었지만 전혀 희망이 없는 건 아닙니다."

그것이 그 젊은 의사의 소견이었다. 그리고 며칠 후 한만운이 다시 찾아갔을 때는 이렇게 권해 왔다.

"장담은 못 하겠지만, 사이코 드라마[心理劇]를 구성해 보았으면 좋겠습니다. 그 방면에 밝은 선배님 한 분을 소개해 드리죠. 거기 가서 상의해 보십시오."

그에 따라 한만운은 평생에 처음으로 기묘한 연극 한 편을 구경하게 되었다. 무대는 황 장로네 외딴집, 주인공은 황 장로 부자와 윤 영감 — 모든 것은 되도록 십여 년 전 상황과 비슷하게 꾸며졌다.

첫날은 황 장로 부자와 윤 영감의 시비까지만 했다. 윤 영감이 찾아와서 시비가 벌어지고, 멱살잡이에서 함께 엉겨 나뒹구는 것까지 보여주었지만 농막집 막내의 반응은 전혀 없었다. 세 번을 반복한 뒤 다음 날은 괭이로 찍는 장면을 더해 보았다. 몽롱하게 보고 있던 농막집 막내의 눈길에 차츰 긴장의 기색이 떠올랐다. 하지만 역시 세 번 반복해도 그 이상의 반응은 없었다.

그다음 날엔 괭이로 찍고 보리 짚가리에 끌어다 감추는 광경까지 나갔다. 드디어 변화가 나타났다. 농막집 막내가 돌연 떨며 이상한 괴성과 함께 손발을 내젓기 시작했다. 의사가 그걸 보며 재촉했다.

"말해, 마음대로 말하란 말이야."

그러자 농막집 막내가 드디어 말문을 열었다.

"기어 나 — 와. 기, 어 나와."

보리 짚가리에 감추어진 윤 영감의 시체를 향해서였다. 윤 영감 역의 배우가 피를 흘리며 기어 나왔다. 그러나 그다음에 어떻게 해야 될지를 몰라 멍청히 서 있는 황 장로 부자 역(役)의 배우에게 농막집 막내가 다시 말했다.

"목을 졸라. 새끼로."

배우들이 그대로 하자 농막집 막내는 다시 한동안 말이 없었다. 그러다가 축 늘어진 윤 영감의 시체를 보리 짚가리로 끌고 가려 하자 또 불평스럽게 웅얼거렸다.

"곰방대가 없어. 괭이에 찍혀 부러진 곰방대 말이야."

그러나 소도구로 준비된 곰방대가 없어 그날의 연극은 거기서 끝났다. 그것만으로도 큰 수확이었다. 윤 영감의 사인(死因)이 질식이었던 까닭을 알게 된 까닭이었다.

그 뒤 그 연극이 진행됨에 따라 여러 가지 새로운 사실이 나왔다. 그날 범행에 사용된 괭이와 거기 맞아 부러진 윤 영감의 곰방대는 황 장로네 못 쓰는 우물에 던져졌다는 것, 피 묻은 윤 영감의 옷은 다시 빨아 다림질까지 한 후 갈아입혔다는 것, 그리고 농막집 막내는 당시 열한 살의 나이가 감당하기에는 너무 심한 위협과 강요를 하급 수사기관과 그 부모들로부터 번갈아 받았으며 그 때문에 종내에는 머리까지 돌아버렸다는 것 따위였다. 특히 모든 연극이 끝난 후 의사가 무엇이든 마음대로 외쳐도 좋다고 말했을 때 그 농막집 막내가 보인 반응은 처절한 데마저 있었다.

"윤 영감은 장로 할배가 죽였다아……."

"괭이로 찍고 목을 졸랐다아……."

거의 십 분 가까이나 통곡처럼 되풀이된 부르짖음이었다.

5.

황 장로네 집에는 정말로 십여 년 전 간이 상수도가 들어오면서 막아버린 우물이 하나 있음을 알아낸 한(韓) 사법관은 이튿날 정식으로 수색영장을 신청했다. 윤 영감의 곰방대라면 그도 금세 알아볼 수 있을 것 같은 기분이었다. 그런데 참으로 공교로운 일이 일어났다. 그 사건 관계의 옛날 서류를 뒤적이던 그는 뜻밖에도 그때의 담당관이 바로 자신의 장인이라는 걸 알았기 때문이다. 그제야 그는 윤 영감이 자기의 결혼을 말리던 것, 그리고 내려올 때 까닭 모르게 흐려지던 장인의 얼굴을 놀라움으로 떠올렸다. 그는 한달음에 장인을 찾아 서울로 올라갔다.

"음……. 그런 일이 있었던가."

일의 전말을 듣고 난 장인은 무거운 어조로 탄식처럼 말했다.

"나는 자네가 정말로 유령 따위와 약속을 했다고는 믿지 않네. 그것은 하나의 비유이고, 실은 법의 보편 원리, 또는 양심 같은 것에 대한 스스로의 약속이었겠지."

"그건 아무래도 좋습니다. 어쨌든 빙장 어른께서도 그 사건에 석연하지 못한 점이 있음을 느끼시지 못하셨습니까?"

"물론 나는 그 윤 영감의 죽음을 자살이라고 단정하는 데는 주저했네. 그러나 그보다 더 의심스러운 것은 풍문에서 말하는 바로 황 장로란 사람의 살해 동기였지. 하급 수사관, 검시관, 물증, 증인 그 어떤 것도 그의 살인을 인정하기에는 부족했어. 따라서 나는 별수 없이 '의심이 있을 때는 유리하게'라는 법 격언에 따라 그를 석방했을 뿐이야."

"그 어느 과정에서든 금력(金力)이 작용했으리란 의심을 가져보지 않으셨습니까?"

"그 의심도 했지. 모두가 한결같이 황 장로에게 유리하게 끌고 가려고만 애들을 썼지. 그러나 나는 오히려 그것이 황 장로의 무혐의를 돕는다고 생각했어. 내 경험에 의하면 그 계통의 사람들이 돈을 받는 것은 사건에 자신이 있을 때 한해서였지."

"단순히 그 이유만으로……?"

"어떤 체계이건 거기에는 일련의 흐름이 있기 마련이네. 그것이 아래로부터 올라온 것이건 위에서부터 내려가는 것이건 한번 그 흐름이 시작되면 개인은 아무도 거역하지 못해. 설령 그가 지휘하는 입장에 있을지라도. 그런데…… 그때는 황 장로의 무죄를 밀고 가는 것이 하나의 흐름이었지."

"그렇다면 법은 왜 있습니까? 법관의 양심은?"

"그것들도 그 흐름을 거역하지 못하네. 우리가 당면하고 있는 예는 지극히 사소하고 상식적이어서 얼른 이해가 안 될 테지만, 조금만 기본적인 것으로 눈길을 돌리면 사태는 명백해지지. 나치의 법, 또는 스탈린이나 중남미의 법을 보게. 법조문에는 그 어느 것도 별다른 문제가 없네. 아니, 오히려 그 시대 그 사회의 이상(理想)이 집약되어 있다고도 볼 수 있지. 다른 것은 다만 그 적용을 결정하는 어떤 흐름뿐일세."

"지나친 자기 비하 아닙니까? 그것으로 그 사건에 대한 빙장 어른의 결백을 믿어도 되겠습니까?"

"이 계통에서의 30년 가까운 내 공직 생활을 모독하지 말게."

"그럼 그동안 수천 수백 건 처리하셨을 여러 사건 중에서 유독 이 일만은 십여 년이 넘도록 어떻게 그리 상세하게 기억하십니까?"

"그때 나는 어떤 중앙 부처의 요직에 내정되어 발령만을 기다리고 있었네. 그 사건을 손쉽게 그리고 빨리 처리하고 떠날 마음뿐이었지. 십여 년이 되어도 개운하지 못한 기억으로 그 사건이 남는 것은 그런 상황에서 혹시 어떤 소홀함이 있었을는지도 모른다는 느낌 때문이네."

"……."

"부탁이 있네. 자넨 지금 완벽하게 그 사건을 뒤집을 수 있다고 생각하지만 그건 오산이야. 운 좋게 그 우물에서 문제의 곰방대를 찾아낸다 한들 그걸로 모든 게 해결될까? 그런 면에서 지난 십여 년간 연마될 대로 연마된 그들 부자로부터 자백과 다른 보강 증거를 얻어낼 수 있을까? 다만 자네 자신이 상할 뿐이야. 더구나 자네를 도와 일할 사람들 중 몇몇은 그 일이 뒤집어지면 독직(瀆職)의 비난을 받아야 할 사람들이야."

"……."

"또 있네. 나는 이미 말한 대로 30년 가까운 세월을 이 계통에서 일했네. 지금은 그 정상(頂上)에 가까운 어떤 자리를 놓고 경합중이지. 그런데 자네가 하려는 일은 사건의 번복과는 상관없이, 내 경합자에게는 나를 공격할 좋은 자료가 되네. 이만 묻어 두게. 설령 그때 내 판단이 틀렸다 해도 흘러간 오류는 이미 되돌릴 수가 없어. 또 어쩌면 그것이 정의일 수도 없고…… 황 장로 부자가 무죄하다는 가정에서 지난 십여 년간 수없이 이루어진 갖가지 관계는 또 어쩌겠나? 그래도 이대로 묻어 둘 수는 없나?"

그러나 그와 같은 사태는 그의 사무실에서도 일어났다. 장인을 만나고 번민에 차 돌아온 그를 늙은 부친이 초췌한 얼굴로 기다리고 있었다.

"너에게 일러둘 게 있다."

전에 없던 일이라 한만운은 대답 대신 멀거니 부친을 바라보았다.

"그때 황 장로 아들에게 윤 영감네 지게꼬리를 풀어준 것은 나였다."

실로 짐작조차 못한 일이었다.

"대가로 무얼 받으셨습니까?"

"그때 돈으로 십만 원에 가깝던 빚을 탕감해 주었다."

"아버님은 진작부터 아셨군요."

"그렇다. 장로 어른이 법정에 서게 되면 나도 서야 한다."

"돌아가십시오."

"아비 구실은 제대로 못했다만 그래도 아비는 아비다. 나를 봐서라도…… 황 장로의 일은 그대로 덮어 둬 다오."

그렇게 보면 윤 영감의 약속은 처음부터 이행이 불가능한 것이었는지도 모를 일이었다. 그러나 그런 몇 가지 사실을 알게 된 후에도 한만운이 여러 날 동안 고심한 흔적은 있었다. 그 자신의 요청에 의해 발부된 수색영장이 거의 일주일이나 그의 서랍 속에 들어 있었던 것도 그 한 예였다. 하지만 끝내 집행되지 않았다. 어느 날 그는 서기를 불러 그 수색영장을 내어주며 말했다.

"필요 없게 됐어요. 적당히 처리하쇼."

6.

그 뒤 1년, 사법관 한만운의 생활은 겉으로는 평온하기 그지없었다. 그러나 속으로는 초조함과 기다림의 연속이었다. 그는 윤 영감을 만나 볼 수 있으면 지난 약속을 없던 것으로 하고 싶었다. 그 약속으로 얻게 된 모든 것 — 그의 지식, 학력, 사회적 지위, 재산, 그 어떤 것도 그걸 위해서는 기꺼이 되돌릴 생각이었다. 그러나 윤 영감은 왠지 오지 않았다. 영매(靈媒)를 대하는 심령학자처럼 그는 윤 영감의 사진을 잡고 수없이 말을 건넸지만 대답은 언제나 침묵이었다.

그러다가 — 다시 나타나지 않는 윤 영감에 대한 안도와 비례해서 자기가 이미 얻은 것에 대한 애착이 완연히 되살아났을 무렵 느닷없이 마지막 밤이 왔다.

"이제 날이 다 되었네. 오늘 밤으로 황 장로의 공소시효는 만료됐어. 자, 약속대로 가세."

그렇게 기다려도 오지 않던 윤 영감이 무슨 일인가로 서재에 나와 있던 그의 손을 잡으며 싸늘하게 내뱉은 말이었다. 그제야 윤 영감이 무엇을 기다리고 있었는지를 알아챈 한만운은 갑작스러운 공포에 사로잡혔다. 그는 우선 옛 약속을 취소해 달라고 빌어보았다. 소용이 없었다. 그다음은 간절하게 용서를 구해 보았다. 그러나 윤 영감은 여전히 얼음장 같은 표정으로 고개만 가로저을 뿐이었다. 몇 시간에 걸친 읍소(泣訴)도 애원도 마찬가지였다.

"영감, 하지만 내 잘못만은 아니었단 말이오……."

그것이 이 세상에서 그가 한 마지막 말이었다. 다음 순간 윤 영감의 세찬 끌어당김에 그의 영혼은 다시 되돌아갈 수 없는 육신의 문을 빠져나오고 말았다. 그리고 — 일단 육신을 벗어난 후에도 이 세상에 대한 애착에서까지 자유롭지는 못했던 그의 영혼은, 다른 세상에서 새로운 삶을 얻어 떠날 때까지의 49일 동안 흐느낌과 탄식 속에 자신의 빈소가 있는 서재를 배회할 수밖에 없었다.

(1982년)

익명의 섬

"쯧쯧."

늦은 저녁을 마친 뒤 TV를 보고 있던 남편이 한심한 듯 혀를 찼다. 짐작대로 화면에는 두 손이나 옷깃으로 얼굴을 가린 채 웅크린 남녀들이 경찰서 보호실 한구석에 몰려 있는 모습이 여러 각도에서 잡혀 있었다. 도박 장소인가 싶었으나 비밀 댄스홀이었다. 대낮인데도 어둑한 조명 아래서 춤을 추다가 끌려왔다는 것인데, 아나운서는 '춤추다'라는 말 대신 남녀가 몸을 부비고 있었다고 표현함으로써 분위기를 더욱 부도덕하고 선정적(煽情的)인 것으로 이끌고 있었다.

"도대체가 우리 시대는 너무 쉽게 익명(匿名)이 될 수 있어서 탈이야."

남편이 그걸 보며 개탄조로 시작했다. 이미 몇 번인가 들은 말이어서 그 뒤를 듣지 않아도 어림잡을 만했다. 도회에서는 자신이 살고 있는 동네로부터 버스 정류소 하나 정도만 벗어나도 우리를 알아보는 사람은 거의 없어지고 만다. 그런데 손쉽게 자기를 감출 수 있다는 것, 즉 익명성(匿名性)의 획득은 사람들을 대담하게 만든다. 그것이 우리 시대의 도덕적 타락, 특히 여자들의 성적(性的) 부패를 부추기는 요인이다……, 남편은 대개 이런 식으로 몰고 가다가 결론은 그가 자란 고향의 동족 부락(同族部落)을 그리워하는 것으로 맺곤 했다.

"동네, 아니 면(面) 전체가 서로서로를 물밑 들여다보듯 아는 사이지. 그것도 태반은 멀건 가깝건 혈연으로 묶여 있어 여자들의 탈선이란 여간한 각오 없이는 엄두도 못낼 일이야. 가끔씩 가까운 읍내를 이용해 보지만 그것도 이르든 늦든 알려지게 되어 있어……."

하지만 그런 남편의 말을 듣고 있으면 내게는 무슨 반발처럼이나 떠오르는 옛일이 하나 있다. 마땅히 남편에게 죄스러워하고, 어쩌면 스스로도 부끄럽게 여겨야 하지만, 지금은 물론 그때조차도 그저 느닷없고 아득하기만 하던 십여 년 전의 일이다.

그해 이른 봄 갓 교육대학을 졸업한 나는 굳이 이름을 밝히고 싶지 않은 어느 시골 국민학교에 첫 부임을 하게 되었다. 군청 소재지에서 육십 리 가까이 떨어진 곳이었는데, 그것도, 그 너머에는 도저히 사람이 살 것 같지 않은 높고 험한 재[嶺]를 두 개나 넘어야 되는 산골이었다.

약간 비탈진 곳에 자리 잡은 버스 정류소에 처음 내렸을 때 나는 한동안 막막한 기분이었다. 사방을 둘러싼 높은 산들은 일평생 나를 가두어둘 거대한 감옥의 벽처럼 느껴졌고, 저만치 보이는 백여 호(戶) 정도의 마을도 사람들이 모두 떠나버린 폐촌(廢村)인 것만 같았다. 그런데 어느 산그늘에라도 묻힌 것인지 내가 찾아가야 할 학교가 아무래도 눈에 띄지 않았다.

그사이 함께 내린 두어 명의 승객도 모두 어디론가 가버린 후여서 나는 가까운 가겟집에나 물어볼 양으로 걸음을 옮겼다. 서너 발짝이나 옮겼을까. 나는 피부를 찔러오는 날카로운 빛 같은 것을 느끼며 걸음을 멈추고 앞을 살폈다. 그러나 내 눈에 들어오는 것은 가겟집 툇마루에 앉아 몽롱하게 나를 바라보고 있는 어떤 사내였다. 때 묻고 해진 바지는 원래의 천이 어떤 것이었는지 짐작이 안 갈 정도였고 물들인 군용 점퍼도 소매가 해져 너덜거리고 있었다. 나는 좀 전의 그 강렬한 빛 같은 것의 정체를 궁금히 여기며 자신도 모르게 그 사내의 얼굴을 살폈다. 검고 깡마른 얼굴에 우뚝 솟은 코와 광대뼈 — 그런데 그때였다. 나는 다시 피부를 찔러오는 것 같은 그 빛을 느꼈다. 이내 몽롱한 광기(狂氣) 같은 어둠 속으로 숨어들어 버렸지만 분명 그의 두 눈에서 쏘아져 나온 빛이었다.

어떤 무성한 숲길에 들었을 때, 그 잎새에서 뱀을 보면 그 기억은 그 숲길을 다 지날 때까지 하나의 공포이다. 그러나 그 공포는 단순한 두려움의 감정과는 다른, 신선한 충격 또는 묘한 기대와도 같은 것으로서, 무사히 그 숲길을 빠져나오고 나면 일종의 허전함이나 아쉬움이 되기도 한다. 사내의 두 눈에서 언뜻 비쳤던 그 빛도 그러하였다.

그런데 내 그런 느낌을 일순의 착각으로 만들어준 것은 갑자기 가게 문을 열고 나온 주인 남자였다.

"깨철이 이노마야, 니 아까부터 거기 앉아 뭐 하노?"

주인 남자는 자기보다 대여섯은 위로 보이는 그 사내에게 서슴없이 말을 낮췄다. 그걸로 보아 그 사내는 떠도는 걸인이 아니라 그 마을에 붙어사는 사람인 듯했다. 그러나 깨철이란 그 사내는 들은 척도 않고 여전히 몽롱한 눈길로 나만 쳐다보았다. 이미 말한 대로 징그럽다기보다는 까닭 없이 섬뜩해지는 눈길이었다.

"일마가 귀가 먹었나? 일나라."

주인 남자가 그에게 다가가 제법 소리 나게 등짝을 후려치면서 머뭇머뭇 다가가는 내게 물었다.

"어서 오소. 뭘 찾십니까?"

그제야 나는 몸에 끈적끈적 묻어나는 듯한 그 사내의 눈길을 떼어내기라도 하듯 야멸차게 말했다.

"○○ 국민학교가 어디죠?"

"하, 그러고 보이 새로 오신다는 여선생님인 갑구만은. 가만있자……."

주인 남자는 갑자기 친절이 넘치는 얼굴이 되어 주위를 둘러보았다. 마침 가게 뒤에서 여남은 살쯤 돼 보이는 소년이 하나 나왔다.

"야, 니 여 좀 온나. 보자."

"도곡 아재, 왜요?"

"새로 오신 선생님인갑다. 학교까지 좀 모시고 가라."

그리고 내게 공연히 미안한 얼굴로 중얼거렸다.

"학교란 게 코딱지만 한 주제에 조쪽 산자락에 숨어 있어서……."

순순히 앞장서는 소년을 따라나서려는데 여전히 깨철이란 사내의 눈길은 나를 좇고 있었다. 그사이 평온을 회복한 나는 짐짓 매서운 눈길로 그를 쏘아주고는 자리를 떴다.

소년과 함께 학교를 찾아가면서 얼핏 알게 된 그 마을의 인적(人的) 구성은 좀 독특했다. 소년은 만나는 사람마다 꾸벅꾸벅 인사를 했는데 그게 모두 아재요, 무슨 할배였다. 도회지에서 자랐고 친척이라면 1년에 한두 번씩 드나드는 큰집 작은집밖에 모르는 내게는 이상하게 느껴질 정도였다.

그런 현상은 교실에서도 마찬가지였다. 학급의 절반은 같은 성씨였고, 또 성이 달라도 고종이니 이종이니 하는 식으로 얽혀 있었다. 드물게 보존된 동족 부락(同族部落)이었다. 나중에 알게 된 일이지만 남북으로 지나가는 실낱같은 국도(國道) 외에는 사방이 산으로 겹겹이 둘러싸인 데다 이렇다 할 특산물도 없어 타성(他

姓)들의 유입(流入)이 별로 없는 탓이었다.

첫인상의 기묘함에도 불구하고 그 뒤 나는 한동안 깨철이란 사내를 잊고 지냈다. 물론 그는 언제나 일없이 마을을 어슬렁거리는 쪽이었고, 그래서 하루에도 몇 번씩 그의 초라한 몰골과 몽롱한 눈길을 대하곤 했지만, 그런 데 관심을 기울이기에는 새로 시작한 내 생활이 너무 바쁘고 고되었기 때문이었다. 그곳은 내게 첫 부임지인 데다 그곳에서의 생활 또한 내가 처음으로 집을 떠나 하게 된 타향살이였다.

그러다가 어느 정도 새로운 생활에 익숙해지고 마음도 여유를 갖게 되자 나는 차츰 주위에 관심을 가지게 되었는데, 그때 가장 먼저 의식에 떠오른 것이 깨철이었다.

우선 눈에 띄는 것은 그의 출신이었다. 그는 그 고장에서 나거나 자라지도 않았고 그렇다고 그곳 누구의 피붙이거나 인척도 아니었다. 어느 핸가 우연히 흘러들어 와 마흔이 넘은 그때까지 어른에게도 깨철이요, 아이들에게도 깨철이로 살아왔다.

그다음은 얼른 이해 안 되는 그의 생계였다. 나는 처음 잡일이나 막일로 지내는 줄 알았으나 나중에 보니 전혀 하는 일 없이 매일을 보냈다. 그러면서도 그는 어렵지 않게 하루 세끼의 밥과 저녁에 누울 잠자리를 그 마을에서 얻고 있었다.

예를 들어 끼니 같으면 이렇게 해결했다. 저녁나절 식구들이 밥상에 둘러앉았을 시간이 되면 그는 아무 집이나 불쑥 들어간다.

"밥 좀 다고."

누구도 그에게 말을 올리지 않는 것처럼 그 또한 누구에게도 존대를 쓰지 않았다. 그런데 이상한 것은 주인의 반응이었다. 대개는 그런 깨철의 요구를 귀찮게 여기지 않을 뿐만 아니라 오히려 즐기는 것 같았다.

"등신이라도 먹어야 살제. 여 깨철이한테 밥 한 그릇 말아 줘라."

그러면 주인 아낙은 큰 보시기나 양푼에 밥, 국, 김치 할 것 없이 한꺼번에 말아 내밀고 그걸 받아든 그는 멍석 귀퉁이나 마루 끝에 앉아 후룩후룩 마시고는 바로 자리를 떴다.

"잘 먹고 간다."

"고맙다꼬는 안 카나?"

"내 먹을 밥 내 먹고 가는데 무신 소리."

그리고 어슬렁어슬렁 나가면 그 뒤 두어 달은 그 집에 얼씬도 않았다. 내가 나중에 가만히 헤아려보니 그 날수가 대개 마을 호수(戶數)와 비슷했다.

잠자리도 마찬가지였다. 대개는 정자나 동방(洞房)을 빌어 자는데 그도 날이 좀 춥거나 미처 군불 땔 나무를 준비하지 못한 날이면 어김없이 마을을 돌았다.

"너 집에 좀 자자."

"목욕하고 오믄 재워 주마."

"이불 필요 없다. 어디든동 불 땐 방이믄 된다. 니는 마누라한테 가서 엎어지믄 될 꺼 아이가?"

대개 그렇게 되는데, 그 과정이 너무도 자연스러웠다.

그러고 보면 그와 마을 사람들과의 관계는 확실히 묘한 데가 있었다. 남자들은 한결같이 그를 반편이나 미치광이 취급을 했지만 그 뒤에는 어딘가 그가 정말은 그렇지 않을는지도 모른다는 의심을 애써 감추려는 어떤 꾸밈이나 과장 같은 것이 엿보였다. 여자들도 그를 반편이나 미치광이 취급하는 것은 남자들과 다름없었지만, 그런 그녀들을 지배하는 심리 뒤에는 단순한 동정 이상 어떤 보호 본능에 가까운 것이 있었다. 하지만 아무래도 알 수 없는 것은 그가 마을 전체의 부양을 받으며 마을의 성원이 될 수 있는 이유였다. 일을 잘하는 것도 아니요, 무슨 남 안 가진 기술이 있지도 않았으며, 재담이나 익살로 마을 사람들의 환심을 사는 일도 없었다.

그런데 오래잖아 그런 내 의문에 희미한 암시 같은 사건이 하나 벌어졌다. 그곳에 부임한 지 여섯 달인가 일곱 달쯤 되던 어느 날, 나는 퇴근길에 하숙집 앞 공터에서 큰 소동이 일어난 것을 보았다. 어떤 젊은 남자가 말 그대로 깨철이를 짓뭉개고 있었는데, 이상한 것은 때리는 쪽도 맞는 쪽도 그 원인에 대해 말하지 않는 일이었다. 젊은 남자는 지겟작대기든 장작개비든 손에 잡히는 대로 말없이 깨철이를 후려치기만 했고, 깨철이는 또 깨철이대로 고슴도치처럼 몸을 웅크린 채 이따금씩 짧은 신음만을 토할 뿐이었다.

어쩔 줄 모르고 보고 있는 사이에 여기저기서 마을 사람들이 모여들었다. 그 무자비한 폭행의 원인을 설명하는 것은 그 사람들이었다.

"이 사람 화천(華川)이, 이 무슨 못난 짓고? 우리가 집안끼리 모두 서로 보고 있는데 설마 무슨 일이야 있었을라꼬."

"화천 아재, 진정하소. 이 빙신이 무슨 짓을 하겠능교?"

"맞다. 화천이 니 낯 깎이고 집안 우세다. 우리 문중이 여기 300년 세거(世居)해 왔지만 서방질로 쫓기난 며눌네는 없다."

남자들은 한결같이 그렇게 말렸는데, 내게는 어쩐지 상대방에게 말하는 것이 아니라 스스로에게 다짐하는 말같이 들렸다.

"보소, 화천 양반요. 화천댁 체면도 좀 생각해 주소. 세상에 어디 남자가 없어 저런 빙신하고 뭔 일을 벌이겠능교."

"맞지러. 화천 아지뱀 같은 멀쩡한 신랑 놔두고 뭣 때매 저런 병신과…… 생사람 잡지 마소."

"억지라도 유분수제. 마흔이 넘도록 색시 언을 꿈도 안 꾸는 고자 보고……."

좀 나이가 지긋한 여자들도 대개 그렇게 말렸는데, 그 말투는 그가 병신이라는 것이 마치 그를 구해 줄 무슨 영험한 부적이라도 되는 듯하였다. 그러나 더욱 이상한 것은 아직 나서서 말릴 처지가 못 되는 좀 젊은 아낙네들이었다. 그녀들은 한결같이 성난 눈길로 깨철이가 아니라 장작개비를 휘두르는 젊은 남자 쪽을 쏘아보고 있었다.

다행히 소동은 오래가지 않았다. 그러나 나는 그 갑작스러운 소동을 통해 막연하게나마 깨철이의 존재가 마을 사람들에게 묵인되는 이유를 알 것 같았다. 모두가 모두에게 혈연이나 인척이라는 것은 동시에 모두가 감시자, 특히 부도덕한 행위에 대한 감시자란 뜻도 되었다. 깨철이의 존재는 거기서 오는 그 마을의 폐쇄성 중에서 특히 성적인 것과 어떤 연관을 가졌음에 틀림없었다.

나의 그런 추측은 언젠가 개울가에서 무심코 엿듣게 된 그 동네 아낙네들의 수군거림을 통해서도 뚜렷해졌다. 그날은 무더운 여름밤이었는데 발이라도 식히려고 개울가에 나갔던 나는 수면의 반사 작용 덕인지 꽤 먼 곳의 수군거림까지 들을 수 있었다.

"영곡댁 알라(아기) 깨철이 닮은 것 안 같더나?"

"형님, 그카지 마소. 또 애매한 깨철이 초죽음 시킬라꼬."

"내가 뭐라 카나? 그냥 해본 소리다."

"그래도…… 깨철이는 갈 데 없는 병신 아입니꺼?"

"글체, 빙신이제. 깨철이는 빙신이라."

그녀들은 마치 서로 다짐하듯 그렇게 끝을 맺었는데 그 어조에는 어딘가 공범자끼리의 은근함이 있었다. 그제야 나는 깨철이의 숨겨진 무서운 면을 본 느낌과 함께 마을 아낙네들이 가장 경멸스럽게 그를 얘기할 때조차도 그 뒤에서는 이상한 보호 본능 같은 것이 느껴지던 이유를 짐작할 수 있었다. 깨철이가 힘들여 일하지 않고도 하루 세끼 밥과 누울 잠자리를 얻을 수 있는 것 또한 절반 이상이 그런 아낙네들에 힘입은 것이리라. 그러나 나머지 절반, 즉 남자들이 그와 같은 깨철이의 존재를 묵인하는 데 대해서는 여전히 그 까닭을 알 수가 없었다.

지금까지 얘기한 것은 단조로운 생활과 그 무료함에 자극된 까닭 모를 호기심으로 제법 세밀하게 마을과 깨철이를 관찰한 결과였다. 학교라고 하지만 통틀어 여섯 학급, 그나마 정원이 차지 않은 반도 있을 정도인 데다, 워낙이 산골이라 감사나 시찰 같은 것도 거의 없다시피 했기 때문이었다.

하지만 2학기에 접어들면서 나는 더 이상 깨철이나 그 마을을 관찰하고 있을 여유가 없어져버렸다. 그해 여름방학을 집에서 보내던 나는 몇몇 친구들과 해수욕을 갔다가 당시 대학교 4학년이던 지금의 남편과 만나게 된 까닭이었다. 처음에는 그저 스쳐가는 바람인가 싶었으나 차츰 우리들은 뜨겁게 발전했다. 그가 나와 한 도시에 산다는 것 외에도 취미나 성격상의 닮은 점이 우리 사이를 생각보다 빨리 가깝게 만든 까닭이었다.

그리하여 2학기에 그 마을로 돌아가서부터는 홍수처럼 쏟아지는 그의 편지를 읽는 것과 거기에 꼬박꼬박 답장하는 것만으로도 밤이 짧을 지경이었다. 내 머리는 언제나 그의 생각으로 가득 찼고 상상 또한 언제나 그가 있는 도시를 맴돌았다.

세상의 어떤 것도 그와 관련된 것이 아니면 도무지 내 흥미를 끌 수가 없었다.

그렇게 그해의 나머지가 가고 다시 이듬해 봄이 왔다. 다행히 양쪽 집안에서 모두 크게 반대가 없어 졸업과 함께 나와 약혼한 남편은 이어 군에 입대하게 되었다. 그리고 그 무렵을 전후하여 나는 이미 남자를 깊이 아는 여자가 되어 있었다. 겨울방학 때도 이미 사흘간의 여행을 남편과 함께 다녀온 적이 있었지만, 특히 약혼 후에 맞은 학년 말 휴가는 거의 입대를 앞둔 남편과 함께 보낸 셈이었다.

입대 후에도 남편의 홍수 같은 편지는 계속됐고, 오히려 전보다 더욱 달아오른 나는 그 답장에 열중했다. 마을 어디선가 불쑥불쑥 나타나서 나를 살피는 그 눈길에 가끔씩 섬뜩해할 때가 있긴 해도 깨철이는 여전히 나의 관심 밖에 있었다.

그러다가 깨철이가 느닷없는 충격으로 나에게 덮쳐오게 된 것은 남편에게 닥친 뜻밖의 변화 때문이었다. 입대한 지 다섯 달인가 여섯 달 만에 남편이 월남 전선으로 차출된 일이었다. 3년만 조용히 기다리면 되는 것으로 알았던 나는 처음 그 소식을 듣자 정신이 아뜩하였다. 그때만 해도 월남에 가는 것을 곧 죽을 땅으로 가는 것처럼 여기던 참전 초기라 나는 거의 절망적인 공포에 사로잡혔다. 그리고 그 공포는 이내 남편에 대한 그리움으로 불타올랐다. 마음뿐만 아니라 몸까지 뜨겁게 타오르게 하는 세찬 그리움의 불꽃이었다.

나는 아무런 부끄럼 없이 남편에게 썼다. 단 한 번, 단 한 순간이라도 좋으니 다시 한 번 그의 품에 안기고 싶다고. 다시 한 번 따뜻한 그의 체온과 뜨거운 숨결을 느끼고 싶다고. 무슨 수를 쓰든 꼭 한 번 다녀가 달라고. 남편의 답장은 곧 왔다. 그것은 반갑게도 파병 전에 일주일 정도의 휴가가 있으리라는 것과 그 기간 중 며칠을 빼내 나를 만나러 오리라는 것을 알리고 있었다.

남편이 올 수 있는 마지막 날, 오후 다섯 시 막차까지 그냥 지나가 버리자 나는 그 자리에 풀썩 주저앉고 싶을 정도로 허탈한 심경이었다. 결근이라도 하고 그가 있는 곳으로 달려가지 못한 것이 그제야 뼈저리게 후회되었지만 이미 소용없는 일이었다. 그런데 한 가지 알 수 없는 것은 그런 허탈한 가운데서도 식을 줄 모르고 달아오르는 내 몸이었다. 아니, 그 이상, 남편의 품에 안길 것을 상상하며 보내온 지난 일주일보다 그가 이제는 올 수 없다는 것을 뚜렷이 알게 되면서부터 더 뜨겁게 달아오르는 것 같았다.

나는 허탈감 못지않게 내 몸을 사로잡는 그 묘한 열기에 취해 거의 몽롱한 기분으로 버스 정류소를 떠났다. 그러다가 갑작스러운 소리에 언뜻 정신이 든 것은 버스 정류소와 하숙집의 중간쯤 되는 길에서였다. 이미 초가을에 접어들고 있었음에도 장대 같은 소낙비가 내렸다. 얼결에 주위를 둘러본 나는 길가에 있는 조그만 창고를 발견하고 그리로 뛰어갔다. 처음 나는 그 처마에나 붙어서서 비를 긋고 갈 작정이었다. 그러나 워낙 빗발이 세고 바람까지 일어 차츰 빗장이 질러 있지 않은 함석 문께로 밀리게 되었다.

한참을 기다려도 빗발은 점점 세어져 — 이윽고 나는 함석 문을 열고 창고 안으로 들어갔다. 평소 비료 같은 것들을 쌓아두는 그 창고는 그날따라 텅 비고 조용하였다. 혹시 사람이 있을지도 모른다고 생각한 나였지만, 그 지나친 고요에 차근히 창고 안을 살펴볼 생각도 하지 않고 열린 문틈으로 쏟아지는 소낙비만 망연히 바라보았다. 지나친 방심이라기보다는 작은 벌레들처럼 스멀거리며 내 몸을 돌고 있는 그 묘한 열기에서 깨나지 못한 탓이었다.

어쨌든 창고 안을 자세히 살피지 않은 것은 큰 실수였다. 튀는 빗발을 피해 내 몸이 완전히 창고 안으로 들어가자마자 어둠 한 구석에서 누군가가 재빨리 달려 나와 창고 문을 닫고 빗장을 질렀다.

"누구예요? 문 열어! 소리 지를 테야."

나는 그 갑작스러운 사태에 본능적인 공포를 느끼며 날카롭게 소리쳤다.

"떠들어야 소용없어. 소나기 오는 들에 사람 다니는 것 봤나?"

약간 쉰 듯한 목소리와 함께 집게 같은 손이 내 팔목을 죄었다. 처음 그림자가 펴뜩할 때의 직감대로 깨철이였다. 그가 누구인 것을 알자 이상하게도 나를 사로잡고 있던 공포가 일순에 사라졌다.

"너 깨철이지? 이거 못 놔?"

나는 제법 마을 사람들이 하는 식으로 으름장까지 놓았다. 그러나 그는 대신 창고 바닥에 깔린 짚 덤불 위에 나를 쓰러뜨리더니 내 치맛자락을 거칠게 감아쥐었다.

"험한 꼴로 하숙집에 돌아가기 싫거든 곱게 벗어."

그러나 그때까지만 해도 나는 그에게서 빠져나오려고 기를 썼다. 그런 나를 덮쳐 누르고 있던 그가 다시 뜨거운 입김을 내 귓가에 뿜으며 중얼거렸다.

"이 깨철이 다른 건 몰라도 언제 너희들이 나를 필요로 하는지는 정확히 알지. 지금 네 몸은 달 대로 달아 있어."

그 말을 듣자 이번에는 묘하게도 내 몸에서 힘이 쭉 빠졌다. 대신 잠깐 잊고 있었던 묘한 열기가 다시 스멀거리기 시작했다. 그런 내 귀에다 그가 다시 이죽거렸다.

"오후 내내 지켜보고 있었지. 정류소에서 안절부절못하고 기다리고 서 있을 때부터……."

그러면서 그는 능란하게 내 몸을 더듬었다. 그런 그는 이미 평소의 초라한 차림이나 추레한 용모와는 무관한, 남자라는 하나의 추상이었다. 나는 차츰 몽환(夢幻)과도 흡사한 상태에 빠져들면서 모든 저항을 포기하고 말았다. 회상하기도 민망스럽지만 어쩌면 그때 나는 당했다기보다는 차라리 그와 한차례의 정사(情事)를 즐긴 것이나 아닌지 모르겠다. 남의 아내 된 여자로서 한 가지 변명을 삼을 것이 있다면, 그 절정의 순간에 내가 떠올리고 있었던 것이 다름 아닌 남편의 얼굴이었다는 것 정도일까.

그 일이 있고 난 뒤의 한동안을 나는 은근한 걱정에 잠겨 보냈다. 깨철이가 다시 내 방으로 뛰어들지 모른다는 불안과 함께 그 일이 동네방네 알려져 내 삶에 어떤 치명적인 위해(危害)를 가할지도 모른다는 우려 때문이었다. 그러나 남편에 대한 죄의식이나 도덕적인 가책으로 괴로워한 기억이 별로 없었던 것은 지금에 와서 보면 한심스럽기보다는 기이한 느낌이 든다.

우려와는 달리, 깨철이는 그 뒤 신통하리만큼 내 주위에는 얼씬도 않았다. 나에 대한 무슨 수상한 소문이 마을을 떠도는 것 같지도 않았다. 내가 당한 엄청나다면 엄청나달 수도 있는 그 일에 비해 너무도 깨끗한 뒤끝이었다. 하지만 그렇게 몇 달이 지나간 후에야 나는 비로소 그 쉽잖은 절제와 함구가 깨철이를 지켜주는 또 하나의 중요한 보호막이라는 것을 깨달았다. 설령 그가 내가 우려하는 사태로 몰고 간다 하더라도 나만 완강하게 부인하면 결정적인 불리(不利)를 입는 것은 그 자신일 것이 뻔했기 때문이다. 그리고 그것은 마을 아낙네들과의 관계에서도 마찬가지일 것이었다.

어쨌든 그 일로 나는 추측과 상상 속에 숨어 있던 그의 참모습을 확인함과 동시에 더욱 완전하게 그 마을 아낙네들을 이해하게 된 기분이었다. 극단으로 말한다면, 그는 모든 아낙네들의 연인 또는 잠재적 연인이었다. 그러나 그런 깨철이의 존재를 묵인하는 그 마을 남자들을 제대로 이해하기까지는 다시 얼마간의 세월이 필요했다. 계기는 그해 겨울방학이 가까운 어느 날 오후의 텅 빈 교무실에서였다. 그날 우연히 그 마을 출신의 남자 교원 하나와 단둘이 난롯가에 마주 앉게 된 나는 진작부터 그에게서 듣고 싶던 깨철이의 이야기를 넌지시 꺼내보았다.

"그는 백칩니다. 성불구자구요."

표현은 달라도 그 남자 교원의 주장 역시 보통의 마을 남자들과 다름이 없었다. 펄쩍 뛰듯 나서는 그를 보자 나는 이상스레 심술궂은 기분이 들며 그동안 내가 관찰한 것들을 증거로 대듯 차근차근 늘어놓았다. 물론 나 자신의 이야기만은 쏙 뺀 채였다.

"정말 놀라운 관찰력이십니다. 이 마을에서 나고 자란 나도 최근에야 짐작한 일이죠. 한 선생님께서 그렇게 예리하게 살피고 계신 줄은 몰랐습니다."

내 이야기를 가만히 듣고 있던 그 남자 교원은 나중에야 어쩔 수 없다는 표정으로 그렇게 수긍했다. 나는 기회를 놓치지 않고 다잡아 물었다.

"그런데 어째서 남자분들까지 그 사람의 존재를 묵인하죠?"

"여러 가지 이유가 있겠지만…… 우선 두 가지로 말할 수 있지 않나 싶습니다. 그 하나는 얄팍한 자존심이고 다른 하나는 영악한 계산일 겁니다."

"자존심과 계산?"

"얄팍한 자존심이란 자기가 당했을 경우에 해당됩니다. 깨철이에 대한 우월감을 지키기 위해 그따위 인간에게 아내를 빼앗긴 것을 스스로가 인정할 수 없겠지요. 그보다는 멀쩡한 그를 병신이라고 우기는 편이 속 편합니다. 또 영악한 계산이란 남이 당했을 경우 깨철이를 용서하는 방식이죠. 아시다시피 이 마을은 전부가 한 문중이고, 아니면 인척들입니다. 상피(相避) 붙거나 사돈끼리 배가 맞아 집안 망신을 당하느니보다는 차라리 뒤탈 없는 깨철이 쪽이 낫지 않겠습니까."

나는 그런 합리적인 해명보다는 차라리 어떤 악마적인 것의 침해를 두려워하면서도 한편으로는 그 불안을 즐기는 피학 성향(被虐性向)이나, 자기들로서는 결코 떨쳐버릴 수 없는 도덕과 인습의 굴레에서 자유로운 깨철이와 자기들을 동일시(同一視)함으로써 얻어지는 보상 심리 같은 것에서 그 이유를 찾고 싶었지만, 지나친 비약 같아 대신 이렇게 물었다.

"그렇다면 저번에 동네 가운데서 깨철이를 두들겨 팬 사람은 어째서죠?"

"이건 제 관찰입니다만, 깨철이에게도 어떤 룰이 적용되고 있는 것 같습니다. 이를테면 지나치게 젊은 층은 피한다든가, 같은 상대와 두 번 다시 되풀이는 않는다든가. — 왜냐하면 젊은 남편은 종종 앞뒤 없이 주먹을 휘두르는 수가 있고, 나이 지긋한 남자라도 여편네가 되풀이 그런 짓을 할 때는 참지 못하니까요. 그때도 아마 깨철이가 그런 식의 어떤 룰을 지키지 않아 생긴 소동일 겁니다."

그러다가 그 남자 교원은 내가 타성(他姓)이고 또 아직 미혼이라는 걸 떠올렸는지 갑자기 얼굴을 붉히며 어물어물 말을 맺었다.

"뭐, 이것은 순전히 제 추측입니다. 한 선생님께서는 이미 세밀하게 관찰하신 뒤끝이라 함부로 말해 보았습니다만…… 우리가 방금 나눈 대화, 혹시라도 마을로 흘러나가 말썽이 안 되도록 각별히 유의해 주십시오."

그렇게 말하는 그는 표정까지도 그 마을의 흔한 중늙은이들을 닮아 있었다. 나는 마지막으로 깨철이의 전력을 물어보았다. 그러나 그때 이미 그 남자 교원은 그 화제에 흥미를 잃고 있었다.

"그건 나도 모릅니다. 하지만 그게 특별히 이상할 건 없죠. 다른 곳에도 그와 같이 정체 모를 섬 같은 인물들은 흔히 있으니까요."

그 뒤 내가 그 마을을 떠난 것은 부임한 날로부터 3년이 조금 지났을 무렵이었다. 군에서 제대한 남편으로부터 지금의 직장에 취직이 되었다는 편지를 받고 나는 곧 그와의 결혼식을 위해 학교에 사표를 냈다. 그런데 워낙이 머릿수를 맞춰둔 교원이라 내가 그날로 떠나버리면 그동안 맡아오던 학급은 후임자가 올 때까지 수업을 중단해야 할 형편이었다. 그 바람에 나는 사흘이나 더 기다려 후임자와 맞교대를 하고서야 학교를 벗어날 수 있었다.

내가 그 마을을 떠나던 날이었다. 마침 대학 후배였던 내 후임자는 버스 정류소까지 나를 전송하러 나왔다. 그런데 정류소 앞 가겟집 툇마루에 언제 왔는지 깨철이가 웅크리고 앉아 처음 나를 보았을 때와 똑같은 눈으로 내 후임인 여선생을 살피고 있었다.

나는 그걸 보고 그녀에게 깨철이에 대한 이야기를 해줄까 하다가 그만두었다. 그는 혈연이나 인척으로 속속들이 기명화(記名化)된 그 마을에 유일하게 떠도는 익명의 섬이었다. 만약 그녀에게도 대부분의 그 마을 아낙네들처럼 혹은 2년 전 어느 날의 나처럼, 분출하지 않고는 견디지 못할 만큼 폐쇄되고 억제된 성(性)이 있다면, 역시 그 익명의 섬은 필요할지도 모를 일이었다.

그리하여 나는 내 후임자에게 충고하는 대신 밉살맞을 만큼 끈끈하게 그녀를 살피는 깨철이를 약간 쌀쌀맞은 눈길로 쏘아주었다. 그도 그런 내 눈길을 맞받았다. 그때, 착각이었을까, 나는 문득 그의 눈길에서 희미한 웃음 같은 것을 보았다. 그러나 그것도 순간이었다. 그는 이내 고개를 돌려 비탈 아래 펼쳐진 논밭과 마을을 내려다보았다. 그 땅 어느 모퉁이에도 그의 흙 한 줌 없고, 그 집들 어디에도 주인의 허락 없이는 그가 누울 방 한 칸 없는데도, 마치 그 모든 걸 소유한 장자(長者)처럼, 또는 제왕처럼.

(1982년)

비정의 노래

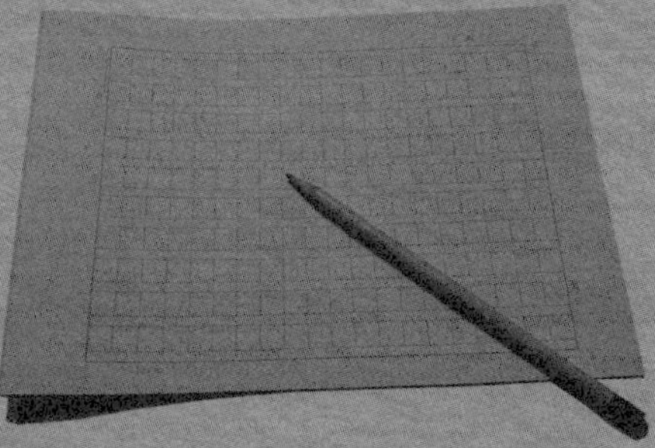

또 그 소리 때문이다. 채 다섯 시도 못 된 새벽을 깨어 속절없는 적막감에 내가 이리 서성이는 것은.

처음 그 소리는 색감으로 치면 그저 푸른색과 흰색의 미묘한 조화 같은 것이었다. 이를테면 어느 가을 산등성이에서 바람 없는 하늘로 곧게 솟아오르는 한 줄기 흰 연기를 바라보게 될 때나, 아무도 없는 실험실의 유리 용기 속에서 투명한 시액에 가라앉은 푸른 앙금을 바라보게 될 때와 같은, 일견 아름다우면서도 울적한 그런. 따라서 담배라도 한 대 피워 물면 대체로 마음이 가라앉고 어떤 때는 그 후의 한두 시간을 더 잘 수도 있었다.

그러나 오래잖아 그 소리는 점차 복잡하고 자극적인 것으로 변해 갔다. 뚜렷하지는 않았지만 무언가 호소하는 것 같은 갈래가 있는가 하면 조소하는 것, 비난하는 것 같은 갈래가 있고, 심지어는 저주하는 것 같은 갈래도 있었다. 그리하여 그것들은 시간과 비례하는 끈끈한 강도로 이미 오래전에 잠든, 내 기억의 어떤 부분을 끊임없이 자극하고, 깊이 가라앉은 의식들을 휘저어 대기 시작했다. 그쯤 되면 잠자기는 틀린 일이었다. 아니 그 이상으로 조용히 견뎌낼 수도 없었다. 나는 물론 그 소리에 힘써 저항했다. 심지어는 빈속을 독한 술로 채워가면서까지. 그러나 그 모든 노력에도 불구하고 그 소리는 집요한 방문을 멈추지 않았다.

매몰차게 쓸어 내도 쓸어 내도 내 사유에는 길길이 번뇌의 먼지가 솟고, 내 흰 뼈에는 마디마디 푸른 금이 그어지는 것 같았다. 근원을 알 수 없는 찬바람이 활짝 열린 내 모공(毛孔) 하나하나에 스며들었고, 불면에 지친 심장에는 수천수만의 검은 화살이 날아들었다. 내가 황량한 기분이 되어 어둡고 적막한 우주의 한끝에 홀로 누운 듯한 자신을 보며 까닭 모를 눈물을 짓게 될 때까지. 그러나 진실로 안타까운 일은 그러면서도 도무지 그 소리의 정체를 알 수 없다는 데 있었다.

거의 한 달 가까이나 그것은 내가 속수무책으로 당해야 할 새벽의 재난일 뿐이었다.

그런데 바로 어제, 또 새벽같이 독한 국산 양주에 취해 라디오를 한껏 크게 틀어 놓은 채 무리한 잠을 청하고 있던 내게 희미하나마 한 가닥 구원을 암시하는 빛이 찾아들었다. 그때 마침 라디오에서는 오래 들을 수 없었던 「비창」의 한 악장이 음울하게 흘러나오고 있었는데 문득 그중의 한 소절이 내 새벽의 소리들 중 한 갈래와 같다는 느낌이 든 게 그랬다.

그리고 그 최소의 발견과 함께 다시 내 새벽의 소리에서 돌연 구체적인 사람의 목소리 하나가 분간되었다. "껌 사세요." 하는 술집이나 다방 같은 데 오래 앉았다 보면, 한 번쯤은 듣기 마련인 소리였다. 각각 다른 여러 사람의 성대를 울리고 나오지만 한결같이 엇비슷하게 들리는, 그리고 대부분은 우리가 별 감동 없이 묵살해 버리는.

사실 그런 발견은 전혀 예상치 못한 것이라 엉뚱한 데마저 있었다. 그러나 차츰 나는 침해받고 있는 내 새벽을 위해 중요한 착상에 접근하게 되었다. 즉 내 새벽의 소리는 바로 그와 같이 상이한 여러 요소로 이루어진 것이며, 만약 내가 그 하나하나를 분석해 낼 수만 있다면 내 새벽의 재난도 피할 길이 있으리란 것이었다.

그리하여 나는 지체 없이 그 분석 작업에 들어갔다. 나를 새벽잠에서 불러낸 소리의 여운에 의지해서 기억은 과거를 소급하고 상념은 어지러이 현재를 배회했다. 해가 솟고, 내가 출근을 서둘러야 할 때까지. 그러나 그뿐이었다. 끝내 그 이상은 아무것도 얻지 못한 채 성가신 일상에 휩쓸려 들어갔던 나는 이 새벽 다시 그 소리의 방문을 받을 것이다.

아아, 저 소리. 긴장으로 팽팽한 내 고막을 무슨 예리한 면도날처럼 찢어 와선 채 아물지 않은 어제의 상처에 새롭고 긴 발톱을 박아 넣는다. 도대체 저것은 어디로부터 온 것이며 내게 무엇을 요구하고 있는 것일까.

이제 나는 다시 괴롭고 쓸쓸한 어제의 작업을 계속해야겠다. 무심하게 넘긴 일상의 장(章)을 뒤지며 그 갈피 어디에선가 내가 진지하게 듣고 깊이 기억해야 했음에도 불구하고 외면해 버리고 만 여러 목소리를 다시 찾아내야겠다. 모든 선지자들이 사라져버린 지 오래인 지금에까지 천상의 목소리가 미련하게 남아 이 땅을 떠돌 리는 없으므로. 그리고 그것이 세사(世事)에 시달리느라 무딜 대로 무디어져버린 우리의 영감을 자극할 리는 더욱 없으므로.

사실 이 얼마 전까지만 해도 나는 세계와 인생을 낙관하는 평범한 생활인이었다. 쇼펜하우어보다는 라이프니츠가 우주를 더 잘 이해했다고 믿었으며, 지는 노을에서조차 떠오르는 내일의 태양을 볼 수 있었다. 도대체 내게 무슨 거침이 있었으랴.

내 얼굴은 콧날이 선명하지 못하고 인중이 짧아 썩 눈에 띄는 것은 못 되지만 그래도 거울을 보면 언제나 즐거웠다. 키도 겨우 170을 턱걸이하지만 구두창 갈기를 서둘러 본 적이 없었고, 근육도 해수욕장 같은 데서 부끄럽지 않을 만은 했다.

지식이나 교양에 있어서도 딱히 비관적인 상태는 아니었다. 나는 꽤 알려진 대학에서 문학사 학위를 받았고 전공 밖의 분야도 남들만큼은 읽었다. 학생 때는 제법 슈베르트와 슈만의 가곡을 좋아했고, 고흐와 달리의 그림들을 마음에 들어 했다.

직업도 마찬가지 — 나는 시내 사립 여중의 역사 선생에 불과하지만 그 또한 만족스러웠다. 물론 거기에 대해서는 비교적 일반적인 반대 의견이 있음을 나는 안다. 예를 들어 벌써 몇 달째 우리 학교 교문 앞에 손수레를 들이대고 버티는 쥐포 장수 같은 자는, 언젠가 주번인 내가 잡상 단속을 나갔을 때, 피하는 기색은커녕 오히려 손수레를 내게로 밀어붙이며 이렇게 씨부렁거렸다.

"씨팔, 나도 팍 때려치우고 중학교 접장질이나 갈까 부다."

그러고는 나를 힐끗거리며 이빨 새로 침까지 찌익 뱉고 지나갔다.

제철이 아니어서 가뜩이나 장사가 안 되는데 단속을 나오니 심통이 나긴 했겠지만 — 하여튼 그 후에도 나와 마주칠 때마다 윈 고개를 틀거나 어깨를 으쓱거리며 건들건들 지나가는 폼이 '그 말은 내 개인 감정에서 나온 것이 아닙네.' 하는 투였다.

또 최근에는 주모(朱某)란 동료 하나가 어린 제자들을 상대로 못된 짓만 골고루 하다가 쇠고랑을 차, 우리 모두의 위신을 영 못 쓰게 만든 적도 있다.

하나 무슨 상관이랴. 누가 뭐래도 나는 내 직업과 그것이 주는 응분의 대우에 만족해 왔다. 더구나 그 무렵 몇 개월째나 내가 누리고 있던 그 '행운'에 따르면 아무도 그런 나의 만족을 의심하지는 못하리라.

내가 담임을 맡고 있는 학급에는 김미애란 학생이 하나 있는데, 지난 학기 초부터 나는 부유한 미망인의 외딸인 그 애네 집에서 하숙을 하고 있다. 식모에게는 매달 꼬박꼬박 하숙비를 내고 있으니 겉으로 보아서는 크게 행운이랄 수도 없고, 또 내막으로는 그 애의 어머니가 그 돈에 덤까지 얹어 내 몫으로 적금을 붓고 있다는 것을 떠벌려보았자 변칙 과외의 혐의밖에 더 받을 것도 없지만, 어쨌든 나는 그 일로 잡무 포함 하루 여덟 시간 이상을 혹사당한 대가로 받는 내 봉급을 고스란히 저축할 수 있게 되었다. 거기다가 그 뒤에는 바로 그 애의 어머니 — 아직은 젊고 아름다운, 그리고 무엇보다도 도심에 대지 150평의 주택과 적잖은 유산을 가진 미망인 허(許) 여사의 존재가 있었다.

나는 처음부터 막연한 기대로 허 여사를 대하게 되었는데, 그것은 내가 그녀의 집에 하숙을 정하게 된 석연찮은 경위 때문이었다. 그 전에 내가 그녀를 학교 밖에서 만난 것은 꼭 두 번으로, 한 번은 지난여름 서해안의 어떤 해수욕장에서였고, 한 번은 점잖은 사람들이 드나들어서는 안 된다는 골목길에서 술이 취한 채 나오던 중이었다. 해수욕장에서 그녀는 미애 때문에 마지못해 인사를 올린다는 식이었지만, 벗어부친 내 몸을 살피는 그 눈길에는 무언가 탐색과 갈망의 열기 같은 것이 어려 있었다. 그리고 두 번째는 너무 취해 뚜렷한 기억이 없긴 해도, 그녀가 태워주는 자가용 차 안에서 내가 사실은 여자를 사려고 했노란 말을 스스럼없이 털어놓은 것으로 보아 그녀의 말이나 행동 어느 쪽엔가 나를 충동질한 것이 있었음에 틀림없다. 그날 나는 쉽게 정직해질 수 있을 만큼은 취해 있었으니까.

그러다가 내가 미애의 담임이 되면서부터 몇 번 의례적으로 학교를 찾아오더니, 학기가 시작되고 며칠 안 돼 지나가는 말처럼 제의해 왔다.

"아직 미혼이시니 하숙을 하고 계실 텐데 저희 집으로 하숙을 옮기시는 게 어떠세요? 과외가 금지되니 가정교사도 둘 수 없고, 그렇다고 집 구조가 세를 놓기에도 적당하지 않아 든든한 하숙생이나 하나 두려고 하는데……."

솔직히 말해서 나는 처음 그 제의에 좀 어리둥절했다. 자가용 기사 딸린 승용차까지 있는 미망인과 하숙집 안주인 사이에는 도무지 아무런 연관이 맺어지지 않았기 때문이었다. 하지만 긴가민가하면서도 그것이 무언가 예기치 않은 행운의 실마리가 될 것 같은 예감으로 못 이기는 체 하숙을 옮긴 나는 며칠도 안 돼 그녀의 집에 내가 필요한 이유를 뚜렷이 알아챌 수 있었다.

그러니까 정확히 말해서 내가 허 여사의 집으로 하숙을 옮긴 지 사흘째 되던 날 밤이었다. 일찌감치 저녁 식사를 마친 나는 자못 심란한 기분으로 방에 틀어박혀 눈에 들어오지도 않는 책을 뒤적이고 있었다. 초저녁부터 거실에서 허 여사 특유의 냉랭한 목소리와 실랑이를 벌이고 있는 웬 젊은 남자의 목소리 때문이었다. 딱히 먹은 마음이 있었던 것은 아니었으나 정작 허 여사에게 따로 젊은 남자가 있다는 것을 알게 되자 까닭 모르게 분하면서도 낭패한 느낌이 들었다.

그런데 갑자기 거실 쪽에서 허 여사의 날카로운 외침과 함께 유리나 도자기 따위가 요란하게 깨어지는 듯한 소리가 났다. 나도 모르게 뛰어들어 보니 방 안에는 어떤 미남형의 청년 하나가 소파에서 발딱 일어난 자세로 자기를 노려보고 있는 허 여사 앞에 무릎을 꿇고 무언가를 절망적인 표정으로 애원하고 있었다. 바닥에는 방금 부서진 듯한 도자기 조각이 어지러이 널린 채였다. 무슨 오만한 여왕처럼 그런 청년을 싸늘하게 내려 보고 있는 허 여사의 모습이 적지 않이 위로가 되기는 했지만 내가 선불리 개입할 상황은 아닌 것 같았다.

잠시 그런 방 안의 광경을 멍하니 살피던 나는 약간 겸연쩍은 기분이 들어 돌아섰다. 바로 그때였다. 자기의 감정을 주체하지 못해 주위를 분간하지 못하던 그 청년은 그제야 나를 알아보고 돌연 고통에 일그러진 얼굴로 벌떡 몸을 일으켰다. 그런 그의 눈은 이미 슬픔과 절망의 눈이 아니라 분노와 증오로 흉포하게 타오르는 눈이었다. 그는 비명과도 흡사한 괴상한 부르짖음과 함께 거의 앞뒤 없이 나를 덮쳐왔다.

우선은 그의 원인 모를 적의와 맹렬한 기세에 흠칫했지만 나는 곧 본능적인 정당방위에 들어갔다. 그리고 몇 차례 서로 간에 손발을 주고받게 되자 내 쪽에서도 이내 맹렬한 적의와 투지가 불타올랐다. 허 여사가 지켜보고 있음을 염두에 둔 18세기식의 정열과 이것이야말로 막연히 기대했던 어떤 행운의 실마리가 될지 모른다는 20세기의 타산이 묘하게 야합된 적의였다.

내가 진작부터 몇 가지 투기(鬪技)를 익혀둔 것은 잘한 일이었다. 두어 번 방바닥에 메어꽂고, 서너 번 힘 있게 쥐어박으니 의외로 허약한 상대는 볼품없이 나가떨어져 일어날 줄 몰랐다.

하지만 나이 지긋한 승용차 운전사가 동정에 가득 찬 눈길로 그 청년을 부축해 나가자 한순간의 승리감은 이내 알 수 없는 불쾌감으로 변했다. 운전사가 그를 '젊은 선생'이라고 익숙하게 부르고, 문 밖에 서 있던 미애가 흑 하며 두 손으로 얼굴을 감싸 쥐는 것으로 보아, 한때 그 청년은 그들과 깊은 관련을 맺고 있었던 사람이었던 듯했다. 거기다가 또 그는 내가 전력을 다해 때려누이기에는 너무 어리고 약했다.

심기가 상한 나는 거칠게 옷을 털고 인사도 없이 그 방을 나섰다. 그런데 미처 그 방을 벗어나기도 전에 나를 가로막는 사람이 있었다. 이제껏 눈 한 번 깜박이지 않고 그 모든 광경을 말없이 보고만 있던 허 여사였다. 내 기분은 아랑곳 않고 그녀는 냉랭하게 말했다.

"집 안에 남자가 없으니 만만하게 본 거예요."

그리고 이어 눈에 띨 듯 말 듯한 미소와 함께 정감 어린 목소리로 덧붙였다.

"설마 이런 일로 기분 상하지는 않으셨겠죠?"

어떻게 보면 그냥 해본 소리와 다름없었지만 내게는 실로 뿌리칠 수 없는 유혹으로 들렸다. 그렇지만 그것이 바로 내가 허 여사와 무슨 특별한 관계에 들어간 것을 뜻하지는 않는다. 그 뒤로도 여전히 그녀와 나는 하루에 몇 번을 만나도 서로 공손하게 머리를 숙이는 교사와 학부모였으며 또한 서로 대하기에 어려운 하숙생과 안주인에 지나지 않았다. 그녀가 극히 담담한 목소리로, 남의 눈이 있으니까 하숙비를 받기는 하되, 그 돈을 선생님의 결혼자금으로 이백만 원짜리 적금을 부어 주겠다고 말한 것도 그날로부터 거의 스무 날이나 뒤인 내 봉급날의 일이었다.

그런데 이렇게 얘기를 해나가다 보니 문득 내 의식에 강렬하게 떠오르는 게 하나 있다. 그것은 그 후 며칠 만인가 다시 찾아온 그 청년의 젖은 눈과 고뇌에 찬 목소리다. 그날 허 여사의 요청으로 그녀를 대신해 대문께로 나간 내게 그는 신파조이긴 해도 이상하게 감동적으로 들리는 어조로 말했다.

"이제 다 끝나버린 겁니다. 청운의 뜻을 품고 서울로 올라왔던 시골 수재는 지난 3년, 그녀의 노리개로 모든 걸 탕진해 버린 겁니다. 나의 대학, 나의 젊음, 나의 이상…… 아마는 목숨까지도. 하지만…… 부탁드립니다. 한 번만 더 그녀를 만나게 해주십시오. 마지막으로 꼭 한 번만……."

물론 나는 끝내 그를 집 안으로 들이지 않고 위협적인 침묵으로 내쫓고 말았지만, 단순한 창백함 이상 어떤 섬뜩함마저 느껴지던 그의 안색이나 애원하는 투의 목소리는 무슨 불쾌한 점액(粘液)의 감각처럼 내 기억에 눌어붙었다. 그리고 — 이상도 하여라, 이제 그것들은 새벽의 고문자들 틈에 끼어 나를 찾고 있다. 도대체 그것들에게 셈해야 할 무엇이 내게 남았다는 것인지…….

하지만 더욱 아픔에 가까운 것은 마치 그 기억들을 옹호하듯이나 갑작스레 내 의식을 찔러오는 또 하나의 목소리다. 날카롭고 쥐어짜는 듯한 혜영의 목소리.

혜영은 대학 상급반인 내가 오랜 가정교사 생활이 싫증나서 땅콩 장사를 하던 시절에 만난 여자였다. 이제는 아니지만 그때는 피로한 직업여성으로, 주로 출판사와 출판사를 전전하며 병든 어머니와 어린 동생들을 부양하고 있었다. 그러나 유난히 추운 그해 겨울 희미한 가스등 아래 연탄불을 쬐며 웅크리고 있던 나에게는 매일 저녁 어린 동생들을 위해 땅콩이며 귤 따위를 사 가는 그녀가 얼마나 아름다워 보였던가.

그녀의 피로에 지친 핏기 없는 얼굴과 어두운 골목길로 비틀거리듯 사라지던 뒷모습은 얼마나 자주 내 가슴에 뜨거운 연민을 불러일으켰던가.

자연 나의 땅콩 되질은 후해졌고, 어쩌다 그녀의 호주머니가 비어 그냥 지나쳐 가는 날은 내 쪽에서 자청하여 외상을 주게 되었다. 그러다 보니 그녀 쪽에서도 나를 알아보게 되었고, 그녀의 출판사에서 새 책이라도 나오게 되면 한 권씩 갖다 주게 됐으며…… 이윽고는 우리의 대화도 고객과 상인의 입장을 떠나버렸다. 우리는 어느새 사랑을 시작했던 것같다.

그리고 그때부터 그 나머지 겨울은 따뜻하였다. 근처 포장마차의 우동 국물이 따뜻하였고, 늦은 겨울밤 찻집 아가씨가 졸린 눈으로 날라 주던 커피가 따뜻하였으며, 나의 연탄도 전보다 더 따뜻하게 타올랐고, 그리고 가끔씩 함께 읽던 해적판『러브 스토리』도 따뜻하였다. 혜영이가 여덟 시에 퇴근한다면 나는 일곱 시부터 행복해지기 시작했고, 간간 휘날리는 눈송이나 도회의 옅고 흐린 노을을 바라보면 나는 어김없이 그녀의 창백한 볼과 핏기 잃은 입술을 떠올렸다.

그렇지만 파하지 않는 잔치가 어디 있고 다하지 않는 봄이 어디 있으랴. 대략 그 이듬해 봄, 내가 지금의 학교에서 탄 첫 봉급으로 두 사람이 사흘간의 여행을 하고 온 후부터 우리 사이는 시들해지기 시작했다. 나는 그 여행 중에 그녀에게 결혼을 제의했던 것인데, 뜻밖에도 그녀는 어두운 얼굴로 거부해 왔다. 어린 동생들이 병든 어머니를 모실 수 있을 때까지 기다려 달라는 요청과 함께였다. 그때 가장 큰 동생이랬자 겨우 공전 1년생이었다.

물론 그때만 해도 내게는 신선한 정열과 객기가 살아 있을 때였다. 나는 사심 없이 어린 처남들과 병든 장모를 돌볼 생각이었다. 그러나 그런 장한 내 결심은 혜영의 유달리 날카로운 자존심을 건드렸을 뿐이었다. 그녀는 단호한 거절을 반복했고, 내가 조금만 강경하게 나오면 한숨과 눈물로 응수했다.

나는 끝내 지치고 말았다. 나의 박봉과 가난한 처족의 연관도 차츰 내 의식 속에서 첨예한 대립을 시작했다. 풋내기 중등 교원의 봉급으로는 만성 간장병 환자와 전문 학생이 포함된 여섯 식구를 부양할 수 없다는 사실을 늦게서야 깨닫게 된 탓이었다.

혜영에 대한 정열도 전만 같지는 못하였다. 거의 매주 토요일을 우리는 변두리 여관방에서 밤늦도록 함께 보냈고 그간 두 번이나 나는 핼쑥한 그녀를 산부인과에서 부축해 나왔다. 정말이지

나는 그녀의 가장 은밀한 곳에 있는 점 하나까지도 다 알고 있다. 그러나 그런 것들은 그녀에 대한 혈연적인 애착과 연민을 기르는 대신 신선한 정열을 빼앗아갔고 끝내는 이래저래 내 쪽에서도 시들해지기 시작했다.

그러다가 이 봄 내가 허 여사 댁으로 하숙을 옮기게 되면서 그런 사태는 더욱 악화돼 갔다. 내가 무슨 대단한 배신을 계획해서가 아니라 허 여사 탓이었다. 그녀는 별로 잦은 것도 아닌 혜영의 전화를 이유 모를 신경질로 대했고, 때로는 내가 멀쩡하게 곁에 있는데도 없다고 잘라버리기까지 했다.

그 때문에 나는 공연히 송구해져 혜영의 전화를 받는 내 목소리는 본의 아니게 딱딱한 것이 되고 말았는데, 그것이 점점 드물어지는 우리들의 밀회와 함께 적잖이 혜영을 괴롭히는 것 같았다. 나를 만나는 혜영의 얼굴은 점점 수심으로 어두워져 갔고, 두 번에 한 번쯤은 다방의 희미한 조명 아래서도 반짝이는 눈물을 볼 수 있었다. 나를 난처하게 하고 우리 사랑을 피곤하게 만드는 바로 그 눈물이었다. 그리고 때로 그것은 참을 수 없는 흐느낌으로까지 발전해 내 지친 사랑과 연민을 더욱 진력나는 것으로 만들었다.

그러던 어느 일요일의 늦은 아침 식사를 마치고 조간신문을 뒤적이던 나는 뜻밖에도 혜영의 방문을 받았다. 그녀는 아주 멀리서부터 나를 향해 똑바로 달려온 것 같은 자세였다. 그리고 당황스레 응접실로 인도해 간 내가 미처 자리에 앉기도 전에 빠르고 들뜬 목소리로 말했다.

"이제 다 됐어요. 모두 준비됐어요. 우리 한 달 후에 결혼하는 거예요. 네? 아시겠죠?"

무슨 불안감에 쫓기듯 거의 숨 한 번 쉬지 않고 말하는 그녀의 상기된 얼굴에는 일종의 귀기(鬼氣)마저 번득이는 것 같았다. 나는 일순 섬뜩했으나 이내 내 주의는 다른 곳으로 쏠렸다. 직접 찻잔을 받쳐 들고 나온 허 여사 쪽이었다.

그런 허 여사의 출현은 그때 이미 희미하게 자리 잡고 있던 마음속의 결정을 더욱 확고한 것으로 만들었다.

가엾은 것. 혜영은 그때껏 내가 변한 것을 모르고 있었다. 수삼 년 세월에 부대끼며 식어버린 정열을, 실리에 영악해진 내 서른두 살의 나이를.

그러나 마음속의 의사를 표현하는 과정에서 나는 그만 큰 실수를 하고 말았다. 분위기를 부드럽게 한다는 게 겨우 히물히물 웃게 되었고, 가족 문제를 묻는다는 게 돈 많은 재미 동포 삼촌이라도 돌아왔느냐고 이죽거리게 돼 버렸으며, 오랫동안 나를 피로하게 만든 그녀의 자존심을 나무란다는 게 그만, 이제 다 늙어가며 결혼은 뭘, 하며 다시 히물히물 웃게 되고 말았다.

그때였다. 언제나 온순하고 침착하던 혜영이 그 어디에 그런 격렬함이 숨어 있었던지. 히물거리던 내 입이 다물어지기도 전에 내 뺨에서는 화끈함과 함께 날카로운 소리가 났고, 갑자기 멍청해져버린 내가 무슨 일이 났는가를 깨닫기도 전에 혜영은 내 앞에서 사라져버렸다. 내가 다시 정신을 가다듬었을 때 텅 빈 방 안을 떠돌고 있는 것은 그녀가 남긴 비통하고 절망적인 목소리의 여운뿐이었다.

"나쁜 사람. 나쁜 사람. 비열한 남자……."

그런데 무슨 까닭이었을까. 대체로 내 희망과 일치하게 결말이 났음에도 갑자기 콧마루가 시큰해 온 것은, 끌리듯 달려 나간 대문께에서 상처 입은 작은 새처럼 파들거리며 사라지는 그녀의 뒷모습을 뒤쫓던 내 눈이 때 아닌 눈물로 몽롱해진 것은. 뒤 한 번 돌아보지 않고 골목길을 꺾어 가던 그녀의 뒷모습이 그처럼 내 눈시울에 와 박힌 것은. 그리고 그 짧은 한마디가 두 달이나 지난 지금 다시 내 새벽을 찾아들어 나를 가해(加害)하는 것은…….

그러고 보니 또 들린다. 그것은 혜영의 목소리와는 반대편에서 가늘게 떨리고 있는 조카 훈이 녀석의 목소리이다.

"안녕히 계셔요, 삼촌……."

하지만 그 목소리를 얘기하기 전에 나는 먼저 그 애의 아버지인 형을 좀 얘기해야겠다.

나보다 꼭 열두 살이 위인 그 형은 일찍 부모를 여읜 내게는 유일한 혈육인 동시에 보호자였다. 실제로도 형은 내가 고등학교에 다닐 때까지만 해도 비교적 충실하게 그 역할을 했다. 자기는 뒷골목에서 거칠고 불안한 생활을 해가면서도 내가 겪는 결핍이나 불편은 안쓰럽게 여기고 못 견뎌 했다.

그런데 고교 3년 때를 전후하여 형은 조금씩 변하기 시작했다. 대략 형이 지금의 형수와 오랜 동거 생활을 청산하고 정식으로 결혼식을 올릴 무렵부터였다. 형은 점점 나를 위해 쓰는 것을 아깝게 여기더니 나중에는 몇 푼 버스비에조차 인색해졌다. 그러다가 내가 근근이 대학에 적을 두게 되고부터는 완전히 경제적인 지원을 중단해 버렸다. 견디다 못한 나는 결국 가정교사로 나서게 됐는데 내가 알기로 그때 형은 그 어느 때보다 여유가 있던 때였다. 자기 세계에서는 나름대로 지위를 굳혀 아담한 주점도 경영하고 청부업에도 손을 대 상당한 재미를 보고 있었기 때문이다.

그런 형의 변화에 대해 내가 몹시 궁할 때면 한 번씩 신세를 지는 고모님은 항상 형보다는 형수를 나무랐다. 거리에서 아무렇게나 만난 여자가 돼서 유별난 우리 형제의 우애를 갈라놓았다는 식이었다.

한편 형 측의 주장은 달랐다. 그는 내게 대한 태도를 바꾼 데에 뚜렷한 이유를 가지고 있었다. 그 하나는 온실 속의 꽃처럼 자란 나에게 험한 인생을 단련시키겠다는 거였고, 다른 하나는 내가 그를 실망시켰다는 것이었다.

첫 번째 이유에서는 그 근거가 옳고 그름을 따질 마음이 없다. 그러나 두 번째에 대해서는 나도 좀 짚이는 게 있다. 형은 검사나 사장인 동생을 원했는데 나는 문리대를 택했고 또 대학 초기에는 멋모르고 연극을 합네 어쩌고 하며 술잔깨나 좋이 마시고 다녔다.

그렇지만 내 편에서 허심탄회하게 말한다면 고모님도 형도 정확한 이유를 댄 것 같지는 않다. 그것은 차라리 이 시대의 필연적인 추세였다. 내 생각에는 우리의 윤리가 그렇게나 오래도록 형제간의 우애를 강조한 것은 원시적인 보험 심리 때문이 아니었던가 한다. 마치 부모가 다른 동물에 비해 유달리 긴 성장기를 가진 자식을 아무 불평 없이 기르는 것은 또한 그만큼이나 긴 자신의 생산능력 없는 노후의 보장인 것처럼…….

하지만 우리의 경험과 실례가 보여주듯이 그런 종류의 보험은 끊임없는 주의와 성가신 배려를 요하면서도 결과는 매우 불확실하고 비경제적이다. 그래서 인간은 보다 간편하고 확실한 보험을 요구하게 되었고, 거기 따라 여러 가지 사회적 보험 제도가 발명되고 진보돼 왔다.

결국 형의 변화는 보험에 대한 선호(選好)의 변화에 불과하였다. 그는 나에게 상환이 불확실한 보험료를 불입하기를 거부한 대신 다른 수많은 증권과 보험증서를 사들였을 뿐이었다. 그러기에 나는 불신당한 것이 약간은 씁쓸하였지만 별 원망 없이 형을 떠났다.

그 후 내가 대학을 졸업하고 직장을 얻을 때까지의 긴 세월은 참으로 고단하였다. 휴학은 나의 뺄 수 없는 연중 행사였고, 남이 4년 다니는 대학을 나는 군대 포함 꼬박 9년이 걸려 졸업했다.

내가 그 어려운 세월을 보내는 동안 간간 듣게 되는 소식은 형이 크게 번창하고 있다는 것이었다. 조그만 간이주점은 맥주홀로 변했고, 몇 억짜리 공사 청부도 곧잘 따낸다는 식이었다. 그러다가 근년 들어 어두운 풍문이 들리더니 이 겨울 마침내 빈털터리가 돼 버렸다는 말을 고모님으로부터 들었다. 그 어떤 보험이나 저축도 그를 구하지는 못한 듯했다.

나는 형의 번창을 시기하거나 기뻐하지 않은 것처럼 그의 몰락 또한 특별히 고소해하거나 슬퍼하지 않았다. 따라서 달포 전 형이 초췌한 모습으로 나를 찾아와 그의 곤궁을 호소할 때도 담담하게 외면할 수 있었다. 조카와 형수가 의지할 방 한 칸 없이 떠도는 신세가 되었다 한들, '사람은 자기가 신뢰를 둔 곳에서 그 신뢰를 찾아야 한다.' 형은 자기가 보험료를 낸 곳에서 보험을 구해야 할 것이었다. 거기다가 실제로도 그 무렵 내게는 여윳돈이 거의 없었다. 새로 넣은 백만 원짜리 적금은 겨우 절반 정도 차 있었고, 먼저 탄 것은 건설주를 사두었는데 그 무렵엔 연일 폭락 중이었다.

그런데 그날 맥 풀린 표정으로 돌아간 형은 결국 일을 저지르고 말았다. 궁한 나머지 옛 동료들과 무슨 불법한 일을 꾸민 모양인데, 그 일이 돈이 되기 전에 구속부터 당하고 말았다. 그러나 내가 무얼 할 수 있단 말인가. 보호실에 있는 그에게 돈 몇 천 원과 구내식당의 설렁탕 한 그릇을 들여보내는 것이 고작이었다. 일찍 고시에 합격해 마침 관할 검찰청에 검사로 있는 동창이 하나 있기는 했지만 사기 같은 죄명을 가진 형을 부탁할 수는 없는 일이었다.

훈이 녀석이 학교로 찾아온 것은 바로 그 며칠 후였다. 핏덩이 같은 젖먹이 시절부터 대여섯 살 때까지 내가 안아 키우다시피 한 녀석이었다. 형의 집을 나온 후에 어쩌다 고모님 댁 같은 데서 만나면 내게서 떨어지지 않으려고 울어 댔다. 그런데 그 녀석이 중학생이 돼 찾아왔다.

반가웠다. 그러나 녀석이 울먹이며 전한 소식은 하나도 반가운 것이 못 됐다. 끝내 형은 법원으로 송치됐고 형수는 몸져누웠다는 내용이 그랬다. 다시 말하지만 그런들 내가 무얼 할 수 있단 말인가. 나는 다만 굶주림의 기색이 보이는 녀석을 위해 이만 원을 가불했다.

녀석은 돈보다는 내가 함께 가주기를 원했다. 피곤한 일, 거기다가 나의 하루는 정연한 톱니바퀴처럼 시간과 시간이 맞물리어 돌아가고 있었다. 결국 만 원권 두 장을 꼬깃꼬깃 접어 주머니에 넣은 녀석은 눈물이 흥건한 눈으로 돌아섰다.

"안녕히 계셔요. 삼촌……."

울음 삼켜진 녀석의 목소리에는 할 일을 다 했다는 내 기분에도 불구하고, 무언가 원인 모를 음울을 강요하는 여운이 있었다.

그런데 이해 못 할 일도 있다. 지금까지 내가 찾아낸 목소리들은 일견 서로 다르면서도 어딘가 공통적인 데가 있었다. 그러나 내가 방금 찾아낸 이 목소리들은 전혀 그들과 성질을 달리한다. 거칠고 공격적이며 알코올 냄새가 난다. 아, 이제 알 듯하다. 바로 그놈들이다. 그 난폭하고 무례한 주정뱅이 놈들이다.

그러니까 오늘이 꼭 한 달이 된다. 그날 밤도 꽤 깊은 열 시경에 나는 한 떼의 불청객을 맞았다. 같은 학교에 근무하는 동창 녀석 하나와 시원찮은 신문사에 기자로 나가는 동창 녀석이 웬 낯선 녀석 둘과 작당하여 내가 있는 허 여사의 집을 급습해 왔다. 모두 웬

만큼 올라 있는데도 하나씩 술병을 꿰차고 있었다.

기자 녀석의 말로는 전화번호를 이용해서 찾아왔다고 말했지만, 나는 단박 이 침입의 주동자가 누군지를 짐작할 수 있었다. 같은 학교에 근무하는 녀석임에 틀림없었다. 녀석은 평소에도 나를 방앗간 지붕에 앉은 참새 정도로 여기며 곧잘 허 여사와 나의 관계를 심문하듯 캐묻곤 했다. 심할 때는 허 여사의 속살이 희더냐, 그 기술은 좋더냐 따위를 물어 대다가 제 흥에 겨워 킬킬거릴 때도 있었다.

그런 녀석의 안내를 받고 왔으니 다른 녀석들의 정신 상태도 알 만했다. 그들은 내가 허 여사와 결혼이라도 한 것으로 착각하고 애초부터 도무지 거침없이 굴었다. 대문부터 내가 잠옷 바람으로 누운 내 방까지 녀석들의 노크는 한결같이 발을 사용한 요란스러운 것이었고 목소리도 평상시의 두 배는 높았다.

그들의 너무도 당당한 기세에 오히려 눌려버린 것은 나였다. 2층 허 여사 방에 끊임없이 신경을 쓰면서도 나는 웃는 낯으로 그들을 맞지 않을 수 없었다. 사실 전혀 반갑지 않은 것은 아니었다. 어쨌든 두 동창 녀석은 학교 시절에 제법 가까이 지낸 사이였고 술도 오랜만이었다. 이미 나의 머리는 술을 원하지 않았지만 위는 아직도 때때로 술을 원하고 있었다.

이래저래 오래잖아 술자리는 어우러졌다. 원체 어려워하는 나 때문에 잠시 멈칫하던 녀석들도 이내 왁자하게 나왔다. 그래서 처음에는 김치 접시나 튀김 조각으로 만족하던 녀석들이 제법 큰 소리로 가정부를 불러 찌개 냄비까지 부탁하게 됐을 때쯤 가져온 술은 동이 나고 말았다.

비록 몸은 다소 취해 올랐지만 여전히 긴장을 풀지 않고 있던 내 머리는 그쯤서 술자리가 끝나주기를 바랐다. 시간도 어느새 열한 시가 넘어 있었다. 그러나 웬걸, 녀석들은 판은 이제부터라는 식으로 나왔다. 내 강경한 거부 사인에도 불구하고 한 녀석이 기세 좋게 밖으로 뛰쳐나갔다. 오래잖아 녀석은 다시 보드칸지 뭔지 하는 놈을 두 병 들고 오고, 사양을 무시한 녀석들의 집중 공세 속에 드디어는 내 머리도 느슨해지고 말았다. 열두 시쯤 다시 술이 떨어지고, 또 한 녀석이 술을 안고 오고…… 점입가경, 술자리는 한 시를 넘기고 있었다.

그런데 그때쯤 해서 돌연히 나의 긴장을 자극할 일이 생겼다. 그때껏 정체를 숨기고 있던 문제의 낯선 녀석이 술에 취하자 섬뜩한 자신들의 정체를 털어놓은 것이었다. 과가 달라서 얼른 알아보지는 못했지만 녀석들도 나의 대학 입학 동기였다. 그리고 어떤 유명한 불온 단체에서 무엇인가 불온한 활동을 하다가 몇 년씩 교도소 신세를 진 경력이 있었다. 그 때문에 일자리를 얻기가 쉽지 않아 그 무렵엔 변두리 사설 학원에 강사로 나가는 모양인데도 기세는 여전했다. 그들은 온건한 중등 교사인 내가 거의 깜짝깜짝 놀랄 만큼 불온한 얘기들을 함부로 내뱉었고 몸에 난 끔찍한 흉터들을 무슨 대단한 훈장처럼 자랑하였다. 그러니 내가 무슨 간으로 취하겠는가. 오직 그들이 떠나주기를 간절히 기다리는 마음으로 나는 졸음을 위장했고, 그러다 결국은 정말로 꾸벅꾸벅 졸기 시작했다.

하지만 일은 기어이 터지고 말았다. 두 시쯤 해서 다시 술이 떨어지자 이번에는 기자 녀석이 자청하여 술을 사러 나섰는데, 그사이 허 여사가 그만 대문 자물쇠를 채워버린 것이었다. 맙소사, 그 놈의 괴상한 문은 그 자물쇠만 채워버리면 안팎 어디서도 허 여사 혼자 보관하는 그 열쇠가 아니면 열 수가 없는데……. 그 대수롭지 않은 자물쇠 소리에 나의 잠은 천리만리 달아나고 말았다. 그때 복도를 지나는 허 여사의 가벼운 실내화 끄는 소리는 또 어찌 그렇게도 선명하고 날카롭게 청각에 감응돼 왔던지.

그러나 곤죽이 된 방 안의 두 녀석은 여전히 기고만장 떠들어댔고, 술로 머리가 돈 국어 선생 놈도 엄청난 말로 맞장구를 쳐댔다. 대체로 지각한 사회주의자와 신화가 된 4·19의 엉성한 합창이었으며, 가장 위험스럽고 저질한 술주정이었다.

그들이 떠드는 바 그 대의(大義)란 무엇인가. 내가 보기에 그것은 기껏해야 우리의 국민 형성 교육이 주입한 가변적인 관념이다. 그들이 대단하게 믿고 섬기는 민주란 것도 따지고 보면 저 국민학교의 사회 시간과 중학교의 공민 시간, 고등학교의 일반 사회 시간, 그리고 대학교에서의 몇몇 양물(洋物) 든 교수의 강의 시간에서 추출된 허구에 불과하다. 어떤 특정 집단의 주문에 따라 선택되고, 구성된, 설령 세월이 가면서 그 내용이 듣고 배운 것과 조금 달라졌다 한들 그게 무슨 대순가. 만약 저들이 소련서 태어났다면 지금쯤은 공산(共産)을 떠들고 있을 것이다.

그렇지만 나는 더 이상 그런 한가한 생각에 잠겨 있을 틈이 없었다. 내가 아직 몽롱한 졸음으로 나를 위장한 채 녀석들의 주정을 불안하게 듣고 있을 때, 어디선가 용케 술을 구한 바깥의 기자 녀석이 대문을 두드려 대기 시작했다. 녀석의 취한 목소리가 온 동리 개를 다 깨워 놓은 뒤에야 알아들은 방 안의 녀석 하나가 비실거리며 대문께로 나갔다. 하지만 견고하게 잠긴 두께 3밀리의 철판 문을 제가 무슨 수로 열어.

여전히 벽에 기대 눈을 감은 채 정세를 관망하고 있는 나에게 처음에는 안팎의 두 녀석이 히히덕거리는 소리가 들려왔다. 안의 녀석은 밖의 녀석이 들어오지 못해 안달하는 것이 우스웠고, 바깥 녀석은 바깥 녀석대로 안의 녀석이 장난이라도 치는 줄 아는 듯했다. 그러나 장난도 유분수지, 그럭저럭 십 분 가까이나 대문 밖에 서 있게 된 바깥 녀석은 조금씩 화를 내기 시작해 드디어 대문에 쾅쾅 발길질을 해댔다.

나는 이제 무엇인가 해야 한다는 기분에 다급해지기 시작했지만 마음뿐 별다른 방도가 생각나지 않았다. 그만큼 조금 전에 들은 허 여사의 방문 닫기는 소리는 거칠었고 그 자물쇠 소리도 단호했다. 도무지 내가 양해를 구해 볼 한 치의 틈도 보이지 않겠다는 투였다.

그래서 내가 망연해 있는 동안 다시 사건은 엉뚱하게 전개됐다. 바깥의 녀석이 무엇인가를 안으로 집어 던지기 시작했다. 대문 안 녀석의 반응으로 보아 안주 봉지와 구두 한 짝인 것 같았다. 뒤이어 갑자기 퍽 하는 소리와 함께 유리 조각이 깨져 흩어지는 소리가 요란하게 들렸다. 다시 날아온 구두 한 짝에 현관 외등이 박살난 것이었다.

그때 갑자기 2층 허 여사의 방문이 열리는 소리가 났다. 이제 어떻게 일어나 볼까 하던 나는 속으로 쾌재를 불렀다. 그러면 그렇지, 범 따로 있고 포수 따로 있구나, 집이 부서질 판에 제가 대문을 열지 않고 배겨. 하지만 아니었다. 층계를 내려온 허 여사의 가벼운 실내화 끄는 소리는 곧장 대문께로 가지 않고 응접실 전화 있는 곳에서 멈췄다. 따르릉따르릉 다이얼은 꼭 세 번밖에 돌지 않았다. 그게 무엇을 뜻하는지 한참 만에 알아차린 내가 그녀를 제지하려고 마음 먹었을 때는 이미 모든 것이 늦어 있었다.

"정동 ○○번진데요……. 괴한들이 침입해……네, 괴한 넷이…… 집을 부수고……."

나는 뜨려던 눈을 도로 굳게 감았다. 이미 화살은 시위를 떠난 뒤였다. 그때부터는 내가 깨어 있다는 사실 자체가 허 여사를 난처하게 하는 일이었다. 그리하여 짐작대로 멀리서 가까워 오는 경찰차의 사이렌 소리가 들려올 무렵에는 아예 코를 골며 길게 누워버렸다.

응접실을 나가는 허 여사의 총총한 실내화 소리, 작은 철문을 따는 소리, 뒤이어 경찰과 방범 대원들인 듯한 사내들의 낯설고 거친 소리, 그리고 취중이지만 아연해진 듯한 바깥 녀석의 더듬거리는 항의 소리, 나를 흔들어 대다 결국은 단념한 두 녀석은 내가 그들의 친구임을 누누히 강조했지만 야멸찬 허 여사의 목소리는 경찰을 재촉할 뿐이었다.

경찰은 완전히 홀로 사는 여인의 편이었다. 그들은 녀석들의 씨알도 안 먹히는 항의를 깨끗이 묵살하고 연행할 채비를 서둘렀다. 비록 그들이 정말 내 친구라 해도 흉기와 다를 바 없는 세 명의 주정꾼을 홀로 사는 미망인과 한 담 안에 둘 수 없다는 게 경찰의 생각인 것 같았다.

그런데 이상한 것은 조금 전까지도 대문 밖에서 악을 쓰던 기자 녀석이 돌연 없어져버린 일이었다. 경찰차의 사이렌 소리에 놀라 달아나버린 것일까 싶었으나 아니었다. 기다리다 못한 녀석은 좀 낮은 담을 이용, 허 여사 댁의 높은 담을 넘고 있는 중이었는데, 결국은 의기양양하게 화단 쪽 잔디 위로 뛰어내린 순간 마침 나머지 한 명을 찾고 있던 방범에게 붙들리고 말았다. 그리고 거기서 녀석들과 경찰 간의 본격적 시비가 벌어졌다.

꼴에 기자라고 경찰에게 딱딱거리는 녀석이 있는가 하면, 다급하게 내 이름을 불러대는 녀석이 있었다. 뒤늦게서야 혀 꼬부라진 소리로 양해를 구하기도 하고 그 취중에도 경찰에게 잘해 보자고 수작을 건네보기도 했다. 그러나 이도 저도 다 잘 되지 않자 결국 다시 내 이름을 불러 대고, 대답 없는 내게 고래고래 욕설을 퍼붓고, 이윽고는 모두 끌려가 버렸다. 잠시 후 갑작스러운 정적 속에 들리는 것은 무슨 유령처럼 복도를 지나는 허 여사의 발자국 소리와 옷깃 스치는 소리뿐이었다. 이제 자기 방으로 돌아가는 것일까. 나는 그제야 맹렬하게 덮쳐오는 취기 속에 멀어져가는 그 소리를 들으며 아슴푸레 잠 속으로 빠져들었다.

그런데 그 밤 참으로 놀라운 꿈을 꾸었다. 허 여사와 내가 격렬한 성합을 나누는 꿈이었다. 그녀는 달아오른 혜영이보다 훨씬 뜨겁고 풍만했다. 그리하여 지루하리만큼 오래인 그 꿈은 먼동이 훤히 터올 때쯤이야 끝이 났다. 그것도 내 방을 나가는 허 여사의 뒷모습을 본 것 같은 착각과 함께.

그 꿈의 기억이 어찌나 생생했던지 이튿날 아침 식탁에서 나는 몇 번이고 허 여사의 얼굴을 훔쳐보았다. 그러나 약간 쌀쌀해 뵈는 그녀의 표정에는 아무런 변동도 없었고, 결국 나는 그 밤 내 속옷을 버린 것은 망칙한 몽정에 지나지 않았다고 단정하기에 이르렀다. 그 밤 일로 내게 남겨진 것은 다만 늦어 허둥지둥 달려간 교무실에서 비어 있는 동창 녀석의 자리를 발견했을 때의 철렁하던 가슴뿐이었다. 내가 별 가책 없이 들었던 녀석들의 욕설이 그 빈 자리를 채우고 있는 것 같았다.

"더러운 놈, 약은 새끼, 가엾은 자식……."

이해 못 할 전율을 강요하는 여운이었다. 아마도 이튿날 내가 다시 혜영의 집을 찾게 된 것은 바로 그 때문이었을 것이다.

내가 혜영의 집 골목에 들어선 것은 마침 일요일 아침이어서 여기저기 나들이 옷차림의 사람들이 눈에 띄었다. 어디 가까운 교회라도 나가는 모양이었다. 따라서 혜영의 집 앞에 깨끗하게 차려

입은 사람들이 몇 웅성거리고 있어도 나는 별로 이상하게 생각지 않았다. 그러나 그게 아니었다. 왠지 쑥스럽고 죄 지은 듯한 기분으로 머뭇거리며 열린 문께로 다가가던 나는 돌연 그 좁은 골목에 어울리지 않는 자동차 클랙슨 소리를 들었다. 돌아보니 웬 장의차 한 대가 좁은 골목길을 조심조심 들어오고 있었다. 나는 묘하게 섬뜩한 기분으로 그 장의차가 오는 것을 지켜보았다. 내 불길한 예감대로 그 차는 바로 혜영의 집 앞에 멈추었다. 그러자 집 안에서 몇몇 이웃이 기다렸다는 듯 관 하나를 들고 나왔다.

나는 원인 모를 한숨을 푹 내쉬었다. 나는 그 관의 임자가 틀림없이 혜영의 어머니, 혜영의 연약한 몸에 커다란 종기나 혹처럼 달려 있던 그 병든 노파라고 생각했다. 그래서 한편으로는 측은하면서도 한편으로는 약간 억울한 기분으로 그 관을 비켜서는데 갑자기 산발을 한 노파 하나가 사람들을 뿌리치고 달려 나왔다. 관을 부여잡고 몸부림치는 것은 바로 혜영의 어머니였다.

"혜영아, 못 간다. 못 가. 가면 내가 가야지……. 아이고 불쌍한 내 새끼……."

나는 순간 무슨 둔중한 흉기로 뒤통수를 세게 맞은 기분이었다.

"집칸 장만하고…… 이제 겨우 살아 볼까 했는데……. 아이고 하느님……."

동네 아낙네 몇이 그런 그녀를 달래며 관에서 떼내려고 애썼다. 그녀는 심하게 몸부림치며 통곡했다. 구경하던 몇몇 여자도 돌아서서 옷깃으로 눈물을 찍어냈다. 나는 자신도 모르게 그들에게 다가갔다.

"참 착한 처녀였는데 그만 무리를 했나 봐요. 쯧쯧, 혼자 힘으로 그 많은 식구 다 거두고 점포까지 장만했으니……."

"맞아. 요즘 들어 부쩍 심했지, 근래 몇 달은 잠도 제대로 자는 것 같지 않았어. 바로 그저께만 해도 새벽까지 그 처녀 방에서 찰카닥거리는 타이프 소리가 났지……."

아아, 가엾은 것. 그것이었더냐. 너의 준비는. 그것을 위해 너는 생명의 마지막 한 방울까지를 다 태워버렸느냐……. 내 가슴에는 꼭 혜영의 파리한 심장만 한 구멍이 나고 끊임없이 찬바람이 불어가는 것 같았다.

그날 나는 진종일 술을 마시다 밤이 깊어서야 허 여사 댁으로 돌아갔다. 허 여사는 그때까지 자지 않고 나를 기다리고 있었다. 응접실 소파에 꼿꼿이 앉은 그녀는 무슨 차가운 조각과도 같았다. 보통 때 같으면 상당히 송구스러운 마음으로 내 방으로 갔을 테지만 그 밤은 달랐다. 술로 더욱 과장된 슬픔과 공허가 내게 일종의 도전적인 용기를 준 것이었다.

나는 허 여사 맞은편에 털썩 기대앉으며 거침없이 술을 요구했다. 그녀는 일순 멈칫하더니 아무 말 없이 2층 거실로 올라갔다. 잠시 후 양주 한 병을 가져다 놓은 그녀는 이어 부엌으로 가 안주 한 접시와 얼음 채운 잔을 내왔다. 놀랍게도 잔이 둘이었다.

새로운 술기운이 내 몸을 한바퀴 돌 무렵 나는 비로소 혜영의 죽음을 얘기했다. 계속해서 내 과장된 슬픔과 공허도 얘기할 작정이었다. 그러나 혜영의 죽음을 전하면서 무심코 허 여사의 표정을 살피던 나는 갑작스러운 혼란에 빠졌다. 취중의 기억이긴 하지만 그녀는 분명 반짝 눈에 띄는 미소를 보였다. 막연했던 내 기대를 강한 확신으로 바꿀 만한 것이었다. 거기서 내 감정은 역류를 시작했다.

나는 애써 그날 하루 나를 지배했던 기분을 감추고 대신 흔쾌하게 떠벌렸다. 이제 무거운 짐을 벗은 기분이라고, 나는 내 젊은 날의 감상에 너무 비싼 대가를 치러왔노라고, 그리고 내가 두려워 스스로 피했던 혜영의 식구들을 마치 내게 부당한 폭행이라도 가한 것처럼 각색해 얘기했다. 전날 집을 소란스럽게 한 녀석들의 무례함과 어리석음을 열렬히 비난하기도 하고, 허 여사에게 앞뒤 없는 찬사를 바치기도 하였다. 그러다 한 시가 넘어서야 나는 잠자리에 들었다.

그런데 그날 밤 나는 또 놀라운 꿈을 꾸었다. 역시 허 여사와 성합을 나누는 꿈인데 그것도 두 번씩이나 반복되었다. 전보다 훨씬 현실감 있고 밀도 높은 그 꿈속에서 허 여사는 무슨 뜨거운 뱀처럼 집요하게 감겨왔다. 새벽 으스름 속에 내 방을 나가는 허 여사의 뒷모습을 본 것 같은 느낌도 전보다 훨씬 선명했다.

뿐만 아니라 그 이튿날 아침부터는 모든 것이 조금씩 달라지기 시작했다. 가정부 아줌마는 전에 없이 인삼즙을 내왔고 식탁은 잔칫상처럼 풍부했다. 더욱 놀라운 것은 내가 무거운 몸으로 출근을 서두르고 있을 때 바깥에서 들려온 허 여사의 목소리였다.

"선생님께선 편찮으셔서 오늘 출근 못 하신다고 말씀드려라."

등교하는 미애에게 하는 말이었다. 결국 출근을 단념한 내가 허 여사의 권유로 느긋한 목욕을 마치고 나왔을 때는 거처하는 방조차 바뀌어 있었다. 미애의 아버지가 살아 있을 때 썼다는 이 층의 넓은 서재였다. 그제야 나는 간밤이나 그 전날 밤 허 여사와 나 사이에 있었던 일이 꿈이 아니었음을 깨달았다. 성(城) 안으로 들어간 나무꾼의 아들은 마침내 귀부인을 손에 넣었다. — 나는 새 방의 넓고 푹신한 침대에서 다시 혼곤한 잠에 빠져들며 난데없이 십여 년 전 대입 수험 준비 시절에 읽은 적이 있는 영문 한 구절을 떠올렸다. 날이 새는 대로 혜영의 무덤에 생전에 좋아하던 백합이라도 한 송이 바치자던 간밤 술집에서의 결심은 어느새 어리석기 짝이 없는 감상이 되어 있었다.

하지만 나쁜 것은 바로 그 이튿날 새벽이었다. 집안사람들의 눈을 꺼린 탓인지 밤새도록 보채던 허 여사가 자기 방으로 돌아간 후, 아슴푸레 잠이 들려던 나는 최초로 그 새벽의 소리를 들었다. 이미 말한 대로 처음에는 그저 흰색과 푸른색의 울적한 조화처럼 느껴지다가 이윽고는 고문자들로 변해 버린 소리였다.

어떤 사람은 그 새벽 이후 오늘에 이르기까지의 내 고통을, 마비된 양심과 잠든 의식이 마땅히 받아야 할 응보라고 말한다. 그러나 유감스럽게도 나는 그런 해석에 승복할 수 없다. 그게 편의며 지혜이지 어째서 마비고 잠이란 말인가?
나는 억울하다, 억울하다, 다시 억울하다.

(1982년)

그 세월은 가도

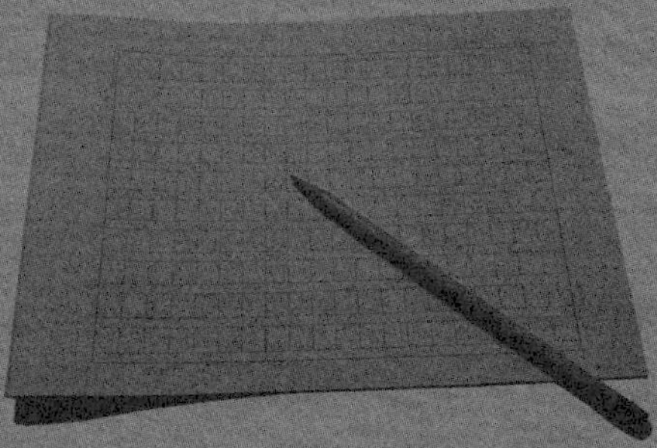

"아범아, 꿈자리가 몹시 뒤숭숭하더라."

농장(農場)으로 나가면서 잠시 병석을 들렀을 때 어머니는 불쑥 그렇게 말했다. 오랫동안 듣지 못했던 말이어서 새삼스럽기는 했지만 그 순간의 까닭 모를 섬뜩함은 지난날과 크게 다르지 않았다. 거기다가 어쩌면 어머니의 그 같은 말이 병세의 악화와 어떤 연관을 가졌을는지도 모른다는 생각에 그는 문득 우울한 기분까지 들었다. 젊었을 때 진 어혈(瘀血) 탓일 거라는 자가 진단 외에는 이렇다 할 병명도 모르는 채 어머니는 벌써 몇 달째 자리보전을 하고 있었다.

"아랫니가 뭉청(몽창) 빠지지를 않나, 안방에 뱀이 똬리를 틀고 있지를 않나……."

변함없는 꿈 내용도, 역시 오랜만에 듣는 것이었지만 까닭 모를 섬뜩함을 불러일으켰다. 어머니는 언제나 이[齒]에 관한 꿈을 가족들로 바꾸어 풀이했다. 윗니는 손윗사람, 아랫니는 손아랫사람, 하는 식이었다. 그러나 들을 때마다 섬뜩함을 느끼게 되는 것은 그 뒤에 이어진 뱀 꿈이었다. 어머니는 언제나 뱀 꿈을 어떤 종류의 특정한 재난을 예고하는 것으로 받아들였는데, 지난날 그것은 신통하리만큼 잘 들어맞곤 했다. 한 가지 일에 강하게 집착하게 되면 그 방면의 육감이 특별하게 발달하는 것 같았다.

"걱정 마세요, 어머님. 이젠 세월이 달라졌습니다. 그런 일은 절대 없을 거예요."

그는 짐짓 과장된 목소리로 어머니를 안심시켰다. 그러나 어머니는 완강하게 고개를 저었다.

"그래도 한곳에 너무 오래 살았다. 더구나 여긴 외진 산골이나 다를 게 없어……."

그는 출근을 미루어가며 간신히 어머니를 진정시키고 집을 나왔지만 아무래도 심상찮은 일이었다.

그에게 있어서 6·25란 밤하늘에서 어지럽게 교차되던 예광탄의 기억이었다. 다시 말해, 겨우 네 살이었지만 그에게 남은 6·25의 유일한 기억이 그 날카롭고 불길한 꼬리를 가진 예광탄의 탄도곡선이었다.

서기로는 1951년쯤 되는 해 늦겨울의 어느 밤이었다. 천지 모르고 뛰어놀다가 곤한 잠에 빠져 있던 그는 옷을 입히는 할머니의 거친 손길과 볶아치듯 하는 총소리에 놀라 잠이 깼다. 마을을 빙 둘러싸고 있는 봉우리마다 빨갛고 파란 빛줄기가 솟아오르고 있었다. 총소리는 모래주머니로 담을 한 지서(支署)와 그 앞 전투경찰대가 참호를 파고 의지한 방죽 쪽에서 나는 것 같았다. 놀랍기보다 무슨 신기한 구경거리라도 만난 기분으로 밤하늘을 두리번거리고 있는 그에게 할머니는 때 아닌 겨울옷과 '보꼬보시(보온모)'라고 불리던 일본식 방한모를 뒤집어씌우면서 다급하게 말했다.

"아이고, 우짤꼬? 인자는 꼽다시 죽는갑다. 이놈들이 집에 불을 놓고 우릴 태와 쥑일 끼다……."

그러더니 한여름에 겨울옷을 입고 고깔까지 뒤집어써 후텁텁할 뿐만 아니라 몸놀림까지 거북한 그의 손을 세차게 끌고 사립 쪽으로 달려 나갔다.

"이눔아, 얼른 달라 빼라. 뒤도 돌아보지 말고 천장만장(天丈萬丈) 가 뿌라."

느닷없이 어린 그의 등짝을 후려치며 마치 실성한 사람처럼 외치는 할머니의 고함이었다. 밤하늘에 정신이 팔려 있던 그는 그제야 왕, 하고 울음을 터뜨렸다. 등짝에 와 닿는 아픔보다는 알 수 없는 두려움 때문이었다. 그때 채독 같은 배를 앞세운 어머니가 허둥지둥 달려 나와 그를 싸안고 엎드러지며 울먹였다.

"어머님, 안 돼요. 죽어도 같이 죽어야지요. 이 난리 중에 어린 게 가 봐야 어딜 가겠어요? 차라리 함께 죽어요."

"앙이다. 이거 놔라. 야(이 아이)라도 살려 씨를 보존해야 한다. 이 집에 들어와 내 대(代)에 손(孫)을 끊어 놓을 수는 없다."

할머니도 어머니도 모두 양보하지 않았다. 그는 할머니와 어머니가 옥신각신하는 틈바구니에서 이제는 두려움보다는 정체 모를 슬픔에 젖어 더욱 목을 놓았다.

결국 그 한차례의 소동은 산봉우리에서 솟던 예광탄의 빛줄기가 하나씩 둘씩 줄어지고, 볶아치던 총소리도 어느 정도 잦아든 뒤에야 가라앉았다.

"내앞[川前] 아즈메 진정하소. 아무 일도 아입니더. 야산대(野山隊) 아아들(아이들)이 까부는 기라요. 몇 놈 안 되이 걱정 마소."

나중에 경찰서장까지 지낸 '순사 아재'라고 불리던 친척이 어디선가 나타나 할머니를 달래는 말이었다.

"안 속는다. 그렇게 맘 턱 놓도록 맹글어 놓고 쥑일라꼬? 내 다 안다. 다시 인민군만 내려오면 우릴 한 구딩에 묻고 너그들은 남으로 내뺄 요량이제? 나도 들은 귀가 있다. 그라이 보래, 야(이 아이)만이라도 보내다고. 우리 집 씨나 전하게 해다고. 야 애비가 빨갱이 짓 했다꼬 큰집 손(孫) 끊어지는 꼴은 니도 보고 싶진 않을끼다."

"글쎄, 아즈메 내 말 믿으소. 그건 다 헛소문이라요. 혹 무슨 일이 있을까 봐 예비 검속을 했을 뿐이제, 죄 없는 가족들이사 뭣때메 죽이겠능교?"

"10·1 폭동 때도 봤고, 5·10 선거 나불(무렵)에도 봤다. 너그도 눈에 핏기가 도이(도니) 아 어른 안 가리더라. 뻔하다. 쫓기 가민서 우리를 성하게 놔둘 리 없다."

그러나 순사 아재는 끈질기게 할머니를 달랬다. 그사이 예광탄이 모두 꺼지고 총소리도 멀어지자 할머니도 차츰 진정이 되었다.

"할 수 없제. 잡힌 놈이 벨 수 있나? 야야, 고만 들어가자."

마침내 할머니가 탄식처럼 내뱉는 말이었다. 그리고 흰자위만의 눈으로 순사 아재와 어머니를 한바탕 흘기더니 미친 듯이 그를 끌어안았다.

"아이구, 불쌍한 내 새끼, 안 놀랬나? 글체(그렇지), 글타, 같이 죽자. 이 난리 통에 니가 가본들 어딜 가겠노? 지 아도 내뻴고 가는 판에 누가 니를 거다 주겠노?"

할머니의 목소리는 울부짖음에 가까웠다. 어머니도 곁에서 가만히 흐느꼈다. 어린 그로서는 도무지 영문을 알 수 없었지만 그 역시 눈물 때문에 어두운 밤하늘조차 눈에 들어오지 않았다.

순사 아재의 말은 맞았다. 이튿날 그는 조무래기 친구들과 함께 사람이라기보다는 무슨 짐승처럼 죽어 있는 두 구의 시체를 지서 앞마당에서 구경하였다. 뒷날 들어서 알게 된 것이지만, 1·4 후퇴 뒤로 북에서 다시 밀고 내려오는 패거리에 호응하기 위해 가까운 산에서 내려온 야산대가 남기고 간 시체였다. 작은 시골 지서만 생각하고 섣불리 덤벼들었다가, 마침 북쪽에서 밀려 내려와 그곳에다 새로운 방어선을 구축하고 있던 전투경찰대에게 거꾸로 낭패를 당한 결과였다.

그런데 그 일에서 한 가지 알 수 없는 것은 이상한 기억의 고집이었다. 생각하기에 따라서는 그 두 구의 시체가 훨씬 생생한 기억이 될 수도 있지만, 왠지 그에게 있어서의 6·25는 언제나 밤하늘에 어지럽게 솟아오르던 예광탄으로만 떠올랐다. 그것도 아무런 의미를 동반하지 못한, 몽롱한 유년의 기억으로서만.

농장 관리 사무실과 계사(鷄舍)가 있는 언덕을 오르면서 그는 전에 없이 세밀하게 눈 아래로 펼쳐진 마을을 내려다보았다. 그러고 보니 제법 오랫동안 한곳에 살았다는 기분이 들었다.

"하원(河原) 사업소를 좀 맡아주게. 생산 관리가 엉망이야. 이럴 바에야 농장이고 목장이고 다 집어치우라는 게 아버님의 말씀이야. 우유고 계란이고 야채고 중간상들로부터 납품(納品)을 받을 때가 차라리 싸게 먹혔다는 계산이거든. 한 3년만 맡아 자기 일처럼 보살펴줘. 아무리 부자(父子) 사이라 해도 이건 영 위신이 말이 아니야. 절대로 자네를 시골로 쫓는다는 생각은 말게. 가보면 알겠지만 생활은 크게 불편하지 않을 걸세. 거기다가 자네 고향도 그 부근이지, 아마. 어쨌든…… 내 약속하지. 그곳 일만 제대로 되면 외국 지사(支社)나 한 1년 돌려 본사로 데려오겠네. 부장 자리 하나쯤 마련해서 말이야."

그것이 바로 본사의 과장이었던 그가 이 지방 사업소로 내려오게 된 경위였다. 부탁한 사람은 고등학교 동창이자 가까운 친구로, 머지않아 아버지를 이어 회장이 될 강 전무였다. 식품(食品) 파트의 전무로 실무에 손을 대면서 원가 절감을 위해 첫 번째로 낸 안(案)이 농장과 목장의 직영이었는데, 결과가 신통하지 않자 친구인 그에게 그 관리를 맡겼다.

강 전무의 말대로 그곳의 생활이 별 불편은 없었다. 포장된 국도가 농장 발치를 지나고 있었고, 농어촌 전화(電化) 사업의 혜택으로 갖가지 전기 제품을 쓰는 데도 지장이 없었다. 구획 정리가 잘된 논밭들, 주택 개량으로 도회의 일부를 옮겨 놓은 듯한 마을. — 아이들 교육 문제가 있었지만, 그것도 터울이 길어 이제 국민학교 5학년인 큰놈만 처가에 맡겨두는 걸로 충분했다. 작은놈은 내년이나 돼야 취학 연령에 이르기 때문이었다.

그런데 언덕에서 내려다보고 있는 사이에 그 마을이 그날따라 새삼 깊은 산골로 느껴졌다. 늘상 보아오던 봉우리들은 문득 높게 치솟고, 가까운 계곡들도 검푸르고 깊어 보였다. 개울가에 줄지어 심어둔 사방용 버드나무들도 무슨 음험한 원시림처럼 느껴졌으며, 군데군데 솟은 텔레비전 안테나도 그 옛날 설[歲] 무렵이면 농가에 세워지던 솟대 같았다. 자동차로 달리면 한 시간 안에 고속도로로 연결되는 국도도 — 문득 먼 산마루에서 가는 실처럼 끊어진 듯 보이고, 따라서 그곳이 외부와는 일체 단절된 오지처럼 느껴지게 했다. 이곳이 너무 산골이라고 말한 것이 반드시 당신의 병심(病心) 때문만은 아닐지도 모르지, 그는 병석에 누운 어머니를 떠올리며 혼잣말처럼 중얼거렸다.

할머니는 휴전이 된 이듬해에 끝내 그리던 외아들을 보지 못한 채 돌아가셨다.

"내 죽거든 가슴을 한번 열어 봐라. 시커멓게 문드러져 내려앉았을 끼다."

할머니는 병석에서 가끔씩 외아들에 대한 그리움을 그렇게 표현하시곤 했다. 그리고 한(恨)과도 흡사한 그 그리움은 주검과 함께 땅속으로 가져갔지만, 그 못지않게 할머니의 가슴을 짓누르고 있던 공포와 불안은 고스란히 며느리에게 남겨주고 가셨다. 바로 그 공비들의 습격이 있던 날 밤 거의 광적인 상태로 드러났던 공포와 불안이었다. 그날 밤은 맹목적인 모성애로 나를 잡아두었으나 어쩌면 어머니 또한 처음부터 할머니와 같은 크기의 공포와 불안을 가슴속에 지니고 있었는지도 모를 일이었다.

돌이켜보면, 그의 어린 날은 그 공포와 불안에서 벗어나기 위한 어머니의 눈물겨운 노력으로 이어져 있다고 해도 지나친 말은 아니었다. 어머니가 택한 방법은 끊임없는 이사였는데, 심할 때는 1년에도 두세 번씩 이사를 다녔다. 그것도 대개는 동네에서 동네가 아니라 도회에서 도회로의 이주였다.

"뱀 꿈을 꾸었다."

삯바느질이나 부유한 친지들의 잡일로 늦게 잠자리에 든 어머니가 질린 얼굴로 그렇게 말하는 아침이면 그게 바로 이사의 시작이었다. 이미 말한 대로, 한 가지 일에 깊이 집착하다 보면 거기에 대한 예감이 특히 발달하게 되는 것인지 어머니의 꿈은 신통하게도 들어맞아 그들 일가는 그날 해를 넘기지 않고 어슷어슷한 인상을 가진 중년 남자들의 방문을 받았다. 그 사람들은 대개 어머니를 상대로 이것저것 캐묻고 수첩 같은 데 무언가를 끄적이다 돌아가곤 했지만, 때로는 골목이나 학교 앞 같은 데서 불쑥 나타나 그에게 엉뚱한 것을 물어볼 때도 있었다.

"너희 아버지 어디 계시니?"

"너희 아버지 언제 오신다든?"

"너희 아버지 언제 다녀가셨니?"

그런 그 사람들의 질문은 어린 그에게는 언제나 느닷없고 까닭 모를 공포였다. 아버지, 아버지, 그 생소하면서도 한(恨) 서린 이름, 할머니가 애절하게 부르시다가 숨져간 이름, 깊은 밤 선잠에서 깨어나면서 어머니의 흐느낌과 함께 듣던 그 이름, 그러나 제대로 사물을 분간하면서부터는 한 번도 본 적이 없고, 빛바랜 사진을 가지고도 도무지 상상이 안 되던 그 이름에 대해 묻는 것이 왜 그렇게도 두렵고 싫었던 것일까. 거기다가 때로 그들이 으름장 비슷하게 그 이름의 행방을 추궁할 때면 숨이 막힐 듯한 공포까지 느꼈다. 국민학교 4학년 때인가의 어떤 작문 시간에는, 세상에서 가장 두렵고 싫은 것은 아버지와 형사(刑事)라고 썼다가 그 학년 내내 담임선생의 의심쩍은 눈초리를 받은 적도 있었을 정도였다.

"이삿짐을 싸자."

그 사람들이 그렇게 다녀간 오후면 어머니는 암담한 얼굴로 그렇게 말했다. 짐이랬자 버들고리짝 하나와 이불 보퉁이, 그리고 부엌살림을 담은 사과 궤짝 하나가 전부였는데, 대개 버들고리짝과 사과 궤짝은 누나와 어머니가 하나씩 나누어 머리에 이었고, 이불 보퉁이는 그가 메곤 했다. 나중에 그들 삼 남매의 책 보따리가 하나 더 늘었지만, 그때는 유복녀(遺腹女)인 여동생이 자라 그 짐을 맡았다.

그리하여 이삿짐이 챙겨지면 날이 저물기 무섭게 출발이었다. 그들은 무슨 큰 불륜(不倫)을 저질렀거나 끔찍한 죄인들처럼 살던 도시를 버리고 어둠 속에 멀고 낯선 도시로 떠났다. 어머니가 미리부터 보아둔 곳으로, 대개는 잘사는 피붙이나 성공한 아버지의 친구가 사는 도시였다. 서울, 부산, 대구, 목포, 청주, 안동……. 그들이 그런 경위로 떠돈 도시는 열 손가락을 채우고도 남았다.

덕분에 그는 도합 다섯 번 국민학교를 옮겼지만 한 번도 전학증을 가져가 본 적이 없었다. 이따금씩 여유 있는 생활을 누린 때도 있었지만, 그들의 가구는 언제든 버릴 수 있는 사과 궤짝 수준을 넘지 않았으며, 나중에 한곳에 자리 잡고 살게 된 후에도 책상이나 장롱 같은 가구는 그들이 가져서는 안 되는 것으로 알았을 정도였다. 집에서 장이나 김장을 담그는 광경도 어린 그의 기억에는 거의 없다.

농장에 나온 것이 좀 늦은 탓인지 관리인들과 용인(用人)들은 모두 일터로 나가고 늙은 박 씨(朴氏)만 사무실에 남아 무언가를 찾고 있다가 들어서는 그를 맞았다.

"소장님, 오늘은 늦네요. 집에 무신 일이라도 있습니꺼?"

"아, 뭐, 별일은 아닙니다. 모두들 일 나갔는가요?"

"예, 오늘은 목초(牧草) 빈다고 말캉 글로(그리로) 갔임더. 내하고 김 군만 계사(鷄舍) 소독을 할라꼬 남았는데, 분무기가 고장이 나 새기(새것이) 있는강 찾고 있음더."

"창고 윤 씨(尹氏)에게 물어보지 그래요?"

"윤 선생도 초지(草地)에 갔심더. 메칠 전에 사무실에서 얼찐 본 거 같은데……."

"내가 창고에 넣어두게 했어요. 김 군 시켜서 창고 열쇠나 받아오게 하시죠."

그리고 그는 자기 자리에 털썩 앉아 담배를 빼물었다. 목초를 벤다면 그도 초지로 가보아야 할 것이지만 왠지 나른해지며 움직이기가 싫었다.

잠시 후 김 군을 초지로 보낸 박 씨는 다시 쭈뼛거리며 사무실로 들어왔다.

"영감님은 6·25 때 어디 계셨어요?"

그가 갑작스레 묻자 빈 의자를 찾아 앉으려던 박 씨가 멍청한 눈으로 그를 마주 바라보았다. 엉뚱하다는 느낌은 묻고 있는 그도 마찬가지였다.

"내사 여기 본토백이 아입니꺼? 중년에 몇 해 도회 물 먹은 걸 빼 놓고는 내처 여기 살았으니께는."

"그럼 그때는 여기 살았겠군요?"

"그라믄요. 지가 도시로 나간 거는 휴전된 뒤라요."

"여긴 어땠어요?"

"뭘 말입니까?"

"여기도 사람 많이 죽었지요?"

"말 마이소. 사변 전에도 지서가 두 번이나 불탔심더."

이미 지나간 얘기니까, 하는 식으로 가볍게 말하고 있었지만 박 씨의 표정에는 어딘가 정말로 더 말하고 싶지 않다는 듯한 데가 있었다.

"주로 어떤 사람들이 많이 죽었나요?"

"여러 질이라요. 이쪽저쪽, 똑똑한 사람 어리숙한 사람 할 것 없이……."

"민간인도?"

"총알이 눈이 있능교?"

"아니, 저는 양민을 말했어요. 교전(交戰) 중이 아니라, 끝난 후나 시작되기 전의……."

"여기라꼬 머 크게 다르겠심꺼? 억울하게 죽은 사람 많지요."

그러는 박 씨의 얼굴이 드러나게 어두워졌다.

"군경(軍警) 가족들 말입니까?"

"하필 군경 가족뿐이겠임꺼? 산빨갱이들도 조금만 우익(右翼)질 했다카믄 알라까지 산 채로 땅에 묻고 간 기라요."

"얘기는 들었지만 믿을 수 없군요."

"믿을 수 없다꼬? 실은 지도 그때 마누라캉 알라 하나를 생으로 잃었심더."

거기서 박 씨의 목소리는 격해졌다. 그는 아차, 싶었으나 이미 내친김이었다.

"안됐습니다. 그때 무슨 일을 하셨는데요?"

"일이라꼬요? 일이라면 젊은 혈기에 족청(族靑=민족청년단) 좀 따라다닌 거 밖에 없임더. 그런데 어느 날 밤에 산빨갱이들이 내려와 죄 없는 그것들을 찔러 죽이고 간 기라요. 중년에 고향을 떠난 것도 그것들이 당최 눈에 밟혀서."

"이거 제가 잘못 이야기를 꺼낸 것 같습니다. 공연히 남의 아픈 데만 건드렸군요."

"아프다고사 뭐…… 다 운수 소관이지요."

"그런데…… 부역자 가족들은 어땠습니까?"

"그쪽이라꼬 우찌 성했겠입니꺼? 말이사 바른 말이지만 지도 처음 기집 자슥을 그 모양으로 잃고 나니 눈이 뒤지버지드만요."

"그쪽도 여자와 아이들까지……?"

"깨놓고 말하믄 그쪽도 안 당했다꼬는 못칼 낍니더."

"아무리 빨갱이 가족이라고는 해도 법이 있는데?"

"빨갱이 저그들은 법 따라 이쪽 사람들 죽였습니꺼? 시상(세상) 무신 법에 인자 막 시집온 천치 같은 마누라와 백 날도 안 된 알라를 한 창(槍)에 꿰놓으란 법이 있습니까? 한번 피맛을 봐 눈깔이 뒤집히믄 보이는 기 없는 기라요."

"무서운 세상이군요."

"평생에 또 올까 겁나는 세상이었지러요."

"설마 그런 일이야 있겠습니까."

"아입니더. 장담 못 합니더. 시방 보기에는 모두 양순해 보이지만, 난리가 나고 한번 눈들이 뒤집혀 보이소. 법이 뭔 소용 있는강."

"그래도……."

"아메 틀림없을 낍니더. 우야믄 더할지도 몰라요. 하기사 전맨치로 한 마실에서 서로 쥑이고 살리는 일은 없겠지만 남북끼리는 틀림없이 그때보다 더 심할 낍니다. 생각해 보이소. 요새 아들 빨갱이라카믄 이마에 뿔 돋고 입에는 피를 철철 흘리는 괴물로 압니더. 절마들이라고 다를 리 있습니꺼? 몇 십 년 동안 서로 미워할 것만 가르쳐 놨으니, 만약 일이 벌어지믄 그때는 참말로 인정사정 안 볼 낍니더."

"그래도 양쪽 다 엄연히 법이 있는데……."

"글쎄…… 도회지라믄 또 몰라도 산골테기에서야 그 법이 글케 큰 힘을 써낼라는강……. 그란데, 소장님, 갑자기 그 일은 와 그리 캐물어 쌓십니꺼?"

"아, 그저 좀……."

그제야 그는 약간 당황하여 얼버무리며 얘기를 끝맺었다. 따지고 보면, 박 씨에게서 처음 듣는 말도 아니었고, 또 그가 물은 것은 역시 반드시 몰라서 물은 것도 아니었다. 오히려 그 시절을 직접 체험했음 직한 사람을 만나기만 하면 한 번쯤은 반드시 그때 일을 물어보는 것이, 어머니의 불길한 꿈과 마찬가지로 10년간 잠잠했던 그의 옛 버릇 가운데 하나였다.

어린 날의 그 유랑과도 같았던 삶의 방식을 어머니가 끝맺게 하는 데 결정적인 몫을 한 것은 교회와 5·16이었다.

정확한 기억은 없지만 언제부터인가 어머니는 교회에 빠져들기 시작하였다. 아주 어릴 때의 기억 중에는 새벽 기도에서 돌아온 어머니의 싸늘한 체온 때문에 선잠에서 깨어났던 것이나 천막 교회의 부흥회에서 철야 기도를 하고 돌아온 어머니의 머리칼에 앉은 서리를 보며 느끼던 신기함 따위가 있다. 그리고 그 뒤에는 거의 고통에 가깝던 신앙 강요가 그의 기억 도처에서 나타난다. 주일학교를 빼먹었다고 해서 종아리에 피가 맺히도록 맞은 일이며, 「마태복음」을 단 한 줄도 틀리지 않게 외기 위해 밤낮을 시달리며 보내야 했던 국민학교 상급반 시절의 어느 여름방학, 크리스마스는 설이나 한가위보다 훨씬 중요한 그들의 명절이었고, 수난절(受難節)의 두 주일은 할머니의 기일(忌日)보다도 더 엄숙하게 보내야 하는 날들이었다. 나중에 그의 대학 진학조차도 어머니는 신학대학을 강요했었다.

기독교에 대한 어머니의 그 같은 몰입은 당시의 일반적인 의심 — 헌 옷가지나 밀가루 같은 구호품으로 대표되는 어떤 물질적인 보상 — 을 훨씬 뛰어넘는 것이었다. 철이 든 후의 추측이긴 하지만, 그때 어머니가 교회에서 구한 것은 언제나 그녀의 영혼을 물어뜯고 있는 그 공포와 불안으로부터의 둔피처(遁避處)였으며, 신앙은 바로 땅 위에서의 온전한 삶을 보장하는 일종의 생존 방식이었는지도 모를 일이었다.

어쨌든 광신적(狂信的)이라고 말할 수밖에 없는 몇 년이 지나가고, 교회가 기억해 주는 사람이 되면서부터 어머니는 차츰 자신과 그들 어린 삼 남매의 생존에 확신을 가지기 시작했다. 그리고 그와 함께 어린 그에게는 결코 이 세상에 존재하는 것 같지 않게 느껴지던 고향도 차츰 그들 일가를 신산(辛酸)스러운 삶에서 구해 줄 희망의 땅으로 모습을 드러냈다.

물론 그 전에도 그들이 고향과 전혀 무관하게 지내온 것은 아니었다. 어떤 도시에서 기대한 만큼의 도움을 받지 못해 생활이 극도로 궁핍해졌을 때나, 그들 삼 남매가 상급 학교로 진학할 때가 되면 어머니는 몇 날 몇 밤이고의 긴 기도 끝에 한동안 집을 비우셨다. 그리고 얼마간 필요한 돈을 마련한 후 돌아왔는데, 그때 어머니의 표정에는 무슨 끔찍한 사지(死地)를 무사히 다녀왔다는 듯한 안도가 서려 있었다. 역시 나중에 안 일이지만, 고향에 남겨둔 땅을 팔아치우고 돌아오는 길이었다. 그것도 밤중에 몰래 고향에 숨어들어, 누가 그들의 땅을 부치고 있는가를 알아낸 후, 그 주인이 생빚을 지고서라도 사고 싶을 만큼의 헐값을 매겨 떠맡기는 식이었다.

그런데 5·16 후 집권당이 내건 선거 공약이 그런 어머니로 하여금 떳떳이 고향으로 돌아갈 마음을 먹게 했다.

"고향으로 돌아가자."

그가 중학교 2학년 무렵이던 어느 날 무언가 교회 일로 나갔던 어머니가 집에 돌아오기 무섭게 그들 삼 남매를 불러 놓고 말했다. 부역자나 월북자 가족에 대해 어떤 형태로든 지난 일을 묻지 않겠다고 한 집권당의 선거 공약을 누구에겐가 들었거나 신문에서 본 것 같았다.

'이삿짐을 싸자.'고 말하던 때의 그 어둡고 착잡한 표정에 익숙해 온 그들 삼 남매는 어리둥절한 눈으로 밝고 희망에 찬 어머니의 낯선 얼굴을 쳐다보았다.

"집은 아직 그대로 있다. 찌그닥한(기울어진) 집이지만 본채만 마흔 칸이다. 단칸 셋방과는 비교도 안 된다. 땅도 위토(位土)는 고스란히 남아 있다. 논만 스무 마지기는 될기다."

어머니는 주로 그보다 세 살 손위인 누나를 상대로 이야기를 하고 있었다. 고등학교에 다녀야 할 나이였지만 살림이 어려워 그 전해부터 집에서 놀고 있던 누나는 왠지 불만스러운 표정으로 물었다.

"왜 이제서야 돌아가요?"

"이제는 돌아가도 괜찮으니까."

"그 전에는 누가 잡아먹나요?"

"몇 번 말해도 알아듣지 못하는구나. 만약 우리가 거기 머물러 있었으면 모두 벌써 죽었을 거다."

"여기서도 땅이 무너졌거나 하늘이 꺼졌으면 모두 죽었을 거예요."

"너는 자꾸 비뚤어지는 것 같구나. 네 학교는 그곳에 돌아가서 형편이 펴지는 대로 계속하면 된다."

"다른 애들은 내년이면 고등학교도 졸업이에요. 그만한 재산이 있었으면 왜 진작 돌아가지 않았어요? 도대체 작년과 지금이 달라진 것이 무엇이 있어요?"

"대통령이 약속했다. 이제 우리는 어디 있어도 안심할 수 있다."

"그 대단한 하나님은 어쩌고요? 하나님은 우리를 보호할 수 없나요?"

"물론 하나님도 우리를 보호하시지. 그러나 정치는 정치다. 예수님도 말씀하셨다. 가이사의 것은 가이사에게라고. 그래서 나는 가이사의 허락을 기다리고 있었다."

"싫어요. 늦었어요. 나는 어쨌든 여기 남아 내 힘으로 학교를 마칠 거예요. 더 이상 어머니를 따라다니다가는 나의 삶도 그 괴상하고 끝 모를 공포에 희생되고 말 거예요. 또 이것저것 죄다 헐값으로 팔아먹고 껍질만 남은 그곳에 가본들 물 긷고 나물하는 일밖에 더 남았겠어요?"

누나는 정말로 고향에 돌아가지 않았다. 그 도시의 어떤 공장에 남아 야간 학교라도 가겠다고 악착을 떨더니 끝내는 끝 모를 도회의 어둠 속으로 사라져버렸다. 이따금씩 그녀 비슷한 사람을 보았다는 친지들의 전언(傳言)뿐 그 뒤 다시는 집으로 돌아오지 않은 누나.

하지만 그가 모든 것의 의미를 제대로 이해하게 된 것은 그로부터 몇 년 뒤의 일이었다. 고등학생이 되면서 차츰 아버지의 일에 흥미를 가지게 된 그가 먼저 어머니에게 물은 것은 봉우리마다 예광탄이 솟아오르던 그 밤이었다.

"네 아버지는 좌익이었다. 해방 전부터 관여하다가 나중에는 숫제 집을 나가서 그 일에 매달렸다. 그런데 6·25가 터졌다. 할머니와 나는 영문도 모르고 집에 있다가 다른 부역자나 좌익 가족들과 국민학교 창고에 갇히게 됐지. 들리는 풍문은 만약 저쪽 군대가 그곳까지 밀고 오면 우리는 모두 퇴각 전에 처형되리라는 것이었어. 산(山)사람들의 끔찍한 행패는 물론, 혼란기의 격앙된 감정이 저지르는 갖가지 불행한 사태를 수없이 보아온 터라 우리도 그 풍문을 믿지 않을 수 없었다. 그런데 나는 다행히도 해산을 오늘내일하는 만삭의 임부여서 우익 청년들의 감시 아래 집으로 돌려보내졌지. 네가 기억하고 있는 밤은 그 무렵의 어떤 밤일 거다."

어머니는 기억을 더듬어 그렇게 말했다.

"그 뒤에 어떻게 되셨어요?"

"후퇴 직전에 밀려온 국군 부대의 부대장 하나가 네 아버지와 고보(高普) 동창이었다. 그분은 우리 가족을 군용 트럭에 실어 후방 도회지의 경찰에 인계했지. 그게 그분이 자기를 상하지 않고 우리를 구할 수 있는 방법이었다. 우리는 그곳 경찰서에서 정식 취조와 재판을 거쳐 여섯 달 만에 풀려 나왔다. 그 여섯 달도 아무것도 모르고 여맹(女盟) 위원장이 된 할머니와 상임위원이었던 나 자신의 죗값이었지."

"그때 창고에 남아 있던 사람들은 정말로 모두 죽었나요?"

"우리가 도시를 떠돌면서 들은 후문은 그랬다. 그리고 그게 할머니나 내가 고향을 언제나 가기만 하면 죽는 땅으로 여기게 된 까닭이지. 고향에 다시 드나들기 시작한 후에야 그게 유엔군의 오폭(誤爆) 때문이었다는 것을 알았지만, 그래도 두려움은 조금도 줄지 않았다. 우리는 피맛을 보고 미쳐 뛰는 저쪽 사람들에게 억울하게 죽어가는 사람들을 그곳에서 너무 많이 보았던 거야. 저쪽 사람들이 그랬으니 이쪽도 가만히 있지는 않을 것이라는 게 우리의 당연한 공포 아니겠니?"

그것이 그의 어린 날을 줄곧 사로잡아 온 의문 — 도회와 도회로만 떠돈 남다른 생활 방식에 대한 — 의 해명이었다. 누나는 그걸 어머니 자신의 정신적인 결함으로 여겨 반발하고 떠난 것이었다.

사택에서 아내의 전화가 온 것은 초지(草地)를 둘러보고 돌아온 그가 양계장의 산란율을 건성으로 점검하고 있을 때였다.

"여보, 경찰서에서 사람이 왔어요. 곧 그리로 갈 거예요."

"경찰서에서? 왜?"

대단한 일은 아닐 테지만 나쁠 때에 왔구나, 하는 기분으로 그가 되물었다.

"잘 모르겠어요. 당신 무슨 짚이는 일 없으세요?"

"없어."

"몇 번이나 걱정할 일은 아니라고 말했지만 괜히 불안해요. 정말 무슨 일 있는 거 아네요?"

"없대두. 걱정 마."

"아시는 대로 전화 주셔야 해요."

"알았어."

그러나 그의 가슴에도 까닭 없이 서늘한 바람이 불어가는 듯한 느낌은 어쩔 수 없었다.

경찰은 그로부터 오래잖아 왔다. 말쑥한 사복 차림의 삼십 대 형사였는데 어린 날 언제나 그 사람이 그 사람같이 보이던 중년의 음침한 얼굴이 아니라는 데 우선 마음이 놓였다.

"한영식 씹니까?"

"그렇습니다만……."

"본서(本署)에서 왔습니다. 정보 2과 박인수입니다."

"수고가 많으십니다. 그런데 무슨 일로……."

"신원 조회 의뢰 같습니다. 여권 신청 때 쓰이는 걸로 생각되는데…… 그런 일 없습니까?"

그제야 그는 짚이는 게 있었다. 며칠 전 본사 총무국에서 호적 등본 두 통과 크고 작은 사진 여러 장을 요청한 적이 있었다. 이유를 묻는 그에게 약간 친분이 있는 총무국 직원은 농담처럼 전화에 대고 말했다.

"몇 년 시골에서 썩었으니 외국 물도 좀 먹으셔야지요. 강 이사님 지십니다."

아마도 강 전무가 다시 이사가 되고 그를 본사로 불러들이기 전에 외국 바람이나 좀 쐬게 하겠다던 약속을 지킬 모양이라고 짐작은 했지만 그처럼 빨리 오리라고는 생각하지 못했다.

"선생님께서 직접 하시지는 않은 모양이군요?"

형사가 다시 물었다.

"네, 본사에서 그런 계획을 듣긴 했습니다만……. 그런데 그 일만으로?"

"실은 저번 연좌제 폐지 때도 선생님을 잠깐 뵈올 일이 있었습니다. 겸사겸사해서……."

"알겠습니다. 제게 특별히 물으실 일은?"

"아, 예. 대단하지는 않지만 몇 가지."

"무언데요?"

"부친께서 살아 계신다면 올해 연세가 어떻게 되십니까?"

"일흔셋입니다. 어머니보다 네 살 위이셨다니까요."

"그렇다면 살아 계신다고 쳐도 크게 활동하실 수 있는 연세는 아니시군요?"

"그런…… 셈이죠. 그건 왜……."

그러나 형사는 새로운 물음으로 대답을 대신했다.

"광양식품 하원(河源) 사업소장으로 되어 있는데 직급이 어떻게 되십니까?"

"본사로 치면 부장 자리쯤 됩니다."

"큰 회사이니 봉급도 많으시겠군요?"

"보너스를 나누어 본봉에 더하면 월 팔십만 원 정도 됩니다."

"재산 정도를 물어봐도 좋겠습니까? 동산과 부동산으로 나누어 구체적으로……."

"부동산으로는 서울에 집이 한 채 있습니다. 5년 전에 이천만 원 준 것이니 지금 한 오천 될까요? 고향에 과수원과 논밭이 약간 있습니다만 합쳐도 서울의 집보다 못할 겁니다."

"팔천 정도로 잡아두겠습니다. 동산(動産) 저축 기타는?"

"저축과 보험이 약간 있고 나머지는 끌고 다니는 살림살이입니다. 삼천은 넘겠죠."

그는 약간 과장하는 기분으로 사실을 말했다. 경제력이란 일쑤 사상의 건전성을 재는 척도가 된다는 것을 잘 알고 있었기 때문이었다.

"많지 않으신 나이에 우리 같은 말단 공무원이 보기에는 대단한 재산을 장만하셨군요."

그렇게 말하는 형사의 표정에는 정말로 가벼운 선망의 빛이 떠올랐다. 그리고 지나친 속단일지는 모르지만, 그만하면 크게 의심할 바 없지 않겠느냐는 표정이 되어 몇 가지 더 건성으로 묻고는 곧 돌아갔다.

"그냥 뒤로 조사해서 보낼 수도 있지만 뵙고 싶기도 해서……. 행여 지난날의 연좌제가 아직 살아 있다고 오해하지 않으시기 바랍니다. 그건 이제 선생님께서 잊으셔도 좋은 악몽입니다."

그런데도 처음 아내의 전화를 받았을 때 가슴속을 불어가던 서늘한 바람은 그 형사가 공손한 인사와 함께 돌아간 뒤에도 종내 그칠 줄 몰랐다.

고향으로 다시 돌아가게 됨으로써 십여 년에 걸친 그들의 유랑은 끝났다. 해방 전까지도 천석꾼으로 불리던 그들의 살림은 부친의 소위 그 건국(建國) 사업 때문에 태반이 날아가고 다시 농지개혁과 재 버리듯 헐값으로 팔아 치운 어머니 때문에 그 나머지도 대부분은 남의 손에 넘어가 버렸지만 그래도 고향에는 집과 상당한 논밭이 남아 있었다. 예전처럼 소작을 두거나 머슴을 부릴 처지는 못돼도 그럭저럭 양식 걱정은 안 할 정도는 되었다. 그리고 그와 함께 어둡고 괴로웠던 지난 세월도 조금씩 잊히기 시작했다.

이미 전쟁의 흔적은 어디서도 찾아볼 수 없었고 일생을 두고 아물 것 같지 않던 마음의 상처들도 차츰 아물어가고 있었다. 그 무렵 어머니는 진심 어린 목소리로 기도하곤 했다.

"하나님 아버지, 시험을 끝내주셔서 감사하나이다."

그러나 아니었다. 그 어둡고 괴로운 세월의 꼬리는 그가 어렵게 대학에 입학하던 해에 다시 숨겨져 있던 모습을 드러냈다. 형사 하나가 이번에는 그 자신을 목적으로 하숙집을 찾아온 일이 그랬다. 소재 파악인가 뭔가를 위해 찾아왔노라는 극히 부드러운 형식의 방문이었지만 그가 받은 충격은 실로 컸다. 마치 완전히 깨어난 줄 알았던 악몽 속에 다시 떨어진 기분이었다. 그러나 그 악몽은 그 뒤 그가 주소를 옮길 때마다 어김없이 반복됐다. 특히 그가 의지할 수밖에 없는 고학 수단인 가정교사 자리에는 종종 치명적이 되었다. 언젠가 그는 찾아온 형사에게 항의했다.

"그때 저는 겨우 네 살이었습니다. 아버지가 그 일에 미쳐 집을 나간 것은 그 이태 전이라니까 결국 그와 나는 두 살 때 헤어진 셈입니다. 나는 그의 얼굴도 모르고, 그의 사상 따위와는 더구나 관련이 없단 말입니다. 그가 내게 준 것이 무엇인지 아십니까? 그것은 다만 몇 방울의 정액뿐입니다. 내가 그에게 느끼는 것이 무엇인지 아십니까? 그것은 할머니의 한(恨)과 어머니의 고통에 갈음하는 증오와 저주뿐입니다.

거기다가 나는 대한민국에서 태어났습니다. 대한민국이 세운 국민학교에 입학했고, 그 뒤 올해로 꼭 15년째 대한민국 정부의 국민 형성 교육(國民形成教育)을 받아오고 있습니다. 그런데 그따위 아버지가 도대체 어쨌다는 겁니까? 왜 당신들은 스스로를, 당신들이 힘들여 고안하고 정성껏 베푼 십여 년의 국민 형성 교육을 의심하는 겁니까? 그게 몇 방울의 정액보다 무력(無力)하다는 것은 대체 어디서 나온 결론입니까?"

그때 담당 형사는 겸연쩍게 얼버무렸다.

"나보고 따져본들 별수 있나? 어쨌든 자네는 요시찰인(要視察人) 명부에 들어 있고, 나는 상부의 지시에 따를 뿐이네. 하지만 그렇다고 우리가 당장 자네를 해코지하려고 이러는 것은 아니지 않은가? 오히려 이런 일에 너무 민감할 필요는 없어. 때가 오면 다 없어질 테니……."

그러나 그 '때'는 오지 않고 그들과의 악연은 계속됐다. 결국 그들이 찾아와서 하는 일이란 몇 마디 공식적인 질문과 소재 파악에 지나지 않았지만, 그에게는 일쑤 돌이킬 수 없는 불리를 입히곤 했다. 우선 그가 많지 않은 나이에 여섯 번이나 직장을 옮기게 된 것은 대개 그들의 방문이 원인 된 것이었다. 신원 조회는 한때 웬만한 공무원 자리를 모두 가로막았고, 일체의 해외 진출을 허락하지 않았다. 멋모르고 사관생도를 사랑하여 약혼까지 했던 여동생은 결혼 직전에 파혼 당했고 자신의 전락을 집에 알리고 싶지 않았던 누나도 끝내는 어떤 항구 도시의 허름한 술집 안주인이 되고 말았다는 사실을 어머니가 알게 하지 않으면 안 되었다.

물론 그가 처한 특별한 상황 때문에 유리했던 일도 전혀 없었던 것은 아니었다. 그가 대학을 다닌 것은 요란하던 1960년대 후반이었지만 그 흔한 데모 대열에 한번 끼어보지 못한 것도 그 덕분이었으며, 사상이나 이념에 대한 본능적인 혐오와 불신 때문에 젊은 날에는 한 번쯤 있음 직도 한 그런 종류의 시비에 전혀 말려든 적이 없는 것도 그 덕분이었다. 군대에서는 신원 조회 덕택에 위험한 철책선 근무도 면한 적이 있었다.

그러다가 그런 일이 다소 뜸해진 것은 그가 지금의 회사로 취직이 된 뒤부터였다. 자신의 처지에 익숙해질 대로 익숙해진 그가 선수를 치고 나선 결과였다. 즉, 고등학교 동창인 강 전무의 호의로 스카우트 형식의 입사가 결정되던 날 그는 먼저 그 무렵의 담당 형사를 찾아갔다. 평소 그에게 비교적 호의를 보이던 좀 젊은 형사였다.

"제가 매달 한 번씩 찾아뵈올 테니 제발 이번 회사로는 찾아오시지 마십시오. 꼭 오실 일이 있으면 불러내 주시고 단순한 확인이면 전화로 대신해 주십시오. 그렇게만 해주시면 일생의 은혜로 알겠습니다."

다행히도 그 형사는 그의 부탁을 들어주었다. 그 뒤로는 정말로 회사로는 찾아오지 않았고 어쩌다 찾게 되어도 구내 다방 같은 곳으로 불러내 친한 친구처럼 한동안 얘기를 나누다 돌아갈 뿐이었다. 그러다가 그가 계장으로 승진하고 집도 장만하여 비교적 유복한 소시민으로 자라갈 무렵 해서는, 그나마도 완화하여 서너 달에 한 번씩 안부 전화를 하는 것으로 확인을 대신했다. 작년 연좌제가 공식적으로 폐지되었을 때 가장 먼저 축하를 해준 것도 이웃 도시의 수사과장으로 와 있던 그의 장거리 전화였다.

"정말 내가 다 가슴이 후련하오. 한(韓) 형은 이 정부와 지도자를 언제나 감사와 함께 기억해야 할 것이오."

최 경감에게 전화나 한번 내볼까. — 그는 그렇게 생각하다가 그만두었다. 최 경감은 바로 그 이웃 도시에 수사과장으로 와 있는 옛날의 담당 형사였다. 조금 전에 다녀간 형사에게 또 다른 목적이 있지나 않았는가 의심이 들기도 하였으나, 최 경감에게 공연한 번거로움을 끼치고 싶지 않아 전화는 그만두었다. 그러나 그 뒤로는 왠지 일이 손에 잡히지 않아 일도 없이 목장 부근을 서성거리다가 해 질 무렵하여 사무실로 돌아왔다.

그런데 그가 채 사무실에 들어서기도 전에 전화벨이 요란하게

울렸다. 수화기에서 아내의 다급한 목소리가 들려왔다.

"여보, 당신 어딜 가셨더랬어요? 벌써 세 번째 거는 전화예요."

"무슨 일이오?"

"급히 집으로 돌아오셔야겠어요. 어머님께서 쓰러지셨어요."

"아니, 갑자기 왜?"

"순희 그 철없는 것이 어머님께 경찰이 다녀갔다고 말했는가 봐요. 갑자기 저희들에게 이삿짐을 꾸리라고 성화를 하시며 당신도 자리를 걷고 일어나셔서 손수 옷가지를 꾸리시다가……."

낮에 형사가 왔을 때 막연히, 나쁠 때에 왔구나, 싶던 것이 기어이 현실로 나타난 것이었다. 그는 놀라움과 근심보다는 까닭 없이 암울해지는 기분으로 귀가를 서둘렀다. 집 부근에 이르니 여럿이 부르는 찬송가 소리가 흘러나오고 있었다. 아마도 아내가 교회 사람들을 부른 듯했다. 처녀 때도 독실한 신자였던 아내는 결혼 후에는 시어머니와 죽이 맞아 더욱 교회에 열성적이 되었다. 필시 의사보다는 목사에게 먼저 알린 것이리라. — 그 자신은 이미 오래전부터 교회를 나가지 않아도 아내의 신앙이 해로울 건 없다 싶어 간섭하지는 않았지만, 그렇게 생각하니 왠지 은근한 부아 같은 것이 치밀었다.

그러나 생각과는 달리 의사는 벌써 다녀간 후였다. 주사를 두 대나 놓고, 경과를 보자며 돌아갔다는 것인데, 어딘가 가망 없다는 표정이었다고 아내가 문밖에서 근심스레 전했다. 의료 기구도 변변찮은 시골 공의(公醫)에 지나지 않으면서도, 가까운 도시로 옮기는 것이 어떠냐는 물음에 고개를 가로저었다고 했다.

그는 머리맡을 둘러싼 교인들을 가만히 비집고 들어가 혼수상태에 빠져 있는 어머니의 손을 잡았다. 저승꽃이 거뭇거뭇한 손은 마치 가랑잎처럼 얇고 온기가 없었다. 아침에 마지막으로 본 모습과의 대비가 아니더라도 급속한 병세의 악화는 한눈에 알아볼 수 있었다.

"어머님, 제가 왔습니다."

그는 어머니의 귀에 대고 속삭이듯 가만히 말했다. 방 가득한 찬송가 소리 사이에서도 용케 그의 목소리를 알아들은 듯 어머니가 번쩍 눈을 떴다. 몸마저 일으키고 싶은 모양이었으나 말을 듣지 않는 것 같았다. 그러나 목소리만은 아픈 사람답지 않게 크고 뚜렷했다.

"짐을 싸라. 날이 저물면 떠나야 한다."

"어머님, 오늘 그 사람은 제 여권 때문에 왔어요. 저도 외국 구경을 할 수 있게 되었단 말입니다."

그는 간곡하게 설명했다. 그러나 어머니는 들으려고도 않고 한층 높게 말했다.

"형사가 다녀갔다. 우리는 이제 그 사람들 손안에 들었다. 짐을 싸라. 빠져나가야 한다. 도시로 가자."

"글쎄, 그 사람은 그런 형사가 아니란 말이에요. 연좌제는 벌써 작년에 폐지되었단 말입니다."

그도 약간 목소리를 높였다. 어머니는 여전히 막무가내였다.

"그놈들 말 다 못 믿는다. 이눔아, 내 말 들어라. 빨리 짐이나 싸라. 빨리."

그런 어머니의 눈에는 어느새 광기와도 흡사한 빛이 뿜어 나오고 있었다. 그사이 찬송가를 마친 목사가 그런 어머니를 보더니 교인들을 향해 말했다.

"우리 모두 정 집사(執事)님을 위해 기도드립시다."

그리고 이어 특유의 낭랑한 목소리로 기도를 올리기 시작했다.

"하나님 아버지, 오늘도 우리에게 일용할 양식을 내려주시고 세상 거친 풍파에서 구해 주셨으니 감사하고 또 감사합니다. 오늘 저희가 이같이 모여 기도 드리는 것은 당신의 귀한 딸이 지금 무거운 병에 신음하고 있음을 고하고자 함이옵니다. 아버지시여, 이 딸을 긍휼히 여기시어 크신 사랑의 손으로 어루만져 주소서. 당신의 권능이면 이 세상 어느 것인들 이루지 못할 바가 있겠나이까……."

그때 어머니의 광기 어린 목소리가 다시 끼어들었다.

"빨리 짐을 싸란 말이다. 여기서는 죽어, 죽고 말아."

"……나자로를 죽은 자 가운데서 살리시고, 문둥이를 어루만져 낫게 하신 바로 그 손으로 이 가엾은 딸의 병든 육신을 쓸어주시고……."

"어쨌든 도시로 가야 한다. 자수를 해도 도회지에 가서 자수해야 한다."

"……귀신 들린 자를 낫게 하신 그 꾸짖음으로 이 가련한 딸을 침범하고 있는 모진 악귀를 내치소서. 딸은 지금 흉한 꿈과 헛된 두려움에 떨고 있나이다……."

"거기는 법도 있고 재판도 있다. 허투루 사람을 죽이지 않아."

"……세상의 보잘것없는 권세가 아버지의 크나큰 권능 앞에 무엇이겠습니까? 아버님께서 허락하심이 아니면 누구도 풀잎 하나 다치지 못할 것인즉, 하물며 사랑하는 딸의 생명이겠습니까?"

"이놈아, 내 죽는 꼴을 볼 테냐? 기어이 여기서 뭉기작거리다가 식구대로 한 구덩이에 묻힐 테냐?"

가벼운 거품까지 뿜으며 그렇게 꾸짖는 어머니의 눈에는 기도를 드리고 있는 목사가 자신의 아들로 비치는 모양이었다. 평소에 그렇게도 떠받들던 목사였건만 허연 눈으로 흘기며 고함을 질러대기 시작했다. 힘이 닿으면 움키기라도 할 듯 손마저 한 번 가늘게 떨었다.

"……아무쪼록 하루속히 이 딸의 심신이 회복되어 당신의 종으로 다시 일할 수 있게 해주소서. 이 모든 것 주 예수 그리스도의 이름 받들어 기도드리옵나이다."

목사는 마침내 맥없는 목소리로 기도를 마쳤다. 그런데 눈치없는 교인 하나가 갑자기 열렬한 목소리로 찬송가를 선창하기 시작했다.

그때 어머니의 고개가 번쩍 들리더니 노기에 찬 눈길로 그 교인을 흘겼다. 그 바람에 찬송을 따라 부르려던 나머지 교인들이 멈칫하며 입을 다물었다. 그 순간의 어색한 침묵을 이용하여 어머니가 그에게 이번에는 달래듯 말했다.

"저것들 말 다 못 믿는다. 가자. 어쨌든 살려면 이곳을 떠나자."

아마도 어머니는 그 교인도 다른 사람과 혼동한 것일 테지만, 그는 왠지 거기서 어머니의 처절한 진실을 본 것 같은 느낌이 들었다. 초점이 흐려진 표시가 별로 없는 어머니의 두 눈도 그런 그의 느낌을 뒷받침하는 것 같았다. 그러자 갑자기 그의 내부에서는 이상한 감정의 비약이 일어나기 시작했다. 만약 어머니의 이 같은 태도가 임종을 예견한 데서 온 것이라면 나도 어머니를 정직하게 돌아가실 수 있도록 해야 한다…….

"와주셔서 감사합니다. 그러나 지금 어머님께 필요한 것은 기도나 찬송이 아닌 것 같습니다. 이만 돌아들 가주십시오."

그는 자신도 모르게 냉담한 목소리로 목사와 교인들에게 요구했다. 아내가 항의 담긴 눈길로 그런 그를 바라보았지만 그것도 냉담하게 묵살했다. 어머니가 당신들을 택한 것은 당신들이 강력한 아버지의 부정(否定)이었기 때문이다. 어머니는 당신들에게 의지함으로써 끊임없이 자신의 삶을 위협하고 있다고 믿어온 아버지의 또 다른 부정(否定)으로부터 보호받고자 했을 따름이었다. 삶에서 떠나려고 하는 이제 당신들 중의 하나이고자 하던 어머니의 모든 노력은 의미를 잃었다. 설령 그것이 일종의 피해망상에서 비롯된 것일지라도 누가 생존을 위한 그 처절한 진실을 비난할 수 있겠는가. 당신들의 신(神)조차도 어머니의 그런 진실을 용서하실 것이다…….

그사이에도 어머니는 여전히 그를 향해 간곡하게 되뇌고 있었다.

"아범아, 도회로 가자. 거기는 법도 있고 재판도 있다. 자기 죄 아닌 걸루 죽이지는 않아……."

드디어 교인들도 어색한 표정으로 하나둘 일어나기 시작했다. 아내가 한편으로는 무안하고 한편으로는 당혹스러운 듯한 얼굴로 그들을 말리려 드는 것을 다시 그의 냉담한 인사가 막았다.

"안녕히 가십시오."

그는 아직도 방 안에서 머뭇거리는 교인들에게 꾸벅 인사를 하고는 방 한구석에 밀쳐져 있는 어머니의 옷가지를 챙기기 시작했다. 평소 입지 않는 옷가지들까지 나와 있는 것으로 보아 어머니가 낮에 챙기다 쓰러졌다는 그 옷가지들임에 틀림없었다.

널린 옷가지들을 대강 정리한 후 그는 장롱 위에 얹힌 낡은 버들고리짝을 내렸다. 살림이 나아진 뒤에도 어머니가 끝내 내버리기를 거부하던 고리짝이었다. 그는 그것을 열어 먼지를 턴 후 정리한 옷가지들을 차곡차곡 집어넣기 시작했다.

교인들을 배웅하고 돌아온 아내가 어리둥절한 눈으로 그를 보며 물었다.

"당신, 무얼 하시는 거예요?"

묵묵히 짐만 싸고 있는 그를 대신하여 어머니가 대답하였다.

"너도 빨리 짐을 싸라. 한시바삐 이곳을 벗어나야 한다."

"짐을 싸요. 우리는 떠나야 돼."

그도 무엇에 홀린 사람처럼 덩달아 아내에게 말했다. 물론 현실적으로 떠나기를 강요하는 것은 아무것도 없었다. 그러나 삶의 마지막까지 어머니를 사로잡고 있는 공포와 불안은 당연히 물려받아야 할 무슨 한(恨)처럼 그의 의식을 사로잡았다.

"신(神)은 카인을 용서하였지만 인간들은 카인을 용서하지 않았어. 마찬가지로…… 법과 제도가 어떤 불합리한 관례의 폐지를 선언했다고 해서 그 희생자들이 바로 오랜 상처를 치유 받을 수 있는 것은 아니야. 그 이상 당신들의 성경이 말하는 그 카인의 표지가 우리에게도 필요해. 단순한 관용의 제스처로서가 아니라 또다시 우리에게 불리(不利)를 입히는 자는 그 일곱 배의 보복을 당하리라는 어떤 강력한 보장이 있어야 해……."

그런 그의 눈시울 속에서는 어린 날의 여름밤을 어지럽게 교차하던 예광탄의 빛줄기들이 마치 처참했던 그 세월의 잔해처럼 수없이 부서져 내리고 있었다.

(1982년)

귀두산에는 낙타가 산다

아시는 이는 아시겠지만, 귀두산(貴頭山)은 서울 근교에 있으면서도 줄기차게 경기도로 남아 있다가 근년에야 간신히 특별시에 편입된 영광을 입은 산이다. 그 귀두산 자락에 눈이 쬐끄만 사내가 하나 살고 있었다. 눈만 쬐끄마한 게 아니라 체구도 쬐끄마하고, 벌이도 누림도 쬐끄마해서 마침내는 그 삶까지도 쬐끄마해 보이는 사내였다.

하기야 뭣이 좀 작고 뭣이 좀 작다고 해서 남의 꿈이며 삶 자체마저 쬐끄마하다고 말하는 데는 어폐가 있을지도 모르겠다. 그러나 명색 고등교육 맛까지 본 터수에 꿈이란 게 겨우 10년을 넘게 다닌 어떤 허름한 회사의 계장 자리 정도이고, 삶의 중요한 궤적이랬자 그 귀두산 기슭에 까치둥지같이 아슬아슬하게 엮은 같잖은 마이 홈과 버스로 두 시간이나 걸리는 도심의 빌딩 숲에 간신히 끼어든 회사의 납작한 구식 건물을 잇는 선이고 보면, 그 삶을 거창하게 말하는 게 오히려 어폐가 될 성싶다.

그런데 며칠 전 그 사내에게 그 같은 삶의 궤적에서 벗어나도 한참 벗어난 사건이 있었다. 발단은 창사(創社) 기념일인가 뭔가 하는 시답잖은 사내(社內) 행사로 일찌감치 집으로 돌아와 삼복더위로 달아오른 방 안에서 숨을 학학거리는 그에게 아내가 대뜸 배를 타박하고 나선 일이었다. 어찌 된 셈인지 그 무렵 들어 올챙이처럼 빵그랗게 불러오는 배였다.

“아유, 답답해 못 보겠네, 그 거미 같은 팔다리에 난데없이 웬 배는……. 당신도 운동 좀 하세요, 운동.”

“운동?”

그러잖아도 시원찮은 아랫도리가 여름 들어 부쩍 맥을 추지 못하는 바람에 밤만 되면 아내의 눈치만 살피는 터였다. 그 판새에 나온 아내의 운동 타령이라 왠지 심상찮게 들린 그가 벽에 기댔던 등을 떼며 그렇게 물었다.

“네, 산에라도 좀 다녀오라구요.”

“산? 어디? 귀두산 말이야?”

“그래요, 빨랑 다녀와요.”

“지금?”

한낮은 지났다 해도 아직 햇볕이 뜨거운 오후였다.

“그럼 오밤중에 올라갈 거예요? 얼른 일어나요.”

그렇게 나오면 견딜 재간이 없었다. 까짓 등산 한두 번쯤으로 북채같이 벙글어 오는 배가 바람 빠진 공처럼 짜부라들 리도 없고, 무시래기에 매달린 애무(어린 무)처럼 곯아 든 하초가 철판 뚫을 일이 벌어지지도 않겠지만, 이왕 아내가 꺼낸 말이니 어쨌든 시도는 해봐야 될 일이었다. 뿐만 아니라, 남들은 도심에서 도시락 싸 가지고 찾아든다는 귀두산을 지척에 두고도 몇 년이 되도록 그 꼭대기 한 번 구경한 적이 없어 내심으로는 몇 번인가 별러 오던 일이기도 했다.

세 시가 넘어 있었지만 장장 하일 — 해는 아직 중천에 있었고 골목길은 화끈한 열기 속에 눅진하게 녹아내리는 듯했다. 그는 귀두산으로 오르는 큰길을 따라 쉬엄쉬엄 걷기 시작했다. 길 양편으로 마주 선 언덕에는 크고 작은 새집들이 게 껍질처럼 우툴두툴 솟아 있었다. 비록 형태는 작지만 서양풍의 아치와 원주, 반들거리는 인조 대리석을 입힌 발코니와, 수입 잔디에 이런저런 관상수가 비좁게 이마를 맞댄 손바닥만 한 정원이며, 턱없이 우람한 대문 따위가, 옹색하고 어울리지 않는 대로 처음 내 집을 가져보는 서민들의 어쭙잖은 허영심을 보여주는 데는 충실하게 몫을 다하고 있는 그런 집들이었다.

그는 오래잖아 귀두산 주봉(主峰) 입새에 들어섰다. 귀두산 주봉, 다시 말해 좁은 뜻으로의 귀두산은 두 개의 험준한 능선과 그 사이를 흐르는 내암천 맑은 물로 원래는 제법 쳐주는 서울 근교의 명산이었다. 그러나 몇 년 전 도심에서 밀려난 말썽 대학교의 캠퍼스가 그 왼쪽 능선 무릎께에 자리 잡게 되면서 천지개벽을 만났다. 귀두산의 두 줄기 능선은 말썽 대학교를 경계로 그 허리가 잘렸고, 이로부터 상사목에 이르는 구릉과 계곡은 헐리고 메워졌다. 그리고 그렇게 생겨난 평지 위에는 기다렸다는 듯이나 집들이 들어서 서울특별시의 일부로 편입돼 버린 것이었다.

따라서 귀두산은 두 다리를 잘리고 허리께까지 말썽 대학교의 캠퍼스에 침식당한 채, 개발이 불가능한 주봉(主峰)만이 덩그렇게 남고 말았는데 그마저도 옛날의 시퍼렇던 서슬은 흔적도 없이, 근년에는 그저 가난한 시민들의 무료 유원지나 아침저녁의 가벼운 등산 코스로 전락되어 있었다.

멀리서는 그래도 퍼렇게 살아 있는 듯 보이는 귀두산이라 한 가닥 기대를 가지고 찾아든 그는 아직은 산다운 산으로 남아 있는 주봉 입새에 이르자 까닭 없는 안도감을 느꼈다. 그 높은 산 중턱까지 따라오는 그 갑갑한 도회의 내음이 이제는 사라지겠거니 하는 데서 오는 것일 터였다.

하지만 아직도 안도하기에는 이르다는 것을 그는 곧 깨달았다. 좀 과장하면 숲 속에 사람이 들어찼다기보다는 사람 사이에 풀과 나무가 들어섰다고 할 만큼 모여든 사람들 때문이었다. 휴일도 아닌 여름 한낮이라는 걸 감안하면 도심의 어떤 공원도 결코 따를 수 없을 출입객 숫자였다.

그중에서도 가장 많이 눈에 띄는 것은 건강 보호 및 장수 만세 협회 회원임에 분명한 사람들로 대개가 육십 대를 넘긴 그들은 허름한 옷차림에 지팡이 하나가 전부인데 웬만한 체면이나 법규쯤은 그 고령의 무게로 깔아뭉개면 되는 축들이었다. 따라서 좋게 보면 약수를 퍼 나르거나 산정을 오르내리며 백로처럼 모여 소일하는 조용한 그 산의 단골들이지만 나쁘게 말하면 그들의 많은 숫자와 그 못지않게 일어나는 크고 작은 반칙들로 인해 그 산의 자연경관을 가장 많이 훼손하는 주범(主犯)들이기도 했다. 그들의 반칙에 관한 한 강경한 대처보다는 관용으로 받아들이는 것이 이 나라에서는 상식이며 미덕으로 여겨지는 탓이었다.

그러나 맹랑하기로는 이들보다 훨씬 앞서는 게 이 협회의 다음 층 회원들인 사오십 대 갱년기의 사내들이었다. 그들은 시든 정력을 위해 뱀이고, 개구리이고, 지렁이고를 가리지 않고 먹어 치우다가 그래도 부실한 하초를 위해 아침저녁 산등성이로 기어오르거나 약수를 퍼마시는 축이었는데, 차차 산에 맛을 들여 나중에는 대낮까지 산에 눌어붙게 된 준(準)상주(常住) 인구라 할 수 있었다.

그 밖에 있으나 마나 한 무슨 조합이나 단체의 친목회, 각종의 동류항으로 묶인 계모임, 사세(社勢)가 뻔한 직장의 단합 대회며 이런저런 이름의 야유회도 그 산의 인파를 늘리는 중요한 원인인 것 같았다. 대개는 열두 시도 되기 전에 취하기 마련인 그들은, 가까운 공단(工團)이나 이른바 꼬방 동네에서 모여든 가난한 연인들과 그렇고 그런 젊은 남녀며, 갈 곳 없는 인근 주민들과 뒤섞여 그 산을 온통 끓는 죽솥같이 만들고 있었다.

그 소란에 지레 주눅이 들어 한동안을 멍하니 걷던 그는 곧 땀

흘리고 기어오른 본전이나 뽑을까 하는 생각으로 약수터로 가보았다. 거기도 만원이었다. 비닐통, 주전자, 플라스틱 물통 따위 크고 작은 물그릇들이 줄을 서서 차례를 기다리고, 그 임자들은 근처의 나무 그늘에 앉아 눈을 번득이며 혹시 있을지 모르는 반칙을 감시하고 있었다. 한 모금 마시고 가는 것쯤이야, 하는 기분으로 샘가에 다가가던 그는 플라스틱 국자에 손도 대보지 못한 채, 그들의 성난 고함소리에 반나마 얼이 빠져 쫓겨 나오고 말았다.

그 산 역시 자신이 한 번도 성공이라는 것을 맛보지 못한 저 아래의 거대한 도시와 다를 바 없다는 생각이 들자 그는 그만 돌아가고 싶은 생각이 들었다. 요즈음 들어 부쩍 압박감을 주는 아내가 있는 곳이긴 하지만 그래도 대지 서른아홉 평에 건평 열일곱 평의 내 집이라는 공간은 그에게는 여전히 세상에서 가장 마음 편한 곳이었다.

그러나 집을 나설 때의 아내가 떠오르면서 그런 그의 마음은 이내 변했다. 저녁에 있을 아내의 엄한 추단을 면하기 위해서도 정상까지는 올라갔다 와야겠다는 생각이 든 까닭이었다. 물론 가장 욕심 없는 서민적인 생각, 본전이라도 뽑아야겠다는 것도 그런 그의 결정에 한몫을 했다.

그렇게 심드렁한 산행이 되고 보니, 저절로 그의 주의는 흐트러지고 다시 산 자체보다는 구석구석 틀어박힌 각양각색의 사람들이 그의 눈길을 자극하기 시작했다.

먼저 눈에 띄는 것은 구석구석 남녀가 모여 앉아 술잔을 따르거나 너울너울 춤을 추는 나이 지긋한 패들이었다. 아무래도 부부 같지는 않은데, 그렇다고 술 따르는 여자들을 작부로 보기에는 너무 늙어 있었다. 결혼 20년이 가깝도록 변변히 외박 한 번 못해 본 그의 경험으로는 아리송하기만 한 패거리들이었다.

그러나 그늘에서 술 마시는 숫자로는 젊은이들도 결코 그런 패들에 지지 않았다. 그들은 깡술에 뒤틀리는 내장 탓인지 하얗게 질린 채 수없는 노래를 미친개처럼 짖어댔고, 너무 젊어서 괴롭다는 듯 하염없이 몸을 비틀고 있었다. 개중에는 산발에, 알 카포넨가 뭔가 하는 도둑놈 두목이나 썼음 직한 무지막지하게 큰 색안경을 낀 녀석들도 끼어 있었는데, 그들에게 문제는 제 불알 볼가지는 줄도 모르고 꽉 죄게 입은 청바지가 아니라, 으레껏 두엇은 풀어 놓기 마련인 윗도리의 단추였다. 외국 영화의 주인공처럼 텁수룩한 털로 선정적이거나 야성적으로 보이기는커녕 앙상한 가슴뼈와 꾀죄죄한 땟국물로 그들을 한층 초라하고 왜소하게 만들 뿐이었다.

물론 가끔씩은 가난밖에 흠이 없는 젊은 연인들이 콜라 병이나 놓고 다소곳이 마주 앉아 그런대로 아담한 그림을 보여줄 때도 있었다. 가까운 공단에서 왔음에 분명한 한 쌍의 남녀가 서럽고 외로운 삶을 과장된 눈물과 한숨으로 주고받는 것도 그리 불쾌하지는 않았다. 그러나 그런 광경에 미소할 틈도 없이, 한쪽에서는 패션 디자이너의 죄가 분명한 섹시한 바지의 아가씨가 개 대가리 같은 작자의 손에 끌려 후미진 숲 속으로 사라지는가 하면 다른 쪽에서는 애인을 잘못 골라잡은 아가씨의 때늦은 비명에 정의의 기사(騎士) 대신 바로 그 악당 같은 애인의 따귀가 대답하는 식의 꼴불견이 벌어지기도 했다.

"빌어먹을, 맨 저따위만 모여 가지고……."

그는 자신도 모르게 버럭 역정을 냈다가 이내 흠칫했다.

서울이란 감당 못할 거대하고 기괴한 도시의 일원이 된 뒤로는 직접 사람을 향해 한번도 해본 적이 없는 격렬한 말을 자기가 내뱉었다는 놀라움 때문이었다. 거기다가 누가 그 말을 알아듣고 시비를 걸어오는 것도 두려웠다. 그 바람에 그는 걸음을 빨리해 그곳을 벗어났다.

잔디 하나 없는 오솔길로 벗어나도 트인 하늘 때문에 소란이 줄어든 것처럼 느껴질 뿐, 마음에 안 들기는 조금 전과 다를 바 없었다. 어디든 그늘만 있으면 그렇고 그런 작자들이 왁자대었고, 아래에 없던 군대식의 이동 주보(酒保)가 그들 사이를 속옷 속의 이처럼 스멀거리며 돌아다녔다.

그동안 십 리 길은 좋게 걸은 터라 피곤도 하고 까닭 없는 심화에 지치기도 한 그는 오솔길 가의 한군데 비어 있는 그늘을 보고 쉬고 싶은 마음이 들었다. 그러나 그마저도 뜻 같지 못했다. 그가 막 자리를 보아 앉으려는데 난데없이 한 떼의 똥파리가 윙 소리를 지르며 날아올랐다. 이어 부는 한 줄기 바람에 실려온 것은 어김없는 구린내였다. 애써 주위를 살필 것도 없이 바로 그가 앉으려는 풀숲에 아직 채 굳지도 않은 노리끼리한 배설물이 낼름 고개를 들고 쳐다보고 있었다.

"이런 옘병할 놈의……."

이번에는 주위에 아무도 없어 그는 마음 놓고 욕을 한 뒤 서너 발짝 떨어진 곳으로 옮겨 자릴 잡았다. 달리 비어 있는 그늘이 없어 그 그늘의 끝머리에 나앉은 것이지만은 후텁지근한 바람이 불어올 때마다 그 고약한 냄새는 그를 괴롭혔다. 그 한 무더기의 배설물이 넌지시 일깨워준 지난 삶의 자취 때문이었다.

이십여 년 전 있는 것, 없는 것을 모두 팔아 치워 이 도시로 처음 뛰어들 때만 해도 지금 같은 그는 아니었다. 남들이 성공적이라고 말하는 여러 가지 삶의 형태에 나름의 야심을 가지고 있었으며, 그 성취를 위한 열정도 있었다. 그러나 거기에는 누군가가 먼저 자릴 잡고 있었다. 그것이 그들의 영악함이든, 동물적인 욕망의 힘이든, 배움이든, 또는 아직도 제대로 파악할 수 없을 만큼 복잡하게 변해 버린 사회구조에 대한 재빠른 이해와 적응이든, 그로서는 도저히 이겨낼 수 없는 힘을 가진 사람들이었다. 그리고 방금의 그늘처럼 요행 비어 있는 자리가 있어 가보면 거기에는 반드시 그 똥 무더기 같은 것이 있었다. 투자에 비해 한심한 대우……. 그리하여 몇 번 남이 차지한 그늘에 들어가려다 호된 맛을 본 그는 마침내 지금처럼 쥐꼬리만 한 봉급과 한없이 느린 승진이라는 구린내를 참으며 아무도 다툴 사람이 없는 그늘에 주저앉아 버렸다.

"그러면 그렇지……."

그는 자조하듯 중얼거리며, 그 구린내와 똥파리의 사정권을 벗어나지 못한 채로 진작부터 신경이 쓰이는 그 곁의 나무 그늘을 슬몃 훔쳐보았다. 한 떼의 듬직한 사내들이 돗자리를 깔고 앉아 술잔과 담소를 즐기고 있는 곳이었다. 젊은 여자가 시중을 들고 있는데도 그들은 웃옷을 아예 벗어부쳐 버린 시원한 알몸 차림으로 방금 펄펄 끓고 있는 찌개를 훌훌 퍼마시며 "어, 쭈타."를 연발하고 있었다.

"진작 한번 나올 걸 그랬지요?"

그중에 비교적 젊어 보이는 축이 무테안경을 쓴 듬직한 사내에게 감개 어린 표정으로 말했다. 하지만 그러면서도 그의 눈이 이따금씩 똥 무더기 쪽으로 가는 것이나 여자가 먹는 것에 전혀 손을 대는 기색이 없는 것으로 보아 그들도 서너 발짝 저쪽에 있는 똥 무더기의 존재는 진작부터 알고 있는 것 같았다.

그는 문득 그들의 정서 고갈증을 탓하기보다는 환경과 위생에 대한 그들의 관용 또는 둔감에 성원을 보내고 싶은 기분이 들었다. 지금처럼 그늘 한쪽으로 비켜 앉은 대신 그들 같은 관용이나 둔감만 가졌더라도 자신의 삶은 좀 달라졌으리라는 가정 때문이었다. 허름한 회사라도 과장, 부장, 상무는 있었고, 사무실 중앙에 놓인 그들의 번듯한 자리와 한 구석빼기에 놓인 그의 궁색한 자리가 다르듯, 그들과 그의 삶도 분명 조금은 달랐다. 그러나 귀두산은 그런 상념에조차도 그가 오래도록 빠져 있게 내버려 두지 않았다. 그가 내려온 오솔길 쪽에서 갑자기 요란한 노랫소리가 멱살을 잡아 태질을 치듯 그를 현실 속으로 되돌아오게 만들었다.

"사아공의 배앳노오래……."

그게 여러 사람의 목소리가 합쳐진 소리라는 것에 까닭 모를 공포를 느끼며 놀라 돌아보니, 도저히 휴대용이라고는 볼 수 없는 녹음기를 아코디언처럼 가슴에 비스듬히 걸친 키 큰 사내가 대여섯 명의 동료를 이끌고 그가 앉아 있는 그늘로 돌진해 오고 있었다. 퀭한 눈가며 양 귀까지 찢어진 검붉고 두툼한 입술이 헤벌어진 것으로 보아 이미 흠씬 취한 것 같았다. 그를 뒤따르는 사내들도 취하기는 그와 비슷해 보였다.

"와 — 앙."

사내는 그늘에 들어서자마자 녹음기의 볼륨을 한껏 높이고는 곡마단의 어릿광대처럼 벙글거리며 덩실덩실 춤을 추기 시작했다. 그의 동료들도 손발을 헤적거리며 뒤따르듯 좁은 그늘을 한 바퀴 돌더니 각기 자리를 잡고 앉았다.

그는 먼저 자리 잡고 있는 자기를 아예 무시하는 그들의 뻔뻔함에 앙갚음이라도 하듯 말없이 똥 무더기가 있는 풀섶만을 주시했다.

"억, 이게 뭐야?"

과연 그중의 하나가 똥 무더기를 짚기라도 했는지 벌떡 몸을 일으켰다. 그러나 그들이 보인 반응은 그에게는 전혀 뜻밖이었다.

"왓하하하…… 왓하하하……."

그들은 무엇이 우스운지 한바탕 호탕한 웃음부터 터뜨렸다. 똥을 짚은 사내도 그들과 함께 허허거리더니 굴러다니는 신문지 한

장을 집어 두 손을 닦았다. 그리고 이왕 그 일은 자기 몫이라는 듯 다시 어디서 비닐봉지 하나를 주워 와 똥 무더기 위에 덮은 뒤 손으로 움켜쥐고는 부근의 사람이 없는 풀숲으로 던져 버렸다.

"어떤 놈이 되게 급했던 모양이군."

그게 그 사내의 유일한 비난이었고, 나머지는 다시 무엇이 즐거운지 한바탕의 왁자한 웃음소리를 냈다. 그런 그들의 뜻 아니한 반응에, 무시당한 것에 대한 그의 불만은 어떤 섬뜩함으로 바뀌었다. 그가 언제나 맞부딪치기를 피해 온 것은 바로 그런 종류의 사람들이었다.

그사이 그늘 아래서는 새로운 변화가 일어났다. 분명 그 사내들과 일행이 아닌 한 여자가 끼어든 게 그랬다. 얼핏 보기에는 평범한 주부로밖에는 생각할 수 없는 마흔 살 이쪽저쪽의 여자였다. 그러나 빈자리에 서슴없이 끼어든 그녀는 첫 수작부터가 분명 여느 가정주부는 아니었다.

"왓따, 넘정네들끼리 무슨 재미여? 한잔 주셔."

그리고 이미 한잔 된 사내 하나가 해롱거리며 소주잔을 내밀자 맞은편을 보고 브라보를 외치고는 단숨에 비워버렸다.

"아이구, 그 아지메 술 한번 화통하게 마시누마."

이어 다른 사내가 잔을 내밀어도 그녀는 조금도 경계하거나 사양하는 기색이 없었다. 그녀가 연신 브라보를 외치며 잔을 비워 대자 사내들도 덩달아 벌컥벌컥 마셔 대더니 이내 노래가 시작됐다. 노래에서도 마찬가지였다. 그녀는 차례가 되기 무섭게 일어나

꽤 신곡(新曲)인 유행가를 멋들어지게 한 곡조 불러 젖혔다.

"우메, 잘하는 것."

"앙코오루 —."

박수가 쏟아지고, 다시 한동안 낭자한 가락이 주위를 흥건하게 적셨다. 그러다가 문득 여자의 소리가 낮아지며, 좌중의 하나에게 무언가를 제안하는 것 같았다. 제안을 받은 사내는 취중이면서도 잠깐 생각을 가다듬는 표정이었다. 그러나 그것도 잠깐이었다.

"그럴 거 없어. 합석해 버려어 —."

"누이 좋고 매부 좋은 거 아이가?"

그런 동료들의 충동과 함께 리더인 듯한 그 사내는 그녀의 제안을 조그만 단서와 함께 승낙했고 그녀도 그 단서가 마음에 들지 않지만 선심 쓴다는 식으로 받아들였다.

"좋아, 우리도 기분잉께."

그렇게 말한 그녀는 맞은편 숲 그늘을 향해 두어 번 손뼉을 쳤다. 그러자 한 떼의 부인들이 기다렸다는 듯 우르르 그곳으로 자리를 옮겨 왔다. 그녀와 다를 바 없는 40 전후의 부인들로, 밋밋한 가슴과 군살이 뒤룩한 허리는 이미 지나간 한 세월을 말해 주고 있는 것 같았다. 숲 그늘에 가려 보지는 못했지만 벌써 오래전부터 거기 진을 치고 있었던 모양으로 한결같이 얼굴에 불그레 술기운이 오른 채였다.

맨 정신인 그의 눈에는 겨울 바닷가의 빛바랜 비치 파라솔이나 오뉴월의 세탁소에 걸려 있는 털외투처럼 보이는 여자들이었지만,

이미 한잔 흠씬 된 사내들에게는 그렇지도 않은 것 같았다. 그들 남녀들은 불문곡직하고 한 덩어리가 되어 흔들고 비틀고 기성을 질러 댔다. 불과 서너 발짝도 안 되는 그 그늘 끝에서 먼 곳을 바라보는 체하면서도 이따금씩 자기들을 훔쳐보는 사람이 있다는 것에 대해서는 누구도 아랑곳하지 않았다.

그는 아연한 기분이 되어 그런 자리는 피해 주어야 한다는 평소의 예의도 잊고 그들의 하는 양을 살펴보았다. 어느새 소주는 맥주로 바뀌고, 쥐포와 땅콩은 오징어와 통닭으로 바뀌어 있었다. 이동 주보의 집요한 상혼(商魂)과 염치없는 부인네들의 먹성이 어우러진 결과였다. 잘 봐주어야 같은 공사판에서 일하다가 쉬는 날 하루 잡아 기분 풀이를 나온 막벌이꾼 십장(什長)쯤으로밖에 보이지 않는 그들의 허술한 주머니로는 감당하기 힘든 지출이 강요될 게 뻔했다. 그러나 사내들은 이따금씩 근심스러운 눈으로 턱없이 호화판이 된 술자리를 가늠하긴 해도, 오기 하나로 게거품을 품은 채 마시고 춤추고 떠들기를 계속했다. 곁에서 보고 있는 그에게는 사내들의 그 같은 오기가 어리석기보다는 애처롭게 느껴졌다. 그래서인지, 처음에는 은근한 부러움이었던 그들의 막노동으로 벌어진 어깨도 차츰 가냘프게 보였고, 그들이 내지르는 기성도 서글픈 비명처럼 들렸다. 그가 그닥 좋아하지도 않는 술을 대낮 산꼭대기에서 마시고 싶어진 것은 아마도 거기서 느낀 어떤 쓸쓸함 때문이었을 것이다.

"구경만 하지 말고 아저씨도 술 한잔 하세요."

언제부터인가 술과 안주가 든 바구니를 끼고 주위를 서성거리던 한 여자가 그렇게 권해 왔을 때 그는 망설임 없이 소주 한 병과 오징어 한 마리를 샀다. 그런데 그것이 그를 지금껏 구경만 한 귀두산으로 직접 끌어들이는 계기가 되고 말았다. 돈을 받은 그 여자는 술과 안주를 주는 대신 느닷없이 그의 팔을 끌었다.

"아저씨, 이왕이면 좀 조용한 곳으로 가요. 제가 술을 따라 드릴 테니."

그제야 그는 그녀의 얼굴을 쳐다보았다. 세상살이에 찌든 평범한 40대 여자의 얼굴이었다. 거기다가 어쨌든 돈을 치른 술과 안주는 받아야 한다는 생각에 그 제안이 꺼림칙한 대로 그는 대답도 기다리지 않고 앞서가는 그녀를 뒤따랐다.

그녀가 자리를 잡은 곳은 한적하기는 해도 여전히 사람들 사이라 그는 약간 마음을 놓았다. 그런 데서는 이상한 수작을 붙이려야 붙일 수도 없으리란 믿음 때문이었다. 술을 따르는 폼도 예상과는 전혀 달랐다. 술을 달라는 법도, 자기가 찢고 있는 오징어 다리 하나 입에 넣는 법도 없었다. 소주 한 병에 오징어 한 마리 사 준 것에 대한 봉사치고는 지나치게 친절했다. 그래도 처음 한동안은 이유 없이 꺼림칙해 그녀가 빨리 자리를 떠주기를 바랐지만 한두 잔 술이 들어가자 오히려 얘기를 걸기 시작한 것은 그 쪽이었다. 조금 전 그 그늘에서 본 부인네들의 정체가 못내 궁금해진 그가 그녀에게 물었다.

"그 여자들요? 그게 다 낙타 부대예요."

"낙타 부대라니? 낙타 부대가 뭡니까?"

"아저씨두 참, 예비군도 안 하셨어요? 거, 왜 그런 여자들 있잖아요? 다 먹고살자고 하는 짓이죠. 따지고 보면 불쌍한 여자들이라구요."

그 말을 듣고서야 그도 뭔가 짚이는 게 있었다.

"그렇다면 직업적으루 몸 파는 여자들……."

"에유, 그렇게까지 말할 건 없어요. 술도 팔다가……."

"그런데 왜 하필 낙타 부대라고 부르죠?"

"잘은 모르겠어요. 그 사람들이 모포를 가지고 다녀서 그렇다는 말도 있고, 손님이 없을 때는 창경원 낙타처럼 맥이 빠져 돌아다녀서 그렇다는 말도 있어요."

"거 희한하군."

"희한할 것도 없어요. 처음에는 다 나같이 술병 부대로 시작했지만, 워낙 장사가 안 되는 데다 또 남자들 집적거리니까 한두 번 어울리다 저 길로 들어선 거죠. 오히려 저렇게 보자기 하나만 들고 나서는 게 속 편하다는 축도 있어요. 밑천 들 것도 없고, 운이 좋으면 수입도 꽤 올릴 수 있다나요."

"수입을 어떻게 올립니까?"

그는 이미 대강 짐작이 가면서도 짐짓 물어보았다.

"뭐, 술 많이 팔아주면 우리 같은 술병 부대에게서 팁 좀 받고, 보자기 펴면 손님들에게 화대도 받고……."

그러고 보면 조금 전 그 막노동자풍의 사내들을 애처롭게 만든 맥주와 통닭은 그녀들의 염치 없는 먹성과는 무관한 셈이었다. 그게 다시 그의 여린 감상을 건드렸지만 그는 술기운을 빌어 묻기를 계속했다.

"묘한 직업도 있군. 그 나이들이라면 명목상으로도 처녀는 있을 리 없고 대충 과부들이겠지요?"

"네, 대개는 그렇죠. 그러나 개중에는 형편 딱한 유부녀도 있고, 어떤 때는 그냥 바람난 여자가 끼어들기도 해요. 요즈음은 불황이 심해 술집 접대부며 홀에 나가는 아가씨들까지 올라와 손님을 끌고 간대요."

"몸 파는 유부녀가 있다더니 정말인 모양이군."

"말 마세요. 어떤 여자는 가정 파탄이 일어 이혼당하는 수도 있어요."

그러면서 말을 멈춘 여자는 무엇을 찾는지 주위를 두리번거리더니, 마침 찾았다는 듯 한군데를 손으로 가리켰다.

"저길 보세요."

그녀가 가리키는 곳은 멀지 않은 계곡 쪽이었다. 이야기에 정신이 팔려 그때껏 모르고 있었지만, 거기에는 세 사람의 부인네와 40대 후반의 술 취한 남자 하나가 벌써부터 떠들썩하게 싸우고 있었다. 애써 귀 기울여 보니 그럭저럭 알아들을 만은 했다.

"춰라. 이년아, 썩어 빠진 구무 절로 춰라. 연탄가스보다 더 독한 내미 난다. 내가 언제 그거 팔아 밥 묵고 살자 캤나? 이 더러븐 호양년아."

"까구 있네. 사내 새끼 구실도 못하는 주제에 오기는 살아서 내가 언제 그거 파는 거 봤어, 봤어?"

"봤다. 이 니기미 떠그랄 년아. 그기 아이믄 내 손에 장을 찌지꾸마."

"아이, 아저씨 정말 왜 이러셔. 돌이 엄마가 김밥 장사 했지 언제 그걸 팔아요?"

"김밥 장사 좋아하네, 참말로 김밥 장사 했다카믄 김밥 보따리 좀 보자."

"다 팔고 여기 보자기만 남았잖아요? 밥도 못 먹고 사는 판에 공연히 싸움질만 하면 뭘 해요? 참으세요. 돌이 엄마는 절루 가구……."

"맞아, 돌이 아빠 참 멋쟁이신데 오늘따라 웬일이실까? 다 이해하셔어."

"자, 술이나 한잔하세요. 어머나, 정말 자기 멋쟁이야."

"좌라, 이년들, 똑같은 년들……."

그가 거기쯤 들었을 때, 술을 따르던 여자가 한숨을 푹 내쉬며 하던 얘기를 이어갔다.

"저기 왼쪽에 있는 여자가 돌이 엄마예요. 얼굴도 반반하고 수완도 좋아 낙타 부대에서도 스타라구요. 저 남자는 남편인데 알코올 중독자래요. 옛날 시골서는 알부자 소리 들었는데 서울 와서 다 털어 먹고 홧김에 저리 됐다나요. 그러니 여자 혼자 어떻게 해요? 자식새끼라도 먹여 살리자고 동네 가까운 여기 와서 김밥이며 과자 부스러기를 팔았죠. 그런데 남자들이 가만둬요? 결국 저 길로 들어서게 된 거죠."

그러더니 지금까지의 동정 어린 어조와는 판이하게, 경멸과 적의가 담긴 눈길로 남편이라는 쪽을 노려보며 나무라는 투로 말했다.

"근데 글쎄 저 남자가 어떻게 알고 심심하면 찾아와서 저 지랄이래요. 다른 아줌마들이 보다 못해 술 받아 줘가며 달래니까 재미를 내서 요새는 아주 매일이라니까요. 여자는 그저 사내 복이 있어야지. 아유, 남의 일이라도 열 올라. 아저씨 나도 술 한잔 주세요."

"그럽시다."

일이 그렇게 돌아가고 보니 술병은 금세 바닥이 났다. 그런데 그때를 전후해서 이 눈 쬐끄만 사내에게도 놀라운 변화가 일어났다. 지금까지 그의 감정이 전개된 과정으로 보아서는 마땅히 그 불행한 부부에 대한 연민이나 또는 거기서 유추된 삶의 신산스러움으로 비감에 젖어야 할 것인데도 이번에는 그렇지가 않았다. 대신 멀찌감치서 구경만 할 게 아니라 자신도 한번 그 귀두산 속으로 들어가 보고 싶다는 모험적인 충동이 불쑥 일었다. 별로 술이 세지도 못한 주제에 깡술에 가까운 소주를 한 병이나 마셔 알딸딸해진 탓으로만 돌리기에는 너무도 큰 변화였다.

"이봐, 아줌마. 이 산에는 그런 낙타 부대원이 얼마나 되지?"

"들쭉날쭉하니까 알 수 없지만 줄잡아 백 명은 될 거예요."

"그런데 왜 내 눈에는 낙타 부대 장병들이 하나도 뜨이질 않소?"

그러자 술을 따르던 여자도 드디어 그의 변화를 알아차렸다. 전혀 기대하지 않고 있었지만, 일단 그런 그의 변화가 포착되자 그녀의 변화도 재빨랐다.

"아유, 아저씨도 엉큼해, 그럼 내 하나 소개해 올릴까?"

금세 콧소리 섞인 반말로 대답하는 그녀의 얼굴은 이미 조금 전의 고단한 행상(行商) 아줌마가 아니라 능수능란한 뚜쟁이의 그것이었다.

"아니 그건 아니고……."

술김에도 그녀의 그 같은 돌변에 퍼뜩 정신이 든 그가 그렇게 얼버무리려 했지만 이미 때는 늦어 있었다.

"생각 있으면 진작 말할 것이지……. 그럼 이거 좀 보고 있어요. 내 얼른 다녀올게."

그의 뒷말은 완전히 무시한 채, 그녀는 그런 말을 남기고 가까운 풀숲으로 뛰듯이 사라져버렸다. 그는 잠시 낭패를 당한 느낌이 들었다. 거기다가 일시적인 충동에서 깨어나기 무섭게 가늠해 본 호주머니도 이 엄청난 모험을 하기에는 터무니없이 부족했다. 그가 가진 돈이랬자 아내가 하루건너 한 번쯤은 확인하는 비상금 만 원과 산에서 음료나 마시라고 타 온 천 원이 전부이기 때문이었다.

이대로 도망쳐 버릴까. — 그는 다급한 김에 언뜻 그런 생각까지 해보았지만, 이내 술로 마음을 다그치고 앉아서 기다리기로 했다. 그렇게 하는 것이 마치 언제나 포기하고 도망치기만 해온 그의 지난 삶을 일시에 보상하는 방법이기라도 하듯. 낙타 부대 장병은 오래지 않아 도착했다.

"동상, 여기야. 일루 와 앉아."

그런 술병 부대원의 손에 끌리듯 그 앞에 나타난 것은 아직 설거지 냄새도 가시지 않은 고만 또래의 도리납작한 여자였다.

"술자리도 끝났는데 뭘."

그녀는 자리에 앉기 바쁘게 술병부터 살핀 뒤 그렇게 중얼거렸다. 그리고 양쪽 모두 번갈아 보며, "언니, 여기 술 한 병 더 주세요. 나도 한잔해야지. 안 그래요? 손님." 해놓고는 이쪽저쪽 대답 기다릴 것도 없이 제 손으로 술과 안주를 광주리에서 척척 집어냈다. 그녀가 터무니없이 많은 안주를 집어내는 바람에 그는 다시 한번 간이 철렁했지만 이미 먹은 마음대로 쬐끄만 눈을 내려뜨고 못 본 체했다.

"손님부터 한 잔 드셔어."

이윽고 술병을 딴 그 여자가 노련한 솜씨로 술 한 잔을 따라 권했다. 10년 전에 만난 제 서방이라도 된다는 듯한 태도였다. 그는 될 수 있는 대로 담담해지려고 애쓰며 주는 대로 받아 마셨다. 두 잔인가 비웠을 때, 철수 준비를 마친 술병 부대원이 은근한 콧소리로 끼어들었다.

"자 이제, 이쪽 계산은 좀 해주시고오."

"네, 그러죠."

그는 선뜻 비상금 만 원을 꺼내 술병 부대원에게 내밀었다. 술값을 호되게 매기는 바람에 하마터면 거기서 주머니가 거덜 날 뻔했다.

"재미 많이 보세요, 아저씨."

챙길 것을 다 챙기자 술병 부대원은 야릇한 미소와 함께 이미 해가 뉘엿한 산길로 내려가 버렸다. 주위의 소란도 한결 줄어 있었다. 그러고 보니 가까운 오솔길은 삼삼오오 패를 지어 산을 내려가는 사람들이 줄을 잇다시피 했다.

그의 쬐끄만 몸 한구석에서 술로 더욱 쬐끄만해져 구겨져 앉아 있던 이성(理性)이 이제는 그만 내려가야 하지 않을까를 가냘프게 물어왔다. 그때 갑자기 낙타 부대 장병이 술잔 든 그의 팔을 건드리며 코맹맹이 소리를 했다.

"아저씨 싸게싸게 술잔 돌리셔."

"음."

그는 기계적으로 잔을 비웠다.

"이건 기분 차(茶)여, 곱빼기루다가……."

"좋지."

그렇게 두 잔을 더 걸치자 정말로 거나해졌다. 좀 전에 들은 가냘픈 이성(理性)의 권유는 그새 모기 소리보다도 더 가늘어졌고, 아내의 추달이나 거지반 거덜 난 주머니도 크게 걱정이 되지 않았다. 대신 그때부터 와이셔츠 단춧구멍만 한 그의 눈은 대담하게 낙타 부대 장병의 몸을 훑기 시작했다. 아무리 보아도 자기보다 한

둘 위인 것 같은 나이였지만 육색은 그런대로 쓸 만해 보였다. 그게 다시 그를 좀 더 대담하게 만들었고, 이어 그는 이력 난 난봉쟁이 같은 폼을 잡으며 그녀의 말투를 흉내 내어 물었다.

"샥씨……, 그런데 샥시는 몇 살이여?"

"서른 살이여, 서른 살. 아직 고것은 잘 돌아강께 안심 팍 놓더라고잉."

"좋아하네. 마흔을 넘어도 한참 넘었겠다."

"얼레, 이 아저씨 좀 봐아. 시방 나가 그렇게나 보여? 정말 사람 환장하겠네, 아이, 열 올라. 이 아저씨를 그냥……."

여자가 그렇게 말하더니 대뜸 그의 코를 잡고 힘껏 비틀어버렸다.

"아이쿠!"

그 불의의 공격에 그는 한동안 코를 싸안고 낑낑거렸다. 눈물이 팍 쏟아지며 술이 다 깨는 기분이었다.

"나가 쪼깨 고생을 하여서 그렇제, 실제 나이는 서른둘이란 말이여."

"아, 알았어, 알겠다니깐."

"알았으면 이 잔 받으셔. 그란디 이럴 게 아니고 쩌그 좀 더 조용한 곳으로 옮겨어. 너무 붐벼도 곤란헝게."

그러고는 다시 술 한 잔을 앵긴 뒤 핸드백을 찰칵 열더니 착착 접은 보자기 같은 것을 꺼냈다. 얇고 질긴 비닐로 만들어진, 보자기보다는 거의 모포만 한 깔개였다. 몸뚱아리 외에 필요한 유일한 밑천이요, 낙타 부대의 기본 장비인 셈이었다.

방금 호되게 코를 비틀리어 한바탕 눈물을 쏟은 데다 그 야릇한 간이침대를 보자 그는 문득 술이 취해 깜박 잊었던 주머니 사정이 다시 떠올랐다. 그러나 그녀는 그런 그의 속사정을 아는지 모르는지 방금 불어간 한 줄기 시원한 바람을 상대로, "아이고, 써언하다. 요것이 우짠 사이다 바람이당가? 콩팥까지 다 써언하네." 하며 수다를 떤 후, 아직도 맹하게 술잔을 들고 있는 그를 재촉했다.

"그런데 이 아저씨가 저물면 워쩔려고 요로코롬 술만 퍼마신다냐?"

"이봐 색시, 팁이 얼마야?"

"얼마라니? 벌써부터 고런 것 따지게 됐어? 기분 잡치게. 기분만 내키면 그냥 줘버릴 수도 있고오 — 나 뗣으면 백만금으로도 안 되는 수가 있고오 — 다아 그런 것 아니겄어?"

그 말에 그는 약간 자신을 얻었지만 궁금한 일은 역시 궁금했다.

"말을 하라구, 말을. 나도 알아야 산대를 놀 거 아냐?"

"아우 이 아저씨, 증말 사람 김 팍 새게 망그내. 그래 만 원이여, 만 원. 됐어?"

"뭐? 만 원?"

"요새 물가에 그만하면 싸지, 뭘 그래? 아녀?"

그렇다면 일은 이미 글러버린 셈이었다. 거기서 그는 일단 발랑

자빠져보는 것으로 방책을 정했다.

"만 원 같은 소리하고 있네. 나 돈 없어."

"그럼, 사람은 왜 불러?"

"부른 게 아냐. 그 술병 부대 아줌마가 멋대로 데려온 거지."

"아이, 김새. 싫음 관둬, 난 갈 팅께."

그녀가 그렇게 순순히 물러나려 하자 그는 이상하게도 문득 서운한 느낌이 들었다. 기분 내키면 그냥 줄 수도 있고오, 하던 그녀의 말도 들을 때와는 달리 희망적으로 귓가에 되살아났다. 거기다가 이런저런 일로 이따금씩 제동이 걸리기는 하지만 그의 정신을 일사불란하게 사로잡고 있는 것은 역시 양을 넘게 마신 깡술이란 사실 또한 그에게 갑작스러운 용기를 끌어낸 중요한 원인이 되었다.

"가만, 가만있어 봐."

"이 아저씨가 누굴 약 올리나?"

말은 그렇게 해도 그녀의 얼굴에는 한눈에 드러날 만큼 반색이 떠올랐다.

"돈이 모자라서……."

"그래, 얼마 있어? 말해 봐. 화끈하게 말해 보라구. 나 그냥 싸게 주고 갈 테니께."

"이거야, 꼭 이뿐이야. 그런데 저……."

남은 천 원짜리 한 장과 동전 몇 개를 꺼내 들고, 기분으로 한번 어울려보자는 수작을 붙여보려던 그는 거기서 문득 입을 다물었다. 손에 쥔 돈과 자신을 번갈아 노려보는 그녀의 심상찮은 눈길 때문이었다. 그 정도에서 입을 다문 것은 그날의 일 가운데서 드물게 잘한 일의 하나였다.

"뭐? 천 원?"

너무 기가 차 말문이 막힌 표정으로 그렇게 말한 뒤 한동안 숨만 씨근거리던 그녀가 느닷없이 그의 부샅께를 무릎으로 냅다 차며 외쳤다.

"집에 가서 용두질이나 쳐라. 이 쪽제비 같은 새끼야."

"어이쿠우."

그는 부샅께를 싸말아 쥐고 앞으로 폭 고꾸라졌다. 그런 귓가에 그녀가 떠나며 하는 말이 꿈결같이 아련히 들려왔다.

"이무기가 벌리고 자니 미꾸라지가 덮치더라고, 어디 순 같잖은게……."

그가 온몸을 짓누르는 그 묵중한 통증에서 완전히 벗어난 것은 그로부터 한참 지난 뒤였다. 주위를 둘러보니 산꼭대기에는 이미 사람이 별로 없었다.

"히히, 히히히……."

그는 자신도 까닭을 모르는 채 한동안 마음껏 웃어 젖혔다. 지금껏 거기서 있었던 모든 일이 무슨 한바탕 어지러운 꿈처럼만 느껴졌다. 그러다가 그는 몸을 일으켜 인적이 드문 오솔길을 따라 휘적휘적 산을 내려오기 시작했다. 속이 뒤틀리고, 산이 기우뚱거리듯 몸이 이쪽저쪽 쏠리는 것으로 보아 부샅께에 가해진 그 격렬한 통증도 술기운을 죽이는 데는 큰 도움이 되지 못한 것 같았다.

도회가 시작되는 주봉(主峰) 입새에 이른 것은 날이 거의 어두워진 뒤였다. 그러나 어둠과 함께 이내 잠들어버릴 것으로 예상되던 귀두산은 밑으로 내려올수록 싱싱하게 살아 있었다.

구석구석 가로등이 와 있는 곳에는 어김없이 그날의 놀이가 미진한 행락객들이 모여 고래고래 소리를 질러 대었고, 그들 사이를 술병 부대원들과 낙타 부대 장병들이 마지막 고객을 끌기 위해 바쁘게 헤치고 다녔다. 그도 거기에 이르자 왠지 부쩍 취기가 심해지는 느낌이었다. 그런 그에게 술병 부대원 하나가 다가왔다.

"쥐포 사세요, 아저씨 구운 쥐포요."

"안 사아."

"암놈이라니까요."

"그래? 얼마야?"

그는 남은 동전을 털어 산 쥐포를 질겅질겅 씹으며 집으로 내려가는 대신 이 구석 저 구석을 기웃거렸다. 이따금씩 그런 그에게 마크도 선명한 낙타 부대 장병들이 보자기를 흔들며 웃어 보였다.

"보자기 안 사아?"

"보자기 안 사아!"

그는 한 번 데인 것도 잊고, 그런 그녀들을 만날 때마다 알 것 다 안다는 투로 시시덕거렸다. 몇 군데 좌판 앞에 멈춰 술도 몇 잔 더 걸치기도 했다.

그러다가 언제부터인가 그의 청각을 자극하는 요란한 경음악

소리에 끌려 가로등이 환한 공지로 가보았다. 그 한끝 용케 살아남은 소나무 가지에 한껏 볼륨을 높인 채 걸려 있는 녹음기에서 흘러나오는 전자오르간 소리였다.

공지 가운데서는 그 가락에 맞춰 십여 명의 술 취한 사내들과 낙타 부대 장병들이 어울려 춤을 추고 있었는데, 스텝을 밟고 있다기보다는 마구다지로 얽혀 아이들의 고무줄놀이를 하는 것 같았다.

그러나 자세히 보니 그들도 두 가지 부류가 있었다. 하나는 아예 볏단 안아 나르듯 서로 감싸 안고 굼실대는 축이고, 하나는 마주 쳐다보며 겅둥겅둥 마당굿을 벌이는 축이었다. 둘 다 텔레비전 같은 데서 구경한 걸 실연해 보고 있는 것임에 틀림없었지만 그의 눈에는 어쩐지 겅둥겅둥 뛰는 쪽이 차라리 윗길로 보였다.

"한번 추시겠어요?"

그가 멍하니 그런 그들을 보고 있는데 약간 쉰 듯한 여인의 목소리가 등 뒤에서 들려왔다. 이어 대답도 기다리지 않고 그의 쬐끄만 몸을 감싸 안은 것은 유난히 키가 크고 몸집이 좋은 중년 부인네였다. 그는 '어, 낙타…….' 어쩌고 할 사이도 없이 그런 그녀의 힘에 밀리어 춤추는 사람들 가운데로 끌려들어 갔다.

그래도 처음 한동안 그는 어떻게든 그 여자의 품을 벗어나려고 애를 썼다. 난데없는 연탄가스 냄새와 얼마 전 산 위에서 자기의 부샅께를 무릎으로 내지르고 간 여자의 기억이 술로 느슨해진 그의 경계심을 다시 일깨운 탓이었다. 하지만 마음뿐이었다. 원래

역부족인 데다 술까지 한잔 깝북된 터라 집게처럼 그의 몸을 죄고 있는 완강한 그녀의 두 팔에서 벗어날 재간이 그에게는 없었다. 거기다가 빠져나오려고 버둥대다 맞닿게 된 그녀의 살결이 주는 묘한 자극도 차츰 그의 정신을 마비시켰다.

그리하여 곡이 뽕짝으로 바뀌었을 무렵에는 자기 쪽에서도 마주 그녀를 껴안은 채 곡도 없는 노래까지 흥얼거리게 되고 말았다.

"낙타 등에 꿈을 싣고 사막을…… 외로운 사나이가……."

생각보다 목소리가 컸던지 곁에 사람이 못마땅한 눈으로 흘끔거렸다. 누군가 그 공지를 지나가며 한심하다는 말투로 중얼거렸다.

"빌어먹을, 맨 저따위만 모여 가지고……."

어디서 많이 들은 말이란 생각이 들었으나 바로 댓 시간 전 그가 다른 사람들을 향해 내뱉은 말이란 것은 끝내 떠오르지 않았다. 그도 그럴 것이 그 무렵부터 여자가 아랫도리로 그의 부샅께를 실실 문질러 대기 시작한 때문이었다. 그는 차츰 힘이 아래로 모이며 온몸이 뻣뻣하게 굳어지기 시작했다. 부샅께는 이미 바지가 터질 듯 팽팽하게 부풀어 있었다.

그러자 여인은 그때를 기다렸다는 듯 미묘한 웃음과 함께 손을 살그머니 밀착된 아랫도리 사이로 집어넣더니 다짜고짜 성난 그놈의 대가리를 꽉 움켜잡았다.

"윽……."

관능적인 율동과 아랫도리에 맞닿은 여인의 살결로 몽롱한 흥분에 젖어 있던 그는 자신도 모르게 몸을 비틀며 신음했다. 그리고 반사적으로 몸을 빼내보려 했으나 처음 그 춤마당으로 끌려들어 왔을 때보다 더 힘들었다. 그녀는 아예 놓아주지 않을 생각으로 야멸차게 그놈의 멱살을 잡아 쥔 것이어서 요지부동이었기 때문이다. 하기야 입으로 그녀의 젖가슴을 물어뜯거나 손가락으로 눈이라도 후빈다면 풀려날 길도 있겠지만 그런 잔인한 공격은 애초부터 그의 몫이 아니었다.

"자, 나가요."

그가 저항을 포기하자 그녀가 재빠르게 속삭이며 그를 춤마당에서 끌어냈다.

"알았어, 아이구우."

아차 하는 순간에 다시 꼼짝없이 낙타 부대의 포로가 되어버린 그는 설설 기듯이 끌려 나갔다.

"이쪽으로 와요, 얼른."

그녀는 남은 손으로 재빨리 허리에 두르고 있던 보자기를 풀어 자신의 오른손이 하는 일을 사람들의 관찰로부터 은폐시킨 뒤 그를 호젓한 계곡 쪽으로 끌고 갔다. 그는 연신 애원의 눈길로 그녀를 바라보면서도 조금이나마 고통을 줄일 양으로 그녀가 끄는 대로 움직였다.

그녀가 그놈의 멱살을 놓아준 것은 춤마당에서 거의 백 미터나 떨어진 계곡에서였다. 날은 이미 어두워 들리는 것은 솔잎을 스쳐가는 바람 소리와 허공을 날고 있는 박쥐 떼들의 날개 소리뿐이었다.

"헛일이야. 이젠 아파서도 못하겠어."

그녀가 놓아준 뒤에도 한동안 부샅을 주무르고 있던 그는 이윽고 사정조로 말했다.

"이거 왜 이래? 정말 이렇게 시시하게 나올 거야?"

그녀가 술기운이 완연한 목소리로 으르렁댔다. 쭈그리고 앉은 그 앞에 하늘을 뒤로하고 서 있는 그녀의 장대한 모습은 어둠 속에서도 우뚝한 산악 같았다.

그는 정말로 덜컥 겁이 났다. 그러나 그를 이곳까지 끌고 온 것도 노동이라면 노동, 그 대가를 주지 못해 호젓한 그 계곡에서 그녀와 싸움이라도 붙는다면 그는 어김없이 죽고 살아나지 못할 것 같았다.

그는 황급히 주머니를 털어 달랑 남은 천 원짜리를 꺼내 들고 사정했다.

"돈도 없어. 이게 전부야, 봐줘."

"정말 놀기 싫어?"

"그래, 말했잖아? 아프고, 돈도 없고……. 한번 봐줘."

그러자 그녀는 피식 웃으며, 낚아채듯 그의 손에 든 천 원짜리를 받아들더니 공지 쪽으로 돌아가 버렸다. 그는 일시 죽을 구덩이에서 되살아나기라도 한 듯한 안도를 느꼈다. 전처럼 대상도 이유도 모르는 웃음이지만 실컷 웃고 싶었다. 하지만 그것도 잠시였다. 나른하게 처져 오는 몸을 계곡의 바위에 기댄 채, 무심코 이제

막 초승달이 돋아 오르는 귀두산을 올려 보는 순간 갑자기 그는 콧등이 시큰해졌다.

이어 원인도 모를 슬픔과 연민이 가슴을 흥건히 적시고, 마침내는 눈물로 뜨겁게 흘러내렸다.

그날 밤 눈이 쬐끄만 사내는 꿈을 꾸었다. 귀두산에 가서 진짜 낙타를 만나는 꿈이었는데 이번에는 성(性)이 바뀌어 그가 여자이고 낙타는 수놈이었다. 군데군데 털이 빠지고 굶주려 보이긴 해도, 거대한 생식기를 세우고 끊임없이 그를 덮치려는 낙타들에게 밤새도록 쫓기던 그는, 새벽에야 깨어나 식은땀을 씻으며 중얼거렸다고 한다.

"귀두산에는 낙타가 산다."

(1982년)

작품 해설

울지 않는 사내의 울음

허희(문학평론가)

이문열은 이미 문학적 성취를 인정받은, 한국문학사를 기록하는데 결코 빼놓을 수 없는 작가 중 한 사람이다. 그렇지만 그에 대한 판단과 평가까지 완결되었다고는 할 수 없다. 『젊은 날의 초상』을 비롯한 이문열의 여러 작품을 여전히 애독하는 사람으로서, 나는 그의 소설이 교과서에 박제된 형태로만 남기를 원하지 않는다. 그러려면 서로 다른 정치적 입장에 따라, 작가에게 쏟아지는 일방적인 찬사나 매도를 넘어서는 독해가 필요하다. 소설가가 소설을 쓰지만, 소설은 소설가의 완전한 육화라고 할 수 없다. 우리는 이문열 소설을 통해 그의 단면을 간접적으로 유추할 수 있을 뿐, 이문열을 통해 그의 소설을 직접적으로 해명하지 못한다.

특히 이문열에게 붙어 있는 '보수주의자'라는 표식은 그의 작품에 내재된 함의를 다양하게 해석하는 길을 가로막는다. 자기 선입관을 예증하기 위한 소설 읽기만큼 값어치 없는 독서가 또 어디 있을까. 작가를 순수하고 단일한 주체로 가정하고, 작품을 예단하여 읽는 방식에 나는 무관심하다. (무)의식적으로 끊임없이 자신을 의심하고 흔들리는 주체로서의 작가, 그가 쓴 작품에 담긴 균열과 모순을 포착하는 노력이 내가 하려는 읽기이다. 어쩌면 이것은 완고한 줄만 알았던 한 사내의 남모르는 눈물을 발견하는 일과 비슷할지도 모르겠다. 이를테면 「그 세월은 가도」에서, 홀로 월북한 아버지를 "몇 방울의 정액"으로 치환하는 '그'는 어떤가.

"그때 저는 겨우 네 살이었습니다. 아버지가 그 일에 미쳐 집을 나간 것은 그 이태 전이라니까 결국 그와 나는 두 살 때 헤어진 셈입니다. 나는 그의 얼굴도 모르고, 그의 사상 따위와는 더구나 관련이 없단 말입니다. 그가 내게 준 것이 무엇인지 아십니까? 그것은 다만 몇 방울의 정액뿐입니다. 내가 그에게 느끼는 것이 무엇인지 아십니까? 그것은 할머니의 한과 어머니의 고통에 갈음하는 증오와 저주뿐입니다." 실제 이문열의 가족사를 참고한다면, 공산주의자 아버지를 "증오와 저주"의 대상으로 여기는 그의 발언은 작가의 육성처럼 들리기도 한다.

하지만 그게 다가 아니다. 이 작품에는 부재한 아버지의 그늘에서 평생을 살았던, 끝내 아버지를 저버리지 못한 아들의 울음이 섞여 있다. 속으로만 삼키던 그 울음을 이문열은 1992년 뉴욕에서 터뜨린다. 북한과 연이 닿아 있던 황석영에게 은밀히 부탁해 아버지와 관계된 정보를 건네받은 직후이다. "그 종이를 들여다보고 있던 이문열이 고개를 돌리더니 갑자기 무너지듯이 허리를 굽히고는 입을 꾹 다물고 흐느끼기 시작했다. 나(황석영 — 인용자)는 그 처절한 장면을 차마 보지 못하고 고개를 돌리고 눈시울을 닦았다."[1]

지금 내가 쓰는 글이 이러한 시도이기를 바란다. 그동안 당신이 알던 그의 작품이 어땠든지 간에, 이문열 소설의 새로운 면을 드러낼 수 있는 작은 파문을 일으키면 좋겠다. 1981년부터 1982년에 걸쳐 쓰인 그의 소설 9편을 다시 읽는 이유는 당시와 같은 것을 확인하기 위해서가 아니다. 30여 년이 지난 뒤에야 비로소 보이는, 당시와 다른 것을 발견하기 위한 접근이다. 그러한 읽기가 우리에게 현재적인 도움을 줄 것이다.

못난 남자 : "나는 억울하다, 억울하다, 다시 억울하다"

먼저 「알 수 없는 일들」을 읽는다. 주인공 '황(나)'은 "올해로 스물셋에 드는 변두리 기계 공업사의 선반(旋盤) 기사다." 휴일에 그는 택시 운전사 상철과, 중국집 주방에서 일하던 영남과 함께 등

1) 황석영, 「나를 길러준 사라진 것들」, 『황석영의 한국 명단편 101 — 억압과 욕망 6(문학동네, 2015)』, 279쪽.

산을 간다. 그곳에서 세 명의 또래 여성과 만난 그들은 술판을 벌이고, 그날 밤 각각 파트너를 정해 동침한다. 세 남자는 "그 밤 그녀들이 우리에게 봉사한 것이 아니라 우리가 그녀들에게 봉사한 것처럼 느껴지는 일"을 겪었다고 술회한다. 아무래도 여자들의 정체가 의심스럽다고 생각하던 중, 황은 파트너였던 여자에게 당장 여관으로 오라는 연락을 받는다. 몇 차례 격렬한 섹스를 한 뒤, 여자는 자기를 다시 만나고 싶거든 그저 기다리라는 말을 남긴 채 그 자리를 떠난다. 그러나 황은 기회를 노려 그녀의 신분증을 훔쳐보고 뒷조사를 한다. 그가 술집 아가씨로 알고 있던 여자는 실은 명문 대학에 재학 중인 부잣집 딸이었다.

이를 계층 상승을 할 수 있는 절호의 기회로 여긴 황은 공장에서 아르바이트를 하는 야간 대학생인 척 가장하여, 여자의 집 앞으로 찾아간다. 그는 대학원생 '양 형'에게 건네 들은 어쭙잖은 지식을 자랑하며, 그녀에게 정식으로 사귀어 달라고 요청하나 매몰차게 거절당한다. "이봐, 이봐, 꿈 깨. 깨란 말이야, 이 병신아. 그리고 내 충고하는데 다시는 내 곁에 얼씬도 마. 아니면 크게 다쳐. 같잖은 게 꿈은 커 가지고……." 그 말을 듣고 격분한 황은 길거리에서 여자에게 행패를 부리다 경찰에 구속되고 만다. 그는 상철과 영남을 증인으로 세워 그녀와의 관계를 증명하려 하나, 벌써 여자 쪽 집안에 매수된 듯 보이는 두 사람은 그녀를 모르는 사람이라고 잡아뗀다. 황은 중얼거린다. "정말로 내가 돌았거나 헛것을 본 것인가. 아니면 내가 살고 있는 이 세상이 어느덧 알 수 없는 일들로만 가득 차 버린 것일까."

그가 본인이 처한 상황을 도무지 '알 수 없는 일들'이라고 둘러대도, 실상 이 사건은 단순한 일에 불과하다. 유복한 가정에서 자란 상층 계급 여성이 하층 계급 남성을 성적 노리개로 삼아 놀다가, 분수를 모르고 자신과 동등해지려는 욕망을 표출한 그를 내팽개친 것이다. 이렇게 보면 여자는 팜 파탈(femme fatale), 남자는 희생양이 된다. 다른 작품에서도 유사한 양상이 나타난다. 가령 「서늘한 여름」에서 가정교사로 있는 집의 안주인을 "그들의 여유에서 비롯된 성적 부패를 간접적으로 비난하는 말"인 호스티스로 부르는 형을 보라. 또한 아우를 유혹하는 탐욕의 화신처럼 묘사되는 여인을 보라. 「귀두산에는 낙타가 산다」에 나오는 매춘부 "낙타 부대원"도, 「비정의 노래」에서 교사인 주인공이 하숙하는 "부유한 미망인" 허여사도 마찬가지이다.

위에 거론한 작품에 등장하는 여성은 모두 남성을 농락하는 창녀—괴물이다. 이때 작가에게는 남성중심적 시각에서 여성을 타락한 존재로만 왜곡하여 형상화한다는 비판이 제기될 수 있다. 일리 있는 말이다. 한데 한편으로 나는 작품에 다른 이해의 여지도 있다고 본다. 설령 작가가 남성중심적 시각으로 작품을 썼다고 해도, 그도 알지 못하는 돌출적인 지점 — 캐릭터의 상충 및 서사의 분열과 공백이 한 작품의 세계를 불균질하게 구성하기 때문이다.

「알 수 없는 일들」을 예로 들어볼까. 이 소설의 세 남자는 순진한 치들이 아니다. 여자를 유혹하려고 직업을 속이고, 수작부린

대로 그녀가 따르지 않으면 욕설을 퍼붓고 협박하는 무뢰한이다. 황이 부잣집 딸인 파트너에게 매달리는 동기는 "그녀가 누리는 여러 가지 삶의 혜택이 나를 어두운 삶의 밑바닥에서 혜택 받은 계층으로 끌어올려 줄지도 모른다는 희망"에서 비롯된다. 여자가 남자를 성적 도구로 이용하듯이, 남자도 여자를 경제 도구로 이용하려는 속셈이다. 궁극적으로 이 소설은 전도된 신데렐라 콤플렉스를 가진 남성을, 권력을 쥔 여자가 벌하는 구도를 취한다. 성별에 상관없이, 작품에 나오는 캐릭터 어느 누구도 결백하지 않다.

물론 소설이 1인칭 주인공 시점으로 쓰였기에, 독자가 유독 황에게 동정 어린 시선을 보낼 수도 있다. 그렇지만 이 작품을 읽으며 당신은 남자만 불쌍히 생각하고, 여자만 악독하다고 여기지는 않았을 것이다. 「알 수 없는 일들」 외 언급한 소설집의 다른 작품에서도 남성은 자승자박이라고 할 만한 행위를 하다가 좌절하고 파멸한다. 지식인과 노동자를 가리지 않는다. 소설집의 어떤 작품에도 온전한 인간으로 그려지는 남자는 없다. 이들은 어딘가 뒤틀려 있고, 무엇인가 결핍되어 있고, 그러면 안 된다는 것을 알면서도 잘못을 저지른다.

그 죄는 「비정의 노래」에서처럼 새벽마다 '나'를 괴롭히는 소리로 돌아온다. "어떤 사람은 그 새벽 이후 오늘에 이르기까지의 내 고통을, 마비된 양심과 잠든 의식이 마땅히 받아야 할 응보라고 말한다. 그러나 유감스럽게도 나는 그런 해석에 승복할 수 없다. 그게 편의며 지혜이지 어째서 마비고 잠이란 말인가? 나는 억울하다, 억울하다, 다시 억울하다." 그는 억울하다고 거듭 호소하지만, 가만 따지고 보면 억울할 게 없다. 우리는 주인공의 과오를 적나라하게 알고 있다. 이문열 소설은 여성을 정복의 대상 혹은 공포의 대상으로만 간주하는 남성 관점을 보여줌으로써, 허세 부리는 남성이 얼마나 허약한 존재인가를 역설적으로 폭로한다.

혁명과 가족, 그리고 나 : "좋은 일은 실현되기 어렵다"

소포클레스처럼 "좋은 일은 실현되기 어렵다"고 내가 중얼거리게 된 것은 언제부터였을까. 아마 2007년 말이 기점이 된 듯하다. 6월 항쟁으로 부도덕한 정권을 무너뜨린 민중은 꼭 30년이 지나, 다른 것이야 어찌됐든 풍족하게 살게 해주겠다고 장담한 부도덕한 정권을 제 손으로 뽑았다. 압도적 득표에 의한 당선이었다. 그 후의 일은 우리가 경험한 그대로이다. 정부는 공언한 경제적 풍요를 실현할 능력은 없었으나, 공언하지 않은 정치적 압제를 수행하는 데는 유능했다. 국민은 이 상태를 유지하는 길을 2012년 말 재차 선택한다. 「칼레파 타 칼라」를 읽으며 그때를 떠올렸다.

민중을 폄하한다든가 냉소주의의 전형이라든가 하는 의견도 있지만, 이 소설은 그렇게 단면적으로 파악되는 작품이 아니다. 예컨대 2007년 이래 일련의 사건을 체험한 사람들은 다음의 서술에 감정적으로 화가 날 수는 있어도, 논리적으로 반박하기는 쉽지 않다. "군중이란 원래가 그러했다. 이상한 정열에 휘말리면 성난 파도처럼 휩쓸어 갈 수도 있으나, 일단 각자의 얄팍한 타산과 실리(實利)가 그 정열을 제어하게만 되면 가을 벌판의 가랑잎처럼 흩어져 가고 만다." 분명 우리는 '다중' 또는 '시민단'이 될 수 있는 잠재성을 가졌지만, '오합지중'의 꼴을 면치 못했다.

아테르타 시민들도 똑같았다. 집정관 티라나투스는 집권 초기에만 혁신적인 지도자였다. 몇 년의 세월이 흘러, 그는 대중 시위에 폭압적으로 대처하며 독재자와 다를 바 없이 행동한다. 티라나투스가 몰락한 핵심적 요인은 그 자신에 있었다. 나는 아테르타 시민들의 오류가 일부 선동가의 획책에 이리저리 휘말린 데 있다고 보지 않는다. 철권을 휘두른 권력자를 축출하는 데는 성공했으나, 이후 그들이 사고하지 않는 오합지중의 행태로 회귀한 것에 결정적인 문제가 있다. 사실 아테르타 시민들은 아무것도 바꾸지 못했다. 권력의 기표인 티라나투스만 제거하고, 결정적으로 그가 휘두른 권력의 본질을 문제 삼지 않았던 탓이다. 그러하기에 폭군이 사라진 자리에는 필연적으로 또 다른 폭군이 앉을 수밖에 없다. 혁명 아닌 혁명을 한 아테르타의 자멸은 당연한 수순이다.

근본적 변혁은 개인의 도덕에 달린 것이 아니라, 사회 구조를 바꾸어야 가능하다는 명제를 이문열 소설은 자꾸 환기시킨다. "젊고 유능했던 사법관 한만운"의 갑작스러운 죽음을 다룬 「약속」도 그렇다. 억울하게 죽어 귀신이 된 '윤영감'은 법적 심판을 통해 자신의 원통함을 풀고자 한다. 대리인은 시골 소년 한만운이다. 그는 사법관이 되어 사건을 재수사하겠다고 윤영감에게 다짐한다. 목숨을 건 맹세였지만, 한만운은 이 약속을 지킬 수 없었다. 그는 마지막으로 애원한다. “영감, 하지만 내 잘못만은 아니었단 말이오…….” 비겁한 변명이지만, 이 말에는 일말의 진실이 있다. “십여 년 전의 순수함과 용기”만으로 부조리한 세상과 맞서기에 한만운은 너무 미력했다.

일개 사법관이 가질 수 있는 작은 권한만을 가리키는 것은 아니다. 그가 진정 싸워야 했던 적은 가장 상대하기 어려운 내밀한 체제인 가족이었다. 아버지와 장인이 저지른 죄를 한만운은 몰래 덮어버릴 수밖에 없었다. 사법관으로서의 책무는 아들과 사위로서의 의무를 거스르지 못했다. 집안의 질서와 안녕은 그에게 정의보다, 심지어 자기 생명보다 우선하는 가치로 각인되어 있다. 가족 이데올로기의 속박이다. 억압된 사회를 개혁하려면, 그것을 이루는 최소 집단인 가족의 절대성을 부수는 작업이 동반되어야 한다. 그래야 둘 다 바뀐다.

그러니까 모든 것을 서로 속속들이 아는 가족의 확장 — 동족부락이 따뜻한 공동체라는 인식은 환상에 지나지 않는다. 「익명의 섬」은 그 뒤에 숨겨진 공모와 불안을 적시한다. “모두가 모두에게 혈연이나 인척이라는 것은 동시에 모두가 모두의 감시자”라는 뜻이다. 남편은 현대 도시의 익명성을 못마땅하게 여기지만, 익명을 비밀이란 단어로 대체해 보면 어떨까. 강제로 자기를 숨김없이 공개하도록 하는 것은 지극히 폭력적인 처사이다. 이상은 단편 「실화」에서 다음과 같이 쓴 적이 있다. “사람이 비밀이 없다는 것은 재산 없는 것처럼 가난하고 허전한 일이다.” 단지 그뿐일까. 비밀은 위태로운 실재를 보호한다.

「익명의 섬」 주민들은 아무것도 모르는 어수룩한 존재가 아니다. “공범자”로서 그들은 자신들이 무엇을 하고 있는지를 안다. 아무리 증상을 해석해도 그들 스스로 이데올로기적 환상을 향유하는 한, 그것은 없어지지 않는다. 증상과 환상이 종합된 증환은 의미 속에 향락을 포함한 기표로 자신을 지탱하기 때문이다. 이와 같은 현상은 실재 속에서 자기를 존립시키는 결정체를 인정하는 순간 사라진다. 그래서 아름답기보다 추악함 쪽에 가까울 자신의 실재와 마주하려는 자는 파멸을 각오하지 않으면 안 된다.

「하구」의 ‘나’는 기어이 그 편을 향해 어떻게든 나아가려 한다. 『젊은 날의 초상』 1부에 해당하는 작품이기도 한 이 소설은 곧 스무 살을 앞둔 조숙한 청년의 방황을 그린다. “벌써부터 어른들처럼 머리를 길게 길러 넘기고 어른들의 옷을 입고, 술이며 담배 같은 어른들의 악습과 심지어는 그들의 시시껄렁한 타락까지 흉내내고는 있었지만 나이로는 여전히 아이도 어른도 아니었으며, 정규의 학교 과정은 밟지 않고 있었으나 또한 책과 지식으로부터 완전히 벗어난 생활도 아니여서 학생이랄 수도, 건달이랄 수도 없었”던 그가 몰두하는 것은 오직 저 자신이다. 치열하게 자기를 들여다 본 흔적은 일기장에 고스란히 남아 있다.

“자기에게 끊임없는 성찰(省察)의 눈길을 던지는 것, 자신을 정신적인 무위와 혐오할 만한 둔감 속에 방치하지 않기 위해 노력할 것이 필요하다. 그리하여 너는 지금 어떠한 일의 와중에 있으며, 그 의미는 무엇이며, 또 그러한 네가 현재에게 지불해야 할 노력은 어떤 것들인가에 대해 항상 눈떠 있어야 한다." 강진에서 그가 겪은 일들은 죄다 스스로에게로 귀착한다. 최광탁과 박용칠·서동호와 그의 아버지·별장집 남매의 에피소드는 제각각 의의가 있지만, 전부 그가 조금씩 자신을 알아가는 데 영향을 끼친다. 그가 원하던 대학에 합격하고, 신문사에 취직했다고 해서 자기 탐구가 종결된 것은 아니다. 『젊은 날의 초상』에서 「하구」에 이어지는 「우리 기쁜 젊은 날」과 「그해 겨울」이 예증하는 바, 유적은 끝나지 않는다. 설사 끔찍한 결과와 조우할지라도, 실재를 찾는 그의 여정은 계속되고 있다.

이제 『익명의 섬』 읽기를 마칠 시간이다. 울지 않는 사내의 울음에 주목하려고 한 독후감이 당신에게 얼마만큼 효용이 될지 궁금하다. 동의하는 부분이 있다면 동의하는 대로, 반론하는 부분이 있다면 반론하는 대로, 어떤 식으로든 당신의 소견을 개진해 주기를 부탁드린다. 당신의 말과 글이 나의 편협한 읽기를 교정할 것이다. 그러면서 새삼 나는 한 소설가의 술회 — 50대 중반이 된 김승옥이 젊은 시절 썼던 자기 소설을 되돌아보며 쓴 평을 상기한다. "1960년대를 고려하지 않는다면 내가 써낸 소설들은 한낱 지독한 염세주의자의 기괴한 독백일 수밖에 없는 것이다. 1960년대라는 조명을 받음으로써 비로소 소설들은 일상적인 모습으로 동작하는 것이다."[2] 50대 중반이 된 김승옥이 젊은 시절 썼던 자기 소설을 되돌아보며 쓴 평이다.

1960년대를 1980년대로 고친다면, 이 구절은 1979년부터 본격적으로 작가 활동을 시작한 이문열에게도 적용될 수 있을 것 같다. 그의 소설을 제대로 읽으려면 민중문학의 시대로 알려진, 그럼에도 불구하고 민중문학만으로 포괄할 수 없는 1980년대 다양한 흐름을 면밀히 고려해야 한다. 바로 이러한 1980년대의 산물로서, 이문열 소설은 또 다른 1980년대가 있음을 지금 우리에게 증언한다. 그렇다고 해서 특정 시기만 절대적으로 중시해야 한다는 뜻은 아니다. 현재적인 도움을 주는 읽기란, 항상 과거를 여기로 불러오는 오늘날의 지평에서 펼쳐지기 때문이다. 여태껏 어떤 표지가 이문열 소설에 붙여져 왔는지는 중요하지 않다. "작가는 독자가 기르는 나무"임에 동감한 당신과 내가 아무런 편견 없이 그의 작품을 읽어나갈 뿐이다. 그러한 단독적이고 성실한 읽기가 작가와 더불어 독자의 삶까지 새롭게 변화시키는 동력이 될 것이다.

---

2) 김승옥, 「나와 소설 쓰기」, 『무진기행 : 김승옥 소설전집 1』 (문학동네, 2004), 8쪽.

작가 연보

1948년(1세) 5월 18일 서울 청운동에서 영남 남인(南人) 재령(載寧) 이씨(李氏) 집안에서 아버지 이원철(李元喆)과 어머니 조남현(趙南鉉)의 셋째 아들로 태어나다. 본명은 이열(李烈).

1950년(3세) 한국전쟁이 일어나자 부친 이원철이 월북하다. 어머니를 따라 고향인 경상북도 영양군 석보면 원리동으로 이사하다.

1953년(6세) 경상북도 안동읍으로 이사하고, 중앙국민학교에 입학하다.

1957년(10세) 서울로 이사하여 종암국민학교로 전학하다.

1958년(11세) 경상남도 밀양읍으로 이사하여 밀양국민학교로 전학하다.

1961년(14세) 밀양국민학교를 졸업하고, 밀양중학교에 입학하다. 6개월 만에 그만두고 고향으로 돌아가다.

1962년(15세) 이후 3년 동안 큰형님이 황무지 2만여 평을 일구는 것을 지켜보다.

1964년(17세) 고입 검정고시에 합격하고, 안동고등학교에 입학하다.

1965년(18세) 별 다른 이유 없이 안동고등학교를 중퇴하다. 부산으로 이사하여 이후 3년 동안 일없이 지내다.

1968년(21세) 대입 검정고시에 합격하고, 서울대학교 사범대학 국어교육과에 입학하다.

1969년(22세) 사대문학회에 가입하여 활동하다. 이 시기에 작가가 되기로 마음을 굳히는 한편, 사법고시를 준비하다.

1970년(23세) 사법고시를 준비하려고 학교를 중퇴하였으나 이후 세 번 연속 실패하다.

1973년(26세) 박필순(朴畢順)과 결혼한 후 군에 입대하여 통신병으로 근무하다.

1976년(29세) 군에서 제대한 후 고향으로 돌아가다. 곧바로 대구로 이사하여 여러 학원을 전전하면서 학원 강사를 하다.

1977년(30세) 《대구매일신문》 신춘문예에 단편 「나자레를 아십니까」가 입선하다. 이때부터 이문열이라는 필명을 사용하다.

1978년(31세) 대구매일신문사에 입사하다.

1979년(32세) 《동아일보》 신춘문예에 중편 「새하곡(塞下曲)」이 당선되다. 『사람의 아들』로 민음사에서 주관하는 제2회 〈오늘의 작가상〉에 당선되다. 단행본 출간 후 공전의 히트를 기록하다. 「들소」, 「그해 겨울」 등을 잇달아 발표하면서 작품의 배경에 깔려 있는 풍부한 교양과 참신하고 세련된 문장, 새로운 감수성으로 한국 문학에 돌풍을 일으키다.

1980년(33세) 대구매일신문사를 퇴직하고 전업 작가로 나서다. 김원우, 김채원, 유익서, 윤후명 등과 〈작가〉 동인으로 활동하다. 『그대 다시는 고향에 가지 못하리』, 『그해 겨울』 출간. 「필론의 돼지」, 「이 황량한 역에서」 발표하다.

1981년(34세) 「그해 겨울」, 「하구(河口)」, 「우리 기쁜 젊은 날」 연작으로 이루어진 자전적 장편 『젊은 날의 초상』을 출간하다. 소설집 『어둠의 그늘』을 출간하다.

1982년(35세) 「금시조(金翅鳥)」로 〈동인문학상〉을 받다. 장편소설 『황제를 위하여』, 『그 찬란한 여명』을 출간하다. 「칼레파 타 칼라」, 「익명의 섬」 등을 발표하다.

1983년(36세) 『황제를 위하여』로 〈대한민국문학상〉을 받다. 장편 『레테의 연가』를 출간하다. 《경향신문》에 연재할 『평역 삼국지』의 자료 수집을 위하여 대만에 다녀오다.

1984년(37세) 장편 『영웅시대』를 출간하고, 이 작품으로 〈중앙문화대상〉을 받다. 장편 『미로일지』를 출간하다. 11월 서울로 이사하다.

1985년(38세) 소설집 『칼레파 타 칼라』를 출간하다.

1986년(39세) 대하 장편 『변경』을 《한국일보》에 연재하기 시작하다. 장편 역사소설 『요서지(遼西志)』를 출간하다. 경기도 이천군 마장면에 작업실을 마련하고, 그곳에서 집필 활동을 시작하다.

1987년(40세) 「우리들의 일그러진 영웅」으로 〈이상문학상〉을 받다. 소설집 『금시조』를 출간하다.

1988년(41세) 나관중의 『삼국지연의』에 작가 자신의 비평을 달아 현대어로 옮긴 『이문열 평역 삼국지』를 출간하다. 소설집 『구로 아리랑』, 장편소설 『추락하는 것은 날개가 있다』를 출간하다.

1989년(42세) 대하장편소설 『변경』 제1부 세 권을 출간하다.

1990년(43세) 「금시조」, 「그해 겨울」이 프랑스에서 출간되다.

1991년(44세) 첫 산문집 『사색』을 출간하다. 장편 『시인』을 출간하고, 번역으로 『수호지』를 출간하다. 「새하곡」이 프랑스에서, 「금시조」와 「그해 겨울」이 이탈리아에서 출간되다.

1992년(45세) 산문집 『시대와의 불화』를 출간하다. 단편 「시인과 도둑」으로 〈현대문학상〉을 수상하다. 〈대한민국문화예술상〉(문학 부문)을 수상하다. 「금시조」가 일본에서, 『우리들의 일그러진 영웅』과 『시인』이 프랑스에서 출간되다.

1993년(46세) 장편소설 『오디세이아 서울』을 출간하다. 이탈리아와 네덜란드에서 『시인』이 출간되다.

1994년(47세) 그동안 발표했던 모든 중단편을 모아서 『이문열 중단편전집』을 출간하다. 세종대학교 국어국문학과 정교수로 부임하다. 일본에서 『우리들의 일그러진 영웅』이 출간되다.

1995년(48세) 뮤지컬 「명성황후」의 원작인 장막 희곡 『여우 사냥』을 출간하다. 콜롬비아에서 「금시조」, 「우리들의 일그러진 영웅」, 『시인』이, 러시아에서 「금시조」가, 중국에서 「우리들의 일그러진 영웅」이 출간되다.

1996년(49세) 프랑스에서 『사람의 아들』이, 영국에서 『시인』이 출간되다.

1997년(50세) 장편소설 『선택』을 출간하다. 이 작품을 놓고 여성주의 진영과 격렬한 논쟁을 벌이다. 세종대학교 교수를 사임하다. 일본과 중국에서 『사람의 아들』이 출간되다.

1998년(51세) 대하장편소설 『변경』이 전 12권으로 완간되다. 「전야, 혹은 시대의 마지막 밤」으로 〈21세기문학상〉을 받다. 사숙(私塾)인 부악문원을 열어서 후진 양성에 힘쓰기 시작하다. 미국 뉴욕의 와일리 에이전시에 해외 출판권을 위임하다. 이는 이후 한국 작가들이 해외에 진출하는 하나의 모델이 되다. 프랑스에서 『황제를 위하여』가 출간되다.

1999년(52세) 『변경』으로 〈호암예술상〉을 받다. 일본에서 『황제를 위하여』가 출간되다.

2000년(53세) 장편소설 『아가(雅歌)』를 출간하다.

2001년(54세) 소설집 『술 단지와 잔을 끌어당기며』를 출간하다. 한 칼럼을 통하여 시민단체를 '정권의 홍위병'에 비유했다가 격렬한 논쟁에 휘말렸으며, 결국 일부 세력에 의하여 작품이 불태워지는 이른바 '책 장례식'을 당하다. 이 사건 이후 잇따른 보수 성향의 발언을 통하여 정치적 견해를 달리하는 세력과 정면으로 충돌하다. 그리스와 스페인에서 『시인』이, 미국에서 『우리들의 일그러진 영웅』이 출간되다.

2003년(56세) 노무현 대통령 탄핵 사태로 위기에 빠진 보수 세력의 정치적 재기를 돕기 위하여 한나라당 공천 심사 위원으로 활동하다.

2004년(57세) 산문집 『신들메를 고쳐 매며』를 출간하다.

2005년(58세) 스웨덴에서 『젊은 날의 초상』에 이어 『시인』이 출간되다. 이탈리아에서 『사람의 아들』이 출간되다.

2006년(59세) 장편소설 『호모 엑세쿠탄스』를 출간하다. 이 해부터 5년 동안 이탈리아에서 『우리들의 일그러진 영웅』, 『시인』, 「금시조」, 「그해 겨울」이 재출간되다.

2007년(60세) 독일에서 「새하곡」에 이어 『시인』이 출간되다.

2008년(61세) 대하 역사 장편 『초한지(楚漢志)』를 출간하다. 독일에서 『황제를 위하여』가 출간되다.

2009년(62세) 〈대한민국예술원상〉을 받다. 러시아와 우크라이나에서 『사람의 아들』이 출간되다.

2010년(63세) 장편소설 『불멸』을 출간하다.

2011년(64세) 장편소설 『리투아니아 여인』을 출간하다. 중국에서 『황제를 위하여』가, 터키에서 『시인』이 출간되다.

2012년(65세) 『리투아니아 여인』으로 〈동리문학상〉을 받다. 페루에서 「새하곡」과 「금시조」, 태국에서 『황제를 위하여』가 출간되다.

2014년(67세) 『변경』 개정판을 내다. 러시아에서 『우리들의 일그러진 영웅』이 출간되다. 리투아니아에서 『리투아니아 여인』이, 체코에서 『시인』이 출간되다.

2015년(68세) 폴란드에서 『우리들의 일그러진 영웅』이, 미국에서 『사람의 아들』이 출간되다. 은관문화훈장을 받다.

2016년(69세) 『이문열 중단편전집』(전 6권) 출간, 『이문열 중단편전집 출간 기념 수상작 모음집』이 출간되다.

2020년(73세) 『삼국지』, 『수호지』가 개정 신판으로 출간되다. 『사람의 아들』, 『젊은 날의 초상』, 『우리들의 일그러진 영웅』이 새롭게 출간되다.

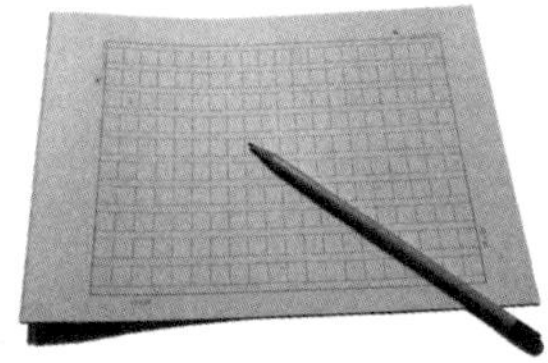

익명의 섬

신판 1쇄 인쇄 2021년 4월 25일
신판 1쇄 발행 2021년 5월 7일

지은이 이문열

발행인 양원석
편집장 최두은 **디자인** 이은혜 **영업마케팅** 양정길 강효경

펴낸 곳 ㈜알에이치코리아
주소 서울시 금천구 가산디지털2로 53, 20층(가산동, 한라시그마밸리)
편집문의 02-6443-8844 **도서문의** 02-6443-8800
홈페이지 http://rhk.co.kr
등록 2004년 1월 15일 제2-3726호

ISBN 978-89-255-8886-5 04810
978-89-255-8889-6 (세트)